王小盾　著

懋堂序跋

上海古籍出版社

图书在版编目(CIP)数据

懋堂序跋 / 王小盾著. 一上海：上海古籍出版社，
2021.11
ISBN 978-7-5732-0074-7

Ⅰ.①懋… Ⅱ.①王… Ⅲ.①序跋—作品集—中国—
当代 Ⅳ.①I267

中国版本图书馆 CIP 数据核字(2021)第 225252 号

懋堂序跋

王小盾 著

上海古籍出版社出版发行

(上海市号景路 159 弄 A 座 5 层 邮政编码 201101)

(1)网址：www.guji.com.cn

(2)E-mail：guji1@guji.com.cn

(3)易文网网址：www.ewen.co

上海天地海设计印刷有限公司印刷

开本 890×1240 1/32 印张 14.375 插页 2 字数 311,000

2021 年 11 月第 1 版 2021 年 11 月第 1 次印刷

ISBN 978-7-5732-0074-7

I·3581 定价：58.00 元

如有质量问题,请与承印公司联系

前　记

从 1986 年以来，我写了四十多篇书籍序跋。本书收录其中 33 篇。另外几篇，大抵由于学术信息薄弱而割舍了。其中包括《原始信仰和中国古神》《四神：起源和体系形成》两书的后记，以及《章贡随笔》《硬石岭曝言》的前言。

为便于读者阅览，本书分为"程途""桃李""道业"三编。"程途编"诸文主要关于我个人的著述，"桃李编"诸文主要针对我指导过的博士学位论文，"道业编"则涉及其他师友的作品。其中"道业编"学术性最强，"桃李编"篇目较多。这意味着，本书所记，一方面是我的学术经历，另一方面是我的教学经历。后者是值得重视的。因为正是在登上大学讲台那一年，我开始了序跋的写作。

那一年还发生了一件事情，即我自定了"懋堂"这一名号。它本无深意，只是想仿效古圣贤，勉励自己借勤谨而求丰茂。几十年来，我也一直把它束之高阁。不过，今天却似乎到了启用它的时候——今天，我需要用一个符号来作为一生的总结，也祝福门第的宏赡。西谚有云："经过时间蒸馏的话语才是真实的话语。"就此而言，"懋堂"是一个吉祥词：青年时代选出来，到晚年还能用作人生的标志。

本书是利用中秋假日编成的。中秋前一天，我邀同门学兄曹升之教授小聚，在上海市桂林路上找了一家露天饭店。从1986年以来，曹兄和我常有这样的即兴聚会。今天他依旧像三十多年前那样豪宕：一手持大肉，一手举杯，朗诵《世说新语》。他朗诵的是《言语》篇关于桓温经金城，叹昔年新柳皆已十围那一段。他说："昔年种柳，依依汉南。今看摇落，凄怆江潭。树犹如此，人何以堪！"又问我："倘若换做你我，什么情境下，会因为岁华流逝而感叹'人何以堪'呢？"

我的回答，相信读者诸君都能想到。我说的是："当我们整理历年序跋的时候。"——这时候，我们看起来是在收拾青春之落英，其实是在獭祭自己作为读书人的生命和岁月。

2020 年 10 月 2 日

目　录

程途编

《汉唐音乐文化论集》后记

　　收载在这本集子中的 30 篇文章，最早写作于 1981 年，最晚完成于 1989 年，反映了我在攻读两个学位期间以及任教以来的部分研究成果。感谢王维真女士热情推荐，学艺出版社慨允出版，这些作品有了同海外友人见面的机会。这是让我十分高兴的。

　　虽然集子中的每一篇文章都凝聚了自己的心血，都是辛勤爬梳和艰苦思索的结晶，但我对它们的满意程度是不一样的。我比较喜欢其中《唐代酒令与词》《琴曲歌辞〈胡笳十八拍〉新考》《论〈宋书·乐志〉所载十五大曲》等三篇文章。它们各自从某个比较新鲜的角度，讨论了学术界争讼已久的疑难问题，分别是词的起源和词律形成的问题，传统的琴歌方式和《胡笳十八拍》的写作年代的问题，魏晋大曲同相和歌的关系及其产生背景的问题。这几篇文章论证比较充分，文字也比较流畅。其次便是关于宗教音乐的五篇论文了。它们在材料发掘上下功夫较多，所论又偏重于发生时期的佛教音乐和道教音乐，对于关心宗教音乐与仪式的读者，或可以起到提示历史线索的作用。关于明曲本色论和隋唐燕乐的两篇文章，则分别是我的硕士学位论文和博士学位论文中的一节。这两篇写于1984年以前，不免稚拙，但我希望通过它们来介绍一下我的两位导师（王运熙教授和任半塘教授）的学术风格，即重视从历史条件和事物关系方面来研究古代文学艺术的风格。另外值得提及的是《敦煌舞谱校释》。限于篇幅，这篇文章没有详细说明其考证过程，但估计它能以自己的系统性和逻辑性取得敦煌学家们的首肯。我打算就这一题目另写一本专著，急于了解它的理论依据的朋友，不妨先参看一下《唐代酒令与词》和《隋唐五代燕乐杂言歌辞集》的后记——在这篇后记中，我有意识地简述了一些考证成果。至于其他文章的价值，则就要看读者的需要如何了。譬如关于中国艺术史的十篇短文，比较简明地讨论了有关汉唐音乐文化的几个热门话题，可能更适合一般音乐工作者的口味；而《中国古代文学研究中的失误及其原因》一文，则反映了近年来大陆文学研究界学术思潮的涌动，对评论家们会是一份有用的资料——所以我也把它们选入了这本文集。

现在，海峡两岸的学术交流，经过几十年人为的隔绝，终于出现了比较光明的前景。而我适逢其时，可以通过此书的出版，得到一个同海外学者相互切磋的机会。这是值得庆幸的。正因为如此，我格外希望听到海外学者的批评。集中的文章，一定会涉及我尚未详知的许多学者的研究工作（例如其中关于敦煌讲唱音符的文章，便涉及了罗宗涛先生的研究成果），恳望这些学者能指出它的不足。对于像我这样一个有幸走出山野的读书人来说，一本论文集，若能达到嘤鸣求友的目的，便是再满意不过的了。

　　写于 1989 年 11 月 16 日。原载《汉唐音乐文化论集》，台北学艺出版社，1991 年。

《唐代酒令艺术》后记

　　写作这本小书，是我萦怀已久的心愿。1983 年至 1985 年，我在扬州师院攻读博士学位期间，曾对唐代音乐文学作过比较深入的研究，在包括曲子辞和敦煌舞谱在内的若干个题目上，取得一些新鲜的认识。其中关于词的起源方面的内容，后来曾以《唐代酒令与词》一名，在《文史》第 30 辑上发表。但关于敦煌舞谱的研究成果，则因内容牵涉太广，文字表述过于复杂，未能割裂成文。我遂一直在等待一个出版专著的机会，想借此对唐代酒令、唐代酒令词、唐代酒令舞等问题作一综合论述。现在，知识出版社给了我这样一个机会。这是使我十分感激的。

　　尽管此书很早就开始了构思，但屈指算起来，它却是我的第六部著作了。这几年，我曾编写过《隋唐五代燕乐杂言歌辞研究》《隋唐五代燕乐杂言歌辞集》《汉唐音乐文化论集》《原始信仰和中国古神》以及《四神：起源与体系形成》

等书。作为学术著作，这些书的写作都非易事，曾经耗费大量精力；不过，其中最让我牵挂的还是《唐代酒令艺术》。这固然因为此书同我的思考相伴最久，同时也因为我很想把它作为自己的一项工作的结束。最近几年，有一个新的学术领域（中国文化的发生和传播），在越来越强烈地吸引我那不安分的心。因此，当我提笔写作这本书的时候，便觉得是在两个自我之间架设桥梁。无论是作为旧我的总结还是作为新我的开端，这桥梁都应当坚固，应当美好。这是我在写作此书时的基本心态。

写作时我还有一个感觉，即仿佛在完成一个游戏。从文学研究的角度看，这游戏已经持续了 11 个世纪；从敦煌舞谱研究的角度看，这游戏有五十多年的历史。我现在把"令格""博戏""共时结构和历时结构的一致"等概念引进这一游戏，便不啻是设计了一套新的游戏规则，使之成为一种新的较具智慧的游戏。这种感觉，也可以说是我的一个理想。因为我和许多研究者一样，毕生愿望也不过是想同古往今来共声气的人为友，投入一些具有创新意义的、能够揭示世界奥秘的游戏，并为之设计一些尽可能合理的规则。当游戏结束以后，这规则还能保存。

由于以上两个原因，在本书即将结束的时候，在需要做一个谢幕的时候，我很愿意给予读者一个新的承诺。我将在自己学术生涯的第二个十年，向大家努力奉献一些更为赏心悦目的节日。比如，我想写一本题为《中国原始哲学的概念与符号》的书，分门别类地阐释那些写在自然物之上的，用图案、造型符号以及其他语言符号所表达的思想，以此说明诸子哲学的来源。因为我在进行四神研究的时候已经认识到：古代中国人在把自己的思想写于纸上之前，也曾把这些思想写在自己所接触的一切自然物之上；而且，用形象的符号（包括关于人物、山川、器具、动植物的几乎所有专有名词）来表达抽象的观念，是当时的常规。其次，最近几年，我曾经注意过各地区、各民族的艺术风格的差别，发现这些差别往往对应于人们所使用的工具（例如乐器、书写方式、造型材料）的差别。这使我认定所谓"文化"只是人同自然的一种关系，其中介形式是工具；每一种文化类型都要依靠特定形态的工具而固定下来。因此，我又想写作一本《中国韵文的传播方式及其体制变迁》，说明中国人所使用的传播工具的变迁过程，以及由此引起的韵文体裁的变迁过程。此外，我还曾以"汉民族文学艺术与周边文化"为题，申请霍英东研究基金的资助。一旦得到资助，我就打算借助文学艺术这条线索，详细描写汉文化形成的过程、中外民族文化交流的过程以及由上述过程所造成的中国文化的种种变化。这项工作，无疑可以改变那种摒除少数民族文化在外的中国文学艺术史研究的陈旧规则。

做完一件事情以后，人不免要陷入新的幻想。我现在就是这样。不过我觉得不妨把这些幻想公开出来，以便让它们实现一部分意义，亦即像酒令令格那样的意义。本书写作期间，曾蒙刘初棠先生提出批评，并参看了刘先生所著、将由上海人民出版社出版的《中国古代酒令》书稿，得益良多。希望读者在阅读这本小书的时候，也对此书以及上述计划加以批评。这样一来，书中所遗留的种种缺憾，便有希望在更大的程度上得到改进了。

　　写于 1991 年 10 月。原载《唐代酒令艺术：关于敦煌舞谱、早期文人词及其文化背景的研究》，台北文津出版社，1993 年。

《隋唐五代燕乐杂言歌辞研究》后记

　　这本书是我的博士学位论文。它是在导师任半塘先生的严厉督促下，用两年时间写成的。全书完稿于1985年3月，同年12月初通过王仲荦、霍松林等教授的通讯评审，并通过由王季思、王运熙、龙晦、唐圭璋、孙望、金启华等教授组成的答辩委员会的审查，翌年经沈玉成先生推荐，交付中华书局。现在，书局寄来它的校样——它变成了墨香四溢的铅字；但屈指算来，我同它已经暌违了十年。

　　十年里面发生了很多事情。王仲荦、唐圭璋、孙望等前辈先后成为古人，任半塘师亦在1991年辞世。我遂有过两度迁居，先是往上海师范大学参加工作，后又回到扬州的母校。其间逐步实施了书中所提出的研究设想——在成都巴蜀书社、台北学艺出版社、台北文津出版社、上海知识出版社，分别出版了《隋唐五代燕乐杂言歌辞集》（1990）、《汉唐音乐文化论集》（1991）和《唐代酒令艺术：关于敦煌舞谱、早期文人词及其文化背景的研究》（1995）。学术五年一变，走上新的里程。我所指导的博士研究生，目前也已进入撰写学位论文的阶段。

因此，阅读这部书稿，对于我，就不啻是阅读一段历史。当我提笔在校样上改正错字之时，恍惚间，总像是在面对另一个自己。十年来的学术进展，不免会造成某种距离。于是感到有必要向本书读者作以下交代：

一、书中第 41 页提到的道调和法曲问题、第 389 页提到的敦煌讲唱音曲符号问题、第 394 页提到的五台山佛教仪赞问题，今已做更深入的论述。文见《唐代的道曲和道调》，载《中国音乐学》1992 年第 2 期；《佛教呗赞音乐与敦煌讲唱辞中"平""侧""断"诸音曲符号》，载《中国诗学》创刊号（1991 年 12 月）；《五台山与唐代佛教音乐》，载《五台山研究》1987 年第 4 期、第 5 期。

二、关于唐著辞的研究，除发表于《文史》第 30 辑的《唐代酒令与词》以外，现在还出版了以《唐代酒令艺术》为名的专书。它们是用不同于本书第五章的方式表述的。

三、据音乐学家黄翔鹏先生的意见，本书关于中古音乐史的论述，可以得到音乐形态学资料的充分支持。而就其对于《胡笳十八拍》作于五代的考证来说，则有一个来自太原的好消息：《语文研究》1985 年第 3 期所载李毅夫文——《由用韵看〈胡笳十八拍〉的写作时代》，从语言学角度提出了相同的结论。

四、本书的薄弱环节是道教音乐研究。这一缺憾后由《早期道教的音乐与仪轨》《道教〈步虚舞〉》二文作了弥补。文载

《人民音乐》编辑部《第一届道教科仪音乐研讨会论文集》和上海人民出版社《道佛儒思想与中国传统文化》二书。至于对魏晋大曲的较为细致的论证，则见于《中国文化》第2辑所载《论〈宋书·乐志〉所载十五大曲》一文。

五、本书第八章对于敦煌文学分类的论述、第七章对于谣歌重沓复唱形式的论述，是应当修正的。若以表演形式为标准，则敦煌文学宜区分为曲子辞、诗歌、俗赋、讲经文、论议文、变文、话本、词文等类别；《诗经》中的重沓复唱现象，应理解为"比""兴"两种歌唱方式的产物。"比"即"赓歌"，是重复歌调的和唱；"兴"即"相和"，是更换歌调的和唱。这些新理论见于以下长篇论文：《敦煌文学与唐代讲唱艺术》，载《中国社会科学》1994年第3期；《敦煌论议考》，载《中国古籍研究》第1卷；《诗六义原始》，载《扬州大学中国文化研究所集刊》创刊号。

尽管如此，书稿的基本论断却并未过时。它用饱满的锐气和二十世纪八十年代所特有的逻辑风格，构成了富于个性的稚拙；像那些以坚实材料建设的学术大厦一样，有不易衰退的清新。我很高兴，能同这样年轻的自己一起去面见世人。

……

现在，我是在扬州、在十年前住过的那种平房里为书稿看校的。环绕我的是许多似是而非的熟悉感。宿舍门口，是我陪同任师走过两千多次的小路。每天早晨五时，这里依旧有一片昏蒙蒙的曙色；但整个校园都不再能听到那苍老而激昂的训示。在这幢平房里，我曾经目睹令人感伤的流逝：54岁的陈均老师，为我的《资本论》课程付出了生命的最后半年。1984年夏天，我曾就《不空绢索神变真言经》中"三七七七一百八遍"等语向季羡林先生投书请教，因他而获得由方广锠先生提供的详细解答。现在打开电视机，我还能看到这位高年硕学的"东方之子"。如果再把记忆推远一些，我会重温初到复旦大学读研究生的岁月，那时王运熙老师尚在知天命之年。他教给我的治学态度和方法——注意事物联系的方法，曾使我顺利完成从中国文学批评史到隋唐燕乐歌辞的专业过渡；现在，又成为我的学生从民族学、历史学、艺术学跨向古代文学研究的津梁。时迈不居。这部处女之作，于是成为一条不再的河流、生命中最宝贵的段落的凝结。为此，缀兹数语以纪念它的问世。

写于 1995 年 7 月 10 日。原载《隋唐五代燕乐杂言歌辞研究》，中华书局，1996 年 12 月。

《中国早期艺术与宗教》后记

　　本书所收录的18篇文章，是我近十年来的新作。按其内容约略可分四组：第一组关于原始信仰和艺术考古，第二组关于文学的发生与传播，第三组关于宗教音乐系统的形成，第四组关于民族文化的起源。今系在《中国早期艺术与宗教》的总名之下奉献给读者。其始于天文（《火历论衡》）而终于地理（《中国史前文明研究的地理学方法》），本不是特意安排，不过也稍稍表示了对文化生存空间的关注。

　　编辑这样一部论文集，在我来说是一种机缘。因为它实际上是对于某种探索的检阅。1985年，当我在任半塘先生指导下，以《隋唐五代燕乐杂言歌辞研究》一文取得博士学位的时候，我懵懂地意识到，自己可能会再次经历知识结构的改变。这一方面由于当时已经尝试文学研究与音乐研究的汇通，对跨越学科的工作有所经验；另一方面，也由于学术的本质是探究事物的原因和原理，研究的每一步深入，都逼迫自己重新建立学术背景。比如，为了理解敦煌文学，我不得不深入研究同佛教音乐相联系的讲唱艺术；而一旦把宗教音乐当作研究对象，我又必须致力于理解相关仪式和作为其基础的古老信仰。这样一来，从1988年写作《原始信仰和中国古神》时起，我就像是穿上了红舞鞋，不由自主地走进充满资料空缺的上古文化领域，以致费尽心机向语言学、考古学、民族学、科技史等学科取资。如今，我沿着这条弯弯曲曲的学术道路漫行了十年。值第二辑《东方学术丛书》组织书稿之际，我遂想，不妨对这段历程的成败得失做一总结。

在中国的学术史上，曾出现许多学无不窥的通才。这些学者值得尊敬，但未必可以轻易效法。本书就是证明——尽管它涉及众多领域，但它并没有摆脱文学研究的约束。比如书中《楚宗庙壁画鸱龟曳衔图》一文，依据十几种先秦两汉的造型艺术资料，讨论了一个已经佚失的神话和一种内涵丰富的信仰；但它的落脚点，却不过是解释《天问》"鸱龟曳衔，鲧何听焉"一语的来历。又如《诗六义原始》《中国韵文的传播方式及其体制变迁》二文，虽然建立在文化人类学的背景之上，但它们所讨论的，也是传统的文学史问题——关于《诗经》分类体系如何形成的问题，关于中国文体如何起源和变迁的问题。大概有人认为，我做了许多本属于天文学、考古学、思想史等学科的工作；但反身自问，我并不想离开文学研究者的本分。文学是什么？从音乐学角度看，可以说是一种语言艺术；从民族学角度看，可以说是一定文化共同体的生活技术和交际手段；从考古学角度看，可以说是以器物为载体的思想和感情；从科技史角度看，可以说是随记录手段、传播手段而变化的审美过程；而从交通史的角度看，则可以说是依赖文化交流而得以更新的娱乐风尚。每一个角度都可以展现一组关系，暴露文学的某种本质，从而启发一种研究方式。所以古人有云"至大无外""至小无内""君子不器""道未始有封"。本书的最大收获，或许就在于对这个不器不封的道理有所领悟，因而为更深入地理解中国文学及其历史作了一些准备。

但从另一方面看，本书却必有种种难如人意的地方。它不是一部内容系统的专著。它所讨论的问题原是从文学研究中引出来的，故其名称和结构的主要意义，乃在于用掘井的方式，探察了文学、艺术、宗教等中国早期文化事项的若干关联。它所收录的也不是专家的作品。就写作动机而言，这些作品往往具有学术札记的性质。比如《火历论衡》即起于一篇读书心得，而《中国史前文明研究的地理学方法》则是关于某一课题的论证提纲。之所以把它们发表出来，是考虑到在若干主题之下，它们提供了较有次序的基本资料和稍具新意的学术思路。另外，书中各组文章写于不同时期，似有不同的欠缺。例如第一组之于上古器物制度，第二组之于传统的文学观念和文体观念，第三组之于宗教教派和义理，第四组之于西向的文化传播，都未必关注周全。其可取之处，不过是揭露了上述现象之外的、较隐蔽的那些历史关系。换句话说，如果我们采用以下两条标准来衡量文章——其一是"有血有肉"，即好见识、好思路与好材料的结合；其二是"得二"，即不求用二分力气轻取八分成果，而要用八分功夫追求剩下的二分——那么，本书关于道教音乐的两篇，似难免血逊于肉的遗憾；关于民族文化的两篇，则于"得二"尚有一间之隔。

1997 年 7 月 10 日，正当我草成以上文字的时候，闲堂（程千帆）先生在南京读到完稿十年后出版的《隋唐五代燕乐杂言歌辞研究》，赐给我如下一函：

> 念任老归泉已久，为之怆恻。任老教授数十年，晚归故里，乃得足下传法，人生遇合有定如是。又忽念足下是书久而始发布，略同朱延丰之《突厥通考》。寅老《寒柳堂集》所为序所论甚精。足下与朱仿佛，陈、任二老亦略同也。

我深谢闲堂先生的仁仁劝勉，于是把陈寅恪先生所撰《朱延丰突厥通考序》展开，一再温习那些灼热的字句：

> 朱君延丰前肄业清华大学研究院时，成一论文，题曰《突厥通考》。寅恪语朱君曰：此文资料疑尚未备，论断或犹可商，请俟十年增改之后，出以与世相见，则如率精锐之卒，摧陷敌阵，可无敌于中原矣。盖当日欲痛矫时俗轻易刊书之弊，虽或过慎，亦有所不顾也。

此时此刻，面对即将问世的《中国早期艺术与宗教》，自忖有幸生于出版事业空前发达之今日，而或未免于轻易刊书的时俗，我不由得愧疚而惶恐起来。为此，略记本书的前后长短如上文，以便利读者方家予以批评。

写于 1997 年 7 月 15 日。原载《中国早期艺术与宗教》，东方出版中心，1998 年 6 月。

《中国早期思想与符号研究》后记

　　在女儿看来，世上不同类型的人是由不同的猴子变过来的。有一天她告诉我：她来自远古时候的祭司。她专长天体物理，又喜爱诗歌。这就像古代祭司那样：承担为族群感知信息、保存信息的职责，因而熟知天文，精通韵文，追求孤独、沉静和长寿。她的母亲据说来自猴群中的工艺师。此君擅长消磨，曾经在无数年月中磨石成杵，磨杵成针，所以现在不分事之大小都讲求精细。而我呢，则是习惯作长途旅行的猴子，在石器时代以垦荒为业。

　　关于长途旅行，女儿说，在西方星相学中，它和高等教育、学术属于同一类事物。这三件事都意味着对人的习惯作根本的改变。短途旅行和初等教育则与此不同；虽然它们也能改变习惯，但这种改变是肤浅的，并不触动生活和认识的本来框架。庄子说："适百里者宿舂粮，适千里者三月聚粮。"说的就是短途旅行、长途旅行有本质区别。所以长途旅行者、垦荒者和真正的学者也可以归为一类——这几种人都有寻找新大陆的自觉。常见的情况是：习惯长途跋涉的动物志在开垦，无意于守成，无意于囤积，故敢于冒险，不拘泥事物的形式。这也就是第三种猴子所具有的习性。

以上这种奇怪的理论，尽管荒诞不可稽考，但在本书进行过程中却凑巧得到了验证。本书的写作开始于1987年，结束于2007年，20年时间，正好可以看作一次长途旅行。当其开始之时，我的身份是文学研究者，仅在两年前完成中国文学批评史、中国古代文学的专业训练，离开复旦大学、扬州师范学院来到上海师范大学就职。而当其结束之时，我已经是第三次到达汉城了：作为 Korea Foundation Field Research Fellow，正在着手搜寻两支宋代乐队——大晟乐队和教坊乐队——在朝鲜半岛的浮沉。由此看来，本书标志着学术习惯的两次改变：1987年前后，是从专门学问到综合学问的改变；2007年前后，是从中国视野到国际视野的改变。前一次改变其实也就是本书的动机。1987年，当我的学术兴趣由中古音乐文学转向上古思想符号的时候，影响我的有三个因缘：其一是学校提出的开设新课程的要求。按照这一要求，我在"中国文化史讲座"的名义下，开始写作《原始信仰和中国古神》这本小书。其二是好奇心的发展。在求知热情的驱使下，我打算通过学术来探究人类文化的本性，因而越来越多地关注到发生状态的事物。但最重要的是其三：在完成《隋唐五代燕乐杂言歌辞研究》等著作之后，我注意到二十世纪学术发展的种种新成就，有了改变自己的强烈冲动。我迫切希望把考古学、民族学、历史学、语言学、科学史的资料和方法结合起来，更新自己的研究经验和学术个性。这样一来，我就自然而然地走进了本书，走进了一项综合各种现代学术经验的工作——关于四神起源及其体系形成的研究。

以现在的眼光看，1990 年前后是我一生的高潮。这不仅因为那是想象力充分扩张的时期，而且因为那是"三月聚粮"的时期。当时我任教于学校的文学研究所，因种种机会得到一些空闲。我一时兴起，便钻进图书馆，每天八九个小时，把馆内所有考古学、民族学和科技史的书刊读了一遍。我喜欢书中的图片，就请友人林路帮忙拍照。那时林路还不是"艺术大师"，不太忙，两个星期就帮我拍了一千几百张。我在这些照片背后写上说明文字，制成几抽屉资料卡片。后来，这些卡片，加上几年来做的一大摞读书笔记，就变成了写作的基础。事实上，本书的基本资料和主要观点都属于这一时期。也就是说，这次远足，就其开端来说是快乐而丰饶的。这无疑会强化旅行者的旅行本性。

关于上述猴子理论，还有一件事可以印证。这就是本书的交稿过程。本书实际上是分两次交稿的：其图文两部分都曾在 2007 年 1 月交付出版社；但图片部分却经过长期返工，到 2007 年 12 月才最终完成。返工的动议，是由前面所说的那位"工艺师"提出来的。她的理由很充分：首先是大量图片略嫌粗糙，必须加工；其次是工期不长，只需要个把月；再次，作为承担者，她有机械制图和地图绘制的经验。但没有想到，她的精密习性却使这"个把月"的工作最终变成了一个浩大的工程。在将近一年的时间里，她投入了几乎全部业余精力，以致那位出身祭司的猴子饮食无时。她的消磨习惯并且造成了某种浪费——比如，为了确定星图中神宫星（一颗无关紧要的小星，仅见于古代记录）的准确位置，她查考了各种彼此矛盾的天文学资料，无法得其究竟，不得已只好鸣金收兵——但她乐此不疲。

这件事使我想到：如果不是因为一些偶然的事件，本书的写作，也许在15年前就可以完成了。不过，正像不必责怪那些消磨和浪费一样，我也不会为此感到遗憾——它们恰好也照射出了我的本性。所谓偶然之事，首先一件发生在1991年春天：由学校安排，我连续参加了两场职称外语考试，本书的写作因此中断。接下来，由于得到霍英东研究基金的资助，从1992年起，我以考察"汉民族文学艺术与周边文化"的名义，在云南、西藏、新疆，以及境外的越南、吉尔吉斯斯坦、哈萨克斯坦等地进行了长期旅行。又由于担任了博士生导师，从1993年起，我成了专职陪练，走进了若干新领域。这些事件刺激出新的兴趣，补充了知识和经验，同时也改变了我的工作方向。从本书的角度看，这是可喜可悲的事情。我曾把在西藏、新疆的旅行收获，写为《汉藏语猴祖神话的谱系》《高原人和平原人的共同祖先》等论文（见本书第一章）；又把在越南、中亚的旅行收获，写成《从敦煌学到域外汉文学》《越南汉喃文献目录提要》等书籍。如果说前者是一种回归，那么，后者便是远离本书。在某一时期，我和这本曾经投入极大热情的书稿，竟然是渐行渐远了。不过幸运的是，同样由于一个偶然的事件，在远离十余年之后，我居然完成了回归。乐观地看，这过程是有积极意义的。因为，年轻时候天马行空般的学术想象，在老成之时得到较清醒的批判和较系统的整理，无论对于本书还是对于我的人生，都可以说是一种奇妙遭际。

本书完成第一稿的时候，《后记》中有这样一段话，记录了我当时的心情：

> 再过几天，书就要交稿了；二十个春秋，就要作一结束。我不免想起了写作中的甘苦，也想起许多让我感念的近事。我想起一位亲如兄弟的朋友。在我最困难的时候，他陪在我身边。但我没有办法安慰他：他的家在一年前破损了，他说他的理想就是全家三口早一天在"那里"相聚。想起元智大学两位纯朴的女教师。她们泡的茶很香，并且常常说一些有意思的话，比如："留在身边的东西最重要"，"蹲下来可以跳得更高"。想起新竹清华大学和北京中国社科院的两位研究生。为了帮助我，一位辗转找到台北那家早已没落的软件公司，把尘封十五年的 CWI 文件（本书第三章第五节的初稿）解读出来；另一位则替我仔细校读了本书前四章。想起一位神话学研究者。她的学术兴趣是同旅行联系在一起的。在阳明山上，她对我说："旅行的意义是能够知道家的好处。"想起很多和我同喜同忧的朋友，他们分别住在南京、北京、上海、深圳、广州、扬州、南昌、桂林、武汉、昆明、郑州、河内、巴黎、纽约、温哥华和乌鲁木齐。最后，想起我的新家乡四川，想起它所拥有的高山大川和五十多个民族，想起古来用反哺之心报效它的流寓人士。现在，我成了这些人士中间的一员。我一生当中最后一件小事，应当是为此写作一部《口述华阳国史》，以记录远古之时人们在这片雄伟大

地上的创造。那时候，位于华阴的夏、商、周、秦还只是边鄙小邦！……

这段话写在 2007 年年初，写在旅次海东之际。面对远方的亲友，不免有些忧伤。一年过去了，我又走了很长的路。那忧伤早已不在行囊中了，剩下的只是它所包藏的感恩之意。不过，这段话的最后几句，却成了我越来越强烈的愿望。今天，承编辑罗湘女士的好意，我得到机会重写一篇《后记》。面对本书的印刷清样，我想到的正是这个愿望——是茂汶高峻的羌寨、喜德悦耳的彝语、峨边崎岖的山路、楚雄艳丽的阳光。同时，我也想到本书同某种人生、某种性格的联系。我想，既然这是一种垦殖者的性格，既然它投入了中国西部，那么，它自然会生长得更加快乐、丰饶和绵长。

原载《中国早期思想与符号研究》，上海人民出版社，2008 年 7 月。

《起源与传承：中国古代文学与文化论集》续后记

编完本书，写完后记，就是 2010 年的春节了。我告别成都，回上海过年。我想利用团聚的机会同女儿谈谈话。女儿熟悉物理学，对人文科学有兴趣。她说，她最近读过我许多论文。

果然，女儿同我谈了很多。

她告诉我：她遇到过两种青少年，一种是喜爱物理学、对学习物理有信心的；另外一种不是。她观察过后一种人，发现他们之所以排斥物理学，原因是害怕"一脚踩空"。因为解物理题的过程，是一个寻找思路、试错的过程。这一过程通常会让学习者感到迷茫、困惑。所以不妨说，排斥物理学的心理原因是害怕迷茫和困惑。

她说：试错是自然科学的基本方法，所有科学工作都是要通过试错去寻找正确思路的。所以害怕物理学的人也会害怕数学或化学。人们喜欢把人分为文科倾向的人和理科倾向的人。其实，按照一种更深刻的理解，也可以分为害怕踩空的人和不怕踩空的人。

她说：我这本书有些提法会让学理科的人感到奇怪，比如我把"起源""传承""比较"和"历史形态"研究看作自己的特色。她说：在自然科学工作者看来，这算什么特色呢？科学的基本要求本来就是系统地研究事物，是要去回答具有普遍意义的问题。任何研究都不可避免地要做比较，要通过运动来考察事物，因此要追溯起源。比如在她的理解中，哲学就是哲学史，宗教就是宗教史。作为一个文学史工作者，我自然应该把起源研究、传承研究等等当作自己的本分。

她说：她认为我的特色其实是不怕踩空，在踩空的过程中追求踩实。这种追求接近物理学家的追求。在我写过的论文中，她最喜欢的就是这种风格的论文。比如《龙的实质和龙神话的起源》。表面上看，这篇文章的优点是采用了生物学的知识和研究思路；但从实质上看，它的优点是注意寻找在看似矛盾的各种材料中隐藏的内在关联，因而破除了瞎子摸象的习惯。它是一篇思想深刻的论文。又比如《诗六义原始》。那篇文章面对特殊的资料条件，若干论点找不到直接依据。但它调动了尽可能多的资料，使每个论点都相互支持，形成一个逻辑严密的系统。它是一篇层次明细、内容紧凑的论文。另外，在我前年发表的《中国早期艺术与符号研究》一书中，女儿喜欢《从鸟崇拜推测商王庙号的内涵》一节。这一节的优点也是逻辑上比较完整。它符合这样一个道理：一旦将一种现象置放于千百种相关现象之间，比较着看，那么就能获得对它的理解；

即使这现象本身比较隐晦。总之，她认为，不怕踩空也可以理解为不满足于浅尝辄止。这种做法和通常的做法不同，总是先把其他相关材料的意义都显示出来，然后再确认那些核心材料的意义。

女儿的话对我颇有启发。我发现，我的论文的确可以分为两种：一种是在踩空的过程中慢慢踩实的，另外一种是步步踩实。本书《域外汉籍研究中的古文书和古记录》一文，就属于后一种。可以说，它符合"资料翔实"的要求，填补了空白；但相比之下，我更喜欢前面那种论文。那些论文都经历了困而后知的过程。它们不仅收获了作为结论的新知识，而且收获了作为试错方法的新思路。我把本书的篇目细数了一下，发现大部分是这种论文。例如《从"五官"看五行的起源》《论〈老子〉首章及其道的原型》《论汉文化的"诗言志，歌永言"传统》《〈文心雕龙〉风格理论的〈易〉学渊源》《琴曲歌辞〈胡笳十八拍〉的作者与时代》《唐代酒令与词》《变文和讲经文》《从曲子辞到词——关于词的起源》等。它们都包含了透过现象看本质的追求，是"不怕踩空"的产物。

不过，我知道，任何学术都是要从传统起步的。人文学科毕竟是讲究归纳的科学，从材料出发是高于一切的要求。因此，在人文学科提倡踩实，进而提倡起源研究、传承研究、历史形态研究和比较研究，是更有意义的。因为只有站在这个基础之上，才能有效地抵制那些反科学的倾向，使"试错""不怕踩空"不至于导致另一种失误。

正月初三，我去音乐学家洛秦家做客，见到前辈学者洛地先生。洛老先生对上面这些看法表示赞同。他补充说：持之有故和言之有理是两件事。持之有故未必言之有理，言之有理不必持之有故。正因为这样，孟子才说"尽信书不如无书"。形而上和形而下也是两件事。只懂形而上，不懂形而下，那是空洞；只懂形而下，不懂形而上，则是盲目。正因为这样，康德才说"感性无知性则盲，知性无感性则空"。他说，没有形而上作指导，许多形而下都是瞎搞。

听到这些话，我不免"心有戚戚"。于是记下来，提供给大家讨论。

写于 2010 年春节。原载《起源与传承：中国古代文学与文化论集》，凤凰出版社，2010 年 9 月。

《隋唐音乐及其周边》后记

　　"跨学科比较研究"是当前学术界谈论较多的话题。这种情况是同相应的学术实践相联系的。比如"文献学与文艺学相结合"之法，以及"诗史互证"之法，经多年积累，已成为文学研究中比较通行的方法。而在包括各种专门史在内的历史学中，则出现了向考古学和人类学延展的倾向，于是"两重论证"之法、"三重论证"之法，往往播于人口。另外，最近十年有"域外汉籍研究"一科兴起，其主张和陈寅恪先生所谓"取异族之故书与吾国之旧籍互相补正"一致，乃跨越了外国文献研究、中国文献研究两个领域。至于通常人所说的"比较文学"，则主要采用"取外来之观念与固有之材料互相参证"之法。它虽然不是跨学科比较研究的主流，却有推波助澜的功效。总之，对于二十一世纪的中国学术来说，跨学科比较研究是一个不容忽视的趋向。

　　以上方法都很好，扩大了学者的视野，有助于充分揭示事物之间的关联；但如何付诸实行，这问题却是需要通过尝试来解决的。首先要考虑的是同研究对象相适合，因为一把钥匙开一把锁，只有能解决问题的方法才是有价值的方法；其次要考虑的是同研究者相适合，因为所谓"方法"，其实是人脑、人手的延长，任何方法都需要一定的学术素养作为支撑。我在学科边缘做过一些研究，对这两点——特别是后一点——有很深的体会。比如，为了学好语言学、天文学和民族学，我曾经尝试利用几十种民族语的资料，来建构汉藏语祖先神话的谱系；曾经通过考察物候历、星辰历、日月合历的关联，来认识古代的改火制度和大火星崇拜；也曾经采用民族学方法，来研究中亚地区的东干文学。做这些事情，有很大的学科跨度，需要许多专门知识，这使我反复经历了重新学习的过程。我于是懂得：所谓跨学科比较，其核心目的是揭示共生事物在发生发展过程中的关联，其基础则是跨学科的学术训练。所谓多重论证，其实质是以多种学科身份深入考察事物，然后进行比较和论证。换句话说，真正的跨学科比较，是以跨学科研究为前提的，它要求研究者熟悉两个以上的学科。

《隋唐音乐及其周边》一书正是这种跨学科研究的结晶。从小处说，它代表了某种"第三只眼"——一个文学史研究者在考察中国音乐史和中国音乐史料的过程中所建立的认识；从大处说，它代表了对于中国音乐研究的一种新理解——不仅把它理解为音乐研究者的事业，而且把它理解为中国古代文学研究者的事业。这种理解的主要根据是：一部中国古代文学史，主体上是音乐文学（由诗、词、曲等品种组成）的历史。文学的早期形态或民间形态，其实是口头形态或音乐的形态。文学依靠创作者、传播者、接受者而生存，而它最重要的传播方式是歌唱和朗诵。文学史上纵然有形形色色的偶发事件，但也有比较稳定的因素，有长时段的运动，有规律性的现象，而这些稳定的、长时段的、规律性的事物，基本上联系于文学形式，特别是由音乐体裁规定下来的形式——比如同周代雅乐相联系的"诗"、同汉代乐府相联系的"歌诗"、同隋唐五代曲子歌唱相联系的"词"。值得注意的是，古代中国人对此已经有清醒的认识了。比如六朝时候有一种理论叫"文笔说"，把有韵的文章称为"文"，把无韵的文章称为"笔"。又比如汉代文献学家将图书文献分为六部，其中文学部分称作"诗赋略"；到魏晋时期，尽管六部分类转为四部分类，但其中仍然有一个关于有韵之"文"的专部，仍称"诗赋"。再比如，古代中国人往往从音乐角度为文体命名，即命名为"楚辞""歌行""相和歌""清商曲辞"等等。这些理论现象意味着：在古代人看来，文学和音乐具有同一性——只有反映音乐律动的文体（韵文），或者说，只有作为音乐文学体裁的"诗"（歌唱作品）和"赋"（不歌而诵的作品），才算文学。关于文学体裁的种种规定，本质上是音乐的规定。总之，根据音乐文学史的事实，我们可以得出以下结论：

（一）文学的起源可以归结为韵文的起源，它联系于音乐的起源；

（二）在文学的本质当中包藏了音乐的因素，正因为这样，书面文学往往表现为对于其母体——口头文学或曰音乐文学的

继承、模仿或吸收；①

（三）中国音乐史和中国文学史是共生的事物，音乐和文学构成中国古代音乐文学的双翼。

以上结论意味着，如果中国古代文学研究者要做跨学科比较，那么，他必定要去研究古代音乐。如果中国音乐研究是一个有机的学术系统，那么，它必定包含由文学史研究者贡献的知识和视角。也就是说，从中国古代音乐研究和中国古代文学研究两方面看，对方都是最好的"他山之石"。

对于以上道理，我是从1982年开始领会的。那年年底，我成为扬州师范学院的博士研究生，随任半塘先生学习"隋唐燕乐歌辞"，由专业决定，对中国文学（尤其是唐代文学）和中国音乐（尤其是唐代音乐）都有特别的关注。随后几年，我把隋唐五代典籍通读了一遍，在任先生指导下，完成了《隋唐五代燕乐杂言歌辞集》《隋唐五代燕乐杂言歌辞研究》二书。这两部书的特点是立足于音乐形式来理解文学，对唐代音乐文献作了穷尽式的考察。我因此走上了真正的跨学科研究的道路。1985年12月，我取得博士学位，随即负笈北上，向音乐学家黄翔鹏求学。后来又经黄翔鹏、周吉等先生介绍，结识了一大批音乐研究者。在和音乐友人相交流、相切磋的日子里，我了解了中国音乐研究的现状、方法、问题和需求，遂尽力作了学术配合——主要从音乐文献学角度作了配合。1996年夏

---

① 继承的例子有歌行。歌行的原始涵义是器乐伴奏下的叙事歌唱，后起的涵义才是长篇诗歌。也就是说，歌行是由歌唱体裁变成的文章体裁。模仿的例子有词。词体的本质是因声度词。在曲子辞阶段，词的创作遵守曲调规范；到文人"律词"阶段，曲调规范蜕变为修辞规范。吸收的例子则各有种乐府诗。唐代人创作乐府诗，有一个重要宗旨就是从民间歌唱中吸取营养。

天，我在位于北京新源里的中国音乐研究所住了两个月，每天用半天时间阅读黄翔鹏先生草写的《唐宋遗音研究》，又用半天时间同张振涛博士、崔宪博士讨论，晚上则驱车（自行车）到金台路红庙北里，去访问病中的黄先生。这些读书经历，加深了我对中国古代音乐的了解和喜爱，帮助我进入了中国音乐学。

除此之外，我也有另一面的经历，即教学、研究方面的经历。其中最重要的事情是：在1992年至2001年间，一批来自音乐学界的优秀青年从我游学，在上海和扬州，一起实施了"先秦乐律学史料汇编"（崔宪）、"古乐书辑佚"（张振涛、李玫参加）、"东干民歌研究"（赵塔里木）、"历代乐志研究"（李方元、孙晓晖参加）、"《乐府诗集》研究"（喻意志参加）等学术项目。在2004年至2009年间，我又多次前往韩国、日本访学，搜集了一大批遗留在海东的音乐史料。现在，我已经依据上述教学经验，写成了一本《中国音乐文献学初阶》；又计划在未来几年，完成两部规模较大的音乐史料书，即《高丽史乐志校证与研究》和《日本古乐书集成》。这些活动，扩大了我的视野，是对上文所说求学经历的有效补充。

本书的内容，正是和上述经历相对应的。其中"隋唐音乐研究"单元，大致联系于我的音乐学起点；"中国音乐史论"单元，大致联系于我的后续研究；"音乐文献研究""中国艺术史短论"等单元，则大致联系于教学与合作项目。根据全书的中心内容，今命名为《隋唐音乐及其周边》。现在，在洛秦先生的安排下，本书得以出版了。我感到很幸运，因为它不仅使我的学术积累得到了总结，而且对上述学习过程、合作过程作了总结。

需要补充说明的是：在中国宗教音乐史方面，我也做过一些探讨，写了若干篇论文。考虑到宗教音乐研究已成为一门较独立的学科，我打算把它们另编为《佛教音乐源流论稿》一书。此书包含以下篇章：

《原始佛教的音乐及其在中国的影响》

《汉唐佛教音乐述略》

《鱼山制呗考》

《鱼山梵呗传说的起源与流变》

《中古佛教音乐的传说与真相》

《五台山与唐代佛教音乐》

《佛教呗赞音乐与敦煌讲唱辞中"平""侧""断"诸音曲符号》

《早期道教音乐及其与佛教音乐的关联》

《唐代的道曲和道调》

《关于佛教音乐的海外流传》

代表了我在中国音乐研究另一领域的工作。

本书在出版之前核对了全部引文，并按现代学术规范逐一订正了书中的错误。尽管如此，本书必然还有很多疏漏。衷心希望各位读者，特别是音乐学界的朋友，予以批评指正。

写于 2010 年 7 月 10 日。原载《隋唐音乐及其周边》，上海音乐学院出版社，2012 年 1 月。

《从敦煌学到域外汉文献研究》后记

敦煌学是产生在二十世纪之初的新学问，域外汉籍研究则兴起于二十世纪之末。因此，"从敦煌学到域外汉文献研究"这句话，乃概括了一个跨越百年的学术进步过程。这一过程的主要意义是：通过开拓资料的新疆域，扩大中国学术的视野，使之树立起同国际学术对话的姿态。它代表了时代趋势，所以陈寅恪先生有"预流"之说。就此而言，编辑本书，或可以为一代学术潮流做个见证。

从个人的角度看，"从敦煌学到域外汉文献研究"这句话，也大致反映了我的学术人生的过程。因为在求学之初，我就接触到敦煌写本和域外汉文献了。那是 1983 年春天，在扬州师范学院攻读博士学位的第一个学期，我有幸参加了《敦煌歌辞总编》的定稿工作，协助任师半塘先生处理了一批歌辞写卷，在识别俗字、校正异文、确认作品文体、判断作者和年代等方面做了训练。1984 年初，我开始撰写学位论文《隋唐五代燕乐杂言歌辞研究》。为了理解唐五代讲唱艺术，探明敦煌文学的分类体系，我通读了当时所能看到的各种敦煌俗文学作品。这年秋末，我又前往上海、南京等地访书，读到刚刚进口的一套《日本古典全集》，遂从中抄录了大批关于日本所传唐代音乐的记录，据此对唐大曲、唐著辞、唐曲子作了重新论述。正是这些经历，唤起我此后对敦煌、西域以及周边地区汉文化的持续关注。本书的四个主题——关于敦煌文学的分类及其本质，关于讲经文和变文的关系及其图像表现，关于在日本、越南、朝鲜半岛保存的汉文古籍，关于汉文化在周边地区的流传——都是同早年的这些关注相联系的。

现在，无论敦煌学还是域外汉文献研究，都在顺利推进。就我个人而言也是这样。在域外汉文献研究方面，我正在着手《高丽史乐志校证与研究》《越南汉喃古籍总目》《日本古乐书集成》等项工作；在敦煌学方面，则拟建设一个比较完备的文体学理论。后者意味着，本书关于敦煌文学的那些意见，将得到进一步完善。举个例子：在国家图书馆所收藏的敦煌写卷北1321V（旧编号为晁050）中，有一篇拟名为《维摩经解》的残文，其内容是对《维摩诘所说经》之《方便品第二》《弟子品第三》的疏解。据学弟何剑平研究[1]，这份经疏完成于中唐时期，其释经素材有三个来源：一是僧人的维摩经疏，例如后秦僧肇等《注维摩诘经》、隋慧远《维摩义记》、唐道液《净名经集解关中疏》；二是诗歌和民间传说，例如傅大士《浮沤歌》、梁锽《咏窟磊子人》；三是佛教因缘故事，例如王索无脂

---

[1] 何剑平《北1321V（晁050）〈维摩诘经解（拟）〉考：兼论其俗信仰特色》，载《敦煌学辑刊》2011年第4期。

肉之缘、瑠璃王诛释种之缘、桑柘之间鱼灯绝照之缘、王在厕之缘、伏龙比丘之缘、飡沙入钵事等。值得注意的是：在这份写卷当中，维摩经疏是和佛教因缘故事杂糅在一起的。这说明，讲大经和讲因缘不可截然分为二事，本书《论变文、讲经文的联系与区别》的观点有待补充。另外，《维摩经解》中颇有一些历史故事，其细节不同于正史；而在经解所载佛经故事中，也颇多不知来历的语句。例如《维摩经解》在讲说迦叶因缘故事时，曾述及迦叶父母为其娶妻一事，云：

> 其父母巨富，疑（拟）与取妻，都不招纳。父母苦逼已，云："还得如我相似金色女，少欲知足者取之。"其父莫知所以，即问诸婆罗门，有一婆罗门云："既有金色男，必有金色女。"即设计造一金人，将以循国觅之。婆罗门告国人："向前必有疫疾起，若不来见礼者，定着其病。"诸人尽来礼敬金人。

这一故事采自隋僧阇那崛多所译《佛本行集经·大迦叶因缘品》，但增加了婆罗门告国人"向前必有疫疾起，若不来见礼者，定着其病"等语。这说明什么呢？说明讲经人对佛经故事作了加工改造，说明《维摩经解》在素材上接受了民间故事说唱的影响。因此，《维摩经解》的文体可以看作常规经疏体向民间通俗讲唱体的过渡。而讲经人为使宣讲形象生动，采用各种手段改造佛经故事，造成文体交叉的情况——比如讲经文同因缘故事相交叉的情况——便也是一件很容易理解的事情。这意味着：本书所提出的敦煌文学分类理论尚有遗漏；作为补充，我们应该对各种中间状态的敦煌文体做进一步研究。

最后需要说明的是，2003 年，我曾在商务印书馆出版
《从敦煌学到域外汉文学》一书。这是一部论文集，所选内容
稍嫌芜杂，有小半篇章与书名不甚相符；不过，承读者不弃，
它却已售罄了。这是让人高兴也惶恐的。为此，今征得商务印
书馆许可，采用另一形式编辑此书——对旧本作大规模修订，
增删篇幅约 65%，编成一本新书。新书由三组论文组成：第一
组关于敦煌学，第二组关于域外汉文献研究，第三组关于敦煌
文献和域外汉文献的比较研究——已是一部名副其实的《从敦
煌学到域外汉文献研究》了。但愿这本小书，能够再次获得读
者的青睐。

写于 2011 年夏至日。原载《从敦煌学到域外汉文献研
究》，商务印书馆出版，2013 年 8 月。

《中国音乐文献学初阶》增订本后记

本书是我和音乐研究者相互交流的产物。其中大部分内容曾经在不同的课堂上讲过。特别是 2007 年 11 月、2011 年 11 月在中国音乐学院开设了两次系列讲座。来自本院以及中国艺术研究院、中央音乐学院、清华大学、北京大学等单位的八十多位教师和研究生听取了演讲，并提出许多富于启发性的问题和意见。那两次讲座的题目就是"中国音乐文献学初阶"。

2014 年 1 月，本书由北京大学出版社出版。出版方曾担心销量平淡，提出改名为《文史导读》。本书因循初衷，未改；却不料上市以后受到欢迎，成为各音乐学院研究生课程的教材，很快售罄。这说明，中国音乐文献学虽然弱小，却是一个富于生机的学科，有旺盛的知识需求。正是为了满足这一学科持续发展的需要，今对本书做了较全面的修订。一方面，增加了讨论音乐史料编纂工作、讨论版本学与辑佚学、讨论民间音乐文献的第六讲、第七讲、第十讲；并根据我近年来收集整理的长崎音乐史料，对第八讲和附录四中关于"明清乐"的论述作了较大幅度的修订。另一方面，在金溪博士协助下，改正了本书前五讲中几十处错误；在孙晓晖教授协助下，对本书前三种附录做了必要的增删；在学术助理张娇协助下，完善了第四篇附录中的日本乐书目录。所增加的几讲，也吸收了我和余作胜、葛恩专、孙可臻等青年朋友合作研究的成果。现在，经责任编辑徐丹丽博士细心检查，全书错讹又得到改正。这样一来，呈现在读者面前的，便可以说是一本较为完整、较为准确的关于东亚音乐文献及其研究方法的新书了。我为此感到欣慰。

在本书修订再版之际，我想，不妨对上文使用的"学科"概念稍加解释。我以前并不喜欢这一概念，认为它出自管理需要，有一定的行政色彩。但现在，《中国音乐文献学初阶》的际遇改变了我的看法——它提醒我，"学科"其实意味着教育对于学术的干预。首先，这本书属于"名师大讲堂"丛书，对象是广义的学生，也就是有比较明确的知识需求的一群人。面对他们，我必须放弃散漫的写作习惯，而划定合理的工作边界，以便构造相对完整的知识体系。作为这种边界和体系的代表，"学科"是一个有效的概念。其次，人类求知能力最旺盛的阶段，是接受高等教育的阶段。这本书的读者就处在这个阶段。他们的知识结构有某种共通性，要求写作者加以配合。这种配合，其实就是"商量""培养"意义上的学科建设。再次，进行知识创造和知识传播，有一个重要步骤，即对实践经验进行加工和提炼。倘若这是富于学术原创性的实践，填补了某一种知识空白，那么，相应的知识创造就有学科意义。古人关于德行科有颜渊、闵子骞等人，言语科有宰我、子贡等人，政事科有冉有、季路等人，文学科有子游、子夏等人的说法，所说的正是这种对经验知识加以分类的"学科"。

总之，对于我来说，《中国音乐文献学初阶》是具有特殊意义的一本书。它让我站在学术与教育的交叉点上，实践与理论的交叉点上，音乐学与文献学的交叉点上，来思考，来写作；使我行文之时，眼前总是有一些熟悉的面庞，有一个可以自由打开的学术帷幕。不过，面对即将交付出版的书稿，我心中却不免忐忑：因为我未必明白此书对于广大读者的真实意义；而且，按以前同出版社的约定，在《经典之前的中国智慧》之后，我将陆续提交《汉书艺文志新知》《中国音乐文学史：六个阶段和六组关键词》等书稿。此时此刻，我耳旁响起的是友人张伯伟教授的警勉："高峰之后是更高的山峰！"我理解，这话至少有三个涵义：其一，高峰之后的险途更加令人生畏；其二，一切过往都只是未来的铺垫；其三，一个攀登者，他其实很难有松懈的时候。

为此，静候读者的批评。

写于 2020 年 8 月 25 日。载《中国音乐文献学初阶》增订本，北京大学出版社，2021 年。

《经典之前的中国智慧》后记

　　今天是一个令人悲痛的日子：从各种渠道传来巴黎遭受恐怖袭击的消息。我的法国房东 Asaf（一位信奉素食主义的青年语言学工作者）也来信了，说他家附近就是一个受灾点。他住在 Rue du Chemin Vert，距离巴塔克兰（Bataclan）剧院和伏尔泰（Voltaire）地铁站都不远。我和两位助手在他家住了两个月，常常在 Voltaire 买菜，看巴黎人在那些餐馆、酒店里从容地享受悠闲。晚饭后散步，我们会稍稍走远一点，沿圣马丁（Sant-Martin）运河，往北走到共和国（République）广场，往南走到巴士底（Bastille）广场。事实上，这一带正是恐怖袭击的重灾区。但我印象最深的是，两个广场上都有由滑轮、滑板车、溜冰鞋组成的乐园。我曾购置一辆廉价滑板车，在巴士底广场和各种肤色的人一起消磨黄昏（如图）。可是今天，所有生动的回忆都加深了我的哀伤；脑海中伏尔泰大道和广场的美丽景致，被染上了斑斑点点的血色。

　　我们在巴黎总共住了三个月，主要任务是为编纂《越南汉喃古籍总目》收集资料，也就是收集越南文明的碎片。由于殖民扩张的缘故，这些碎片大量保存在法国，其中最重要的一部分就是越南古籍。我们通常白天去图书馆查看越南文献，晚上则在宿舍分头处理所收集到的资料；一有空闲，我便写作读者面前这本《经典之前的中国智慧》。我紧赶慢赶，终于在离开巴黎之前完成了书稿，通过网络把它寄给了出版社。这样一来，我的巴黎之行便始终有一部书稿相伴。记得登机回国之时，我颇有如释重负的感觉。但没想到，这种感觉很快就消失了——仅仅过了四十天，出版社就寄来了书稿的校样。现在，我重读书稿，重新写作后记，像是再次背起了重负。那一场不幸事件，更把我的思绪拉近沉重的巴黎。

　　这时我不免会想，面对经过巴黎之殇的人们，这篇后记，应该谈点什么呢？

※

按原来的设想，应该介绍本书编写的始末。按新近的考虑，应该对本书作一些反省，以补救写作中留下的过失。除此之外，我想，还应该补充谈一谈古代中国人共同怀念的时代，也就是传说中的"大同"时代。

现在，我们先谈谈这个"大同"时代。据孔子的描写，它是"选贤举能""讲信修睦""谋闭而不兴""乱贼而不作"的时代，特点是"天下为公"；按老子的说法，它是由仁慈、俭朴、不为天下先的"圣人"来治理的时代，特点是自然有序。孔子、老子都把这个时代当作自己的政治理想，原因在于，他们要对"天下无道"、遍地杀戮的局面作出反应。也就是说，现代人所面临的社会难题，其实孔子、老子等人都考虑过了。而且，他们提出了不同的救治方案。孔子的方案是"克己复礼""为政以德"，也就是加强王者的自律；老子的方案是"辅万物之自然""民复孝慈"，也就是顺从和启发民众的道心。两者的共同处，是主张回到古远，像古人那样，用上天提供的力量来节制执政者的欲望。尽管这些办法在后世未被施行，但它们却折射了远古的政治现实，代表了一种通往远古的高明的智慧。以今天的眼光看，准确理解这种智慧，是有重要意义的。

如果稍作反省，那么，以上论述也说明：本书所使用的"智慧"概念是有偏颇处的。"智慧"是什么？按照通常的解释，是指理解事物和解决问题的能力，是生理、心理、思维等各方面能力的总和。按佛教的看法，智慧即"般若"，是指超越虚幻认识而掌握真理的能力。这些解释显然是有道理的。相比之下，当本书为上古文化提供辩护之时，它对"智慧"的理解就显得肤浅了——它过于强调"智慧"中的知识要素和技术要素，而未注意"智慧"所包含的核心意义：对于现实环境的超越。这意味着，它未能免除现代人自我中心的毛病。正因为想到这一点，本书在第十一讲结尾，借孔子之口做了补充，即把智慧解释为正确认识自然（"天"）和社会（"人"）的能力。但这样一来，另一个缺陷又表现出来了：本书并没有按这个完整的"智慧"概念来探讨"天人合一"的智慧和社会和谐的智慧，也就是说，没有实现书名所要求的全部意义。

回想起来，上述缺陷是与生俱来的，因为本书的写作缘于二十年前一个单纯的设想。那时我注意到，在研究民族文化、上古神话的人群中，有两个稍嫌狭隘的习惯：一是习惯采用以今例古的方式来批评研究对象，凡遇到难以理会之处，便借"原始思维""野性思维"等名随意曲解；二是盲从西方理论，喜欢采用针对无文字人群的民族学方法来研究中国文化，而无视其高水平的特征。这两个习惯，不妨称作"本土的傲慢"和"舶来的傲慢"。由于这两种傲慢，学界对上古神话，进而对各民族文化，颇多误解。我于是根据所掌握的学术资料和相关学术经验，在一次笔谈会上，提出"经典之前的中国智慧"这一题目，并产生了对之加以系统研究的愿望。按我的设想，如何理解上古神话的问题，应该转换为如何理解中国上古文化和上古思维——理解神话的仪式背景和符号手段的问题。这个愿望可以说是良好的，但它却有一个局限，即止步于"理解神话"（关注神话说了些什么），而未充分注意神话的社会功能（未去考究神话表述的原因和原理）。

二十年来，我为实现这个有局限的设想做了一些努力。其主要成果，是 2008 年由上海人民出版社出版的《中国早期思想与符号研究》一书，以及 2012 年由《清华大学学报》发表的《论火把节的来源：兼及中国民族学的"高文化"问题》等论文。这些作品对关于中国各民族文化及其思维的若干具体问题作了考订，于是在一些知识点上，为讨论"经典之前的中国智慧"问题建立了基础。但一直到本书接近完成之时，这个"止步于理解神话"的问题才进入我的视野。我意识到，"经典之前的中国智慧"这一题目其实是有哲学要求的，即要求对"知识点"进行理论提高，同时要审视问题本身。正如上文说到的那样，本书在这一方面是有缺陷的。我为此尽力作了弥补，但受写作计划的限制，并没有达到心中的新要求——没有说清楚上古中国人的核心智慧，甚至没有说清楚上古天文学（准确的说法是"天学"）中蕴藏的智慧。比如，在"天数""天命""天道""天德""天意"的名义下，上古人设立了一整套教育、选拔和管理执政者的制度。关于这种智慧，本书原是应该作深入论述的；而现在，这个任务却只好留待来日，留待另一本书去做论证了。

※

以上种种，可以说是对本书的第一个反省。第二个反省是：我认识到，本书对"问题本身"缺少省察。这一点有一个比较明显的例子，即"巫文化"的属性问题。通常认为，巫文化是文明的对立面，是科学发展的阻碍力量。学术界有一个流行看法，即认为夏商周三代的文化是通过史文化的成长、巫文化的衰落而进步的。余英时先生即持这种看法。他说：中国思想史上的"轴心突破",是在同"礼乐背后的整个巫文化"相争衡的过程中实现的。争衡的结果是"与天合一"让位于"与道合一"。因此,"轴心突破"意味着"巫师(包括'群巫之长'的王)透过仪式垄断与天交通的终结",意味着"精神解放与觉醒的个人不再需要通过巫师作中介来和天交通"。①本书并没有同意余英时先生的"争衡"观,相反,根据所掌握的资料,认为"中国早期思想是在巫文化当中发展起来的",认为中国早期思想的发展过程就是巫师功能的调整过程。但本书却忽略了更基本的问题:没有去质疑余先生所设问题本身的合理性,没有去质疑作为讨论的前提——"巫文化违反文明与科学"这一论断的合理性。也就是说,本书中在讨论之先,其实预设了一个条件,即关于巫文化的成见。

引起我这一反省的,是思想家顾准的论述。顾准(1915—1974)是一位具有传奇经历的学者,其主要贡献是在中国率先提出了社会主义市场经济的理论。因为坚持独立思考,他在1952年被撤销党内外一切职务,在1957年被划为右派分子,在1966年以后受到残酷迫害,以至于妻离子散、家破人亡。但就在生命最后两年,他完成了《希腊城邦制度:读希腊史笔记》《从理想主义到经验主义》等著作。这些著作有一个闪光点,即阐明了科学与政治权威的对立。这一观点大致包含以下细节:

(一)认为古希腊人对宇宙问题做了充分的思考。思考的方式既有诤辨、修辞和文法学,也有数学神秘主义。思考的特

---

① 余英时《论天人之际:中国古代思想起源初探》,中华书局,2014年,第26、121页。

点是"静观、玄览","为事物本身"。这种思考，细致地关注了宇宙的组成。（204—205 页，334 页①）

（二）认为古希腊人的科学道路没有在中国实现，原因在于中国出现了政治权威，其执行者则是所谓"史官文化"。中国史官"所负责管理的文化资料，无不与政治权威有关"。史官文化的对象，"几乎是唯一的对象，是关于当世的政治权威问题，而从未放手来思考宇宙问题"。（204—205 页）

（三）认为政治权威窒息科学的主要方式是阻断对宇宙的观察。因为在政治权威出现之前，人们原有一种观察宇宙的方式，即神秘主义的方式。这种神秘主义是由"玄思的思想家"承担的。他们把现实世界当作"理念世界"的"淡淡的影子"。他们的思想渊源于"一个全能的超人的力量"。它们具有"超脱尘世权威而拜倒在超人力量前面"的特点，被称作"巫文化"。巫文化"固然是神秘主义，可是它比之把尘世的政治权威视为至高无上，禁止谈论'礼法'之外的一切东西，确实大大有助于科学的发展"。（207 页）

（四）认为史意味着巫的世俗化，同时也意味着知识的政治化和理性的庸俗化。史官文化的特点就是"使文化从属于政治权威，绝对不得涉及超过政治权威的宇宙与其他问题"（206 页）。它固然"没有滚入过神秘的唯理主义的泥坑"，但唯理主义却可以"推动你追求逻辑的一贯性，而这是一切认真的科学所必须具备的东西"。比如"希腊思想的神秘主义部分，被哲学史上唯理主义所继承。唯理主义者往往是大科学家"。

---

① 《顾准文集》，福建教育出版社，2010 年版，第 204—205、334 页。

（213 页）

以上论述的要点是说：至晚从周代以来，中国的自然科学就是不独立的，受到强烈的抑制。原因很多，但以下三个现象不可忽视：一、面向人世的"史"大大挤压了面向自然的"巫"的空间。二、同富于彼岸色彩的巫相比，史的扩张意味着社会意识形态趋向世俗化，观察自然之事业于是成为观察人世之事业的附庸。三、在神治社会，人们较多地接受信仰的约束；在人治社会，人们较多地接受制度的约束。相比之下，人治社会更没有人身的自由和理性思考的自由。顾准将中西方科学思维差异的原因归结为政治体制的不同，这一观点或许有待进一步论证；但他通过对中西历史文化的比较，指出巫的行为和思考方式有助于观察自然，有助于建立和发展科学思维，则是具有创造性的。他提醒我们：从"轴心突破"的观念出发，用巫文化的衰落、史文化的高涨来说明中国早期智慧的发展，是缺少根据的，至少是片面的。为此，我们要重新思考破坏科学和人类智慧的主要因素问题——是"巫文化"和其他神秘主义，还是专制政治？只要看看近百年来的中国，我们便应该同意顾准先生的意见——自由人格是科学创新的必要条件，思想钳制是科学凋敝的主因。妨碍科学发展和限制思想自由，是同一件事情的两面；人治主义和官本位的社会意识，在很大程度上造成了这种妨碍；这些因素是和隐藏于教化习气之中的专制传统相表里的。

事实上，本书对上古神话、艺术和科学的讨论已经表明："巫文化"代表了一个漫长的时期。在这个时期，人类思想及其生活技巧获得了高度发展，从蛮荒的丛林生活进入社会结构相当完善的时代。在享神的名义下，这个时期甚至创造了许多现代技术难以企及的艺术品。本书所论"多识于鸟兽草木之名"，便反映了巫文化对博物学和精密知识的要求。另外，从民族学资料看，在这个时期，职官的分化也很迅速，比如，一旦发现了某种治病的方式，马上会产生专于此业的巫师，并且产生相关的专有名词。由此可以想象，为何在中国文明之初期，就出现了细致复杂、具有丰富功能的礼乐制度。我们同时可以判断，把"巫文化"放在知识、科学和智慧的对立面，这种做法是不合道理的。

※

顾准是一个思想敏锐、独立思考的人。由于条件限制，他的看法不免存在一些问题，有待商榷。比如说，他强调巫政对于科学发展有积极作用，而未论述其消极一面；古代中国人考察宇宙，既有"静观、玄览"的方式，也有观天文的方式，后一方式非但没有终止，反而在后世有过长足的进步，他对此有所忽略；等等。但这些问题是一个优秀学者在突破庸常之时不可避免的。不过，另有一个问题却有所不同，需要重视。这就是顾准所说的"史官文化"问题。他把"史官文化"解释为："以政治权威为无上权威，使文化从属于政治权威，绝对不得涉及超过政治权威的宇宙与其他问题的这种文化。"这种解释便是不恰当的。从积极方面看，可以说它基于某个事实——历史上的确存在过用政治权威来限制独立思考的文化；但从消极方面看，它是一种术语误用，因为史官只是技术人才，既可以服务于政治权威，也可以服务于其他权威，无法承担政治专制之责。这就是说，顾准夸大了"史官"的作用，表现了对史官职责的误解。但应该指出，这种误解直到现在仍然很普遍，不止见于范文澜《中国通史简编》，而且见于各种论史官之书，包括余英时先生之书和本书。为此，这里需要做第三重反省。

关于史官，本书在第十一讲"关于'巫'和'史'"一节作过论述，基本看法有四条：（一）认为"史"和"巫"有关，曾经和卜、舞、祝一样加入巫的活动。一直到春秋时期，其知识系统和职业功能都接近巫师；直到汉代，太史令所掌握的文化资源也和古代巫师相近。（二）认为"史"的职责原是口传遗命，到文字产生之后转为执掌书契，比如在殷商后期承担制历、礼神、占卜、作册、收纳四方文书等职责，到西周则负责守护图法、起草王命和外令、记录主上言论行事、掌奏律历谥法。（三）认为史官也有层级之分，比如自上而下可分为三种：一是掌管星历、天时、瑞应、灾异的史官，二是负责记录的史官，三是负责典藏的史官。因此，"巫"和"史"有两种关系：一是同一的关系，这主要发生在巫和高级史官当中；二是分立的关系，这主要发生在巫和低级史官当中。（四）认为应当从巫职功能的角度来看早期中国的思想史，把这段历史理解为天人关系的几个阶段——从天人相混发展为天人二分再发展为天人合一。就此而言，中国早期思想是在巫文化当中发展起来的，推动其变化的是巫师功能的调整。

以上这些看法，对"巫""史"关系有所辨析；同"巫""史"争衡对立的观点相比，有很大进步。不过，它仍然有可质疑的地方，比如存在以下三个问题。

（一）用部分"同一"、部分"分立"来解释巫和史的关系，并不准确。如果说史是在各种行政机构中辅助首脑人物的秘书人才，而巫是沟通天人的人物，以交通神灵、主持祭祀、创制器物、实施医卜星相等事为主要职责；那么，巫和史的关系就不在同一个逻辑平面之上。在文明史的早期，巫是掌握政权和社会文化的集团，史是巫政文化的具体执行者；到后来，巫职分化，巫的部分职能让位于君王朝臣，史又成为王政文化的具体执行者。在这两种情况中，巫和史的关系都不是同一层级的关系。其实，所谓巫和史的部分"同一"，本质上是史的某些旧功能的延续——比如司天职、礼职之史，较多地保留了作为巫文化具体实施者的传统身份；所谓巫和史的部分"分立"，本质上是史的某些新功能的扩大——比如司文职、馆职、史职、武职之史，较多地体现了王政时代社会结构的新要求。[①] 总之，若不设条件，简单地做巫和史的比较，便是不伦不类的。

（二）在把巫和史进行比较的时候，未注意这两个对象的年代属性——比较对象往往是上古之巫和后世之史。在潜意识中，乃把史看作书写和典籍文化的代表，而把巫看作诵唱和体态文化的代表。这样一来，比较就不存在真实的合理性。因为本书第九讲"上古图像同语言的关联"一节说过，书写并不是史的专利，相反，同巫有密切关系。各民族的早期文字都由神职人员掌握，基本上应用于宗教事务。这既包括苏美尔的楔形文字、古埃及的圣书字、美洲的玛雅文字和古印度的"神庙的印章"，也包括中国的殷墟甲骨文和纳西族东巴文。这就是说，英国哲学家斯宾塞（Spencer）所说"文字是创于祭司的"，值

---

① 许兆昌将史官职能概括为文职、馆职、史职、礼职、天职、武职六项。见许著《周代史官文化：前轴心期核心文化形态研究》，吉林大学出版社，2001年。

得肯定。只是由于分工的细化，巫和祭司把管理文字和文书的事务交付给史，在史的职责中才有宣读册命等文职事务、登录典藏等馆职事务、记事保管等史职事务、司礼监察等礼职事务、占筮祝祷等天职事务、从军征战等武职事务。尽管如此，我们仍然不宜去设想"史官文化"和"巫文化"的对立。比如早期史官服务于神灵，负责用文字来记录巫师的祭祀活动和占卜过程，因而享有神授的记事与监督之权；按照祭祀制度和占卜规范，他又必须忠实于记录，因而形成"实录"传统。仅这一事实就表明：第一，史在很长时期都是巫的工具，"史权"源于巫文化；第二，即使"实录"传统，也是巫文化的产物，不只属于"史官文化"；第三，尽管最初的史官记录是一种与巫术相关的行为，但它并非巫术本身。由此可见，无论是把巫和史相对立，或是把巫和史相等同，都是错误的。

（三）尽管本书未曾使用"史官文化"这一词语，但它对由这一词语代表的泛史官论未作清理，因而留下了一定的理论混乱。这种混乱有三个表现：其一是如上所说，把"史"和"巫"看作相平行的概念，认为它们或彼此相近，或前后代替。其二是把"六艺皆史""六经皆史"之说加以推广，认为史是先秦学术以至各种文化的创造者。其三是以偏概全，把不同职位中的史看作所在此职位的化身，进而得出史"为百官众职之通称"的结论[①]。造成混乱的原因，既可以说是把史家的"史

[①]　余行迈《先秦史官制度概说》说：先秦史官有广狭二义。就其全面职掌而言，则与"事""士"无别，为百官众职之通称，这便是广义之"史"；就其"掌官书以赞治"的中心任务而言，则单指守藏典籍、撰写记事，如后世尚书、中书、秘书之类的官员，这便是狭义之"史"。文载《苏州大学学报》1982年第1期。

权"观念推到了极端，也可以说是看问题太孤立片面。我们知道，在巫政文化时期，巫既是族群的领袖，也是族群的统帅、导师和意识形态舵手，因此可以说，除君王而外，军官、学官、教官都是来源于巫的；但人们却没有创造出"军官文化""学官文化""教官文化"等名来和"巫文化"作对比。可见"史官文化"一词，乃把史官孤立地放在社会文化系统之外了，也把它的历史作用过于夸大了。另外，若仔细考察"史官文化"表述者的种种言论，又能发现，其中颇有把创制与传述相混同的现象。比如刘师培著《古学出于史官论》，既说"六艺出于史"，又说"宣尼删定六经，实周史保存之力"。这两句话，后一句很明确，但前一句就很含糊，因为刘氏的本意是"掌于史"，而后来人却往往把它理解为"创制于史"，进而认为史是"当时社会各类知识的总载体"①。事实上，正如章学诚所说，周代府史之史相当于"今之所谓书吏"，内史、外史、太史、小史、御史之史则相当于"今之所谓内阁六科、翰林中书"，主要负责档案管理②，并不好说是哪种时代文化的创造者。相比之下，司掌礼乐教化的乐官，以及《汉书·艺文志》所说的司徒之官（儒家所出）、清庙之守（墨家所出）、羲和之官（阴阳家所出）、行人之官（纵横家所出）、农稷之官（农家所出）等，倒是更有文化创制之功的。

※

以上这些话，断断续续写了十多天，也放在心里想了十多天。11月下旬，受邀到广州大学参加文学思想讨论会，听前

---

① 许兆昌《周代史官文化：前轴心期核心文化形态研究》，第3页。
② 《文史通义校注》，中华书局，1985年，第230页。

辈学者赵宋光谈起哥白尼日心说的意义，又听学友方志远说起王阳明的两个故事，我忽然就产生了许多感触。这三个故事都讲到了"智慧"的道理。

关于王阳明的第一个故事说：嘉靖二年，阳明先生到萧山。某人在船上问他：对释道二氏之说是否应该兼取？阳明先生说：不能说"兼取"。圣人穷理尽性，思想包罗万物，二氏之用皆在其中，无所谓"兼取"。后世儒者不明白这个道理，遇到佛氏之说，就把圣学厅堂的左边一间割给它；遇到老氏之说，又把右边一间割给它。虽然留下了居中一间自处，但却把原是整体的圣人之学分裂开来了。这是用"小道"的观点来看"大道"。①

关于王阳明的第二个故事说：正德年间，阳明先生在江西。某人和他一起除草，感慨"善难培，恶难去"。阳明先生便说：花草都是天地生意，没有什么善恶之分。你想看花，就以花为善；你想用草，又会以草为善。可见这种善恶观出自你心中的好恶。不过，万事还是要循天理的。草既然妨碍了花，那么我们就循天理除去它；如果怕人说你有好恶，而不去除草，那么你就是"动气"，加上了主观。总之，循天理便是"善"，是"诚意"，"是廓然大公"；动气便是"恶"，是"私意"，是"有所忿愤好乐则不得其正"。②

在我看来，这些故事大致说了三个道理：第一是说要摆脱以自我为中心的成见，进行超越性的思考。这种智慧可以建立高于表面现象的理念。第二是说要摆脱门户之见，进行为真理

① 《王阳明全集》卷三五《年谱三》，上海古籍出版社，1992年，第1289页。
② 《王阳明全集》卷一《传习录上》，第31页。

的思考。这种智慧可以揭示隐藏在各家言论背后的共同真实。第三是说要涤除主观，循客观规律进行思考。思考的过程是由私入公、由恶至善的过程。可见智者要追求知识和人格完善的统一。

这三段话之所以会触动我心，是因为，在本书写作过程中，我正好遇到了与此相关的三种困惑。本书写作之初，面对关于上古神话的不同评价，就好像看到了各种猜测的冲突。有些看法其实是瞎子摸象，有些看法其实是坐井观天，虽然显得有道理，但不符合矛盾律。应该如何看待这些成说呢？是否能够超越由不同记录、不同说词造成的表象，而悬想隐藏于其后的事物本来性相呢？我曾经很困惑。本书写作过程中，又遇上了自己的不同观察点的冲突。过去立足于个别事实，有一个看法；后来立足于普遍现象，又有一个新看法。是否需要强作调整，以规避"前后抵触""首鼠两端"之讥呢？我又不免困惑。现在，全书完成了，我有了第三种困惑。这就是，我是否要向读者坦承：作为一个立言的人，我很难清除心中之"恶"——很难像孔子说的那样，做到"毋意"（不主观）、"毋必"（不武断）、"毋固"（不执着）、"毋我"（不自负）呢？这个时候，回味那三个故事，正不啻于尝受了解惑的良药。我再次庆幸自己接触了"经典之前的中国智慧"这一题目。这个题目的意义在于：不仅提供了很开阔的研究空间，而且向参预思考的人提出了智慧要求。一旦走进这个题目，我们就要不断地自我提升。

为了印证这个"不断提升"的道理，最后，我想提一下本书所得到的几方面助力：第一，本书得益于以"经典之前中国智慧"为主题的若干次演讲。这些演讲，是从 2004 年开始，由张伯伟、康保成、刘晓明、李诚、朱晓海、鹿忆鹿、陈益源、詹海云等教授分别安排的。其中在南京大学的演讲，由杨伟同学记录。第二，得益于温州大学课程建设项目的资助。这项资助促使我在 2013 年以后全力投入了写作。第三，得益于金理新、朱旭强等许多青年朋友的批评意见。其中被本书吸收较多的，是叶晓锋、伍三土、陈绪平、沈德康、任子田等80 后学友的意见。值本书付梓之际，谨向以上各位，以及所有参预这一课程的朋友，表示衷心感谢！

写于 2015 年 12 月 7 日。原载《经典之前的中国智慧》，北京大学出版社，2016 年 11 月。

桃李编

《中国戏剧的早期形态》序

　　中国的戏剧研究是从戏曲欣赏开始的，这正如中国的文学研究开始于诗歌评论一样。当文学活动的参预者——作者、读者或听众——对自己的感受加以表达和交流的时候，他们便用"美哉，渊乎，忧而不困者也"一类语言，建立了一种艺术化的"学术"，同时也建立了一种以审美情趣、道德理想为依归的学术习惯和学术传统。

　　在二十世纪之前的两千年里，中国文学艺术研究各分支都保持了这样的传统。它们基本上是作家和艺术家的事业，而非专门学者的事业；它们关注当下的创作和交流，而非较遥远的本体认识；它们重视审美的或伦理的价值，而非事物之所以存在的原因和原理。中国戏剧研究也是这样。在二十世纪第二个十年，当现代意义上的中国戏剧学建立起来的时候，其对象是联系于文人审美情趣的戏曲，或曰"合言语、动作、歌唱以演一故事"的表演艺术；到二十世纪八十年代，当这一学科已经拥有众多分支的时候，对中国戏剧起源的解释，占主流地位的仍然是"长期综合形成"理论——其要点是：认为"真正的戏剧"由古代滑稽戏、歌舞戏、民间说唱等三种艺术形式综合而形成，产生在扮演、舞蹈、歌唱、武艺等表演艺术充分发展之后。这些理论显然是残缺的，因为它们忽视了多种多样的非主流的戏剧形态。不过，我们仍不妨用理解的态度对待这种理论，因为它是二十世纪中国学术状态的产物。也就是说，二十世纪中国戏剧研究的基本观念和基本框架，是从京剧、昆曲爱好者们的艺术关注出发，围绕元明清戏曲这一戏剧史研究的本位和中心建立起来的。

以上事实，可以帮助我们理解人文学科的构成以及它的历史。一个为人熟知的情况是：人文学科是一个融学术研究、艺术鉴赏、道德评价于一体的综合性学科。它的存在不光是作为科学或学术的存在，而且是作为艺术或意识形态的存在。这种情况曾经是天经地义的，但却并不合理，因为它取消了学术的独立。二十世纪以来，社会分工日渐细密，科学化倾向席卷了一切知识领域，人文学科也发生了以淡化意识形态色彩、增强科学性为特征的转变。这正可以看作对上述不合理性的反拨。在这一背景下，戏剧研究——更广泛地说，文学艺术各部门的研究——亦势所必然地摆脱创作、表演、鉴赏、评论的影响，成为以寻求客观真理为目标的活动。因此，一百年来的中国戏剧研究史，既可以理解为围绕戏曲本位观念而运转的历史，也可以理解为不断超越传统、挣脱本位局限而前进的历史。如果说前一种理解有助于认识中国戏剧研究的特征，那么，后一种理解就有助于认识它的发展趋向和深远意义。

实际上，正是那种背离本位的外逸力量，带动着整个学科圈向前发展。这种情况在学科成立初期就已经出现了：在王国维《宋元戏曲史》、吴梅《中国戏曲概论》之中，系统的历史分析方法开始代替单纯的审美批评，人们由此注意到戏曲出现之前的种种戏剧现象。后来，在二十世纪二十年代至四十年代，考据学方法渗透到中国戏剧的各个品种，以赵景深《宋元戏文本事》、冯沅君《古剧说汇》、梁乙真《元明散曲小史》等著作为代表，分科研究成为一时风气。于是，许多原本不登大雅之堂的戏剧形态成了研究者的对象。接踵而来的是高扬政治与社会批评的五六十年代，价值和思想倾向成为中国戏剧研究的主题。但即使在这一时期，孙楷第、叶德均、傅惜华、周贻白、谭正璧等学者仍然彰显了戏剧史料的本来涵义，使古代曲家的社会活动、元明戏剧之前的古剧以及种种民间讲唱都进入了戏剧研究的视野。这一时期还有一个重要成果：1958年，任半塘先生的《唐戏弄》问世。这部后经增补达90万字的大书，用翔实的资料，说明唐戏在脚本、戏台、音乐、化装、服饰、道具等方面的特征，同时也证明了一批具有丰富伎艺手段的戏剧品种在唐代的存在。它的基本观点是："我国演故事之戏剧，固早始于汉，而盛于唐"；周有"戏礼"，汉迄隋有"戏象"，唐有"戏弄"，宋以后有"戏曲"；不得单独割断"宋元之戏剧与唐戏剧间，必然之起承渊源"。这样一来，它就让学术界重新面对了戏剧的本质，同时重新认识了戏剧形态的多样性。

从这个意义上讲，《唐戏弄》是继《宋元戏曲考》之后的一部有里程碑意义的大书，两者都代表了中国戏剧研究史上的重要转折。如果说《宋元戏曲考》导致了中国戏剧学学科的建立，那么，《唐戏弄》则展示了中国戏剧研究的新视野和新趋势。它表明：研究者心目中的中国戏剧史，势必成为一种表演艺术的历史，而非文学之一体的历史；以戏曲为中心的中国戏剧史研究，亦势必转变为对历代戏剧的特殊形态的分段研究。

近几十年来，这种新趋势主要在两个方面得到了深入的发展：一方面表现为理论的深入——对戏剧本质加以重新探讨，成为戏剧研究的热点；另一方面表现为研究方法的深入——利用田野资料而对戏剧的多元历史形态作比较研究，成为研究者新的学术兴趣和学术理想。在理论领域，许多学者依据各自的研究成果，从不同角度强调了"表演"这一戏剧的本质属性。他们或将戏剧的定义概括为"演员演故事"，认为"演"是戏剧这种事物的"基质"和"内核"；[1]或依古代曲论中的表演论，确认注重"表演"是中国古代曲学理论的重要精神；[2]或以"动作说"来解释戏剧的本体，认为戏剧艺术的中心是演员的表演，动作是构造"戏剧性"的根本因素；[3]或把表演和叙事视为戏剧的两种属性，认为中国戏剧为表演而叙事，西方戏剧为叙事而表演，并认为宋以来戏曲的结构原则依据表演场次的主次顺序（宋金杂剧、院本）、歌唱音乐的宫调体式（杂剧）、脚色登场的断续形式（南戏、传奇）而存在，究其根源皆在于"表演"使然。[4]在另一方面——实证研究方面，则出

---

[1] 马也《戏剧本体论》，载《戏剧》1989年第1期；《戏剧发生论：关于戏剧的运动方式——戏剧"什么样"的问题》，载《剧作家》1992年第2期。
[2] 俞为民《古代曲论中的表演论》，载《艺术百家》1994年第2期。
[3] 焦尚志《试谈对戏剧本体的"再认识"：兼论戏剧与影视艺术的异同》，载《戏剧文学》1996年第11期。
[4] 孙崇涛《中国戏曲史刍议》，载《艺术百家》1999年第4期。

现了地方戏研究、民族戏剧研究异军突起的局面。其中特别引人注目的新风气有三项：一是对傩戏及其类型的研究，二是多民族文化视野中的戏剧起源研究，三是戏剧形态和文化的比较研究。这些新风气的综合效果可以概括为对戏剧形态多样性的确认。例如，在戏剧起源问题上，以多元形态的比较研究代替一元进化的研究，于是从历史角度确认戏剧形态的多样性；在戏剧品种研究方面，以艺术与文化的比较研究代替单纯的现象描写，注意探讨与之对应的习俗和生活方式的多样化，于是从原理角度确认戏剧形态的多样性。本书作者王胜华的两位硕士生导师——上海戏剧学院的陈多教授和叶长海教授，正是带动这种风气的人物。

陈多教授的戏剧史研究，具有代表性的成果是"先秦古剧说"和"真戏在民间说"。前一说见于1988年前后发表的《先秦古剧考略》《古傩考略》《古剧考论》等论文。这些论文结合早期文化论证了早期戏剧的存在条件，又将包括《诗经》《楚辞》在内的若干先秦文学作品"绎解"为歌舞剧台本，乃从历史角度阐述了戏剧的本质。[①] 后一说见于《戏剧形成期研究方法的思考》一文。此文认为存在于民间、演出于农村迎神赛会的戏曲，是一支强大的历史"潜流"，足可与书本所记宫廷戏剧、士大夫戏剧、城市戏剧分庭抗礼。[②]这一理论实际上消解了王国维以来的"真戏剧"一说。

如果说，陈多教授的研究以"对中国戏剧形成以至戏剧史研究带来根本性的变化"为目的，那么，叶长海教授则对他的

---

① 见陈多《剧史新说》，台湾学海出版社1993年版。
② 载《西域戏剧与戏剧的发生》，新疆人民出版社1992年版，第125—126页。

思路做了充分的理论补充。1986 年，叶长海在《中国戏剧学史稿》一书中辟出"中国戏剧学溯源"一章，"直溯上古"，讨论了"先秦的总体艺术论"。此后，他又在《戏剧发生诸论》《戏剧的自我体认》等文章中，系统整理了古今中外的戏剧发生学说，指出"戏神"研究和仪式戏剧研究的意义，进而阐述了从历史的规定性、历史的流动性两种角度来认识戏剧的理论。①1990 年，台湾骆驼出版社为他出版了《戏剧：发生与生态》一书，书名即反映了全书的主题：从戏剧的生存环境来研究其本质及其发生。

我和陈、叶二位教授相识于 1982 年。那一年，叶长海和我先后以关于明代戏剧的论文取得硕士学位，而我的学位论文答辩委员会主席便是陈多先生。同样在这一年，我由上海来到扬州，考为任半塘先生的博士生；尽管此后走上了音乐文学研究的道路，但受导师影响，对戏剧本质及中国戏剧起源问题的思考一直未曾中断。1986 年，我在《戏剧艺术（上海戏剧学院学报）》上发表文章，重新讨论关于戏剧起源的"长期综合形成"理论，认为：作为一种艺术体裁，戏剧的特质是在同其他体裁的比较当中呈现出来的。同小说、散文、诗歌相区别，它是一种舞台艺术；同舞蹈、歌唱、杂技相区别，它是一种有具体故事情节的表演；同曲艺相区别，它是一种以角色身份（而非演员身份）进行的表演。若从上述比较中抽象出属于戏剧一面的共同因素，那么，戏剧便可以定义为"以角色身份表演故事的舞台艺术"。显然，这种舞台艺术是和舞蹈、歌唱等艺术

① 分别载于《戏剧艺术（上海戏剧学院学报）》1988 年第 1 期、1990 年第 1 期。

品种相对等，并拥有同样悠久的历史的。因此，其形成过程绝不是把各种形式因素相综合的过程，恰恰相反，"综合"乃是各民族原始艺术的共同特征。[①]后来，我因教学需要转入《原始信仰和中国古神》这一课题，由此涉猎了一些民族学、考古学、神话学资料，也在古剧研究方面与陈多先生会合。1990年，遂又撰文讨论中国戏剧和史前文化的关系，认为：古剧的存在乃意味着多种戏剧形态的存在。如果把傩戏和角抵戏分别看作炎、黄两支文化的象征，如果说这两种古老戏剧的流传有地域差别和社会群体的差别，那么，戏剧起源问题便应当从文化发展的角度（而不是艺术手段进化的角度）来认识。也就是说，通过习俗和生活方式的多样性，可以确认戏剧形态多样性的必然原因。[②]这一年，王胜华以《中国西南地区拟兽型始原戏剧研究》一文提交硕士论文答辩，我应邀出席答辩会，同时也对西南地区的民族戏剧以及"礼失求诸野"的研究思路产生了兴趣。此后三个暑假，我在云南、西藏、新疆作了长途旅行，在结合田野资料进行中国文化研究方面，积累了一些经验。因此，1994年，当胜华成为博士生，来扬州从我同游之时，我便为他设计了《中国戏剧的早期形态》这一研究方向。我想，既然中国戏剧是多民族人民的共同创造，既然戏剧发展的过程是若干表演形态嬗替和演进的过程，既然这些形态的特点取决于其时戏剧的社会功能，那么，我们便可以通过文献学、考古学、民族学资料的比较，来探讨戏剧诸因素的形成原

---

① 《试论〈资本论〉中关于事物的质的规定方法——兼谈中国文学艺术史上两种体裁的性质的确定》，载《戏剧艺术》1986年第2期。
② 《谈中国戏剧和史前文化的关系》，载《戏剧艺术》1990年第3期。

理及其早期表现；可以联系不同的社会形态和与之对应的社会中心信仰形式，来判断各种形态在时间维度上的关系。也就是说，对中国戏剧起源问题的最好的回答，是关于中国戏剧早期形态之关系的描述与解释。经过艰苦的田野调查和细致的文献考据工作，胜华使上述设想变为现实，最终在其博士论文中确定了以下几种存在于中国上古时代的早期戏剧形态：

一、以角色装扮为中心的模仿形态。这一形态以自然信仰为背景，多见于早期岩画。假面即是这一阶段的产物。

二、以狩猎表演为特征的拟兽形态，例如古所谓"百兽率舞"。这一形态以具图腾意味的动物崇拜为背景，有跳虎节（彝族）、跳猫猫（傣族）、蚂拐节（壮族拟蛙戏）、跳弓节（彝族围猎戏）等遗存形式。

三、以逐除不祥为主要功能的巫术形态。这一形态以鬼神崇拜为背景，其典型形式是商周以前的驱傩，遗存品种则有白族的"问魂"和彝族的"跳哑巴"。

四、以敬神祈福为目的的祭祀形态。在商周之时，其典型形式有祭祀农神的蜡祭、以祖先崇拜为内容的尸祭以及祈丰收、祈雨等祭祀仪式。白族的"打秧官"、哈尼族的"归土基"是其遗留。

五、国家宗庙祭祀的乐舞形态。例如先秦的"六舞"：同图腾祭祀相联系的《云门大卷》、同星象祭祀相联系的《大咸》、同天神祭祀相联系的《大招》、同祖先祭祀相联系的《大夏》、同先王祭祀相联系的《大武》。

六、具游戏色彩的散乐形态，例如角抵戏的前身蚩尤戏。

值得注意的是：上述各形态之间的基本关系，既表现为渐次演进的历时性关系，又表现为同时并存的共时性关系。这是因为，事物的高级形式总是会包含其低级形式。通过这两种基本关系，我们可以较完善地解释中国戏剧发展史的复杂局面，因此也较完善地解答中国戏剧的本质及其起源的问题。这是本书最重要的学术意义。

现在，经过胜华再次修订，本书即将付梓出版了。这是可喜可贺的事情。如上所说，它不仅是一篇博士学位论文，而且是好几代人学术理想和学术实践的结晶。本书作者的贡献在于：以特殊的人生经验和超乎寻常的坚毅与辛劳，成功地完成了这一次历时近一个世纪的接力。

是为序。

写于 2001 年端午。原载王胜华《中国戏剧的早期形态》，云南大学出版社，2005 年 12 月。

《〈悉昙章〉在中国的传播与影响》序

　　悉昙学是一门冷僻的学问。它以作为梵文字母拼音教材的《悉昙章》为主要对象，研究有关梵语的历代学说以及其中蕴藏的文化内涵。本书在悉昙学研究中又属一个较为专门的分支。它不是从一般知识的角度关注悉昙学，而是把悉昙学看作中印文化交流史上的具体个案，由此来考察它在传播过程中实现的文化意义。从"意义"角度看，这个传播过程的每一点细节都是饶有趣味的。比如，在中国人看来，"悉昙"指的是什么？《悉昙章》、悉昙体、悉昙学之间关系如何？"悉昙"为什么会成为一门富有文化内涵的学问？它如何传入中国？以何种形态被素无字母知识的中国人接受？在传播和接受的过程中，《悉昙章》又对中国的宗教、文学和语言学产生了什么影响？——具体地说，它如何影响了永明声律、南朝"十四音"、唐代民歌中的"鲁流卢楼"、宋代等韵学等等事物？凡此种种，都可以说是"一沙一世界"，是内容丰富而引人入胜的。不过，在接触这些知识之前，读者或许愿意从另一面想想：作为一个年轻人，本书作者为什么会注意这些专门的问题，并因此而走上艰苦的学术道路呢？这也是一件值得谈论的事情。

此事可以追溯到1996年春天。那时，本书作者周广荣只有25岁，刚由湖北大学研究生毕业。他以博士研究生候选人的身份来到扬州大学，其时我正好在这所学校主持中国古代文学博士点的工作。看见这位朴朴素素、稚气未脱的年轻人，负责招生的老师们不免有几分喜欢。后来四场考试结束，他的专业成绩虽不如几位年长的同学，但外语成绩却遥遥领先，大家便不约而同地看好他了。这时候，我开始萌生一个心愿，想指导他进行一项语言学与文学的交叉研究。

这时我已经招收过两届博士研究生了，学生都是我的同代人。或许由于清代扬州学者留下来的通识传统，或许由于从学术界到研究者本人都有跨学科发展的需要，这时，有好几位同学选择了"汉民族文学与其他文学艺术的比较研究"这一研究方向。其中来自云南的王胜华，已结合中国南方各民族的表演风俗研究了中国戏剧的早期形态；来自新疆的赵塔里木，打算搜集整理东干人（十九世纪进入吉尔吉斯斯坦、哈萨克斯坦的西北中国人）的民歌资料，进而研究陕甘宁民歌经新疆向中亚地区的传播；从加拿大访学归来的傅修延，则参考西方的叙事理论和叙事史研究，正在考察中国叙事传统的形成。而在此之前，我也研究过随佛教东传而发生的中国文体的变化，并在新疆、西藏、云南等地对各民族的文学艺术作过较长时间的考察。对于中国的文学研究来说，我们这些学术经验是有新鲜意义的，因为它提醒人们：只有通过跨文化的比较，才能真正认识汉民族文学与艺术的特质。只有注意考察长时段的现象，才能揭示中国文学发展的历史规律。文学现象中最具民族性的因素、最具长时段特质的因素是形式因素，因此，应当从文体的角度去阐明中国文学的发展。中国文体总是在外来因素的影响下更新的，由于丝绸之路的缘故，这种外来因素主要源于西域，因此，中国文学史著述应当重视对中西文学艺术交流进行描写和解释。在我们看来，这些认识都是需要用进一步的实践来验证的。尽管许多前辈史学家早已把目光投放到了边疆，投放到了作为文化变迁之动力的交流与传播，但我们所尝试的工作尚属学术的薄弱环节，因而具有前沿意义和远大前景。

1996 年 1 月，周广荣来扬州报考前不久，我还在《中国社会科学》上发表了一篇题为《中国韵文的传播方式及其体制变迁》的论文。此文在研究一系列韵文文体成因的基础上，论证了文学传播方式对其体制变迁的直接影响。在讨论五、七言诗体的形成过程及其与乐府的关系的时候，我注意到七言诗体形成的关键是隔句押韵的七言诗的形成，其实质则是两种句式观念的过渡——前者认为六言、七言在节奏上相当于三言、四言的两句，后者则把六言、七言句式与三言、四言、五言句式都看成一个诗句单元。有趣的是：这种七言、六言同三言、四言、五言在节奏上对立的现象，以及这种对立的逐渐消除，同样见于中古的藏语诗歌。敦煌写本古藏文文献记载了一种六字（六音节）诗，其特点是每三字一停顿，凡第三字均为衬字"呢"，形成一个四音步的节奏；又记载了二十余首格言诗，都是七字（七音节）诗，四音步，"二、二、二、一"结构。可见六言和七言的相似是音步的相似，也就是说，在藏文诗歌中也有六言、七言作为对立的一面，三言、四言、五言作为对立的另一面的现象。而且，藏文诗歌也是在相当于南北朝至唐代的时候，把这一对立消除的。这和汉语诗歌消除上述对立的年代相近、原因也相近（它们都与西方传来的佛教文学有一定关联）。这种情况是发人深省的。它意味着：我们有必要作一项比较研究——通过中古时代藏语诗律、梵文诗律、汉文诗律的对比，来具体阐释中国格律诗的起源过程。毫无疑问，悉昙学也将是这一对比研究的重要方面。因为成熟的七言体诗，较早出现在佛家韵文当中，例如南齐王融的《法门颂》（一说谢灵运作）、《努力门诗》和《回向门诗》；而王融、谢灵运等人恰恰是在佛教转读和悉昙学的影响下，倡导音律研习、制造经呗新声的人物。

不过，尽管我不断被上述想法所激动，我却没有着手这项研究。其中的原因很简单：我不具备从事这项比较研究的能力。除英语、日语、东干语以外，我运用相关语言材料的水平，仅限于查阅汉文对照辞典。而且，我错过了学习外语的最好时机。就在我为上述遗憾而惋惜的时候，年轻的周广荣出现在我们面前了。我不由得产生了假手于人的企图。这是符合常理的。中国有一句话说"薪火相传"，又有一句话说"譬如积薪，后来居上"。前一句话，说明师生之间的关系是老树新枝的关系，是学术理念的传续；后一句话，则说明师生之间的关系是前浪后浪的关系，是合作与接力。

周广荣并不是被动地走上梵学研究之路的。在着手研究之前，他经过了反复考虑和摸索，阅读了关于印度、西域、敦煌、音乐、佛教、道教的多方面书籍。他也不是轻松地进入学术之门的。从 1997 年春天开始，他和同时入学的博士生何剑平一起，在编写《汉文佛经中的音乐史料》的名义下，分别通读了 85 厚册《大正新修大藏经》和 106 厚册《中华大藏经》。这是一项繁重的工作，也是学科转换的必由之路。周广荣深知这一点，因而进行得很艰苦，也很努力。到 1998 年夏天，当通读《大藏经》进入尾声的时候，他已搜集了关于佛教语言学和音乐学的资料数十万字。而更为重要的收获是：他熟悉了佛教经典，培养了对佛学和梵文语言学的兴趣，也掌握了大规模阅读资料、进行资料分类的方法。这样，他就在经过一番比较与选择之后，确定了毕业论文的选题。接下来，他仔细分析了悉昙部的音乐史料，细致检讨了所能找到的关于印度语言学和西域语言的各种材料，认真考察了佛教所用语言的变迁，然后才展开本书所涉及的各个论域。

1999 年 11 月 2 日，论文答辩前夕，我曾就周广荣的学位论文提出了以下评审意见：

> 本文在通读汉文《大藏经》的基础上，通过对悉昙章的入华年代、发展阶段、传人和传本等事项的具体考订，全面、系统地介绍了这部印度语言学典籍在中国的传播和影响；为解决四声的起源、诗文声律理论与十四音的关系、敦煌悉昙章的作者与时代等重要学术问题提供了新的思路。选题新颖，结构合理，作风朴实，是一篇成功的博士学位论文。同意进行答辩并建议授予学位。

这段评语很短，但它涉及了本书的几个重要意义：其一，悉昙学是一门随佛教传播而形成的学问。它与佛典的翻译相始终，是佛教史不可或缺的一部分。就此而言，本书填补了佛教史研究的空白。其二，悉昙学对中国语言学具有重要影响，例如影响到四声的发现、韵书体例的变化、字母的创制和等韵学的形成。这都是语言学界密切关注而未能完善解决的问题，因此，本书将积极地促进中古时期汉语言文学的研究。其三，作为梵汉两种语言文化互相接触的产物，悉昙学是中印文化交流史上一个生动而具体的个案。对它的深入研究无疑会冲击关于文化交流和传播的基本理论。也就是说，尽管本书出发于格律诗之形成这一文学史问题，但它的意义，已经远远超出了传统的中国文学研究。

也许正是因为这项工作的上述意义，2000 年初，周广荣幸运地进入北京大学东方语言系，成为一名博士后人员；2001 年年底，他又被中国社会科学院宗教研究所录取，成为该所的一名研究人员。在过去的四年里，他有幸见到更多更优秀的老师，接触到更好更开阔的语言环境和资源环境，因而学习了基础梵语，了解了印度语言文学研究、佛教研究等相关学科的规范，走进了佛学研究的大门。这期间，他围绕悉昙学研究进一步补充了三方面资料：（一）印度撰述，即佛典中保存的悉昙学史料，以及印度古代典籍中保存的可以与佛典互相发明的资料；（二）中土撰述，即中国僧侣撰述和佛典注疏中的悉昙学史料，以及外典著作中与悉昙学相关的资料；（三）参考资料，即今人从事悉昙学研究的成果。这使他视野更加广大，认识更加深入。比如博士论文中已经涉及的四十二字门在印度的源流问题、博士论文中未做详论的明清时期悉昙学与等韵学的合流问题、近代密教之复兴与悉昙学著述之刊刻的关系问题，都以新的面貌成为他的考察对象。由此看来，本书实际上凝结了周广荣的青春，是另一个意义上的成长。如果说，周广荣是在 1996 年走上这条成长之路的，那么，现在他正站在八方通衢的中央。本书所呈现的每一种意义，都有可能作为新的途径和新的生长点，把学术引入更加胜妙的境界。至于前文所说的中古梵、藏、汉诗律的比较研究，则有可能是其中最高的山峰。为此，我愿意以老树和前浪的身份，给广荣以深切的期许与祝福！

　　是为序。

　　写于 2004 年 3 月 3 日。原载周广荣《〈悉昙章〉在中国的传播与影响》，宗教文化出版社，2004 年。

《中国中古维摩诘信仰研究》序

剑平：

现在是 2006 年的除夕。我在从上海到南昌的火车上，读你的《中国中古维摩诘信仰研究》，打算写一些同它有关的文字。车窗外，灯光树影飞速闪过，让我知道每句话都写在不同的地方。等这篇文字写完了，陈旧的"乙酉"也就换成了鲜亮的"丙戌"。

这个除夕比较清静。听不到锣鼓鞭炮声，却真切地感受到时光的流逝。在这种情境中，人容易进入回忆。屈指算来，我们相识已经有十年了。十年前，你和周广荣分别从西安、武汉来扬州大学参加博士生入学考试。你们推开我住所房门时的表情，至今历历在目。记得一场考试下来，广荣被录取了，而你没有；但你接受我的提议，留在扬州了。你以扬州大学敬文图书馆临时工作人员的身份，提前进入博士生课程，同时准备来年的考试。

　　我的上述提议，事实上是只能属于你的。因为它意味着放弃稳定的教师职位，用一整年时间等待一个正式的研究生身份。这不免会引起某种焦虑。但我知道，以你的经历和性格，你能够坚持。你是甘肃敦煌人，出生在新疆和什托洛盖镇。从1985年起，你在乌鲁木齐读了四年外文系，又在阿尔泰当了四年中学教师。你读中国古代文学硕士生的地点是兰州。毕业以后，你任教于古城西安。当你再次东行，踏上扬州地界的时候，我觉得，你好像是在追随玄奘和鉴真的足迹。

　　我还记得当时同你谈起的三个研究方向，其中一个是中古佛教艺术与敦煌文学的比较研究。记得从那次谈话开始，你就被一种富于理想色彩的计划所激动。你爱好诗和绘画，拙讷但喜欢沉思。你有时候会超越现实，我也是这样。1996年春天，你回西安，我们在车站广场上席地而坐，就这样谈起来了。当时我们并无法定的师生关系。我们谈的其实是"一个鸡蛋"的计划。没想到，它现在居然变成了现实。

　　你在西安只作了短暂停留，就把行李搬来了扬州。你和广荣住在一起，一边在图书馆当管理员，一边旁听博士生课程。你开始进行文献学训练，也系统学习佛教史、敦煌学知识。有一次，你向大家介绍了几个月的读书体会，谈了佛教造像艺术从印度向东传播、衍变的过程，也谈了中国南北文化交流对佛教造像艺术的影响。这次发言令人惊喜！因为，你不仅宏观地注意到佛教艺术的本土化和世俗化趋向，而且具体地注意到维摩诘经变画和敦煌俗讲的关系，注意到从《维摩诘经》、与维摩诘相关的注疏到敦煌维摩诘经讲经文之间的发展理路。记得在第二天，我们就商定，考虑把敦煌维摩诘文学研究作为你博士论文的研究方向。

这一年当中发生了很多事情。其中最重要的有两件：一是你通过考试，顺利录取为扬州大学博士生；第二件事就是阅读佛经。这件事开始于 1996 年，但正式实施是在 1997 年 1 月。那时你和广荣看了不少同专业相关的书，但所得到的知识却显得散漫，不具备资料积累的价值。我于是布置你们通读汉文大藏经，从中辑出有关音乐的资料。广荣选择了《大正新修大藏经》，而你却选择了《中华大藏经》。可以说，你选了一项比较艰难的工作——《大正新修大藏经》排印而成，有标点，较易阅读；《中华大藏经》主要据抄本影印，无标点，比较难读。但实际上，你们所选的，是不同的发展路线。因为这两套书之间的区别，主要是结构上的区别。《大正新修大藏经》的编排次序大致反映了佛经集结的历史，《中华大藏经》的编排次序则反映了佛经在汉地的传译过程。你和广荣后来走上了略有同异的学术道路：你比较注意佛教作为文化的存在，注意它在中国和东亚的传播；广荣比较注意佛教作为宗教的存在，注意它在南亚和中亚的发端。这种同异，不妨说，在你们选读佛经的时候就注定了。

你们面临的工作的确是不容易的：《大正新修大藏经》有85 巨册，《中华大藏经》则有 106 巨册，就像两座大山一样。也许由于这个原因，你们有很长时间按兵不动。不过，我却一直觉得这是非搬动不可的大山，于是耐心地等待你们的行动。我有这样几个理由：其一，你们需要有阅读原典的经验；其二，你们需要进行文献学（包括资料分类学）的训练；其三，博士论文需要从自己所特有的资料出发；其四，中国学术需要熟悉佛教经典的青年；其五，学术发展需要一批经过整理的佛经文学艺术史料。其实，在谈文学艺术比较研究的时候，我们就讨论过这项工作的意义了。佛教是通过口诵来传播的宗教，以口传心记为其文化教育的传统。东晋法显、唐代义净都说到印度佛教"师师口传，无本可写""口相传授，而不书之于纸叶"。这意味着，若不通过音乐载体，我们便不能把握佛教的特质；也意味着，我们可以在"音乐"的名义下，全面考察佛教的文学和艺术。另外，在佛教音乐和佛教造型艺术之间，有一种特殊关系：它们按同样的宗旨建设起来，在文化上是同构的；但从现有资料看，佛教音乐有理论而无作品遗存，佛教艺术则相反，有大量作品而无理论遗存。这又意味着，这两批资料可以相互补充。显而易见，即使对于佛教造型艺术研究来说，编纂一部《汉文佛经中的音乐史料》也有非常重要的意义。

总之，在1997年春天，你们开始了另一意义上的长征。你们披沙拣金，每天抄录1 500字，而阅读量则是若干万字；不松懈，不停顿。我相信，这是一种呕心沥血的阅读。一般人是不容易体验到这种阅读情感的，但它却成了你们的人生的重要部分。关于这一点，你的日记可以证明：

> 1997年6月19日星期四：输入玄奘所译《大乘广百论释论》卷七中的一段声论材料，其意不尽可解。于是中午查丁福保《佛学大辞典》中的"八种声""声教""声为教体""声论师""声明"诸条以明其意。

其实你没有完整地输入这段资料，而是把它放在心中。请看下一则日记：

　　1997 年 6 月 20 日星期五：这段材料也许以后有用，暂不输入。它谈到牧人问佛以牧牛之法，以验其是否为一切智；佛所学众智伎能如射术、文章书画、占梦法、吹贝歌法、天文并声论法等等无不通达。此段文字收在《大庄严论经》卷第十一，《大藏经》第 29 册，第 703 页。

　　读完《大藏经》第 29 册。

　　晋宋之际，盛传佛影在岩石上显迹的故事。此在法显《佛国记》中已有记录。《高僧传》卷第六《晋庐山释慧远》记有佛影之事。此外谢灵运作有《佛影铭》，见《全宋文》卷三十三；鲍照作有《佛影颂》，见《全宋文》卷四十七。谢灵运《佛影铭》中有一段颇可注意的话："法显道人，至自祇洹，具说佛影，偏为灵奇。幽岩嵌壁，若有存形。容仪端庄，相好具足，莫知始终，常自湛然。庐山法师，闻风而悦，于是随喜幽室，即考空岩……"也许可以推测法显是将佛影之说传入中土的第一人，之后才有庐山远公"欣感交怀，志欲瞻睹"的好奇心和冲动，有庐山诸道人一行三十余人隆安四年仲春之月大规模的游览山水的活动，见《全晋文》卷一百六十七《庐山诸道人游石门诗序》）。这对中国山水诗之产生有何种程度的影响？

后来，2000 年，你在《学林漫录》第 15 集上，发表了《佛影传说及其对中国山水诗的影响》一文。

　　1997 年 7 月 21 日星期一：阅毕《大藏经》第 43 册。……和广荣一面饮啤酒，一面讲自己过去的爱情故事。广荣听得很投入，然后踏着拖鞋在凉天里散步。

地上的积水映着对面楼上的灯光，天的另一边雷电仍在闪烁，不断听到池塘里游鱼"扑通"的跳水声。广荣暗中将树叶上的积水摇洒了我一身。

1997年7月23日星期三：早晨完成《大藏经》第44册。午睡醒来，携书步出宿舍。在虹桥宾馆一隅树下的台阶上看书。凉风自四面吹来。我翻开汤用彤的《汉魏两晋南北朝佛教史》，看第八章释道安。

我开始往篮球网里投球，一次又一次，没有停止的时候。我忘记了时间。眼前似乎看见王师也在投掷……操场上人渐散去，新月升起。现在我的足迹又重迭上去。

1997年7月29日星期二：阅完《大正藏》第41册。此册为论疏部，为俱舍论疏。其中有唐普光所述《俱舍论记》三十卷、唐法宝所撰《俱舍论疏》三十卷及唐圆晖所述《俱舍论颂疏论本》三十卷。以后在《大藏经》中遇到相同内容就可轻松了。

我在灯下翻看《俱舍论记》。门外雷声隐隐，天色欲雨。无意间看到山城国田原里大道寺里灯光昏暗，觉树和尚在点校《俱舍论记》。

灯光微弱。空洞的寺院，风在呼叫。觉树又感到眼前一片模糊，于是在暗中写下这几个字："病逐日增，老眼亦暗，为之如何？"

灯光闪烁着。风在鸣叫，我坐在灯下看觉树点校的《俱舍论记》。

1997 年 12 月 6 日星期六：王老师/我找到了一种读书的感觉/我随着感觉之驱使向前冥冥而行/我感到在不远处有珍宝散落/我灵感泉涌。

你的日记写得很好，就像诗歌一样。这是因为你向生活投入了真挚的感情，也因为当时的生活拥有大量美的素材——比如你在日记中提到的打篮球。这项活动在 1999 年进入高潮。那时候，每天早上七点钟，总是有一位同学拍响篮球，唤醒居住在瘦西湖畔两排平房中的人们。我们于是在篮球场上集结，分两队角技。在其他师生的眼中，这是一群快乐的"疯子"，因为我们采用的游戏规则接近于摔跤；而在你们看来，这无异于兄弟姐妹般的聚会，所以大家都踊跃参加。你还记得 1999 年年尾的一次篮球赛吗？你的鼻子不小心击伤了孙晓晖的鼻子。她幽默地把眼冒金星的感受描写为"世纪之光"。

你的日记还提到当时生活中的种种色彩：鲜明的节奏，隽永的悲欢，朴素的友情。到后来，这些色彩越来越丰富了。我们不仅有古之贤人作伴，而且有枫树和满树摇落的樱桃、枇杷、柿子、葡萄作伴，有月季、蔷薇、琼花和绿油油的菜地作伴。你那时不喜欢开窗，嫌窗外那树鲜活的蔷薇过于惹眼。你让生活中的所有色彩都服从于艰苦的阅读和思考了。我注意到了这一切。当阅读带来的困惑让你们夜不能寐，使你们持续地沉迷在一个疑问之上的时候；当你们向书籍投入虔敬之心，因此有所憬悟、有所启发的时候；我知道，你们距离学术上的"无人之境"已经不远了。

你们初步收获的时间是 1997 年 10 月。这时，你和广荣都依据阅读《大藏经》的经验，确定了自己的博士论文题目——广荣的题目是《梵语〈悉昙章〉在中土的传播与影响》，你的题目是《敦煌维摩诘文学研究》。你们的阅读于是进入新的阶段，即把方内方外的典籍资料相比证的阶段。这时候，我也完成了一篇《原始佛教的音乐及其在中国的影响》，对汉文佛经中的音乐史料作了初步的理论总结。我们的工作，有了更明确的方向。

你们再次收获的时间是 1998 年秋天和 1999 年秋天，这时，广荣和你的博士学位论文分别开题。相信你一定记得1999 年 10 月 26 日那个阳光明媚的下午，中国文化研究所的师生围坐在一间小平房里，讨论你的开题报告。你说你将使用文献与文物相比证、文学与绘画相汇通的方法进行研究。陈文和老师建议你加强"历史感"，他认为你的论文特点在于研究一部佛经的传播发展史，重在探源。戴伟华博士强调要重视个案，转向具体问题的研究，如"维摩诘经与文学研究"。另一位老师则认为报告的焦点不够明确，应重点探讨六朝时代维摩诘信仰在知识分子当中的传播和影响。这些意见，彼此虽不相同，但都指明了一些富有意义的方向，使你激动。记得那一天晚上，你走遍每一间博士生宿舍，再征询，再讨论。那些意见，相信到今天亦可使你受益。

后来，你采纳的是我的意见。其实从一般角度看，我的意见未必好——它过于浪漫了一些。我说，确认研究方法和研究方向的时候，应当考虑两个事实：一是资料的特性如何，二是研究者的个性如何。进入同一项工作，人的经验不同，方法和方向就会不同。我们常常谈到古代文学的两个世界：一是主要表现为知识分子之活动的上层世界，二是主要表现为普通群众之活动的下层世界。现在的情况是，关于维摩诘信仰，大量材料属于下层世界。比如现存《维摩诘经》有三种译本，都见于敦煌，敦煌以外只存一本。何况敦煌文献中出现了大量《维摩诘经》的注疏本、讲经文和唱词，敦煌莫高窟中还有81铺维摩诘经变相。维摩诘文学研究的特色和亮点在哪里？应该说，就在这些同通俗文化相联系的材料当中。我又说到你的个性特点：长期在西北地区生活，爱好绘画，喜欢从文化角度关注文学。因此，你在方向选择上所遇到的矛盾，其实是内、外两种学术要求的矛盾——由于主流学术的影响，你的注意力仍然集中于知识阶层的文学创作方面。"你为什么不去接受心灵的指引呢？"我说：六朝时代的维摩诘信仰主要在上层世界流布，主要影响于抒情文学；到唐五代，维摩诘信仰转入下层社会，更深刻地影响了中国的叙事文学和佛教艺术。既然后一方面的内涵更加丰富，那么我们就应该重点研究后一方面。这样做的另一个意义是：通过这种传播研究，可以看到表层文化（士大夫文化）如何积淀成为基层文化（庶民文化）的过程，也看到每一阶层的文化成品都拥有特定的社会属性的事实。……

我知道，上述意见，理解起来不难，但做起却很难；所以，没有强求你贯彻。但你却沿着这条路线坚定地迈开了步伐，在不到一年的时间里，实现了研究策略的转变。你不仅通过对般若、维摩两类佛经的比较研究，探讨了《维摩诘经》的资料来源，通过对早期《维摩诘经》的流传过程的考察，描述了《维摩诘经》对魏晋南朝作家及其诗文的影响；而且，你重点进行了敦煌维摩诘现象的研究。具体来说，你注意到维摩诘信仰在两个不同的文化世界中的流传，通过对"金粟如来"一名的考订，揭示了精英文化、民众文化之间的关系；你考订了五篇维摩诘经讲经文的创作或写作年代，并结合大量壁画实例，讨论了维摩诘经变与敦煌叙事文学的同步发展。在论文写作的最后阶段，我们的交流很多。我知道，你是以坚强的毅力、知难而进的精神来推进这项工作的。

接下来的事情是大家都知道的：2000年秋天，你的博士学位论文通过答辩。2001年秋天，你离开相伴五年之久的瘦西湖，进入四川大学中文系博士后流动站。在站期间，你参预了项楚先生主持的国家社科基金项目《唐代白话诗派研究》，并完成了出站报告《维摩诘信仰研究》——也就是读者面前的这本书。在书中，你围绕维摩诘信仰进一步作了四方面研究工作：一是细致梳理了中国佛教各宗派法师的佛典注疏中的维摩诘史料，以及外典著作中与维摩诘相关的文人信仰资料；二是深入考察了佛教仪式在民间信仰中的重要作用，例如礼忏法会与中土维摩诘民间信仰的关联；三是对今人所进行的维摩诘研究作了综合论述；四是补充讨论了维摩诘信仰的东传。总之，你对维摩诘信仰流传的过程，特别是其文化背景和文化内涵作了更深入的发掘。在我看来，它标志了你的学术个性的成熟。

剑平，最近几年，我已经为七八位博士生同学写过书序了。我常常写到他们的著述成果的由来，因而陷入对往事的追忆。有人说这是衰老的表现，我认为未必。谁能够忘记自己生命的来源呢？很难想象。事实上，正是那些刻骨铭心的经验，构成了我们自己。这也可以说是我们的"本"，我们的"吃奶的力气"。任何时候，我们都不免要从这种本初状态汲取前进动力，不光衰老时如此。过去我很少同你们直接谈起这些本初，也许你会觉得遗憾；其实，我给你们看过的那些文学文字，就是这种"本"的结晶。还记得那篇《渥巴锡》吗？你说过，你很喜欢。其中写到我和土尔扈特人的重叠："我曾经像渥巴锡一样瞭望阿尔泰山的夕阳。"也写到我的经历："在土尔扈特人的长征路上，我虔诚地走过，从伊宁、尼勒克、那拉提、巩乃斯一直走到巴音布鲁克。"这就是说，我细心地体验过这个民族的惊天动地的苦难。我想，既然我和十八世纪的土尔扈特人有这样密切的关系，那么，何尝不可以把他们理解为我自己？最近这段时间，我常常温习的就是这个自己。面对险恶的环境，我会默诵以下字句：

> 　　毫无疑问，土尔扈特人爱惜生命，但为了一种更伟大的生命，他们并不害怕捐躯。按最保守的估计，1771 年死去了十万土尔扈特人。一部分冻馁而死，一部分拼杀而死，一部分因干渴至极吞食马牛之血死于瘟疫，一部分在痛饮巴尔喀什湖水时暴死。还有一部分属于第二次赴死：死于再次逃离中国的途中。事实上，只有这些人归宿了那个理想的生命。他们的歌喉哑了，他们的火不思①碎了，他们鹰一般的眼睛呆滞了，他们撇下了神色忧伤的乘骑和声嘶力竭的情人；但这批最优秀的土尔扈特人却带走了关于和平草场与自由牧地的古老梦想。

> 　　……这是值得惊异的：当神和人都用尽力量来摧残这个弱小民族的时候，是什么支撑了渥巴锡们的前仆后

---

① 　火不思：中国古代北方游牧民族创制的一种弹拨弦乐器。

继呢？

我愿意拿这些话，作为对我们这两个阿尔泰人永远的勉励。

写于 2006 年春节。原载何剑平《中古维摩诘信仰研究》，巴蜀书社，2009 年。

《两周诗史》序

　　《诗经》研究的历史是从关于《诗》作品及其编辑过程的零星评述起步的。屈指算来，它已经有三千年时间了。这是一部内容丰富的历史：作为中国最早的一部诗歌总集，作为反映周代社会生活的一批原始资料，作为儒家最早的教本，因而作为最重要的一部儒家经典，"诗三百"受到了每一代中国知识分子的密切关注。当人们把不同的眼光和趣味投向这批作品的时候，《诗》研究也就有了不同的形态，表现为不同的问题的组合。进入二十世纪以后，《诗》从作为儒家经典的神圣地位上解放出来，被当成一种历史存在来看待，《诗经》研究中于是形成了以下四个焦点问题：（一）"诗六义"（风、赋、比、兴、雅、颂）的涵义问题；（二）孔子是否删诗、如何删诗的问题；（三）《毛诗序》的作者和时代问题；（四）《诗经》诸篇的内容及其社会背景问题。它们都联系着"《诗》的形成"这一更根本的问题。也就是说，它们之所以会成为"问题"，是因为学术界尚未就《诗》的形成建立一个科学、明确的认识。

其实，以上问题也是由来已久的。关于《诗经》形成史的研究，从古到今，其意义从来不曾被人们忽视。从吴公子季札关于各国诗乐渊源的评论、《毛诗序》关于"风雅正变"的历史追述，到郑玄《诗谱》为各国诗歌所作的编年，人们一直试图从历史学的角度，来理解"诗三百"的逻辑结构。这样做是有道理的，因为《诗》的本质，就隐藏在它的形成过程之中。探索这一本质，是《诗经》研究的首要工作，因而理所当然地成为历时数千年的学术追求。这一追求之所以迄未实现，只是由于一直缺少解决问题的条件。在文献有限的情况下，这条件主要是：足够的背景知识，亦即能够把各种相关知识充分调动起来的广阔的视野；科学的思维，亦即建立历史与逻辑之契合的能力；锐利的眼光，能够赋予研究对象以合理身份并找到深入其本质的切口。除此之外，还有把这些条件要素结合起来的契机。后者事实上是一个更高的条件。科学史表明，所有重要的发现，都产生于某些因缘的会合。

到二十世纪九十年代，这个契机——从根本上改观《诗经》研究的契机——似乎降临了。这是同改革开放十年来的学术准备分不开的。这一时期，中国的考古学、语言学、文化人类学都有长足的发展。中国文学研究者纷纷从中汲取了新的视野和手段，在许多学术方向上造成了突破。《诗经》研究也迎来了新的高潮，并对许多学人产生冲击。作为其中一员，我也跨越学科界限，稍稍涉足了这一领域。1984年，在研究隋唐五代音乐文学的时候，我发现，敦煌文学的文体区分，由其作为俗文学的口头传播的特性决定，只能采用表演方式这一标准；也就是说，敦煌文学之文体，实质上是传述方式的文本表达。1993 年，我进一步论证了敦煌"俗赋"的文体来源，注意到"不歌而诵谓之赋"这一古老的训释，亦即注意到"赋"作为传述方式的本质，于是把"赋是一种同音乐有关的诗歌方式，即改歌诗为韵诵的方式"的看法，写进了同潘建国君合作的长篇论文《敦煌论议考》。到 1996 年，我又以《诗六义原始》一文进一步论证了包括"赋"体在内的"六诗"的本来涵义，确认它们都是指某种文体或某种传述方式："风"与"赋"是用言语来传述诗的两种方式，分别指方音诵与雅言诵；"比"与"兴"是用歌唱来传述诗的两种方式，分别指赓歌与和歌；"雅"与"颂"则是加入器乐因素来传述诗的方式，分别指乐歌与舞歌。我认为，在"六诗"理论和"六义"理论之间，有一个历时数百年的演变过程。这个过程大体经过了三个发展阶段：一是以乐教为中心，以诗为仪式歌的阶段；二是以乐语之教为中心，以诗为聘问歌咏之手段的阶段；三是"聘问歌咏不行于列国"而以德教为中心的阶段。这也就是诗文本因仪式需要、乐教需要、德教需要而逐步成形的过程。

《诗六义原始》是一篇八万字的长文。它讨论的问题很多，除"诗六义"的原始涵义问题以外，讨论了孔子删诗的原委、"四始"的结构、"变风""变雅"的来历、散乐（乡乐）与正乐（仪式乐）的关系、献进之诗与正歌的关系等问题。当它选择历史学的方法来解决这些问题之时，它也就对《诗》的分类体系的形成，进而对《诗》文本的形成作出了描写。这描写可以说是深刻的，但却比较粗略。我于是编了一份《诗三百年表》，期望另找一个机会，全面而细致地探讨两周时代诗的历史。也就是说，尽管《诗》文本的形成过程是以《诗》的创作、采集、进献、编辑、修改、演唱和传播为主要内容的，但它却联系着两周时代各种韵文文体的运动。从这个角度看，这项工作的实质，是撰写一部《两周诗史》。

当《两周诗史》这一名称出现在脑海中的时候，我曾经不由自主地激动起来。我觉得一个遥远而庞大的梦想正在向我靠近，令人诚惶诚恐。我于是在编辑《诗三百年表》之时，努力设想了一些对《诗经》作年代学研究的方法。除通常的考据法以外，我认为最可行的是"标准器"的方法和"类编年"的方法。前者的具体做法是对一些已有定年的作品作内容和形式的分析，据此建立若干具有年代属性的范式，依此范式来考察作品，推定其年代；后者的具体做法是通过作品的内容来确认它所反映的时代面貌，依此背景来对作品加以分类，按类系年。1997年，我和博士生何剑平、周广荣一起，在编辑《汉文佛经中的音乐史料》一书之时，做了一个"类编年"的实验，即把传入中国的佛经，按其内容特征，分类编入了一个年代体系。例如其中前三类佛经分别是：（一）主要内容属于阿育王孔雀王朝（约公元前324年至前187年）及其前的经书，包括阿含部经典及部分戒律；（二）主要内容属于孔雀王朝之后时期的经书，包括弥兰陀王时代、贵霜王朝时代的经书，说一切有部、正量部、法藏部、化地部、大众部等派的经典，以及法救、马鸣、世友等五百罗汉、尸陀槃尼等人的著作；（三）主要内容属于案达罗王朝中期（公元50年前后）至笈多王朝前期（四世纪初期）的大乘佛经，包括方广、般若等类别的经书，以及龙树、提婆、诃梨跋摩等人的著作。大家知道，古代印度素无用文字来作记录的传统，每部佛教经书在其产生之前都有一个漫长的口头传诵的过程。因此，在过去看来，为佛经编年是件几乎不可能的事情。但我们的工作却证明，如果用一种宏通的眼光来看待古文献的年代学研究，如果充分注意作品与作品之间的关联，如果能发掘资料中的一切年代要素，那么，我们就能根据历史与逻辑相一致的道理来取得认识上的突破。事实上，古人对这一道理早已有所理解了。比如《大正新修大藏经》的结构，就大致反映了佛经结集的过程；而《中华大藏经》的结构，则大致反映了佛经传入中国的过程。

不过，直到此时，《两周诗史》还只是一个朦胧的设想——它还没有变成现实。谁能把它变成现实呢？如果说，我们已经为研究对象找到了合理身份并找到了深入其本质的切口，那么，谁能在一个广阔的视野中，实现这种历史与逻辑的契合呢？

这个人出现了，她就是马银琴。

马银琴是在1996年和我认识的。当时，她以二年级硕士生的身份来扬州访学，目睹了扬州大学中国文化研究所举行的博士生入学考试。她那时的专业是文艺学，研究方法颇不同于中国古代文学，但她却对后者产生了兴趣。她那时只有24岁，很年轻，但却不缺乏勇敢。她向我提出了报考中国古代文学专业博士生的要求。我怀疑她是否能够适应新专业的实证方法，她表示这正是她的爱好。我认为需要作一次检验，她说她乐意接受。她很坚决。我于是布置给她一个写作练习题——《公元2世纪以前中国人对于鸟的分类》。我的想法是，科学研究的第一步是资料分类，这篇作业可以检查对资料进行分类的能力。中国古代最重要的典籍，包括最重要的工具书，在公元二世纪以前已经初具规模，这篇作业可以检查阅读古籍、使用工具书的能力。另外，这个题目联系于人与自然的关系，可以检查视野的广狭。人们曾经讨论过文史研究者的基本功问题。有一种看法认为它主要体现为记诵的能力，我却认为它主要体现为能否清晰地思考和表述。这个题目所要求的基本素养恰好也是清晰。结果，马银琴用三个月时间证明了自己的实力。她的作业完成得不错，达六万字。作业的前部使用白话，而越到后来，其语言风格便越是接近文言。这表明她在自觉适应新的专业。她的表述是非常有条理的，只是过分注意了"对于鸟的分类"，而忽视了"公元2世纪以前中国人"的分类意识的发展。但这只是白璧微瑕。尽管如此，我还是向她指出了这一点。在我看来，若要做一个好学者，就应当（一）能够保持对于特定事物的长时间的思考，（二）能够打破思维习惯而创新自己，（三）能够在充满矛盾的意见或现象中找到潜在的统一逻辑。马银琴用她的作业证实了前两种能力，她有必要通过进一步学习来掌握第三种能力。

就这样，马银琴顺理成章地完成了一系列流程。她在1997年顺利通过了入学考试，成为扬州大学中国古代文学专业的博士生。考虑到她曾经接受比较好的思维训练，《两周诗史》被确定为她的博士论文的方向。她从修订《诗三百年表》入手，进入了新的学术领域，也亲近了一批新资料和一种新的思维。她在编纂《诗本事》《两周诗史长编》的名义下学习考据之法，由此摆脱了离开材料的轻松思考而习惯了另一种思考——在具体与抽象之间不断往返的艰苦深入的思考。她用三年半时间完成了博士学位论文《西周诗史》，然后又进入上海师范大学博士后流动站，继续进行《东周诗史》的工作。前后五年多，她经受了常人难以体会的辛苦，包括长期的困惑和孤独；但她也不断收获作为探索者、发现者的快乐。今天，就在我写作这篇书序的时候，我从电脑文件《师生讨论》中忽然发现了以下字句：

诗歌的功能与它的存在形态之间的关系？

《诗序》与诗的对应程度？

汉人说诗的可信度？

《年表》所反映的诗歌组合与《诗经》编次的关系？

《诗经》的语言为什么会有那么多的重复？

现在的《年表》越来越多地肯定了《毛诗序》，那么，似应在论文中对《诗序》作一番全面的考察，说明此序是为了何种目的、如何编成的，其资料来源如何。——许多研究工作，在其开始部分都有资料说明一节。

《诗》的成形，应当有几个里程碑式的时期，例如周公、康王、宣王、平王、齐桓公，宜作专门讨论。

要注意避免"文艺学逻辑"，即主观地设想每一事物的过程如同植物成长的过程，其发展线索像是平滑的抛物线，而使用"发生""萌芽""初盛""成熟"一类概念。这其实是图像思维的产物，即在想象中歪曲地填补运动中本有的空缺。文学艺术的发展哪里像植物生长那样单纯？每一时代的文学艺术现象都取决于社会所要求于它的功能，功能变了，这一线条的方向就转变了。我们的职责，其实是先去考察文学由"偶然性"造成的运动，待有了充分积累，再去揭示它的必然。

资料的价值有时体现为它的错误（不实）。因为它同样揭示了某种真实（促使它犯错误的力量或原因的真实）。《诗序》若与史实不合，则它一定暗含了另一种史实。

你现在总是在想每篇作品的年代问题，你看到的每条材料都是在这一问题上呈现意义的。但是否还可以想一想：那些有助于说明诗篇年代的材料，它们是出于什么原因来讨论诗歌年代问题的呢？它们是对哪些经验的概括呢？

我们同其他文学研究者的主要区别是：我们认为任何精神现象，其原因和原理都是物质的——要从物质角度寻求解释。我们所看到的古代事物的分类总是针对物质的分类。为什么唐代音乐分类要以乐部为单元呢？因为每一个乐部都是一组乐工和乐器的集合。它们是作为战利品或进贡物加入到宫廷音乐中来的。这无疑也是一种"采"乐。它提醒我们注意文化现象的物质载体。十五国风，其载体是什么呢？

我们是自己同自己过不去，因为工作到了一定程度，就没有人来处处对话了。这是一种穷途末路的境界，意义、前程等等都只能从自己的心中生出来。这大概就是所谓"古之学者为己"吧？

......

这些语句都是我的口吻，大概是马银琴从日记中摘抄出来的。它们使我想起师生之间相互切磋的时光。那是同古代书院生活相类似的愉快时光。那时候，我们的博士生教学还在用手工方式（而非机器方式）进行，由部分行政庸人所发动的形式主义考核之风还没有席卷小城扬州。也许正是这种清淡、安静、相对自由的生活环境成全了马银琴的智慧。她按计划完成了博士、博士后两篇论文，在以下方面取得了重要突破：

第一，她从两个角度入手重新考察了《毛诗序》的时代。首先，从汉代齐、鲁、韩、毛四家诗说的同源关系出发，考证《毛诗》首序的产生时代在周代礼乐制度彻底崩坏的春秋末年以前；其次，从《毛诗》首序说解诗义的方式与周代礼乐制度之间内在的对应关系出发，通过考察，提出《诗序》产生的时代就是作品被编入诗文本的时代。这样一来，《毛诗序》的作者和尊废问题获得了较合理的解决。

第二，她讨论了文学史前史中"歌"与"诗"的分立与合流问题。她提出：由人的一种行为方式发展而来的"歌"，在西周早期，由于仪式乐歌的编定与流传，成为以颂赞、祝祷为基本内容的仪式之歌（《雅》《颂》）的代名词。"诗"则是一个产生较晚的概念，最早是指能够规正人行的讽谏之辞。宣王重修礼乐之时，产生于厉王时代的讽谏之诗被用于仪式歌奏。作为这一事件的直接结果，"变雅"被编入原来以颂赞之歌为内容的诗文本。由此开始，原来互不相干的"歌"与"诗"走向合流。在这里，闻一多所提出的"歌与诗"的问题，得到了深刻得多的阐述。

第三，从"四始"与"四诗"的区别出发，她重新认识了今本《诗经》"四始"结构的成因。她认为：《诗经》的"四始"结构，实质上反映了周代礼制下四分结构的音乐观。也就是说，在诗教隶属于乐教的时代，"乐"的结构决定了"诗"的结构。

诗文本的结构与体制，实质上反映了周代音乐的体制与结构，是周代乐制的缩影。这项成果深化了《诗六义原始》的解释。

第四，由于《诗经》作品在其产生过程中表现了这样一个特点，即作为作品群（而非单篇作品）在文学史上集体出现的特点，因此，她借用"类"的概念，采用综合分析的方法，从"类产生"的角度，为相当数量的《诗经》作品确定了基本准确的创作或写定的年代。

第五，在考订《诗经》作品年代的基础上，她勾勒出了诗文本形成的轮廓：首先，在康王时代"定乐歌"的活动中，产生了以祭天地、颂祖功为内容的仪式乐歌文本《颂》；《大雅》亦在某种名目下编辑成册。这是周人对仪式乐歌的第一次整理。其次是西周中期的穆王时代。这一时期出现了一次大规模写定周代典章制度的活动。在这次活动中，诗文本得到再次编辑，《雅》《颂》文本的内容都得到进一步扩大，燕享乐歌成为《雅》诗的内容之一。再次，到宣王重修礼乐之时，收录当时仪式乐歌的《小雅》文本产生，厉王时代的"变大雅"进入诗文本。与此同时，同《雅》《颂》仪式乐歌文本并立的、以诸侯国风为内容的《诗》文本也产生出来。宣王时代的这次整理与编辑，是周王室对诗文本的第三次大规模的编辑与整理。由于"变风""变雅"被编入诗文本，诗文本的性质与功能开始由服务于礼仪向服务于讽谏转变。此后平王东迁，重修礼乐，在这一时代，以《诗》为名的《风》《雅》合集产生出来。到春秋时代，在《诗》的形成史上发生了两件大事，其一是整理《国风》、纳《颂》入《诗》的文本编辑，其二是增删诗篇、调整次第、取得《诗》之定本的所谓"删诗"。前者发生在齐桓称霸、礼乐复兴的春秋前期，后者则发生在礼崩坏乐的春秋末期；前者是周礼复兴的自然结果，后者则是孔子为传承和保存周代礼乐文化而做出的努力与贡献。

第六，通过对诗文本形成过程的讨论，她揭示了周代仪式乐歌的社会功能由服务于仪式向服务于讽谏的转变。她认为，仪式乐歌之社会功能的转变，实质上反映了周代礼乐文化体制由重乐向重礼的历史变迁。而这种转变是从西周后期的宣王时代开始的。

上述六条意味着，在《两周诗史》这部作品中，马银琴至少透彻地讨论了六个问题。这是很不容易做到的。近年来，在《诗经》研究领域产生了许多博士学位论文。若把这些论文仔细读过，那么可以知道，在一个积累深厚的学术领域，每一步扎扎实实的前进，都具有某种偶然性。而马银琴却以不屈不挠的姿态把它变成了必然。这是让我感到欣慰的。我想大家都会同意这一看法：遇上好的机会是值得庆幸的（因为这有某种偶然性），但更值得庆幸的是能够有力地把握这个机会（因为这不再是偶然的了）。而若在此之外，又能进一步发展出更多更好的机会，那么，这个人就可以说是创造者了。听说马银琴在完成《两周诗史》以后，又投入了《诗》的传播史研究，也就是从另一个角度——传播角度——撰写新的诗史。我想，我们应该给这位从贫瘠的西海固地区走出来的年轻人、给她的学术创造力以乐观的祝福。

写于 2004 年 8 月 12 日。原载马银琴《两周诗史》，社会科学文献出版社，2006 年 12 月。

《周秦时代〈诗〉的传播史》序

　　人的一生总有一些闪光的年华。对研究者来说，提出一项较高质量的成果，应该就是他生命的一次绽放。不过，就像大自然的飙风电火一样，这种情况出现的概率并不多；所以从前有所谓"一本书主义"。但是，在六年时间里，我却是第二次为马银琴写作书序了。我面对的是又一份新鲜而饱满的学术成果。六年两度，为一位年轻学者的光华作见证，对于我来说，这自然是一件快慰的事情。

　　我于是在阅读本书书稿的同时，也重读《两周诗史》一书，观察了这两部作品的联系与区别。我的想法是：从联系的角度，可以看到作者学术思想发展的轨迹；从区别的角度，可以看到她抵达的新里程。这就好像是观看一位智者的攀登，是一件既有认识意义又有欣赏价值的事情。

　　那么，我从阅读中收获了什么呢？

首先，我看到了《周秦时代〈诗〉的传播史》这本书的新高度。它有以下标志：

（一）它对周代礼乐制度下诗歌传授的两个系统——注重诗声的乐人系统和注重诗义的国子系统——作了全面论述。关于这两个系统，王国维曾经从音乐文献学的角度作过讨论，《两周诗史》曾经从《诗》形成史的角度作过讨论，本书则进一步从教育史和《诗》传播史的角度作了讨论。其意义于是得到更深刻的阐明。事实上，这两个系统也就是文化传承的两种方式，即乐师方式和史官方式，或曰口述方式和文本方式。《诗》形成的时期，正是这两种方式发生剧烈冲撞的时期，所以在关于《诗》的阐释文献中容纳了很多彼此矛盾的说法；随着史官进入文化传承的中心，《诗》的传播也由口头的传播、声音的传播逐渐转为文本的传播、义理的传播。现在我们看到的"中国文学史"，形成在这一过程之后，所以其主体是书面文学的历史。这样就造成了一种思维定式——古今研究者都从"文本"出发来观看中国文学史和学术史。这种观看，自然看不清楚《诗经》的原貌——看不到"本文"。因此，阐明周代礼乐制度下诗歌传授的两个系统，便真实地再现了《诗》的早期生存。这具有拨乱反正的意义。

（二）它综合时间、空间两个维度，对春秋时代赋引《诗》的风气作了重新讨论。关于《左传》等书所记载的赋诗、引诗，顾颉刚、朱自清等人从《诗经》地位和功能的角度作过论述，台湾学者则在《左传赋诗引诗之研究》《左传称诗研究》《左传引诗赋诗之诗教研究》等专著中讨论了这些活动的概况、宗旨、功用及其对后世诗学的影响。本书的特色在于视野更加广阔：一方面，它把赋引诗看作仪式歌奏之外的诗歌传播方式，在对比的意义上作了讨论；另一方面，它对《左传》《国语》所记赋引诗的事迹，用表格法、坐标法加以统计，进而讨论了以下问题：为什么赋诗引诗之风会在鲁僖公时代兴起？为什么这种风气在经历了襄、昭时代的高峰之后，会在鲁定公时代突然回落？为什么引诗风气在哀公时代能够回升，而赋诗风气却从此走向沉寂并彻底退出历史的舞台？等等。在追问和答问之间，它也比较深刻地揭示了春秋时期《诗》的社会功能。

（三）它对战国至秦统一时期《诗》文本的流传作了分阶段、分地区论述。实际上，它建立了一个以诗学为中心的新的战国文化史观和战国文化地理观。围绕这一主题，它讨论了以下问题：战国时代《诗》在官府与民间所遭遇的不同经历；纵横家、法家、儒家、墨家对《诗》的不同态度；《诗》传播同新产生的私学的关系；儒学的地理分布及其与《诗》传播的关系；子夏传《诗》和三晋之地儒学的发展；稷下学宫与齐国儒学的发展；秦国儒学的生存空间及《诗》在秦国的传播。这些讨论涉及战国文化史的各个方面，实际上是关于一个文学史断层的立体论述。从方法论的角度看，它既注意到了《诗》的传播方式，又注意到了《诗》的生存形态，为新的文学史叙述提供了重要经验。

（四）它从《诗》传播史的角度考察了战国楚简；以通过统计、分析而建立的文化地理观为基础，对这批有关楚地诗学的新史料作了较全面的解释。其具体做法是：首先根据各种史料，讨论战国时期儒学在楚地的传播；其次以引诗、解诗方式为重点，对楚简《诗》学资料进行分类考察；然后对《孔子诗论》加以重新编联、释读，并考订其作者；最后，作为对这些考订工作的总结，论述楚简《诗论》的流传与《诗》在楚国的传播。近年来，《孔子诗论》研究已经成为出土文献研究的热点，研究者在竹简编联和文字释读方面做出很大努力。但本书的工作方法与之不尽相同：它注意结合出土文献和存世文献来作研究，采用历史与逻辑相统一的方法来作论证，在比较深厚的知识基础上考察研究对象的来龙去脉。这种研究，有助于避免饾饤獭祭的毛病。

（五）它对儒家诗教和主要的儒家诗学命题，作了富于历史深度的解释。它认为，孔子的诗学主张包括五个命题，即关于诗与志之关系的"诗亡离志"说，关于诗与言之关系的"不学《诗》无以言"说，关于诗之社会功能的"兴观群怨"说，关于《诗》之内容特点的"思无邪"说，关于教学内容及顺序的"兴于诗立于礼成于乐"说。这些命题产生在周代礼乐制度走向瓦解的时代，反映了孔子诗乐一体的诗歌观念，也说明在孔子心目中，重建社会秩序的政治原则逐渐被伦理道德原则所取代。它认为孟子的说诗理论主要有"知人论世""以意逆志"两个命题。这两个命题意味着"诗人"开始作为被解读的对象出现在教诗者的视野当中，儒家诗教形成了独立品格，诗歌作品的本体地位开始确立。因此，孟子学说是中国文学批评理论正式形成的标志。它还认为，荀子是先秦儒学向经学转化的关键人物，一方面确立了尊崇经典、树立权威的意识，另一方面又主张把《诗》《书》视为礼的附庸和宣扬忠信伦理等政教观念的手段。它结合文学史、经学史、文学理论史等多种学科的思路与方法进行论述，较圆通地解释了学术史上的若干重要问题。

在我看来，以上是《周秦时代〈诗〉的传播史》一书的新特点。而从该书和《两周诗史》的共同点看，又可以看到马银琴在求学过程中一以贯之的若干原则。这些原则并不复杂，大致有以下五条：

（一）细读原始文献。从《两周诗史》到《周秦时代〈诗〉的传播史》，很多新发现，都是通过细读原始文献得到的。

（二）充分占有相关资料，不仅占有文献资料，而且占有文物资料和田野遗存资料。为了做到"充分占有"，还要尽量掌握前人的研究成果，以便有针对性地解决各种相关问题。后一做法，有效地扩大了学术探讨的意义。

（三）用分析态度处理所面对的事物，将其放在一定时空背景上加以观察和讨论。《周秦时代〈诗〉的传播史》一书最明显的特色，就是对《诗》文本的流传进行分阶段、分地区论述。

（四）不仅注意学术史上遗留的旧问题，而且注意通过资料分析提出新问题，特别是，注意采用统计法来揭露各种资料中隐藏的问题。

（五）在经过考据得出新认识之后，综合史学、文学史、文艺学等多个学科，从多种角度做进一步研究，对这些认识加以概括和重新表述，把它们提升到更高的理论层次。

以上五条，《两周诗史》一书较多地运用了前面三条；到《周秦时代〈诗〉的传播史》一书中，后两条得到更加充分的发挥。这种情况是在预料之中的。因为我知道，真正的攀登者，在不同时候总是会处于不同的高度；尽管他迈出的是同一双脚步。

我和马银琴相识于 1996 年，那是她选择中国古代文学专业作为博士生方向的年头。我曾经有几年时间和她朝夕相处，那是她进行《两周诗史》的写作，并构思《周秦时代〈诗〉的传播史》的年头。我目睹了她在学术上的成长，同时也了解她在思维习惯上的一个优势：她很好学，同时有一种把知识加以系统化的鲜明倾向。这应该就是她能够进行学术创造的主要原因。好学的习惯使她始终保持朴素的研究风格，总是从材料出发，脚踏实地地作论证；而系统化则意味着对事物结构的敏感，也就是致力于"辨章学术，考镜源流"。按我的理解，所谓"辨章学术"，实即追究事物的逻辑结构；所谓"考镜源流"，则是追究事物的历史结构。

2006 年，我迁居成都，和马银琴难得见面了，但也不断听人谈起她的近况。常常有人谈论她新近的发表，我于是知道，她在进步，在进行富于创见的工作。又有人说起她的学习，说在中国社会科学院文学研究所有一个读书班，她是骨干成员。他们每周二下午举行读书会，目前在读《毛诗正义》，方法是每人提前准备，疏通字音字义，然后一起讨论。除《毛诗正义》外，即将阅读的古籍有《孝经》《周礼》《左传》等书。我为这消息感到欣喜，因为它说明马银琴仍然重视积累，仍然在学术道路上踏踏实实地迈进；而且，她的成功经验已经融入了一个朝气蓬勃的集体。

从 2007 年起，我在四川师范大学、扬州大学两地，向年轻教师推荐了一个文学史研究的思路，叫作"古代汉文学的生存与传播"。我的想法是：未来的文学史，应该面向一个文化实体，而非政治实体；应该研究包括制作、传播、接受等环节的完整的文学活动，而不是简单的写作和鉴赏；应该重点考察重复出现的、长时段的文学现象，而不是文学史上的一次性事件；应该做富于层次的比较研究，注意通过物质去考察精神、通过行为去理解思想、通过社会存在去认识社会意识，以便探知事物和事件的原因和原理。这些想法刚刚开始施行，未必能够成功；但我很有信心，因为马银琴以她的两部著作提供了范本。

今年十月，我因事到北京。30 日那天，由过去的学生中国社会科学院周广荣、许继起陪同，看望了病中的老朋友钱竞。钱竞饶有兴致地说："你这一生，最重要的贡献是培养了一批学生。培养了一个马银琴，就够本了。"这话很耐人寻味，但有点突兀；广荣的直接反应是："那王老师就赚的太多了。"我不免因此想起许多学生。比如和马银琴同年入学的博士生何剑平：他以学位论文为基础，撰成 80 万字著作《中国中古维摩诘信仰研究》，最近获得四川省哲学社会科学优秀成果一等奖。此书全面论证了《维摩诘经》和维摩诘信仰进入中国，在中国发展并向日本、朝鲜半岛传播的过程，透彻地讨论了一系列学术专题，从新的角度展现了中国古代文学研究的空间。他的风格是沉静和坚韧。他于是走了一条不同于马银琴的道路。如果说马银琴的学术方式是解难题，那么，何剑平的学术方式则是另辟蹊径。两者有热闹和冷僻之分，而就其对学术与文化的贡献而言，却可以说难分轩轾、殊途同归。

今天，也就是在写作上面几行字的时候，我收到一则短信，说我过去的一些学生——西南大学音乐学院李方元、武汉音乐学院音乐学系孙晓晖、湖南师范大学音乐学院喻意志——因某一机缘聚集到厦门，正在讨论中国音乐学术的学统问题。我知道，他们所说的"学统"，也就从中国实际出发、从资料出发，把考据法和音乐形态分析法相结合的学术传统。这是老辈学者常用的方法，但在全球化、时尚化的热潮中，却不啻是中流砥柱。我于是想到：在解难题的学术、辟新径的学术之外，还有一种守护传统的学术正在实现它的积极意义。

我说以上这些话，意思是：在我眼里，《周秦时代〈诗〉的传播史》有一些特殊的价值。它和《两周诗史》一起，代表了一种富于创新性的学术方式。它把《诗经》学这门最古老的学问，提升到现代水平；它做了许多拨乱反正、推陈出新的工作：所以受到广泛赞许。这意味着它有典范意义，意味着马银琴成长的道路可以仿效，值得仿效。但应该补充的是：马银琴所走过的每一步都有章法可寻，并非出自偶然，不少学者迈出了同样有力的步伐。因此，年轻的学人仍然可以根据自己的性情，做不同的选择——比如智慧之人可以选择解答难题的方式，坚毅之人可以选择开辟新径的方式，深沉之人可以选择发扬传统的方式。我相信，只要像马银琴一样好学深思、坚实持久，那么，在任何一条道路上，我们都能抵达成功。

写于 2010 年 12 月 20 日。原载马银琴《周秦时代〈诗〉的传播史》，社会科学文献出版社，2011 年 7 月。

乐志研究三种合序

　　在通常所说的"二十五史"当中，比较完整地保存了一批音乐史料。这就是《史记》《汉书》《后汉书》《晋书》《宋书》《南齐书》《魏书》《隋书》《旧唐书》《新唐书》《旧五代史》《宋史》《辽史》《金史》《元史》《明史》《清史稿》所载的16种乐志和8种律志。在"文革"以前，已故学者丘琼荪先生曾对这批资料加以整理，进行了《史记》至《魏书》等七史乐律志的校释工作；但《隋书》以后十史乐律志的整理与研究，则因工程浩大、问题复杂，而未能完成。这项任务——编纂一部完整的《历代乐志律志校释》的任务，于是历史地落在后一代学人的肩上。

　　学术界为什么会重视《历代乐志律志校释》的编纂呢？简单地说，是因为中国音乐史研究的需要——因为史书乐律志提供了一套反映中国古代音乐的历史文本。这套文本代代连续，系统展示了中国音乐历史发展的主流线索。诚如丘先生在《校

释序》中所说："有意于了解历代音乐概况者，有志于研究我
国音乐史、乐律史、乐制、乐器、乐调、民族音乐、域外音
乐，乃至歌曲、舞蹈、戏剧、散乐、曲艺等等之兴亡隆替及其
衍变流转情形者，请先于历代《乐志》《律志》中求之。本书
之作，乃欲为之梯航。"也就是说，这是一批内容丰富而自成
系统的音乐史料；无论从哪一个角度考察中国传统音乐，都能
从中找到基本的历史线索。对它进行校释，因此是建构一部完
整中国音乐史的"梯航"。丘先生的话是有道理的；而近年来
的学术发展，又从另一个角度把这项工作提上日程了。这就是
对中国现代学科进行整体建设的角度。

为了说明这一点，我们不妨看看一百年来的学术发展。大
家知道，这是中国各学科部门实现体系化的一百年。随着现代
教育的出现，包括中国音乐史在内的许多学科，相继登上了大
学的讲堂。换言之，作为现代学科的中国音乐学，从它产生之
始，就不是一个孤立的现象。新学科是循着三条途径发展起来
的：其一是引进新的科学方法，改造旧学科而成为新学科。例
如在引入地层学、器物类型学、年代学等方法以后，旧的金石
学转变成为科学的考古学。其二是发掘新的材料，以此作为建
立新学科的基础。例如在殷墟甲骨、敦煌写卷、流沙坠简、四
夷碑铭、内库档案等新发现的基础上，建立起了殷商史、甲骨
学、敦煌学、简牍学等学科。其三是通过学科交叉而产生新学
科，例如以民族学的资料与方法研究音乐而造就民族音乐学，
以人类学的资料与方法研究文学而造就文学人类学。中国音乐
学的发展也经由了这些途径。一旦方法发生变化，那些对现象
事物加以描述和概括的数学手段被引入音乐研究，乐学、律学

和乐谱之学便从根本上获得了改观；一旦资料质量发生变化，田野资料和文物资料被纳入研究者的视野，中国音乐学便在"中国音乐史"之外，建立了"传统音乐研究""音乐考古学"等新的分支；一旦学科结构发生变化，包括历史学、文献学、科技史、语言学、社会学在内的诸种学科方法同音乐研究结合起来，中国音乐学也就成了一个成熟的学科。

尽管在目前，中国音乐学规模不算大，人数不算多，但以上情况意味着，在中国现代学科整体建设的全局之中，它是不可忽视的组成部分。若是做一些学科比较，我们还会明白，它甚至是具有相当先进性的组成部分。其中一个比较是：较之于其他历史学科，中国音乐学拥有特别悠久的历史和非常丰富的资料。比如，中国音乐学的起源可以追溯到远古。当中原国家把礼、乐相结合，在原始的自然崇拜和祖先崇拜的基础上建立起国家仪典之时，中国的音乐理论已经开始形成强调等级之分、强调音乐沟通天人之作用的特色，产生了最初的音乐社会学和音乐美学。从此之后，伴随着礼制文献的建立，关于中国音乐的记录就是不绝于书的。历代史书为"音乐"或"礼乐"设《志》，正是这一情况的反映。另一个比较是，从研究工作现代化的角度看，中国音乐学拥有更为有利的条件。比如，中国史学的一些新的方法论趋向，早在中国音乐学中已经实现：一方面，中国音乐学早已注意了文献、文物、民间遗存这三部分研究资料的结合；另一方面，它一直重视对长时段现象、重复性现象进行探索。黄翔鹏先生所提出的"传统是一条河流"的理论，正是对这种研究实践的概括。这一理论还表明，在其他历史学科看来那些难以企及的理想，例如在逻辑平面上再现历史结构这一理想，在中国音乐学中却正在变成现实。

上述情况，也许不需要所有的研究者去关注。但正像在每个学科中都会产生通儒、专家两种人一样，音乐学界也必定有人懂得：新世纪的中国音乐学，承担了特别重大的责任，需要满足特别高的学术要求；工作于其中的研究者，应当有全局的关怀，以开放的姿态来建设学科。杨荫浏、黄翔鹏就是这种具有全局关怀的人物。所以黄翔鹏曾经就艺术研究院中国音乐研究所的建设提出了"以资料工作为中心，开门办所"的方针，并在《对中国乐律学史学科建设问题的一个初步构想》^① 一文中提出了整理音乐古籍、汇集音乐史料的具体设想。这一举措使我们想到古代庄子的一个比喻：行百里之路，要用一宿的时间准备粮食；行千里之路，则应当"三月聚粮"。强调资料工作和学科开放；或者具体地说，把发展音乐文献学作为资料工作的重要环节，通过《历代乐志律志校释》等音乐古籍的整理工作来建树中国音乐文献学的支撑点。这正是现代意义上的"三月聚粮"。

"历代乐志律志校释与研究"这一项目，便是在这样的背景下重新提出来的。从 1998 年开始着手实施，到现在，这项工作已经持续不断地进行了六年时间。在这六年当中，我们越来越明确地建立起了"三月聚粮"的意识，也反复遭遇了一个问题——你们的工作和丘琼荪先生《校释》一书有什么异同？这两件事其实是相互联系的，因此，我拟对上述问题作如下回答：

---

① 载《音乐学术信息》1989 年第 3 期。

从文献学角度看，我们的工作是丘氏《校释》的继续。它的基本内容仍然是依据各种版本、各种历史文献来校勘诸史乐志，并利用全部已有成果来笺释其中的名物制度。但从学术史的角度看，它却是一种新的工作。其一，它在规模上改变了。它是一系列音乐文献学工作的一个组成部分，与之同时进行的有《古乐书钩沉》《乐府诗集笺校》《汉文佛经音乐史料类编》《〈高丽史·乐志〉校证与研究》《日本古乐书集成》等项目。在这种情况下，它就有比较广阔的意义：对于中国音乐史学而言，它是一个充分的基础工作，有助于全面揭露各种历史事物的本质；对于考古学资料和民间遗存资料而言，它是具有年代学意义的工作，其成果可以作为其他资料的标准器；对于一个完整的中国音乐学学科而言，它是自成系统的组成部分，是其中必要的学科分支。其二，它在性质上也改变了。它不是简单的文献整理，而是把音乐史料的整理工作和研究工作紧密结合起来，因此要面向文献学的理论建设，面向一个新的中国音乐史研究的视野。现有成果表明，它将在史源学研究的基础上，阐述古代乐书的聚散分合；它将从考察古代音乐资料的记录方式入手，分析音乐制度的承转通变；它将全面清理关于中国雅乐和乐律学的历史资料，重新认识作为一种文化和文明——而不止是一种艺术——的音乐；它将把过去在平面意义上理解的"音乐"竖立起来作分层次的研究，例如区分为仪式音乐和艺术音乐来研究，区分为宫廷音乐、士大夫音乐和庶民音乐来研究，并且研究其间的关系和关联。因此，它的成果将不仅有助于指导音乐文献工作的实践，而且可以丰富已有的古典文献学理论。举一个例子：对稍纵即逝的时间艺术加以传承和记录，其传承方式、记录方式的特殊性及其文本表现，就是新的文献学将要讨论的内容。

这样一些工作，显而易见，是光荣而艰难的。作为首批进入《历代乐志律志校释》工作的学人，孙晓晖、李方元、王福利、温显贵四位，因此进行了名副其实的学术攀登。现在，他们已经征服了冲顶前的另一个高地。他们在系统校勘《隋书》《旧唐书》《新唐书》《旧五代史》《宋史》《辽史》《金史》《元史》《明史》《清史稿》所载乐志、律志的基础上，在对这些古代音乐典籍进行初步笺注的基础上，完成了《两唐书乐志研究》《〈宋史·乐志〉研究》《辽金元三史乐志研究》《〈清史稿·乐志〉研究》等博士学位论文。而且，经过审查，这些论文又分别被上海音乐学院出版社等纳入出版计划。他们的成果于是可以在更大的范围内嘉惠学林了。这是一件值得祝贺、值得回味的事情。

回想起来，四位同学是按不同的方式走到一起来的。如果说李方元的方式是自觉进入一个新学科，王福利的方式是脱胎换骨，那么，孙晓晖的方式则是逐步皈依一种新的学术风格。孙晓晖是一个乐观进取的人，兴趣广泛，喜爱同艺术相关的一切。她拥有历史学的学士学位、音乐学的硕士学位，能够用不同的步伐走路，只是有时不清楚哪一种步伐更符合自己的本色。她和其他同学一起进行了古典目录学、校勘学等方面的训练，努力掌握文史考据之法，但面对旧习惯与新要求的冲突，有时又不免困惑。为此，我向她讲过这样两个故事。

其一是考古学家的故事。我说，现代意义上的考古学，在中国的历史并不长，充其量不到一百年；在此之前，另一种考古学家早就活跃在历史舞台上了。这种考古学家是一些暴发户。他们一手拿着铁钎（考古学称"探铲"），一手拿着竹竿，每发现一个古墓，就用铁钎打出孔道，然后顺着竹竿滑入墓穴，迅速拿走一切可以拿走的东西。这让现代考古学家总是觉得沮丧，因为在他们到达现场之前，好东西都已经捞完了。这种古代考古学家是以"挖宝"为目的的，他们造成了一批被称作"存世文物"的可怜的宝贝。这些宝贝可以像艺术品那样供赏鉴，供摆设，供拍卖，却不能用作历史研究的资料，因为宝物身上的年代信息、地域信息都被破坏了。可见挖宝纵然痛快，却很容易糟蹋学术。现代考古学家与此不同。他们讲究发掘工作的科学规范，讲究按单元全面地揭露遗址，注意地层，注意遗物的位置、布局及其变迁，还注意对遗物作类型学研究。他们的目的是尽可能全面地再现人类历史的真相。在他们看来，前一种考古学家只能算是"盗墓贼"。

其二是种果树的故事。我说我种过十年果树，每年的劳动都是重复的。除掉收获以外，无非是四件事：其一是在春天疏果，其二是在夏天施肥，其三是在秋天喷药，其四是在冬天剪枝。这四件事，看起来是很被动的，因为只有一件事（施肥）讲发展，另外三件事则只讲保守。不过这只是表面现象。从实际效果看，如果不剪枝，果树就会疯长，主干和分枝错乱，资源（阳光和空气）得不到合理分配，造成整体萎缩；如果不疏果，果实就会长成满天星斗，徒有其表而不堪食用。可见讲不讲保守，其实质是讲不讲可持续发展，讲不讲质量，是一件很主动的事情。由此来看学术工作，便知道教育和训练的重要。

因为学术界的问题是有太多疯长的野树：不讲规范，不讲技术标准，一味追求成果的数量；成果固然惊人地多，但其中充满泡沫和垃圾。

这两个故事，从某个角度看，讲的是文献学训练对于发扬优良学术传统的意义。也就是说，文献学不光是一门教人找材料的学问，而且是一门教人掌握学术规范的学问。它讲究"类例既分，学术自明"，讲究"述而不作"，讲究"追求古本之真甚于事实之真"，核心精神是强调科学的操作规范，强调作为学术基础的资料工作的独立价值，强调学术上的可持续发展。孙晓晖所从事的那些文献学工作——先是尝试对越南汉喃书籍进行四部分类，然后又在系统研究文献学理论和工作体例的基础上，校勘《隋书·音乐志》3 卷、《隋书·律志》1 卷、《旧唐书·音乐志》4 卷、《新唐书·礼乐志》12 卷——其作用便是确立了这一精神。如果没有这一基础，她是不可能完成一部高质量的博士学位论文的。

2001 年 11 月 16 日，论文答辩前夕，我曾就孙晓晖的学位论文提出了以下评审意见：

> 本文在充分吸收前人成果的基础上，进一步从两唐书乐志的史料来源、唐代礼乐制度的结构和演变两方面，对唐代宫廷音乐作了较深入的研究。其学术贡献主要体现在五个方面：
>
> 一、通过唐史馆的编纂体例考证出《旧唐书·音乐志》的史料来源是唐国史音乐志；
>
> 二、通过研究欧阳修的礼乐观考察了宋仁宗时重修

《新唐书·礼乐志》的目的和意义；

三、通过考察唐太常寺八署四院官制的职能，说明祭祀音乐是唐代礼乐制度的核心内容，由此达到了从制度结构研究音乐结构的目的；

四、从音乐传承（家族和师承）角度研究了初唐雅乐旋官乐的来历，揭示了唐代雅乐建设的过程；

五、从吉、宾、嘉、军、凶五种乐仪的角度剖析了唐代的雅乐传统，在唐代雅乐研究中做到了礼乐结合。

本文具有强烈的问题意识，善于选择有学术价值的研究方向进行深入发掘，并能以较充分的考据工作作为研究基础，是一篇合格的博士学位论文。

这篇评语，或许有助于阅读读者面前的这部著作。值得注意的是，这里说到的五点贡献，正是通过"充分的考据工作"才获得的。所以答辩委员认为：本文的特色是"在全面占有材料的前提下考寻源流"（汪俊），是"严格遵循公认的学术规范，进行系统深入的研究"（陈尚君）。答辩委员的好评，意味着孙晓晖已经抛弃了过去的习惯——喜欢用"抓取"的方式（而不是"网罗"的方式）来搜集资料，喜欢一步到位地（而不是有步骤有分工地）研究和解决问题的习惯；意味着她成了一个成熟的学者。

孙晓晖对自己攻读博士学位的生涯有一个概括，她说：在这一阶段，她的最大的收获是学会了走路。这句话使我想起她跌跌爬爬的那些日子，也想起她在新生活中的一系列"坚持"。我知道，作为博士论文的一个分支，她申报的国家社会科学基金项目《隋唐五代礼乐制度研究》已批准立项。这证明她的工作走上了持续发展的道路。我也听说她回到武汉音乐学院工作以后的一些故事——面对同自己的过去相联系的那个环境，她通过音乐文献学课程和一系列相关研究，建立了新的学术姿态。这说明，她将坚持用自己的步伐走路了。做到这一点是很不容易的。为此，我再次提起关于科学规范的那两个故事，以帮助音乐学界的读者去理解本书，也理解孙晓晖的坚持。

和其他来自音乐学院的同学相比，李方元是比较自觉地进入新学科的。李方元是一个好学深思的人，当他离开音乐学院院长的职位重新坐进课堂，当他在若干深造方向中选择了音乐文献学这一方向之时，他已经做好了虚心学习、重新起步的思想准备。他按照教学计划，进修了中国古代文学、中国学术史和古典文献学等课程；他接受古典目录学训练，参加了《越南汉喃文献目录提要》一书的文献分类工作；他在系统研究校勘、传注之学的基础上，对《宋史·乐志》17卷、《宋史·律志》乐律学部一卷进行了校勘；此外，他还进行了一系列文史考据的练习。他听课很专注，作业很投入，进步也很显著。1998年年底，进校一个学期之时，他就在熟读孙诒让《周礼正义》的基础上，完成了一篇关于先秦裸礼（灌礼）的考证文章。此文规范地运用古文字学、历史学的资料与方法，对商周两代裸礼的来源及其文化内涵作了富有新意的解释。

裸礼研究这件事情是令人惊喜的，因为它从考据学角度表明了李方元对学术传统的领会。但一年以后，李方元又以另一件事情、从另一个角度表明了他对学术传统的领会。这就是文献学角度的博士学位论文选题。大家知道，中国古代有一个治学思路，叫作"即类求书，因书究学"——意思是通过目录学来求取作为研究对象的典籍，又通过对典籍的探究来达到对真理的探究。其基本精神是讲究从资料出发，讲究典籍的整体性。这一思路是同古人把读书与研究结合起来的学术习惯相联系的，来自把文献学作为主要研究方法的长期实践。今人的治学习惯与此颇不相同。今人往往从问题出发，根据现有的理论来划分事物单元。其实质是重视概念和原则，重视来自主观的框架。为了迁就概念和框架，他们不惜割舍掉典籍的历史形式。即使在古典文献学领域，这种习惯也有很大影响。因此，对古代典籍进行研究，尽管都是"因书究学"的工作，但其中仍然包含三条不尽相同的研究路线：一是从原始资料出发，二是从既有问题出发，三是综合这两者。这三条思路未必可以分优劣；但在实践中，考察资料和研究问题，毕竟构成了基础研究与后续研究的关系。李方元的博士学位论文，所采取的路线恰好与今人习惯相反。它选择文本形式研究的角度，以典籍比较的方法来考察正史乐志的编纂传统和《宋史·乐志》的文献学背景与渊源，是一项严格的音乐文献学的基础理论工作。从学习的角度看，这无疑是一件可喜的事情。

2001年11月16日，论文答辩前夕，我曾就李方元的学位论文提出了以下评审意见：

> 李方元同学毕业于西南师范大学音乐系和中国音乐学院音乐学系，分别在这两所学校取得学士、硕士学位，有很好的音乐学基础。进入我校以后，他自觉地加强了文献

学、学术史等新专业基础课程的学习和训练，成功地实现
了由音乐学到音乐文献学的学术转变。三年来，他以刻苦
钻研、好学深思的态度，认真完成了每一项学习任务，特
别是完成了《宋史·乐志》校释的阶段性工作。在此基础
上，开始了博士论文《〈宋史·乐志〉研究》的写作。这
篇论文创造性地选择了音乐文献学的角度，重点考察了历
代乐志的传统和《宋史·乐志》的文献学渊源，达到了预
期目标。其主要贡献是：

一、通过对《史记》以来历代乐志的考察，论述了古
代乐志传统的形成及其特点；

二、通过对《宋会要辑稿》《续资治通鉴长编》《玉
海》《文献通考》等文献中宋代礼乐资料的梳理，较全面
地考察了《宋史·乐志》的资料背景；

三、通过对《宋史·乐志》与上述诸书音乐资料的比
较，较周密地探讨了《宋史·乐志》的史料来源；

四、在此基础上，揭示了《宋史·乐志》的特点及其
史料价值。

总之，这是一篇合格的博士学位论文，同意提交
答辩。

这篇评语所谓"创造性的选择"，主要指的是作者本人
的自我塑造。因为文献学角度的研究古已有之，但对于一个
演奏出身的音乐研究者来说，它毕竟意味着一种全新的思维
和方法。当然，这种研究还意味着一个宽厚的平台、一个光
明的前景：在对《宋史·乐志》作文献学研究的基础上，对

《宋史·乐志》之内容的探讨、对宋代礼乐制度的探讨——
这些后续工作势必大刀阔斧地展开。这正是我们可以深望于
李方元的。

　　和其他同学相比，王福利是走得比较艰苦的一位。他没有
读过硕士学位，入校时，在学术经验上几乎是一张白纸。后
来，他按照教学计划，进行了中国古代文学、中国学术史和古
典文献学等课程的学习；他接受古典目录学和校勘学训练，参
加了《越南汉喃文献目录提要》一书的文献分类工作，以及
《旧五代史·乐志》2 卷、《辽史·乐志》1 卷、《金史·乐志》
2 卷、《元史礼·乐志》5 卷的校勘工作；他尝试进行了三项写
作练习，其一是《楚辞》与《文选》的比较研究，其二其三是
同我合写的《越南所存的汉文经学古籍》《从任半塘先生看中
国戏剧研究的意义和趋向》；他还在导师指导下，通过分析资
料、排列要点，提出了学位论文提纲。在学习过程中，他一次
又一次摆脱了惶惑和焦虑。他的经历表明，要获得好的学术成
果，总是要作呕心沥血的付出；要获得新的视野和思维，总是
要经历艰难的蜕变。正是由于这种付出、这种蜕变，王福利掌
握了同资料相亲和的方法，寻找到属于自己的学术方式。

　　2001 年 11 月 16 日，论文答辩前夕，我就王福利的学位
论文提出了以下评审意见：

　　　　本文运用中国历史学、民族学、民俗学、语言学、乐
　　律学、文学、艺术等领域的理论和知识，以文史哲相汇
　　通、书面资料与考古发现相参证的方法，对辽、金、元三

朝宫廷音乐系统及其文化特质进行了科学论证，主要有以下几方面学术贡献：

一、填补了辽、金、元三朝音乐史研究的学术空白；

二、通过对辽、金、元三史编纂过程的考察，探讨了三史乐志的史料来源；

三、通过对三朝宫廷音乐内容、种类及音乐机构建设过程的描述，揭示了三朝宫廷音乐的总体特征；

四、通过对三朝宫廷音乐建设过程及其文化背景的分析，论证了契丹、女真、蒙古等少数民族对汉族礼乐文化的继承和改变，论证了其宫廷音乐的文化特质；

五、考订出了相当数量的元代宫廷俗乐曲名，解决了元代胡乐曲名研究中的若干学术难题。

本文的总体特点是视野宏通、资料充分、结构合理，具有明确的文化史意识，是一篇合格的博士学位论文。

这些意见意味着，王福利是在同历史资料、同客观事物相适合的过程中建立起自己的学术个性的。由于他面对的是辽、金、元这三个少数民族政权的政治与文化，因此，他合理地采用了民族关系研究的思路。由于这三个政权的时间跨度很长，而辽、金、元三史的修纂时间则很短促，因此，他在研究中必然要综合各种相关学科的资料与手段，以克服史料零散的困难。由于三朝的音乐与制度各有特点，其在不同时期的发展又各有规律，因此，他抓住音乐功能和音乐文化交流这两个关键问题做了较深入的探索，在复杂的关系中建立了论述主线。总之，完成这篇论文，需要知难而进的精神和好学深思的态度。

它证明学术是一项严肃的事业，证明好的学术工作不仅是对优良成果的锻造，而且是对优良人才的锻造。

任重道远，希望福利继续努力。

原载李方元《宋史乐志研究》、孙晓晖《两唐书乐志研究》、王福利《辽金元三史乐志研究》，上海音乐学院出版社，2004 年、2005 年。

《〈清史稿·乐志〉研究》序

　　我们通常说的"学者"，其实是一个面对记录而进行活动的人群。在这个群体当中，尽管有一部分人也参预记录，但大多数人却生活在书斋里，仅仅针对现有的记录写下自己的理解。各种各样的历史学家，便是依赖现有记录而生存的。其中比较优秀的一部分人，能够清醒地看到这项工作的本质和局限，因而重视记录的品质，会竭尽全力去寻找最原始的记录。但这种人其实很少。大多数研究者总是因为某种惰性，习惯陶醉于最容易得到的、因而不免包含了许多错误的记录。

　　正因为这样，人们的知识有很大的局限性，因为它往往取决于前人遗留下来的记录。比如我们说的"历史"，其实只是被记录的历史。我们知道，在过去几千年中，"记录"是一件很奢侈的事情，被认为是一种权力，主要由那些直接为王室服务的人员担任。所以，我们面对的历史，便只能是关于人们已往生活的片面的描写。同样，学者们的活动也有很大的局限性，因为他们只可能去寻找最好的记录，而不能超越现有记录的范围。在这种情况下，他们若要获得真知，便只有尊重记录，通过提升记录的品质而提升自己的认识。总之，所谓"学者"，其实是一群戴着镣铐的舞者。他们的舞技，不过取决于他们对自己的局限性的认识和利用。

从这个角度看"二十五史"，我们可以得出一个两面的认识。一方面，这是一宗局限性甚大的史料。它们原则上是一批官方的记录，往往由王室组织人员来撰写，主要利用王室所收藏的资料写成。它们所呈现的，只是一部围绕王室活动——所谓"国家大事"——而展开的历史。普通民众的活动，总是缘于一些偶然的原因，同国家大事相钩连，才可能得到记录而进入历史叙述。比如遍布山野市井的"歌谣"，便只有很少一部分出现在正史的《五行志》当中，作为关于国家兴衰吉凶的命运预兆而获得记载。显而易见，依据这些歌谣而得出的认识，必定同历史上民众歌谣的真相相去遥远。但从另一方面看，这25种历史著作却具有高度的系统性和权威性，体例整饬，代代相续，仍然可以视为关于中国文化的最珍贵的记录。即使其中所记的歌谣，亦有不可忽视的宝贵价值。因为它们毕竟对每一时代民众歌吟之面貌作了反映；目前，没有任何文献可以代替这批记录。

值得注意的是，在二十五史当中，有一套完整的关于中国古代音乐的历史文本。这就是《史记》《汉书》《后汉书》《晋书》《宋书》《南齐书》《魏书》《隋书》《旧唐书》《新唐书》《旧五代史》《宋史》《辽史》《金史》《元史》《明史》《清史稿》所载的16种乐志和8种律志。它们的学术价值也可以从上述两方面来认定。一方面，它们是围绕宫廷音乐而展开的一种历史叙述。它们的主要意义，是呈现了一部礼乐制度的历史，或曰音乐用于国家政治生活的历史。其价值偏重在乐律学、制度史研究上。另一方面，它们是关于中国音乐史全局的核心史料。正如丘琼荪先生《历代乐志律志校释序》中所说："有意于了解历代音乐概况者，有志于研究我国音乐史、乐律史、乐制、乐器、乐调、民族音乐、域外音乐，乃至歌曲、舞蹈、戏剧、散乐、曲艺等等之兴亡隆替及其衍变流转情形者，请先于历代《乐志》《律志》中求之。本书之作，乃欲为之梯航。"也就是说，这是一批内容丰富而自成系统的音乐史料；不管从哪一个角度考察中国传统音乐，都能从中找到基本的历史线索。尽管宫廷以外的音乐未进入叙述的主流，但这一以"乐志"为名的历史文本系列，却毕竟对宫廷音乐与民众音乐相交流的状况作了反映。

大概由于上述原因，中国的音乐研究者们有过一个共识：二十五史乐志是一批关于中国古代音乐的基础史料。应当整理它，通过提升其品质进而全面提升中国音乐史研究。正是出发于这一目的，同时为了培养一支以"音乐文献学"为专业方向的学术队伍，我们继丘琼荪先生之后，对《隋书》以后的十史乐志、律志进行了校释。其成果，一方面表现为五卷本《历代乐志律志校释》，另一方面也表现为一系列各具特色的研究著作。后者就是温显贵、李方元、王福利、孙晓晖四位博士的学位论文。其中孙晓晖《两唐书乐志研究》的特色是富于问题意识。她注意发掘有价值的学术方向，因而从两唐书乐志的史料来源、唐代礼乐制度的结构和演变等方面，对唐代宫廷音乐作了富有新意的探讨。李方元《〈宋史·乐志〉研究》的特色是重视音乐文献学的本体视角。他注意对历史文本作形式考察，因而采用典籍比较的方法，深刻阐明了正史乐志的编纂传统和《宋史·乐志》的文献学背景与渊源。王福利《辽金元三史乐志研究》的特色则是视野广阔。他综合不同学科领域的理论和知识，以文史哲相汇通、书面资料与考古发现相参证的方法，对辽、金、元三朝宫廷音乐系统及其文化特质进行了科学论述。这三部著作，已经编入中国音乐学博士学位论文丛书，由上海音乐学院出版社付梓刊行。

现在，我非常高兴地得知，温显贵博士的《〈清史稿·乐志〉研究》也要出版了。这意味着，以上这个正史乐志研究的系列，将增加一个特色品种，因而呈现比较完满的面目。温显贵的优点是进行过中国古典文献学的系统学习和训练，有比较扎实的考据学基本功。他的《〈清史稿·乐志〉研究》也有一个厚重的资料基础，即他结合文献学、音乐学、历史学相关知识所进行的《〈清史稿·乐志〉校释》。正因为这样，本书作出了以下学术贡献：

（一）用丰富的史料作证据，还原了清代宫廷音乐的基本面貌，因而也以较规范的学术工作提高了在中国音乐史研究中不被重视的这个领域的研究水平。

（二）运用考据学的方法，对若干重要的学术问题加以考辨，为认识清代宫廷音乐提供了可靠的史料资源。

（三）从历史学角度，对清代宫廷礼乐制度的社会背景及音乐文化背景作出了客观分析，为认识清代礼乐建设提供了直接的参考依据。

（四）通过对大量史料的归纳，提出了清代宫廷礼乐发展三层次论，即继承前代旧制、创建新的体制、糅合满汉民族特色三阶段的理论，从而纠正了学术史上认为清代制度无创新的旧说。

这些贡献，显然是具有填补学术空白的意义的；至少对于正在进行的重修清史工程，提供了富有价值的参考意见。在本书之前，台湾学者陈万鼐曾著有《清史乐志之研究》一书，主要讨论清史《乐志》的纂修过程以及其中的乐律乐器问题。本书则有积薪之功：它不仅对《清史稿·乐志》纂修问题做了补充论证，不仅比较研究了《清史稿·乐志》和《清国史·乐志》的异同，考察了《清史稿·乐志》的史料来源，而且，它阐述了清代礼乐制度建设的背景、阶段、措施，并从典礼音乐、娱乐音乐、西洋音乐等方面，阐述了清代宫廷音乐的结构和分类。这样就给出了关于清代宫廷音乐的全景式的描写。尽管由于前文说到的历史学的特性，它未能讨论史官视野之外的山野乡村市井之乐；但它按照"即类求书，因书究学"的治学原则，完成了预定的研究任务。相信它将赢得读者的欢迎和尊敬，因为它正是那种尊重记录、努力提升记录的品质进而提升自己的认识的工作。

写于 2005 年 10 月 25 日。原载温显贵《〈清史稿·乐志〉研究》，崇文书局，2008 年。

《宋代声诗研究》序

　　《宋代声诗研究》原是杨晓霭的博士学位论文。在论文答辩会上，曾得到审查委员们的一致好评。大家欣喜地谈到这篇论文同任半塘先生《唐声诗》的关联。现在，论文经过补充修订，即将由中华书局出版，晓霭索序于我。我愿意借这一机会表示祝贺，同时谈一谈任师所建立的"声诗学"，谈一谈《宋代声诗研究》在声诗学体系中的位置，也谈一谈与之相关的一些理论问题。

一

　　"声诗学"这个名词大约出现在 1983 年，即任师《唐声诗》一书出版之后不久。记得是赋学研究者曹明纲在《文学遗产》上提出这一学科名称的。他的意思是，《唐声诗》不光开辟了一个新的学术领域，而且代表了一条新的研究路线。这一说法，符合任师原来的设想。《唐声诗》在《弁言》中说到："顾于其业接触既久，好之殊殷，粗得门径，以为可行，立志开端，唤起来者，以昌其业。因撰此稿，试作综合探讨。"可见从目的、效果两方面看，《唐声诗》都是一个先行者，它代表的是一个宏大的事业。

这是一个怎样的事业呢？在初版于1962年的《教坊记笺订》中，我们可以看到其端倪。此书有一篇《唐代音乐文艺研究发凡》，叙述了任师关于毕生学术事业的理想。按照这篇《发凡》，在《唐声诗》之外，任师打算撰写《唐杂言》《唐著辞》等著作，这些著作共同构成"唐代音乐文艺研究"之总体。这项总体工作，从一方面看，可以称作"对唐代结合音乐之词章的全面研究"；从另一方面看，则可以称作"对唐代结合音乐之伎艺的全面研究"。因此，它不仅包括关于"声诗""杂言""著辞"和敦煌歌辞的研究，而且包括唐戏弄研究和唐大曲研究。也就是说，这是一项词章和伎艺并重的研究。

如果注意一下任师本人的学术史，那么我们还可以了解，"唐代音乐文艺研究"另有一个特点，即表现为由词曲研究向发生学的延伸，因而具有探寻事物初始形态的学术追求。从这个角度看，《唐声诗》最早的姐妹篇，应当是出版于1958年的《唐戏弄》。此二书的共同点是分别指向了一个事物起源问题——《唐戏弄》指向中国戏剧之起源的问题，《唐声诗》指向词之起源的问题；尤其重要的是，它们在非常广阔的文化人类学视野中讨论了这些起源问题。

正是基于以上理想和追求，《唐声诗》旗帜鲜明地提出了一套具有前沿意义的文学史理论。其中最重要的观点是以下三项：

（一）歌辞的体式是由音乐和表演方式决定的。齐言、杂言两类辞式，彼此间并无因果关系："齐言、杂言二体，同时并举，无所后先，不相主从。""格调则文占其一，艺占其三。……绝大部分之长短句格调，应为倚杂言之声而辞，不假他辞。"

（二）作为音乐文学，歌辞是由音乐与文学两重因素构成的。以文学为立场而仅把音乐作为论证之装饰的研究，不成其为音乐文学研究；把两者的关系简单化，仅认为长短句词是近体诗向外来音乐的一种适应，也不成其为音乐文学研究："诗与乐相表里，宜体用，非本末关系。"历代诗与乐，至少有以下三种配合方式："（甲）由声定辞；（乙）由辞定声；（丙）选辞配乐。"

（三）因此，宋代人关于长短句词调由填实和泛声而来的观点是错误的。唐代燕乐歌辞并非一字一声，也非一句一拍；"和声以声为主，和声原本在曲调之内，并不在曲调之外"；"和声非衬字之声"；"诗调有和声可考者，不过十余曲，无从想象为凡诗调皆赖和声以成曲"。

这三项理论观点，未必不可以商榷，但它所代表的"声诗学"的基本立场，却是明显具有科学性的。这立场就是：承认文学和音乐的共生关系；承认音乐工作者（伎艺人）和文学工作者（文人）在音乐文学史上的平等地位；重视从具体的辞乐关系的角度，去认识不同的音乐文学现象。这样一来，它就和通常的"词曲研究"或"音乐文学研究"拉开了距离。我们知道，关于戏剧起源的研究和关于词体起源的研究，在二十世纪以来，都可以归入音乐文学研究的范畴；但至少其中关于词与音乐之关系的研究，基本上是停留在以文学和文人为本位的传统之上的。在认识历史之时，它们很难获得客观的视角。

同样是在 1983 年，"声诗学"的另一项工作——《唐杂言》启动了，这就是我在任师指导下撰写的博士学位论文。这篇论文后来更名为《隋唐五代燕乐杂言歌辞研究》，于 1985 年 12 月通过答辩。更名的主要理由，除遵从学术论文的命名习惯以外，是想表明对于"声诗学"基本立场的坚守。事实上，《隋唐五代燕乐杂言歌辞研究》是更为清醒地贯彻了上述三项理论的。比如，它把学术立足点转移到音乐文化的历史变动这一基础之上，故从"隋唐燕乐"一章开始论述。它的主体部分以音乐体裁为单元，即分为"曲子""大曲""著辞""琴歌""谣歌""讲唱"等若干章，这种分类方式也基于一个特别的方法论思想：认为文学体裁是各种艺术活动的书面表现；认为文学形式是歌唱程式和表演程式的遗迹；认为不仅要在理论上承认音乐和表演对于歌辞体式的决定作用，而且要建立细致的空间和时间坐标，具体探讨其方式和表现。这样一来，词的起源问题也就由"隋唐燕乐和文学如何相关"的问题，转变为"这种相关性如何实现形态转换"的问题。这部书经过详尽考察，得出结论说：词是在新俗乐兴起以后，经长期发展而形成的一种文体。就其主要的阶段性特征而言，词经历了民间辞、乐工辞、饮妓辞、文人辞次第演进的过程，分别具有作为"胡夷里巷之曲"、教坊曲、酒筵改令辞、格律范本辞的不同本质。词体的格律特征，事实上反映了一种文化积累：在民间辞阶段，获得歌调；在乐工辞阶段，获得依调撰词的曲体规范；在饮妓辞阶段，增加众多的改令令格；在五代以后的文人辞阶段，这些令格转变成由词谱所规定的种种格律。这一结论，对《唐声诗》所提出的核心问题，做出了初步完整的回答。

二

哲学家曾经说过：事物的发展轨迹，是螺旋式的。产生这种现象的原理是：每一事物都有许多方面，需要旋转地——至少正反互换地——观察它，才能得到逐渐完整的认识。《唐声诗》和《隋唐五代燕乐杂言歌辞研究》之间，便构成了这种关系。如果说《唐声诗》的研究主体是作家的齐言歌辞，它站在这一角度，重新认识了长短句歌辞如何产生的问题；那么，《隋唐五代燕乐杂言歌辞研究》的研究主体则是乐工伎人的长短句歌辞，它更换了一个角度，因此也重新认识了"声诗"。同样的关系也存在于《隋唐五代燕乐杂言歌辞研究》和《宋代声诗研究》之间。一般来说，《宋代声诗研究》可以看作对《唐声诗》的继承，看作唐代文人歌辞研究在宋代的延伸，因为它填补了宋代声诗研究方面的学术空白；而具体来说，它又可以看作对《隋唐五代燕乐杂言歌辞研究》的回应，因为它进一步做了以下四项工作：

（一）联系宋代人的文学实践，对宋代声诗概念作了论述，揭示了这一概念同传统礼乐观的关联；

（二）论述了宋代声诗的演唱情况和唐声诗在宋代的传播情况；

（三）通过对宫廷仪式、宴集会吟、民间歌唱等环绕声诗而展开的社会活动的考察，论述了宋代声诗的类别、功能及其特点；

（四）分析了乐语口号这一新的声诗品种，通过对其名称、创作过程、表演方式的探讨，揭示了近体诗在走向歌舞场所时所呈现的丰富的形态变化。

这些工作，回到作家齐言歌辞这一研究主体之上，但它考察了一些新的问题。例如：在不同于隋唐五代的文化背景上，"声诗"理论如何生存？在歌舞伎乐走向衰落的时代，音乐文学的版图出现了怎样的新分野？经过隋唐燕乐洗礼的宋代文人，采用哪些变通方式保持了自己的本位？当《宋代声诗研究》提出并试图解答这些问题的时候，它就从两个方面发展了声诗学的理论体系：一方面，它把重在追寻事物起源的声诗研究，转变为重在追寻事物流变的声诗研究。就此而言，它是对《唐声诗》的补充。另一方面，它把面向文学存在背景和存在方式的研究，转变为面向文学本体的研究。就此而言，它又是对《隋唐五代燕乐杂言歌辞研究》的补充。事实上，当我读到《宋代声诗研究》的时候，我就觉得，关于声诗学的基本理论，到现在，似乎有更充分的条件来做系统论述了。

三

既然如此，且让我对这一理论的某些节点试作陈述：

一、"声诗"的定义

《宋代声诗研究》（下称"本书"）在《绪论》中讨论了

"声诗"的定义。现在看来，"声诗"有广狭二义。广义的"声诗"指"有声之诗"，即古所谓"乐章"；狭义的"声诗"则指"诗而声之"，即按采诗入唱方式配乐的歌辞。前者的对立概念是徒诗，后者的对立概念则是按因声度词之法创作的"曲子辞"。"声诗学"所谓"声诗"乃指后者，故任师创"唐声诗"一名，以与"唐杂言"并举。

在唐代，采诗入唱之辞往往配合曲子音乐，因此，很多唐声诗也属于广义的曲子辞。李清照说："乐府、声诗并著，最盛于唐。"这里说的就是唐代曲子的兴盛，以及唐代曲子辞兼包"乐府"与"声诗"的情况。但"声诗"和"曲子辞"却毕竟有本质上的区别。它们所代表的先诗后声之法与因声度词之法的并立，反映了文人歌辞与乐工歌辞的并立。从这一角度看，尽管"声诗"多为齐言近体，"杂言"多为因声而作之辞，但二者并不构成对立关系；也就是说，不能把齐言歌曲都当成"声诗"。任师所提出的"唐声诗""唐杂言"的二分，应理解为一种研究策略，其目的是借此探寻更深刻的对立——采诗入乐、因声度词这两种辞乐配合方式的对立。

界定一个事物，最好的办法是把它和与之接近的事物做比较。到宋代，"声诗"概念的内涵基本上保持下来了，但它的比较对象却有了变化。这对象包括：（一）仍然采用因声度词之法的"今曲子"；（二）曲度不存，由因声而作变为依谱而作的"词"；（三）辞与声浑然一体的天籁歌唱，即谣歌。《武林旧事》卷一"天基圣节排当乐次正月五日"记宋代艺人歌《圣寿永》和《延寿长》，云"歌曲子陆恩显""歌曲子李文庆"；又记致语，云"臣等生逢华旦，叨预伶官，辄采声诗，恭陈口号"。① 在这里，仍然可以看到"曲子"和"声诗"的对立。

为什么说声诗和曲子的对立或并立，反映了文人歌辞与乐工歌辞的对立或并立呢？因为声诗以诗为本体，不同于曲子之以曲度为本体。也就是说，"声诗"概念意味着，诗和声在本初状态中是相互脱离的。这种情况是由文人知诗而不知声的习惯造成的，在民歌中并不存在；所以，民歌在音乐体裁上应当属于"谣歌"，而未必属于"声诗"。本书第六章为此作了富有意义的讨论。从其所提供的大量资料可以知道：无论菱歌、棹歌、田歌还是樵歌，在当时人的看法中，都属于"曲"。例如宋人喜称菱歌为"采莲曲"，喜称船歌为"九曲棹歌"；戴表元《次韵答邻友近况》说"唱得田歌曲曲长"，裴万顷《绝句》说"一曲樵歌山更幽"。其原因在于，民歌是天籁歌唱，主于声，辞和声浑然一体，即戴表元诗所谓"山歌出口即成篇"。模仿民歌而创作的文人歌辞，其性质因此也更接近曲子，而非声诗。王道父诗题《夜卧舟中闻有唱山歌者倚其声作》，所谓"倚声"，说的便是这种特殊的"因声度词"。

以上情况，事实上在元稹的《乐府古题序》中已有明确表述。元稹把歌辞分为两类：一是"操、引、谣、讴、歌、曲、词、调"等八名，它们"起于郊、祭、军、宾、吉、凶、苦、乐之际"，是"备曲度"的歌辞，采用"因声以度词，审调以节唱"的配乐方式；二是"诗、行、咏、吟、题、怨、叹、章、篇"等九名，它们是"诗"，但可以"选词以配乐"。② 在

---

① 《武林旧事》卷一，古典文学出版社，1956年，第350页。
② 《元氏长庆集》，上海古籍出版社，1994年，第118页。

元稹的分类中，民歌显然属于"因声以度词，审调以节唱"的
类别。

二、"声诗"同唐宋音乐的关联

一般来说，"声诗学"是以燕乐时期的音乐文学为研究对
象的，因为它所面对的最重要的一组矛盾，是"声诗"同"曲
子"的矛盾，而因声度词的曲子辞又是唐宋燕乐的特有品种。
尽管唐宋两代的音乐文学形势有很大不同，但其内部的基本关
系却大致相似。比如宋声诗的种种不同存在方式，均可以溯源
至隋唐。本书讨论了这些方式，例如（一）"取当时名士诗句
入歌曲"的方式，即采诗入乐的方式；（二）"作小诗，遣家僮
歌之"的方式，即诗而声之的方式；（三）"作家歌"的方式，
即选辞配乐的方式。后者见于叶梦得《避暑录话》卷下，云：

> 秦观少游亦善为乐府语，工而入律，知音者谓之作家
> 歌，元丰间盛行于淮楚。[①]

这种"作家歌"同样是早见于唐代的。例如《唐才子传》记康
洽"工乐府诗篇，宫女梨园皆写于声律"，《新唐书·李贺传》
记李贺"乐府数十篇，云韶诸工皆合之弦管，为协律郎"。[②]

本书的讨论也表明：当人们以"声诗"一词来指称唐以前
的音乐文学现象之时，其涵义却不同于唐代——是广义的"有
声之诗"。正是按照这一习惯，宋人把汉代歌诗称为"声诗"。
从《汉书·艺文志·诗赋略》可以知道，在汉代，"歌诗"是

---

① 《避暑录语》卷下，中华书局，1985年，第50页。
② 《唐才子传》卷四，古典文学出版社，1957年，第62页；《新唐书》卷二〇
三，中华书局，1975年，第5788页。

"赋"的对立概念，"赋"指"不歌而诵"，"歌诗"则是当时乐府歌辞的总称。也就是说，这里的"声诗"是和"不声之诗"相对的。

那么，郭茂倩所立的"杂曲歌辞"，是否也可以看作"声诗"呢？就广义"声诗"而言，可以这样看；但它同"唐声诗"之"声诗"却是不同层次的两个概念。因为在《乐府诗集》中，"杂曲歌辞"介于"相和歌辞""清商曲辞"与"近代曲辞"之间，主体内容属于北朝，是因音乐的历史形态而得名的。因此，本书《绪论》对"杂曲歌辞"的讨论，实际意义是提出了一个重要的新问题——古人命名事物采用何种标准的问题。现在看来，有两重标准：一是共时的标准，即我们所习惯的逻辑分类；二是历时的标准，即古人所习惯的历史形态的分类。郭茂倩即是喜欢按历史形态来使用概念的人物。他的方式其实也很常见。宋叶庭珪《海录碎事》将古今歌辞分别列入"乐府""歌曲"二门，王灼《碧鸡漫志》说"古歌变为古乐府，古乐府变为今曲子，其本一也"①——皆说明古代的音乐体裁术语（例如"歌""乐府""曲子"），可以兼具另一种身份，即代表音乐的历史形态。

三、声诗理论的背景和实质

到宋代，声诗理论有很大发展，往往标榜"诗言志，歌永言，声依永，律和声"的传统。其意图，主要是反对以诗就乐。王安石的说法是："如今先撰腔子，后填词，却是永依声也。"王灼的说法是："今先定音节，乃制词从之，倒置甚矣。"

① 《碧鸡漫志》，古典文学出版社，1957年，第52页。

《能改斋漫录》的说法是："明皇尤溺于夷音，天下熏然成俗。于时才士始依乐工拍担之声，被之以辞。句之长短，各随曲度，而愈失古之'声依永'之理也。"《朱子语类》的说法是："古人作诗，只是说他心下所存事。说出来，人便将他诗来歌。……今人却又先安排下腔调了，然后做言语去合腔子。岂不是倒了！却是永依声也。古人是以乐去就他诗，后世是以诗去就他乐，如何解兴起得人。"①这些说法有很明显的倾向性，即反对渊源于"胡夷里巷之曲"的"今曲子"。表面上看，这是倡导华夏传统；究其实质，则是强调文人雅士在音乐文学活动中的主导地位。也就是说，诗与声孰先孰后，在宋代人的看法中，乃代表"才士"与"乐工"的孰先孰后。

若把唐代文人的理论拿来比一比，例如把白居易虽然崇尚"风雅比兴"但也反对简单地"销郑卫之声"的理论拿来比一比，我们便知道，这两个时代的确大不相同。为什么会这样？原因是：音乐文化的形势变了。唐代是"乐府、声诗并著"的时代，而到宋代，这两者则产生了分离。其中一个表现是声诗自高身份，不用"今曲子"之歌调；另一个表现是出现了"旧声"和"新声"的分离。旧声即唐代曲子，多为短调小令；新声则是词家所作新歌，多为长调慢曲。其篇制的不同，反映音乐风尚有了很大的改变。

实际上，最大的改变是：到宋代，旧声的乐调退出知识层的日常生活，基本上失传，变质成为依调填词之谱；好乐之人

① 分别见《侯鲭录》卷七，中华书局，2002年，第184页；《碧鸡漫志》卷一，第51页；《古今事文类聚》续集卷二四，上海古籍出版社，1992年，第442页；《朱子语类汇校》卷七八，上海古籍出版社，2014年，第2036页。

遂采俗乐创制了新声。也就是说，旧声和新声的区别，可以理解为无曲度和有曲度的区别。词人无曲度可以遵循，乃依谱作词；这自然是谈不上协和"五声""六律"的，故李清照对旧声之词深致不满，认为是"句读不葺之诗"。而根据以下两段记录：

> 《苕溪渔隐丛话后集》卷三三引李清照：柳永"变旧声作新声，出《乐章集》，大得声称于世"。
>
> 叶梦得《避暑录话》卷下：柳永"善为歌辞，教坊乐工每得新腔，必求永为辞"。①

可以判断，新声则走向了另一面，采用了俗乐曲。这样就出现了另一种批评的声音。《宋史·乐志》记载：宋高宗年间，王普上疏论雅乐，说："自历代至于本朝，雅乐皆先制乐章而后成谱。崇宁以后，乃先制谱，后命词，于是词律不相谐协，且与俗乐无异。乞复用古制。"② 这说明，宋代的声诗理论，主张恢复"雅乐"和"古制"，在本质上是排斥新俗乐的理论。

在以上现象中，其实还隐藏了一个问题：宋代理论家们排斥"今曲子"，排斥新俗乐，但并未全面否定音乐，那么，他们用什么音乐来取代曲子和俗乐呢？一种回答是雅乐。这一回答似不够准确，因为雅乐是用于仪式的音乐，不能代替人们日常生活中的音乐；音乐不仅用于郊、祭、军、宾、吉、凶之际，也用于苦、乐之际。另一种回答则是吟诵音乐。这一回答

---

① 《苕溪渔隐丛话后集》卷三三，广陵古籍刻印社，1983年，第254页；《避暑录话》，第49页。
② 《宋史》卷一三〇，中华书局，1977年，第2030页。

却是富有解释力的，因为在宋代，文人吟咏的确成为风尚。文人吟咏既为声诗增加了新的内容，也支持了声诗理论。正是在这一基础之上，宋代声诗理论强调"声依咏"。沈括《梦溪笔谈》卷五的说法是："古诗皆咏之，然后以声依咏以成曲，谓之协律。其志安和，则以安和之声咏之；其志怨思，则以怨思之声咏之。"①

四、声诗的吟诵和咏歌

如果要追寻声诗所代表的传统，那么，我们不仅可以追寻到采诗入乐，而且可以追寻到吟诵。《汉书·艺文志》说："诵其言谓之诗，咏其声谓之歌。"② 这说明，古所谓"诗"，是和"歌"相对的名词，代表吟诵。因此，《尚书·舜典》所说的"诗言志，歌永言，声依永，律和声"，可以理解为：心志发为吟诵就是诗，把吟诵的声调加以延长就成了歌，对歌声的模仿就是曲调，对曲调加以调和就有了乐律。"诗"之所以具有"诵"的涵义，乃因为先秦时候的诗，主要是用吟诵的方式传授的。我在《诗六义原始》一文中曾经论证："六诗"中的"赋"，指的就是使用雅言的吟诵，故刘向说"不歌而诵谓之赋"。中国作家文学的产生，其标志亦是辞赋的产生。《汉书·艺文志》说："春秋之后，周道寖坏，聘问歌咏不行于列国，学诗之士逸在布衣，而贤人失志之赋作矣。"③ 这就是说：赋产生于"学诗之士"把他们所专长的吟诵（"诗"）变成了文体。总之，"诗"的传统也就是吟诵的传统。

---

① 《梦溪笔谈》卷五，中华书局，2015年，第44页。
② 《汉书》卷三〇，中华书局，1962年，第1708页。
③ 《汉书》卷三〇，第1756页。

从汉代的文体记录看，文人吟诵有很大的势力。比如《汉书·艺文志·诗赋略》分各种文学作品为五类，其中四类是代表吟诵的"赋"，末一类才是"歌诗"。魏晋以后，吟诵之法受佛教转读和七弦琴艺术的影响，更加接近歌唱，以"吟咏"的名义和"弦歌"的名义得到发展。到唐代，与唱曲子之风相应，进一步产生了一些特殊的吟咏腔调。这一过程，可以从《世说新语》《乐府诗集》等书窥见。而杜牧《杜秋娘诗》关于《金缕衣》一调的歌唱记录，则说明《金缕衣》在唐代已是一个"长咏"的腔调。杜牧说："愁来独长咏，聊可以自怡。"又说："劝君莫惜金缕衣，劝君须惜少年时。花开堪折直须折，莫待无花空折枝。李锜长唱此辞。"① 可见唐代人曾用"长咏"或"长唱"的方式吟诵《金缕衣》。

一般来说，吟咏和歌唱的区别在于：吟咏是表述"文"的艺术，其抑扬舒促依从字声；歌唱是表述"声"的艺术，其旋律和节奏依从歌唱者的习惯。沈括批评"今人不复知有声"，说他们"哀声而歌乐词，乐声而歌怨词"。其实这种"不知有声"（应该说"只知有声"）的情况是通俗歌唱的常态。郑樵《通志·乐略·正声序论》说过："诗在于声，不在于义。犹今都邑有新声，巷陌竞歌之，岂为其辞义之美哉，直为其声新耳。"但这种情况正好不被重视文辞的人们所容忍。这样也就产生了对吟咏、对声诗的呼唤。

在唐代，以声诗代表吟咏的情况并不突出，因为那是一个"溺于夷音"的时代。曲子不仅是流行的音乐方式，而且是流

---

① 《樊川文集》第一，上海古籍出版社，2007年，第5页。

行的音乐。文人诗作遂往往以采入曲子的方式而成为声诗。到宋代,这种情况改变了,"旧声"消失,诗入乐曲于是变成诗入吟咏。这两者之间有一个重要区别:曲子之调经过器乐加工,而吟咏之调只是人声。所以宋代的声诗,多是人声之诗。本书第五章第二节把它们称作"吟唱"(无固定腔调)和"咏唱"(有固定腔调)。从以下记述可以知道,当时人正是把这种吟咏和"歌"(包括"弦歌")一体看待,称其为"声诗"的:

王灼《碧鸡漫志》卷一:"永言即诗也,非于诗外求歌也。"

黄裳《演山居士新词序》:"演山居士闲居无事,多逸思,自适于诗酒间,或为长短篇及五七言,或协以声而歌之。吟咏以舒其情,舞蹈以致其乐。"

郑樵《通志·乐略·正声序论》:"凡律其辞则谓之诗,声其诗则谓之歌。……凡引、操、吟、弄,虽主丝竹,其有辞者皆可以形之歌咏。"

陈旸《乐书》卷一一九:"琴之为乐,所以咏而歌之也。"

《宋史·乐志·诗乐》:"宋朝湖学之兴,老师宿儒痛正音之寂寥,尝择取《二南》《小雅》数十篇,寓之埙篪,使学者朝夕咏歌。自尔声诗之学,为儒者稍知所尚。"①

可见在宋代人看来,吟咏和歌唱之别,可以类比于声诗与曲子之别。

---

① 《碧鸡漫志》卷一,第51页;《演山先生文集》卷二〇,清钞本;《通志》卷四九,浙江古籍出版社,1988年,第626页;《宋史》卷一四二,第3339页。

五、唱诗和唱曲

本书第五章谈到：苏轼一直在采用唱诗的方法唱"词"，与李清照、张炎等人所谓"讴曲"者不同。这里指出了唱诗和唱曲的区别。

关于唱诗和唱曲的区别，前文谈到其表里两方面：表面上看，诗多为齐言近体，词多为长短句；实质上说，唱诗是"以乐去就他诗"，唱曲是"以诗去就他乐"。通过这种表里两面的看法，可以理解宋代声诗理论的主旨。这主旨就是倡导唱诗，即主张按"歌永言，声依永，律和声"的传统，恢复以诗及其字声为本位的歌唱方式。由此也可以理解另外两个事实：其一，同唱诗相对，唱曲之法是动摇诗的本位地位的歌唱方法；其二，声诗理论的兴盛，说明唱曲之法仍然广泛流行。

不过，这一说法，似乎还没有接触到事物的核心。

最近几个月，我在韩国研究高丽"唐乐"。我注意到一个情况：宋徽宗时期进入高丽的某些歌曲——例如《洛阳春》——在流传过程中发生了改变。比较明显的改变是：现在韩国国立国乐院演唱的《洛阳春》，虽然使用旧谱，保存了宋代旋律，但其句与句之间、段与段之间却没有明显间隔。这和汉族的歌唱传统不同，和《宋景文公笔记》卷下所记"歌者不曼其声则少和"[1] 的风尚也不合。韩国音乐学家李惠求解释说，这是因为韩语不重视押韵，造成了"引声"的缺失。[2]他

---

[1] 《宋景文公笔记》卷下，《全宋笔记》第1编，大象出版社，2003年，第66页。

[2] 《韩国과日本여传来된中国音乐의变化》，载《韩国音乐序说》，首尔：汉城大学出版部1967年版。

的话是有道理的，因为汉语是音节语，韵部饱满，故有曼声歌唱的传统；而印欧语、阿尔泰语各民族与此不同，故喜用促声。在汉唐之间的汉语文学中，这种情况事实上有诸多表现，例如受"胡语"影响的民歌（较典型的是北朝民歌）有押头韵的倾向，来自西域的乐曲往往配合长短句辞，佛教歌辞往往使用仄声韵。这三种打破汉语诗歌传统的现象，实际上提示了另一种音乐文学的生长。"曲子"和"唱曲"，就属于这种音乐文学。

因此，唱诗与唱曲的区别，应当理解为两种音乐文化传统的区别：一种是按汉语雅言诗歌的传统歌唱，此即"歌永言"的传统；另一种是按"胡夷里巷之曲"的传统歌唱，这包括"胡语"的传统和方言民歌的传统[①]。这是唱诗与唱曲最本质的区别。

据此，我们可以对以下现象作出新的解释。

（一）唱曲。宋文莹《湘山野录》卷中载云："范文正公谪睦州，过严陵祠下。会吴俗岁祀，里巫迎神，但歌《满江红》，有'桐江好，烟漠漠，波似染，山如削。绕严陵滩畔，鹭飞鱼跃'之句。公曰：'吾不善音律，撰一绝送神。'"[②] 这段关于迎神歌唱《满江红》的记载，说的就是"唱曲"。因为唱的是"吴俗岁祀"之歌，发生在使用方言的地区；所歌有"音律"，亦即有曲调；词随曲调唱为长短句，属因声度词；词用仄声

---

① 按照历史语言学的观点，"方言"是一种特殊的民族语，其底层隐藏着被主流民族语覆盖的本土语言成分。因此，作为雅言之外的传统，方言民歌曾被视为特殊的音乐文学资源。吴文英《木兰花慢》所云"素亭共载，到越吟、翻调倚吴声"，即说这种情况。

② 《湘山野录》卷中，中华书局，1984年，第35页。

韵，即促声结句，有别于汉语诗曼声唱诵的习惯。这四个相互联系的特点，正是"唱曲"的特点。

与此类似的记录，又见于《湘山野录》卷上。云："钱思公谪居汉东日，撰一曲曰：'城上风光莺语乱，城下烟波春拍岸。……'每歌之，酒阑则垂涕。"① 钱氏所唱虽然是齐言，但其唱法也有四个属于唱曲的特点：首先是被当时人称作"撰曲"，其次是使用仄声韵，其三是唱在酒阑之时，其四是所唱之曲在流传过程中更换过多种曲调名，例如《木兰花》《玉楼春》等。后一特点联系于以下事实：中国古代歌辞，往往兼有曲调名和辞名；一调多名的情况，可以理解为在曲辞相配过程中有过多样关系。何况此曲还有旁证，即《花草粹编》卷十一所载宋妓盼盼侑酒歌《惜春容》一首。《惜春容》的体式与钱氏之曲相同，为"少年看花双鬓绿，走马章台管弦逐"等七言八句，同样使用仄声韵。这种情况很像唐代的侑酒歌。我在《唐代酒令艺术》一书中谈到：唐代短调小曲的盛行，正是由西域传入的促曲送酒的风尚造成的。

由唐圭璋先生《宋词纪事》一书可以知道，宋代人所唱之词曲，多为长短句，多为"新声""新腔"或"新翻曲"。但同样值得注意的是：仍然有一部分齐言歌辞采用了唱曲之法，例如《竹枝》《金缕》。邵博《闻见后录》卷十九记载："夔州营妓为喻迪孺扣铜盘，歌刘尚书《竹枝词》九解，尚有当时含思宛转之艳。"② 如果说"扣铜盘"意味着讲究节拍，"含思宛转

① 《湘山野录》卷上，第10页。
② 《闻见后录》卷一九，中华书局，1983年，第151页。

之艳"意味着保留了民歌的特殊风格①，那么，"夔州营妓"便意味着所唱之曲有唐代渊源。至于《金缕衣》，则有大量资料表明，它原是一支讲究节拍，用促拍歌唱的酒筵"艳曲"。例如孔平仲诗云"促拍更歌《金缕衣》"，又云"乐府旧传《金缕衣》，劝言须惜少年时，我今为君一歌之，酒行到君君莫辞"；葛胜仲词云"艳曲醉歌《金缕》"，宋祁诗云"劳君《金缕曲》，更尽拍浮卮"。当然，另外有一些记载，表明唐宋人曾用唱诗之法歌唱此二曲——《竹枝》曾被勉强加入"和声"；《金缕》曾被唱为"缓歌"，用"长咏"之法吟唱。但员兴宗四首《竹枝歌》体诗，却说明当时流行的《竹枝》歌唱采用了唱曲之法。因为这四首诗自称就"李太白古风……促为《竹枝歌》体"，它保留了来自民歌的"拗格"，四首中三首叶仄声韵。按本书的说法，其诗题中的"促"，意为压缩改编，是一个与音乐相关的术语。也就是说，尽管我们不能判断员兴宗诗是否歌唱，但所谓"竹枝歌体"，却可以理解为从唱曲之法中产生的文学体裁。

（二）以诗度曲。在宋代，"以诗度曲"的事例颇为多见，其常法是把齐言诗改为长短句词，其实质则是按唱曲之法对诗进行改编。本书第三章第四节谈到以下几例：刘几《梅花曲》，

① 作为音乐术语，"艳"有三义：其一指楚地的歌曲，即《吴都赋》"荆艳楚舞"之"艳"；其二指魏晋大曲前部的器乐曲段落，即《宋书·乐志》"艳""曲""趋""乱"之"艳"；其三指有风情的歌曲，如杜甫诗题《数陪李梓州泛江，有女乐在诸舫，戏为艳曲二首》、元稹诗题《为乐天自勘诗集，因思顷年城南醉归，马上递唱艳曲，十余里不绝》，又皎然《七言铜雀妓》诗句"非关艳曲转声难"，韦应物《拟古》诗句"艳曲呈皓齿，舞罗不堪风"。据此，此处"含思宛转之艳"，犹言"含思宛转之风情"。

改王安石七律诗《与微之同赋梅花得香字三首》；寇准《阳关引》，改王维七绝诗《送元二使安西》；关咏《迷仙引》，改石延年七言八句仄韵诗《代意寄尹师鲁》；贺铸《石州引》（又称《石州慢》），改所眷歌妓的七绝诗。这四个例子，都是典型的"以诗度曲"。

从记载看，当时人对这几次"度曲"是有明确认识的，例如刘几《梅花曲》题注云："以介父三诗度曲。"而据本书所提供的资料，刘几是个"深晓音律"的人，善"度曲"，喜欢自制"新声"。关于关咏的以诗度曲，《诗话总龟》卷三三引《古今诗话》也有说法，云"增其词为曲，度以《迷仙引》，于是人争歌之"——亦即度为流行歌曲。而寇准、关咏、贺铸三人所度之曲，则都叶仄声韵；从曲调来源看，《阳关引》是寇准所创之曲，《石州慢》《迷仙引》分别是宋代教坊之曲和柳永所创之曲——都是新曲。

这些新声之作所用的仄声韵，是富有深意的。它们说明，在当时人的心目中，长短句和仄声韵，都是"曲"的特征。长短句，意味着歌辞和曲调有特殊的适合；仄声韵，其功能在于削弱汉语韵字的长声，而改为促声作结。这些特征，事实上反映了唱曲之法的梗概，说明"以诗度曲"不仅跨越了书面文体，而且跨越了歌唱之体。

（三）"隐括"。本书说到："隐括"和"以诗度曲"是作法相似的两个名称。"隐括"指的是按某种腔调将一首诗改成体制不同的另一首，"以诗度曲"则是把诗篇改制为新声歌曲。表面上看，"隐括"往往依腔，颇类因声度词。但其实质则相反：一般情况下的"隐括"，尽管是改诗为词，其所使用的却仍然是唱诗之法。

苏轼是喜欢使用"檃括"之法的人物。从本书所见的资料看，他的"檃括"主要采用声诗的方式和填词的方式。前者如《挽歌》，改白居易《寒食野望吟》而成，即把五七言诗改为七言八句。据《王直方诗话》，它是"每句杂以散声"而歌的。这是声诗式的歌唱，有腔调而无固定的曲调。后者如《定风波》，改杜牧《九日齐山登高》而成，即改七律诗为长短句词。此词协平韵，体式与其所作"好睡慵开莫厌迟"一首相同，而与五代北宋《定风波》常用的仄韵体不同。按《定风波》原是唐教坊曲，属旧声。苏轼所改，并不入曲，所以说这是填词。

翁方纲《石洲诗话》对于苏轼的"檃括"之法曾有一个评价，即认为苏轼借《阳关曲》而歌唱的七绝《中秋作》《赠张继愿》《答李公择》三首，声韵"与右丞《渭城》之作若合符节"，"譬如填词一般"。这种拘泥于文字声韵的作法，表明所谓"以《阳关》歌之"，其实是依从字声的吟咏。沈括《梦溪笔谈》卷五说：古诗的特点是声依咏，有和声，"今声词相从，唯里巷间歌谣及《阳关》《捣练》之类，稍类旧俗"。苏轼《阳关歌》所采用的就是这种唱诗之法。

研究者往往认为：苏轼懂音乐，喜欢唱诗，李清照等人对他的批评是没有道理的。但他们没有想到："懂音乐"是一回事，能撰曲是另一回事。苏轼所做的那些音乐工作——考证古乐，撰写琴歌，审订格律，歌咏笙箫磬笛，研究《阳关曲》之迭与不迭——其实都是书斋音乐；同流行歌曲有很大距离。苏轼的"檃括"，尽管也有括为长短句词甚至是仄韵词的事例，但它们并不涉及曲度和度曲。比如《哨遍·为米折腰》《水调歌头·昵昵儿女语》二词，乃分别就陶渊明《归去来兮辞》、韩愈《听颖师琴诗》檃括而成。据苏轼词序，其作法是：

> 建安章质夫家善琵琶者乞为歌词，余久不作，特取退之词，稍加檃括，使就声律，以遗之。

> 取《归去来》词，稍加檃括，使就声律，以遗（董）毅夫，使家僮歌之。[①]

可见苏轼所作的只是"使就声律"——使之协和文辞格律，其辞则由善歌、善琵琶的家僮"歌之"。这种作法，仍然是唱诗家的作法，属于"诗而声之"。从当时人的评价及其效果看，"稍加檃括"只能说是游戏性的填词。

中国古代文学史上有一个颇富趣味的现象，即有很多人喜欢作跨文体的同题创作。比如西晋张华既撰有《感婚赋》，又撰有《感婚诗》；曹丕在建安末年既写了《寡妇赋》，又写了《寡妇诗》；敦煌所出《燕子赋》既采用四、六言的体制，又采用五言歌行的体制——这是用同一主题内容来尝试赋、诗两种文体。又如陶渊明同时写作了《桃花源记》和《桃花源诗》，东晋曹毗同时撰有《神女杜兰香传》和多篇《杜兰香歌诗》，西晋张敏则以《神女传》《神女赋》重复叙述了弦超与成公智琼的仙凡恋爱故事——这是用同一主题内容来尝试韵文文体和非韵文文体。苏轼等人的"檃括"，其最初动机也许与此相同，即感受文体对比的趣味，而非真的要去赋予诗歌以音乐性。正因为这样，"檃括"变成了一种"恶趣"，即文体游戏。

总之，唱诗和唱曲，是宋代音乐文学活动中两个彼此对立

---

① 《东坡乐府》卷上，古典文学出版社，1957年，第11、21—22页。

的倾向。唱诗家主张歌永言、声依咏，即维护摛藻之士的艺术习惯和音乐趣味，其依据则是由齐言平韵诗所代表的汉语诗歌曼声唱"字"的传统；唱曲家主张随曲度，即尊重新的音乐文学的本色方式，其依据则是由燕乐兴盛所造成的异域之"声"的丰富。在唐代，这种对立曾经表现为诗而声之（包括采诗入唱）的"声诗"与因声度词的"曲子"的对立；但人们尚能通过齐言、杂言的对比感受它。到宋代，对立更加细腻了，因而容易被研究者忽视。尽管如此，我们仍然可以通过"撰曲""以诗度曲""檃括""著腔子唱好诗"等方式看到上述对立的存在。一般来说，"撰曲""以诗度曲"属于唱曲之法，"檃括""著腔子唱好诗"属于唱诗之法。而关于词由"填实和、泛声"而来的说法，其实也是唱诗家的理论，因为它实质上主张维护齐言平韵诗的体貌，用和声来软化新声对于旧诗体的冲击。

四

时代在前进，宋代的音乐文化现象，事实上比唐代更加丰富多样。就研究者所面对的资料而言，宋代的内涵应该是唐代的十倍。这意味着，宋代声诗研究或宋代音乐文学研究是一项艰巨的事业；也意味着，本书同样是一部"唤起来者，以昌其业"的著作。可以相信，在它出版之后，必将有更多的人响应它，加入声诗之学的队伍。

从某一意义上说，本书所唤起的第一个"来者"，就是我本人。我正是在读过本书之后，受到启发，产生上述思想的。我的说法和任师不完全相同，和晓霭不完全相同，和我自己过去的说法也不完全相同。这很正常，因为人的认识是不断再生的，而学术则是依赖这种再生、依赖求异的思维发展的。对于读者来说，提供这种稍有异同的看法，或许可以比拟为提供两只眼睛。我们都有这样的经验：用一只眼睛只可以看到事物的平面，而用两只眼睛才能看到事物的深度。

请原谅我，为了表达两只眼睛的体会，写了一篇长长的序文。

写于 2007 年 5 月 26 日。原载杨晓霭《宋代声诗研究》，中华书局，2008 年。

《乐府歌辞述论》序

我今天重新浏览了崔炼农的履历，注意到他和我有许多共同点。我们都出生在洞庭湖与鄱阳湖之间，都在19岁以前参加工作，都在24岁以后重新进入大学。我们都经过一番曲折才走上学术道路。我在32岁那年考上博士生；崔炼农则更晚一些，是37岁。不过，我们一起拥有了此后若干个年头。我们在1999年相识，成为师生。这一年，我的年龄也就是他现在的年龄。

也许由于以上原因，当我面对《中古歌辞文献研究》（即《乐府歌辞述论》原名）这部书稿的时候，心里会涌动一种欣慰和亲切的感情。欣慰的是，崔炼农为十年来的生活提交了一份闪光的答卷；至于亲切感，则主要来自以下三个方面。

首先是本书的主题词：歌辞、体制、文献。我喜欢这组词语，觉得是一个崭新的文学研究思潮的标志。之所以这样说，是因为一百年来，学者们渐次打开了视野；当他们从发生学角度观察中国古代文学的主流品种（诗、词、曲等韵文）之时，他们逐渐深化了对于音乐与文学之关系的研究。在二十世纪前五十年，这项研究经历了"乐府学"阶段。这个阶段原是面向作家文学的，但它通过考察文人作品对民歌的模拟，而把乐府民歌引入了研究视野。在二十世纪五十年代，这项研究又进入了"声诗学"阶段。这个阶段原是面向古典诗歌的，但它把诗歌与音乐放在平等的位置上，有机地考察了二者的配合。再后来，到二十世纪最后二十年，就出现了"歌辞学"的阶段。这个阶段以音乐文学为研究主体，把音乐当作文学的形式来看待，进而考察了音乐文学的本质特性，真正的音乐文学研究由此建立起来。所谓"体制"，便是后一阶段——"歌辞"研究中最重要的概念，也是其最重要的研究对象。"歌辞体制"的意义在于：它不同于作品和作家，不再是短暂现象或偶发的历史事件，而代表了文学运动的长时段；它也不同于关于思想内容与艺术特色的浅层描写，而代表了深入本质的研究方法。事实上，这两个意义——"长时段"和"深入本质"——也就是音乐文学研究的特殊意义。而且，在歌辞学体系中，崔炼农又标举了"文献"一词。这表明他对于歌辞体制的研究是建立在考据学基础之上的，以文本为直接的研究单元。这样的研究，可以说，既有实在的基础，又有高明的境界。

其次是这部书稿的研究方法，如上所说，其特点是有助于揭示事物本质。这在本书各篇有不同的表现。比如《官私目录中的歌辞著录》一文，为探求事物运动的规律而采用了以下几种较富特色的研究方法：

目录研究法。其具体做法是对官私目录所著录的乐书进行考证和分类。由于每种古籍目录都是对一代知识结构的总结，因此，这一方法可以宏观地考察歌辞观念的历史演进。比如，歌辞的归属或入经部乐类，或入集部总集类，便折射出不同时代人对歌辞性质的不同看法，说明歌辞不同于一般文学作品，而具有音乐文学的本质。

相近事物比较法。其典型例证是对"歌辞"和"韵文"的比较。这种比较可以细致地辨别事物各层次的属性，揭示事物的核心本质。例如此文分析说：歌辞既是文学的，更是音乐的；首先是口头的，其次才是书面的；既可以单独用文字记录，也可以与各类表声表意符号合抄。随着音乐与文学的各自发展，歌辞逐渐脱离音乐，以文学的身份进一步独立，音乐文学的文本特点被削弱、被掩盖；当音乐的成分不再被人注意，歌辞便成了韵文。而一旦歌辞的各类名目也被纯文学所模拟、所借用，以"歌辞"名义出现的韵文便不再都是歌辞。

分类统计法。其例证有"古代音乐典籍分类统计""琴类文献分类统计"等。这一方法有两个效果：一是较为完整地反映了音乐书写的全貌，二是揭示了不同时代歌辞在音乐著述中的不同比重。

除此之外，这部书稿还采用了表格法。表格的功能是一目了然地说明事物的历时变化和共时关联。例如《先秦文献中的歌辞记录》一文通过"先秦祝颂辞举例""先秦杂辞举例""先秦文献中的歌唱之辞""后世文献中的先秦歌辞""上古歌唱方式"等表格，揭示了歌辞同韵语的异同，由此判断：歌辞是那些用韵较规范、句式较稳定、有歌唱记载或说明的韵语。它同时也确认了歌唱之辞在韵语短章中的分布范围，亦即确认了歌辞在先秦韵语中的生存状态。

这些看法，为更大范围的歌辞研究提供了可靠的参照。

其三是这部书稿以学术为公器的态度。《关于乐府古辞〈巾舞歌诗〉》一文便是佳例。这篇文章面对的是一个特殊的研究领域，是一批权威学者的意见。这些意见从现代戏剧观念出发，把一份难以读解的文本推测为"歌舞剧脚本"，而未提出充分的证据。此文清醒地、冷静地表达了自己的怀疑。它指出：

（一）衡量一篇作品是不是戏剧脚本，应当提出合理的戏剧概念；或者说，应当确认符合历史文化背景的戏剧形态。

（二）判断一篇作品的表演性质，应当考虑文本记录方式的多种可能性；若在这些可能性中进行选择，便应当举证。

（三）《巾舞歌诗》既分"解"，又名《公莫巾舞歌行》，那么，应当把它和分"解"有"行"的其他歌舞曲相比较，而不能无缘无故地割断其间关联。

（四）《巾舞歌诗》载在《乐府诗集》"舞曲歌辞"卷，前有鼙舞、铎舞之歌，后有拂舞之歌，不应撇开其文本的存在环境而妄断其性质。

（五）《巾舞歌诗》辞云"吾不见公莫时吾，何婴公来婴姥时吾"云云，《齐公莫舞辞》亦云"吾不见公莫时吾，何婴公来婴姥时吾"云云，两者在语辞上的共同性，应当反映了表演方式上的相同或相近，很难说一个是"歌舞剧脚本"而另一个不是。

（六）据《乐府诗集》记载，古歌辞中颇多"乐人以音声相传，训诂不可复解"的作品，其文本表现是"声、辞杂写"，如鼓吹曲中的《艾如张》三解、古《铎舞曲》中的《圣人制礼乐》一篇。《巾舞歌》不过是这类歌辞中的普通一曲而已，没有任何资料可以证明《巾舞歌诗》在分解、摘用等体制、功用诸方面具备自己的特殊个性。

举证以上六条，不仅需要判断力，而且需要勇气。正是由于这两点，此文具有特殊意义。这意义在于：改善了《巾舞歌诗》研究，使它通过心平气和的学术讨论而得到推进。这种心平气和的学术讨论，其实是维护学术尊严的必要条件。

读崔炼农的书稿，我会想：他似乎具有一些与众不同的品质，即诗人和读书人的品质。他为什么会具备这种品质呢？我判断，是由于他经历了特殊的生活。这可以联系我个人的经验来做说明。我曾经在赣东北山区的一个军管农场劳动十年，曾经在非常艰苦的环境中挤出分分秒秒来读书。那段生活给了我一个深刻印象，即人的生活是分为两半的：一半是现实的世界，有很大的局限；另一半则不是。书籍可以引领人进入现实之外的那片天地。在那个十年里，每当我点亮油灯，疲惫地靠上枕边墙头的时候，我总是会想象：白天的我，和我手扶的犁铧，以及拉犁的水牛，其实是一体的；到晚上则不同了，在入睡前的几十分钟，我和书籍中的知识是一体的，而接下来几小时，我也有自由的梦境。我想崔炼农也有这种体会。我相信，一旦有了这种体会，一个学者就会把学术当作托付终生的事业。因为对于他来说，学术和耕读年代的知识一样，代表了自由和心灵，也代表了极致的浪漫。这个人因此会为学术付出全部心血，付出智慧和创造力，而不害怕艰难、孤独和危险，也不会追逐虚名。

以上这些感受，事实上，不仅可以从崔炼农的书稿中，而且可以从他的诗作中阅读出来。因为后者同样充满探索和反省的智慧。例如在一首题为《我》的诗篇中，崔炼农强调了本真状态对于人的意义。诗云：

> 那个以你为居室的人，一直在让你
> 证明什么，你意图证明什么
> 像自来水的龙头打开没有及时关上
> 池子，盆子，瓶瓶罐罐不需要这么多的水
> 不需要，知道吗，不需要，你却淌个不停
> 打湿人家的被褥，你想证明什么
> 那个人是谁，还是他，让你充耳不闻
> 看啊，抱怨和怒吼，正在结成冰雹
> 朝你，朝你的窗玻璃飞来

在我看来，这首诗针对的是某种分裂。它表达了对异化人生的拒绝，因此也表达了对病态学术的拒绝，是一首温柔敦厚的好诗。而在《窘径》一诗中，崔炼农描写了另一种病态：

> 守住一角，未能安于一隅
> 蜘蛛排泄出它的思想，网住所有来者
> 除了灰尘没被吞噬，网丝织就了一圈圈年轮
> 假想敌，都是迈不动脚步的醉汉，躺在食谱里
> 它的思维最终越过网罟，一张空空的躯壳
> 留在那里，守住那一角，假如没有灵魂
> 日子就是灰尘，由所有念头构成的
> 故事，只有偶然的闪电照亮

> 它的阴影，图案，即是网罟，即是思想的躯壳
>
> 它留在那里，守住一角，无形的则已逃逸

我在网上看到一些文章，或许可以作为这首诗的注脚。一篇文章说："坐在教室里听崔炼农老师的课，透过走廊可以看到窗外明媚的阳光，有点温暖。……我们总被宏大忽悠着，或许这个时代什么都喜欢搞点宏大叙事，包括学术。崔老师说，我们在平时要多看点东西，多思考，开始有所了解了，在课堂上才会有所触动，才会有所撞击。确实，很多时候，自己的思维都是一些碎片。"另一篇说："以崔炼农多年的学术经历，最大胆的假设，也不可能没有文献的支撑；又以他已化入血液的人文情怀，再强的工具意识也一定会伴随着关于存在的感受和意义的发问。"由此看来，崔炼农的学术，是在扬弃"一张空空的躯壳"之后实现的，是逐渐臻于"完整"的工作。其成果表现，也就是前面说的实证基础与高明境界的结合。

除此之外，我还从崔炼农的作品中看到了他的生活状态和心理状态。比如一首诗说：

> 在院子里晒太阳，已不是
>
> 最好的享受，邻居砌了一堵墙
>
> 我便不能看到那扇开着的
>
> 院门，在铁门定格的画面中
>
> 见到山下另一个院落里
>
> 高高的白果树，绿中泛黄的树冠
>
> 但即使最忙的日子，我的心
>
> 总在院子里，在阳光下，以看书的方式

休闲……

另一首则说：

> 风从群树的空隙里吹来
> 在我的小屋
> 可以听到山寺的钟声
> 我坐在唐代的木榻上
> 背对着窗户
> 隔着河流或者海洋
> 问好亲友
> 夜游的男女将他们的欢乐
> 远远地带下山去
> 唯我可以触摸来自山根的细喘
> 和夜鸟嘎嘎地呼叫
> ……

这就是说，身处在各种各样的喧嚣中，崔炼农保持了内心的宁静。这是很高妙的宁静，以致"在我的小屋，可以听到山寺的钟声"；这也是很幽远的宁静，以致在山上，"可以触摸来自山根的细喘"。我知道，真正的学术，以至最好的学术，正是从这种状态中汩汩地流出来的。

写于2009年9月23日。原载崔炼农《乐府歌辞述论》，人民文学出版社，2017年。

《〈乐府诗集〉版本研究》序

　　我在电脑桌面上放了一个电子日历。每到子时，夜深人静的时候，那个标志日期的圆圈就会移动一格，告诉我这一天已经过去了。我有时会感到沮丧，觉得生命太容易消蚀；但今天我的感觉却比较特别。

　　原因是我开始为尚丽新的《〈乐府诗集〉版本研究》写作序言了。这书原来是尚丽新的博士学位论文，由我指导。尚丽新来信索序的时候说："论文虽然不成熟，但却是永远的纪念和感激。""它代表了从扬州开始的学术生命的起点，代表了用心学习过，并且因为能用一颗单纯的心来学习而那样天真地快乐过的一段生活。"这话提醒我找出来一些旧的电子文件，它们都和那段单纯而快乐的生活有关。读过这些文件以后，我觉得，人的生命是坚强的，有些日子不会流失。

一

我读的第一份文件是尚丽新的"学期总结",写于 2000 年初。这时候,尚丽新在扬州大学、在一幢靠近瘦西湖的平房里已经住了一个学期。同她一起进校的有六位博士生:三位学籍属于上海师范大学,包括尚丽新;三位学籍属于扬州大学。由于某种历史原因,他们进入了同一个学术集体。

除考古学出身的曹柯平以外,五位博士生以《乐府诗集》为伴开始了他们的新生活。这是因为,当他们到达扬州的时候,中国学术也向《乐府诗集》研究发出了召唤。《乐府诗集》是产生在《诗经》《楚辞》《昭明文选》《文苑英华》之后的一部诗歌总集,以具有音乐性的诗歌作品为主要内容,代表了中国文学史的一个重要段落,也代表了中国文学史上的一种重要文体。在二十世纪前六十年,对它的研究已经成为中国学术的新课题。

在建立《乐府诗集》研究这门新学问的先行者当中,有两位学者最具特色。这就是我的导师王运熙教授和任半塘教授。1979 年,当我追随王运熙先生学习中国文学批评史之时,我就了解到,他的学术事业正是从《乐府诗集》研究起步的。1950 年代初期,王先生在乐府研究方面写作了一批高水平的学术论文,其中一部分对吴声西曲做了系统研究,编为《六朝乐府与民歌》一书;另一部分对汉魏六朝乐府制度做了细致考证,编为《乐府诗论丛》一书;前一本书实际上是围绕《乐府诗集》的一个部分"清商曲辞"展开的。三年以后,我由复旦大学毕业，从任半塘先生攻读博士学位课程。任先生安排我沿着他的声诗研究、戏弄研究、教坊研究的路线，全面考察长短句歌辞同隋唐燕乐的关系；而这些歌辞最重要的部分，便是靠《乐府诗集》记载下来的。1990年代，当我继承任先生的事业，在扬州大学指导博士研究生的时候，《乐府诗集》研究成了我越来越清晰的愿望；因为我知道，学术工作的意义就是传承学术。1998年，来自西南师范大学音乐学院、武汉音乐学院、徐州师范大学的三名新生入学，我们共同尝试了一种围绕"历代乐志律志研究"培养音乐文献学人才的教学方式。1999年，当这种"因书究学"的方式取得初步成功之时，《乐府诗集》研究便提上了日程。

尚丽新用简洁的笔调记录了他们起步的过程。她说：这个学期的理论学习是围绕技术训练展开的，她做了十项练习。其中五项同文献学有关，即：（一）作为目录学的训练，选择扬州大学敬文图书馆馆藏目录书、类书、丛书各十部编写了一份简明提要；（二）作为对校勘学理论的实践，以《乐府诗集》为例编写了校勘工作体例；（三）为建立校勘经验，校勘了《汉文佛经中的音乐史料》一书的初稿；（四）为熟悉古籍，也为掌握传注之学的主要方法，选定三本校注方面的典范之作进行了学习和揣摩；（五）为熟悉古代音乐文学作品资料，也为掌握写作叙录的方法，编写了《先唐音乐文学作品解题》和《唐代谣歌解题》。另外五项则同《乐府诗集》研究有关，即：（六）编写有关唐代乐府诗研究的论文目录和提要；（七）对《乐府诗集》版本进行考证；（八）对《乐府诗集》所见地名进行考证；（九）编写唐五代音乐文学年表；（十）对《乐府诗集》谣歌部分进行补正。前面五项，是五位同学共同的练习；后面五项，是尚丽新独自进行的项目。在其他同学那里，同样展开了一批工作，即《乐府诗集》引书考、制度考、人物考、音乐术语考，以及汉代音乐文学年表、魏晋音乐文学年表、南朝音乐文学年表、北朝音乐文学年表等等。

以上练习实际上是一年或一年半的任务，未必要在第一学期完成。但在入学之初进行这些练习项目，却可以表达一个意向，即我们一定要遵循实事求是的路线，去亲近《乐府诗集》这部重要古籍。实际上，我们对于《乐府诗集》的理解，从一开始就和其他人有所不同。在我们看来，这部书在文学史上有独特的禀性，也有独特的价值。尽管它和《诗经》《楚辞》一样，反映了形态较原始的文学面貌；但它的篇幅较长（一百卷），所载作品时代较晚（出现在作家文学兴起之后），时间跨度更大，因此细致地揭示了书面文学与口头文学的关系。从这个角度看，它的学术意义可以超过《诗经》《楚辞》。它按作品所属的制度把汉唐之间的诗歌分为十二类，各类有序，各题有解，这实际上便从十二个角度展示了文学同文化的关系，或者说展示了同古代诗歌相关联的十二项文化史和制度史的背景。它编成于两宋之交，也就是编成于文人乐府诗创作充分繁荣、乐府研究也充分发达之时，征引古籍数百种，它对乐府诗创作所作的总结，既具有高度的理论价值，也具有高度的史料价值。这样一来，我们在面对《乐府诗集》的时候不免怀有敬畏之心。我们打算采用严格的古典文献学的方法，亦即采用纯客观的态度，来整理这部特殊的古籍，借此探明进入《乐府诗集》研究的道路。《乐府诗集》版本考、引书考、制度考、人物考、地名考、音乐术语考以及从汉代到唐代的音乐文学年表，就是为保证这种客观性而建立的工具。在我们看来，这一系列工具是我们架向《乐府诗集》校注这一文献学工作的云梯，也是为分头进入《乐府诗集》研究而夯实的基础。

尚丽新在"学期总结"中概括了上述练习的效果。凡有不足，她都作了反省。从收获的角度看，她认为最重要的事项有二："一是通过文献学训练，在目录学、版本学、校勘学等方面，都从门外走进了门内；二是通过从文献学角度重读作品，不仅清理了先唐音乐文学的发展线索，而且在对读《乐府诗集》《乐府诗述论》《汉唐音乐文化论集》之时，感觉到了充分占有材料之后的自由，更坚定了实事求是的信心。"她并且提到：

> 《版本考》是一个比较愉快的作业。
>
> 现在的问题集中在傅藏本上。以傅藏本为底本有以下几个疑点：（一）张元济涵芬楼影印《乐府诗集》的时候，为何不用傅本而仍用汲古阁本？（二）傅藏本来历不明。自钱氏绛云楼本毁于大火之后，宋本二百年间不现于世，傅藏本的出现是突然的。（三）傅藏本仅傅先生一人加以鉴定，近百年来，似乎无人再作评鉴。

现在回过头来看，这些话是很有深意的，因为它表明了《〈乐府诗集〉版本研究》这篇博士论文选题的最初动机。它是由学术兴趣引发的一个题目；它是为解决学术问题而进行的工作；它所面对的学术问题，都是从处理材料的过程中，而不是从他人的牙慧中产生出来的。

二

2000 年春天，一种"新世纪"的气氛到处洋溢。僻居古城扬州的人们不免也受到感染，从内心里产生了某种庄重。我们表达庄重的方式是举行《乐府诗集》读书会，每周两读，讨论《乐府诗集》的一个部类。读书会一般由一位博士生作导读，介绍这一部类的基本内容、主要学术问题；然后大家讨论；然后由我讲解；然后再作讨论。三个年级的博士生都参加读书会，带来了各自的眼光和意见。这个读书会跨越了两个学期。

读书会通常在枇杷树掩映下的那间小教室举行，总是开得很热烈。每次讨论都让我们更加接近了《乐府诗集》。比如，我们讨论了郊庙歌辞的特殊性。我们认识到：它不同于其他歌辞。它所面对的是天神、地祇、人鬼，而不是现实中的人；它的功能是娱神而非娱人。这种面向彼岸世界的歌辞，自然有其形式上的特点。我们讨论了横吹曲与鼓吹曲的区别，注意到它们不仅有不同的音乐来源，而且有不同的功用和不同的"乐器工衣"。通过这些区别可以了解《乐府诗集》进行部类划分的原则。我们讨论了鼓吹乐的两个传统，即作为纯器乐曲的传统和作为配辞音乐的传统。我们建立了这样一个认识：传统的更替意味着文化风尚的更替，因为其他乐府部类也在相近的时间段出现了类似的传统更替。我们讨论了相和歌辞的定义和分类，进而讨论了解决这一问题的方法，《乐府诗集》相和歌辞的结构问题于是被还原为历史资料之积累的问题。我们还讨论了两个意义上的清商乐：一是作为《乐府诗集》特定部类的清商乐，它的身份是"九代遗声"；二是作为中古南方俗乐的清商乐，它是晋唐各代清商署音乐的来源。根据这一事实，我们进一步理解了《乐府诗集》清商曲辞同近代曲辞的关联。读书会上出现了很多有趣的细节。2005年，我发表了一篇关于《乐府诗集·琴曲歌辞》的文章①，披露了其中一斑。

对于尚丽新来说，这个读书会正是她"天真地快乐过的一段"，因为她的确用一颗单纯的心来参加其中了。文件表明，她是一位深思熟虑的提问者。例如在2000年9月中旬的读书会记录中，有这样一些问答：

——9月10日晚，联系《乐府诗集·琴曲歌辞》，读《隋唐五代燕乐杂言歌辞研究》第272页"杂言琴歌"与"杂言谣歌"。尚丽新问："应该怎样界定琴歌中的谣歌？琴歌和谣歌在《乐府诗集》中分属两类，那么二者之间是什么关系？能否说琴歌中有谣歌？"王小盾答："在唐代，谣歌是同曲子相对的概念。如果只作两分，那么可以说琴歌中有谣歌，这就是与琴曲子相对的那些歌辞。概念是分析事物、建立认识的工具。为便于分析，我们可以采用两个谣歌概念，一是与曲子相对待的谣歌概念，指一般意义上的谣歌；二是与《乐府诗集·杂歌谣辞》相对应的谣歌概念，指进入音乐记录的一个歌辞部类。后者是与鼓吹、横吹、相和、清商、杂曲、琴歌等等相对待的；而我们说琴歌中有谣歌，用的是前一个概念。"

——9月11日下午，讨论游戏文体。尚问："严格一些

① 《关于〈乐府诗集·琴曲歌辞〉的几个问题》，载《中国诗歌与音乐关系研究》，学苑出版社2005年12月出版。

说，'嘲'应该是文学作品而不是音乐文学作品，您的《隋唐五代燕乐杂言歌辞集》也将之收入，是出于什么样的考虑？"王答："在现实中，嘲是作为民间的口头文学作品存在的。它是在偶然的情况下由文字记录下来的。口头的未必全部是音乐的，但它往往有一部分，特别是未记录的部分，联系于音乐。或者可以说，它与音乐文学只有一步之遥。如果我们的目的是给研究工作提供全面的资料，那么就不太好抛弃这种界限模糊的或跨类的作品；而应该收录它，但把它列入'存目'或'副编'。"

——9月12日晚，讨论相和歌。尚问："您认为相和歌也是谣歌，是魏晋以前的主要演唱方式，即所谓'弦歌'，歌唱的旋律与器乐曲的旋律是不一致的；直到魏晋'弦歌'和唐代'曲子'时代，歌曲、著辞或依调填辞才成为风尚，歌的旋律与器乐的旋律相一致才成为主要的配辞方式。虽然对您的上述论述已经很熟悉了，但我仍然感到不能接受。"王答："现在还没有人支持我的这个观点，看来它还有待检验；但是，我们也找不到材料证明在魏晋以前有规范的曲体存在。正因为有后一种情况，所以古人提出了'著辞之始'的问题。比如郑樵《通志·乐略》说：'古者丝竹与歌相和，故有谱无辞……琴之九操十二引，以音相授，并不著辞。琴之有辞自梁始。'对郑樵这段话，我们能不能接受呢？值得注意的是：从'弦歌'中产生'歌弦'这件事，正好跟琴有著辞一事发生在同一个时代，可以说是前脚、后脚的关系。所以我认为，中国的歌唱传统在魏晋时期有一个重要变化。到唐代，依调填辞成为风尚，这是第二次大的变化。关于第二次大变化，我想大家是容易理解的，因为我们知道：尽管唐代曲子之'调'的概念一直沿续到了现在，但在唐代它还只是'新风尚'，以前并没有这个风尚。同样，既然《乐府诗集》相和歌辞特别记载了'歌弦'，把它说成是清、平、瑟三调的特有歌曲，那么，这种以弦乐作伴奏的歌唱也就是一个新事物。我们知道，过去的传统是'一弹一唱'、'倚琴而歌'的'弦歌'。另外，我们在设想古代的情况时，不妨拿现在的音乐经验来作比拟。产生歌曲，总是要有一定的条件。规范的曲体必须依靠一定的载体才能够存在，比如乐谱。现在这种载体当然是存在的，但我们看不到关于魏晋以前有这种载体的记录。《汉书·艺文志》中虽然记载有'声曲折'这种类似乐谱的东西，但它到底是怎样的一个东西呢，我们不知道；从《玉音法事》的记录看，它不可能成为稳定曲体的载体。"

尚继续提问，说："一些谣歌，在产生之后经过在一定区域、一定时间的传唱，也有可能稳定成一定的调子，比如陕北民歌。是不是这样？"王答："人声是不稳定的，每一次演唱都不相同，人声很难规范曲体。原始的民歌，比如山歌，其歌唱方式天生是自由的、不稳定的，我们看到的那些有固定曲调的民歌都是经过收集整理的民歌，它们通过记谱才稳定下来了。古人历来重视器物，将器物作为认识和分类的标准，其道理就是器物可以作为特定事物的载体。"

尚拿出一张纸，再追问："这里有一些材料，是否能作为相和歌不是谣歌的证据呢？"

1.《史记》卷一百二《张释之传》："时慎夫人从，上指示慎夫人新丰道，曰：'此走邯郸道也。'使慎夫人鼓瑟，上自倚瑟而歌。"《集解》引《汉书音义》曰："声气依倚瑟也。《书》曰'声依永'。"《索隐》："案谓歌声合于瑟声，相依倚也。"

《汉书》卷五十《张释之传》："时慎夫人从，上指视慎夫人新丰道，曰：'此走邯郸道也。'使慎夫人鼓瑟，上自倚瑟而歌。"注引李奇曰："声气依倚瑟也。"师古曰："倚瑟，即今之以歌合曲也。"

2.《史记》卷一百二十五《佞幸传》："延年善歌，为变新声，而上方兴天地祠，欲造乐诗歌弦之。"

3.《汉书》卷九十七上《外戚传》："上愈益相思悲感，为作诗曰：'是邪，非邪？立而望之，偏何姗姗来迟！'令乐府诸音家弦歌之。"

4.《汉书》卷五十三《景十三王广川惠王传》："去怜之，为作歌曰：'愁莫愁，居无聊。心重结，意不舒。内茀郁，忧哀积。上不见天，生何益！日崔隤，时不再。愿弃躯，死无悔。'令昭信声鼓为节，以教诸姬歌之。"

王答："这四件事，前三件属于'弦歌'，可以用弦歌理论来解释。第四件事是齐声歌唱，类似于汉高祖的《大风歌》，属于相和歌中的一种，也就是以鼓乐相和。这四件事的共同点是有器乐参加，原来的徒诗或徒歌变成了'有章曲之歌'。

"关于'曲合乐曰歌，徒歌曰谣'，'有章曲曰歌，无章曲曰谣'的说法，最早见于对《诗经》的注释。诗三百篇都是有章曲之歌。从它们所使用的乐器看，从'赓歌'、'间歌'等记录来看，它们的确是合乐的。但根据这些，我们还不能说《诗经》时代或汉代的歌曲和现在一样，歌与乐曲使用同一旋律。相反，汉以前的记载表明那时歌与乐不完全配合。比如所谓'奏诗'、'笙诗'、'管诗'、'籥诗'、'弦诗'，表明笙、管、籥等乐器是分开来单独伴唱的；《仪礼》所谓'间歌《鱼丽》，笙《由庚》；歌《南有嘉鱼》，笙《崇丘》'，《周礼》所谓'奏黄钟，歌大吕'、'奏太簇，歌应钟'等等，也表明'歌'同'笙'、'奏'是分离的。总之，诗三百的合乐是相和形式的合乐，不是'著辞'形式的合乐。以上四件事也是这样：除'欲造乐诗歌弦之'以外，它们都是先诗后声，这种方式正好和'著辞'相反。

"不过，我理解尚丽新的意思，她是说不能把相和歌等同于谣歌。她指出了我的观点中的一个矛盾：强调了唐代的曲子与谣歌的对立，而忽视了先秦时候有章曲之歌与无章曲之谣的对立。换句话说，我把'著辞'当作曲与谣的分界线了，而忽视了另一条更重要的分界线，即是否合乐。我愿意接受尚丽新的意见，对过去的说法加以修正。

"准确的看法应该是：在曲子与谣歌之间有中间形式。如果说采诗入乐府意味着谣歌脱离了原始状态，那么，唐以前的乐府之歌都可以说是位于曲子与谣歌之间的歌唱。它们大体上属于相和歌。比如'倚瑟'、'令乐府诸音家弦歌'，是以人声依倚瑟声、弦声的相和；'声鼓为节'则是类似于'持节者歌'的相和。

"我现在想到了两种人，他们曾经造成了某种比较稳定的歌体。一种人是先秦时代的瞽蒙。他们在当时承担了采风、唱诗、奏乐的使命。之所以这样，是因为他们失去了视觉，因而善于听风，对声音有很强的模仿能力和记忆能力。也就是说，瞽蒙采风有保存歌体的目的。在这里，瞽蒙是歌及其曲体规范的载体。古人总是把歌手当作一种乐器来看待——在各史《乐志》的记录中，对乐器的计数包含歌工——这个习惯可能就是源自瞽蒙的。另一种人是汉代的乐府歌人，比如李延年。李延年造新声二十八解，如果说'解'的意思是'章'（'章曲'之'章'），代表一个曲体单位，那么，新声二十八解就是一批有曲体规范的乐曲。这意味着，有'解'的地方就有歌曲。以上这两个例子说明，我们应该改变原来的视野和角度去看资料，不能只看是否有乐谱、是否有乐器组合。

"我在二十世纪八十年代进行的音乐体裁的分类，受到当时的学术需要的影响和限制。从不分类到分类，这是一个改革，于是注意了分类这件事的意义，而不太注意分类的细致性。从无'歌弦'、无'著辞'到有'歌弦'、有'著辞'，这是前人不甚注意的音乐史的重要现象，我注意到了，算是一种发现；但我夸大了这个发现，而忽视了其他。所以，我要对过去的工作进行反思。现在看来，我们做音乐文学体裁的分类，至少应当考虑音乐文学在各历史阶段的体裁表现。例如有章曲之歌取代无章曲之谣，清商曲取代相和歌，这不仅是体裁上的变化，而且是音乐史阶段的变化。唐代曲子兴盛，则意味着一种区别于相和、清商的新的音乐体裁盛行起来了。也就是说，逻辑上的分类应该还原为历史形态的区分，历史形态的区分可以为理论上的分类提供更丰富的层次。

"总之，我同意尚丽新的意见：应当对相和歌、谣歌作区别看待，应当修改过去所作的简单的分类。这种修改，说明通过读书会我们有了进步。不过请大家注意，每一次新的讨论、新的理论都是在旧的讨论、旧的理论的基础上提出来的。人的局限性在于：往往只能前进一步而不能前进两步。现在到了前进第二步的时候了，所以，在座各位承担起了对郊庙歌辞、燕射歌辞、鼓吹曲辞、横吹曲辞、相和歌辞、清商曲辞、琴曲歌辞、舞曲歌辞、杂曲歌辞、杂歌谣辞、新乐府辞作分别研究的使命。我们为什么要做《乐府诗集》研究呢？意义就在这里。"

三

根据尚丽新的记录，《乐府诗集》读书会是在 2000 年 10 月 25 日结束的。这天，我们完成了对"杂歌谣辞"的讨论。我在发言的结尾部分提出了《乐府诗集》校勘工作，大意说，在本学期剩下的六十至七十天时间里，应争取完成各种版本的对校。若有条件，则可以注意本校（全书上下文互校）和他校（跟其他书中的同类史料做比较）。我说："通过读书会，我们已经注意到了他校的重要性。他校有助于建立四项认识，即认识《乐府诗集》的材料来源，认识《乐府诗集》的分类观念，认识《乐府诗集》排列秩序的原理，认识《乐府诗集》的编纂原则。"当时我的想法是：第三学期结束以前，我们将进入博士学位论文。在有限的时间里，我们大概只能完成对校。不过，从训练的角度看，从衔接论文工作的角度看，应该尝试他校。他校的实质是考据学或史源学；或多校，或少校，总之要校。

四天以后，10月29日，我又对《乐府诗集》校勘工作做了布置，提出几个注意事项：一是把《乐府诗集》当作音乐文学典籍来校勘，充分尊重它的唱本来源，不依现有的别集和各种整理本擅改。二是花时间摸索前人的文献工作理论和经验。"要想跑得快，起初不要跑得太快。"三是注意广列异文，因为广列异文的意义可以超过校勘，而影响到研究。四是在认识上明确校注《乐府诗集》的目的和意义，"要通过集校集注，把中国古代音乐文学的主要资料汇集起来，把与音乐文学相关的主要问题汇集起来；从方法上说，就是学会把许多相关的书作为环节串连起来。"后一句话实际上是说要把《乐府诗集》整理工作和博士生培养工作结合为一体。我想，既然我们通过十篇作业和一个读书会完成了基础训练，那么，接下来的两项工作——《乐府诗集》校勘和写作学位论文——就是培养音乐文学研究人才的关键。

尚丽新的学术日记表明，从2000年10月29日开始，她的成长步伐是更加主动、更加坚实的。2000年11月4日，校勘工作进行到第六天之时，她已经校完了《四部丛刊》影印本的目录和正文八卷，并拟出了校内图书馆的他校参考书目录。再过一周，11月11日，她完成了《丛刊》本的校勘工作，写出一篇三千多字的总结，其中对几种《乐府诗集》版本作了详细的优劣评判。接下来三天，她在图书馆翻阅了一批关于乐府研究的论文，又阅读了《丛书集成初编》中有关字体、字形流变的书。她产生了两个设想：一是在乐府文学编年工作中加入地域分析，二是把字体、字形流变作为版本鉴定的一个方面。她甚至思考了版本研究与印刷史研究相结合的方法，以及从刊本和抄本的角度来考察《乐府诗集》材料来源的方法。她在学术日记中写道："王师的一个学术方向是'工具形态和中国艺术的民族性格'。其主要观点是：意识形态总是以某种物质形式存在的。文化是人对自然环境的适应，适应过程中产生了工具这个人和自然的中介。工具一旦产生，文化就逐渐类型化，工具于是成为文化的标志。因此，我们可以通过存在的环境来说明事物，通过物质表现来解释精神，通过工具来研究文学和艺术。对版本与印刷术的结合研究，应体现这一思路。"11月14日，我们举行了关于《乐府诗集》校勘工作的第一次会议。尚丽新记下了当时的感触："我将为了理想而工作，而不是为了利益而工作。也许理想只是一个易于消失的幻影。但即使这样，为了生命中曾经单纯快乐的日子，付出和牺牲是无悔的。"这些话意味着，她对未来的困难已经有所准备。

接下来，尚丽新写了许多学术札记，对校勘这种纯技术的工作进行了理论总结。这和她的责任心有关。事实上，她在我们这个《乐府诗集》研究小组当中作用比较特殊。她分工负责研究版本，承担了确定底本的责任，自然也就成了校勘工作的带头人。所以，她一直在作积极的思索；而关于技术的思索通常又会引发关于价值的思索。

2000年11月16日，她重点思考了把校勘底本（文学古籍刊行社1955年影印傅增湘藏本）中配补的二十卷元本改换为《四部丛刊》本（即影汲古阁本）的可行性问题。要改换版本就要考虑每位同学所增加的不同的工作量，也要考虑复制底本的费用；要考虑工作量和费用就要考虑必要性。她很慎重，一时下不了决心。11月21日，她在日记中记下了陈垣先生一段话，作为自我勉励："余惟校书虽小技，可以悟道。古人言校书如扫落叶，扫后又有；人每自以为无过，然过恒不能无，蘧伯玉言欲寡其过而未能，孔子言五十以学易可以无大过，皆此意。校书之道亦如是，一校二校三校仍恐不能无误，则惟有多校几次而已。"这话可以理解为：学术是一种追求自我完善的事业，无法计之以功利。

11月22日到25日，她主要分析各本当中的异体字。她原来设想利用异体字、正俗字来进行版本鉴定，现在发现这一设想并不现实，必须改换思路。在25日的学术札记中，于是出现了这样一段："到扬州补了文献考据一课，还是很欣慰的。考据学不简单，需要发达的逻辑思维。进入文献考据学，其意义之于我，就是给了我一块基地，使我开始了由学习者向研究者的转变。"她的意思是：通过文献学可以学会真正的思考。这说明她找到了处理异体字、正俗字的办法。

12月7日，她完成了扬州大学所藏《乐府诗集》诸版本的校勘工作，写了一篇一万五千字的总结。其中分析了傅增湘配补本、《四部丛刊》影印汲古阁本、清刊本、文渊阁《四库全书》本的特点，指出了中华书局校点本因使用劣本、擅改底本而产生的不足，列出了校勘记录。与此同时，她写下了自己的工作心得："校勘中的问题越来越多，搬石头的活越到后来越需要技术。""校无定法，从这个意义上说，任何一部书的校勘方法都是唯一的。""既然如此，我们在他校的时候一定要慎用整理本，因为并不是每一个整理本都和《乐府诗集》形态相似。""以后要考虑序跋研究。序跋研究不仅仅是版本学范围的问题。一部书的诞生和流传由多种因素（社会需要、物质条件、时代风尚等等）决定，序跋可以透露出更多的信息。"她似乎受到很多想法的冲击，需要寻找一条正确的道路。十天以后，她谈到：跟随问题前进而不趋奉时尚的闭门造车精神，"是成为优秀的、不可超越的、永恒的学者的条件之一"。

2001年2月19日至3月7日，她在北京校书，走访了六家图书馆，校勘了一个宋本、两个元本、三个明修本、三个汲古阁本，并阅读了一批关于乐府研究的海外资料。3月19日至22日，她在南京图书馆校书，校完了八千卷楼的明修本和陆烜所藏汲古阁本，同时收集了一批题跋和序跋资料。4月1日至20日，她在上海图书馆、复旦大学图书馆等地，校完了《乐府诗集》的上海藏本，收集了有关《乐府诗集》版本研究的资料，并查阅了关于唐人总集别集的目录。这段时间她的收获很多。她在北京掌握了有关《乐府诗集》版本的基本情况，为进一步的版本比较做了准备；她在南京得到几位版本学专家的帮助，学会精细地考察一部书的成版过程；她在上海系统分析了《乐府诗集》的十几个版本，最终形成了进行《乐府诗集》版本研究的思路。她在思想上有质的飞跃。从这个角度看，北京—南京—上海的校勘顺序是最幸运的顺序。她因此以一种感恩的心情看待这场访学经历。她说：她从老专家那里懂得，学术是一个薪火相传的事业，由于前人注意了优秀的题目，她才能得到完成这些题目的时机。她也从每位同学那里懂得，她是在《乐府诗集》校勘工作中获益最多的人——表面上完成的是一遍对校，其实获得的东西有三样：一是对校的成果，二是对《乐府诗集》版本的深刻认识，三是由此生发出来的从印刷术角度研究《乐府诗集》和乐府文学的信心。这时候，未来的博士学位论文的轮廓已经出现在她的脑海中了。她说：她将要进行的《乐府诗集》研究，主要目标是"结合印刷术和乐府文学的发展，从物质文明史的角度，理清一部书的诞生、流传和影响"；从另一面说，是"依据《乐府诗集》的物质存在（版刻和抄写），来研究乐府文学在元明清三代的传播"。

四

尚丽新是一个纯真的人，简洁朴素。尽管如此，她在扬州三年半，仍然留下了许多文字。除以上学术笔记以外，有博士论文、论文开题报告和围绕博士论文的一些学术写作。这些文字分量更多，也更精彩，表现了她的另一种攀登——作为独立研究者的攀登；但在这篇序文里，来不及一一引述。

不过，仅从她不到两年的经历中，我们已经能够了解一个学术人才的成长，了解作为本书之背景的那个精致而诗意的积累过程。这件事，可能比取得一项显赫的学术荣誉还要重要。古人是这样看的，故《论语·宪问》有所谓"古之学者为己，今之学者为人"一说。《后汉书·桓荣传》注解这句话说："为人者，凭誉以显物；为己者，因心以会道。"这也正是尚丽新的看法。她喜欢作的表述是："我追求工作和智慧带来的纯净的快乐。"在她的笔记中还记了这样一些话：

> 读书是一种有价值的生活方式，因为读书人是有能力读书并且有毅力读书的人。

学者要注意自己在本质上是个读书人，不要丧失作为一个读书人的原始热情。

追求知识是人本性中的需要，是人取得自由的一种手段，所以，追求的意义并不在于它怎样改变生存。

我们的工作只能是学术史的一个部分、历史过程的一个点。基于这一点，我们应该摆脱那种以构建宏观体系为目标的论文写作模式。

做一项踏实的工作，做一项能让自己放心的工作，从中感觉到的快乐更为隽永。

追求真理；热爱知识；尊重劳动。

这些话基本上也是说"因心以会道"。我知道，这是我说的话；但尚丽新用心记下来了，就表明了她的共鸣。

2003年秋天，在一次演讲会上，项楚先生提到"古之学者为己，今之学者为人"，说："这句话在我们那个年代还管用，现在不管用。"我正好接着发言，便说："其实，只要学术不消亡，还会有人做古人的。"我当时想到的就是扬州的读书生活，想到尚丽新说的"天真"。尽管项先生的看法是有道理的，指出了一种普遍存在的现实；但在我的理解中，学术生命仍然要用"天真"来作保证。

在扬州读过书，并且围绕《乐府诗集》写作博士学位论文的人，还有以下几位。他们可能也会赞同我的看法：

崔炼农，著有《汉魏六朝乐府辞乐关系研究》；
许继起，著有《秦汉乐府制度研究》；
孙尚勇，著有《乐府文学文献研究》；

王立增，著有《唐代乐府诗体研究》；

喻意志，著有《〈乐府诗集〉成书研究》。

他们都是尚丽新的同伴，有过相似的学习经历。他们都攀登过校勘、考订、编年等等云梯，都在 2002 年或 2003 年取得博士学位。他们的学位论文大都尚未出版。他们的工作不大被人们了解，他们也好像不太着急被人了解。我这篇序文，事实上是为他们写的；当然，也是为我自己写的。

我想对这些同学说：我很期望，有一天，我们坐在一起，再细细地读一遍《乐府诗集》。

写于 2008 年 7 月 15 日。原载尚丽新《〈乐府诗集〉版本研究》，中国社会科学出版社，2012 年。

《〈乐府诗集〉成书研究》序

最近这些年，每到秋季开学的时候，我要来扬州大学给博士生新生上课。第一堂课通常是讲故事。比如讲讲三十多年前的事，讲1979年的复旦大学，讲那时的研究生怎样从《史记》《汉书》《论语》《孟子》《诗经》《楚辞》《文选》《四库全书总目》等典籍开始他们的历史学、思想史、文学史、文献学的课程，也就是讲重视基本功、重视读原著的道理。有时也讲二十多年前的事，讲1983年的扬州师院，讲那时的博士生怎样通过系统搜集资料来开辟新领域，也就是讲从资料出发而不是从框架或问题出发的道理。如果时间充裕，我还会讲十多年前的事，讲从1994年到2002年的扬州大学瘦西湖校区，讲这个校园里曾经有过的书院式的生活，也就是讲学术如何同人生融为一体。每讲一轮，我面前就会出现一批新面孔。终于到了这一天，新面孔里出现了第四代博士生，也就是学生的学生。这时我就有点隔世之感了，觉得他们真好像在"听奶奶讲那过去的事情"。

今天我请一位博士生吃饭，饭后在夜色苍茫的校园里散步。他向我谈起他的硕士导师，也就是我过去的学生，这使我不免把两代学生相比起来了。他说，他和导师已经是两代人了，他已经不像导师那样单纯和朴素了。这话让我微微一震。我不免想：尽管眼前这个校园的建筑物变化不大，但没料到，它的内容却有这样大的不同。这大概就是所谓"物是人非"吧。

前几天收到喻意志的信，信中邀我为《乐府诗集成书研究》写篇序，随信还寄来一些关于写作背景的材料。《乐府诗集成书研究》原是喻意志的博士学位论文，作为她的指导教师，我自然是有责任向大家介绍这篇作品的。我联想到上面说的"学术人生一体"，于是从背景材料中找出一封信，打算谈谈她撰写博士学位论文时的情况。这信是喻意志写给她父母亲的，其正文如下：

> 不知不觉间又是盛夏了。我们这里桃花儿开过了，蔷薇花儿开过了，现在正是石榴花开的季节。我们屋前的枇杷熟了。每天我们都可以走到树下，选出最黄的一颗，细细品尝那种甜中微酸的滋味。依稀记得小时候对平叔叔家的枇杷树的艳羡，那种美妙的滋味，后来在记忆中越推越远了。没想到在扬州竟能圆了儿时的梦想。这真是件有意思的事。
>
> 我们的生活很有田园气息，相信下面的情况会让妈妈觉得高兴的。我们屋前屋后有几片菜地，以前由师母种

植。师母回上海后，今年春天，我们三个女生便自己种菜了。我们把地翻了，买了茼蒿、四季豆、豆角、香菜、空心菜籽种下了，每两天浇一次水，有时也拔拔草，施施肥。基本上是靠天收吧。菜们都长得挺好的。现在，我们已经开始享受自己的劳动果实了。茼蒿吃完了一茬，现在马上可以吃第二茬了。四季豆也可以吃了，嫩得很。香菜吃得差不多了，空心菜长了两寸了。前些天邻居热情地给了我们不少南瓜、丝瓜、白瓜秧。我们都种下了，现在它们已经牵蔓了。看来我们有希望在这里过一个丰收的夏天。

我打算六月一日去北京看书，大约在北京住半个月。查完资料后我就从北京直接回长沙。到时我再给您打电话。我六月底回扬州，暑假就不回家了。学习还是很紧张的。

好了，别不多说，很想念您！

这是写在2001年夏天的信。这时喻意志既是上海师范大学的博士生，也是扬州这个博士生群体中的一员。她即将进入博士生三年级，是学习比较紧张的时候；但在信里，我们看到的是一片田园风光。这种田园式的读书生活今天已经不复存在了，不过能够想象，它所代表的单纯、朴素、清静，会像那位第四代博士生说的那样，一直种在享受过它的那些人心里。因为喻意志在日记中还记录了一位来自重庆的同学的一段话。其大意是说做学问的人有三种，第一种把学术当作自己的生命形态，第二种把学术当作自己的生活方式，第三种把学术当作自己的生存手段。重庆同学说："一个人应该用'心'去寻找自己在社会上的最本原的位置。"喻意志在日记里回应道：她渴望成为第一种人，因为她总是把学习当作最快乐的事情；而且，在内心深处，她总是在追求高雅与完美。这些话说明，喻意志所描写的单纯的生活，是具有典型意义的；当年住在这个校园里的人，他们的心态的确和这种生活密切关联。

以上这些事，颇让我回味了一阵。十多年前的那种人和思想，在当时看来是再平常不过的了。我没想到，换一个角度，以十年后的眼光去看，却可以看出一些不平常来，甚至看出某种珍贵。这又说明：我们的时代的确在一日千里。

当然，好的学问并不一定需要田园生活来做陪衬。事实上，只要是读书种子，在哪里都会生根发芽。正因为这样，陶渊明有"心远地自偏"的说法，陈继儒有"闭门即是深山"的说法，钱钟书有"荒江野老屋"的说法。这些话是说人心里本有个田园，不待外求。不过，在现在这个"与时俱进"的时代，到处都是热土，到处都是物质刺激，到处都喊"早出人才""快出成果"，各种声音破门而入，人的心灵的确比以往任何时代都容易被欲望所激荡。高等学校自然不例外，在这里，很容易看到哗众取宠之学、阿世媚俗之学、粗制滥造之学。这个时候，善良的人不免会把过去那种纯净的求学态度，那种手工式的教学方式，那种较少烟火气的学术制撰，当成自己的怀念。

而在这个时候，如果有人拿出十年前的作品，如果这作品是"心远"的产物，有"深山"和"荒江"的遗风，那么我想，它当然是会受到欢迎的。

读者面前的这部《〈乐府诗集〉成书研究》，就是这样的作品。2002 年 11 月 16 日，当它作为博士学位论文提交答辩的时候，前辈学者正是以热情的态度对它表示欢迎的。答辩委员会的决议书说："本文采用目录调查、版本利用及典籍校勘、统计分析等多种研究手段，对《乐府诗集》的编纂背景及资料来源作了全面论述，具有填补学术空白的意义。本文仔细梳理了郭茂倩及其家族成员的生平记载，对郭茂倩编纂《乐府诗集》的主客观条件做了深入探讨。本文通过对音乐背景和时代风气的考察，揭示了《乐府诗集》在宋代成书的条件。本文结合相关文献，分析了《乐府诗集》中的几百条注文，并考证了郭氏所引《歌录》《古今乐录》等音乐文献的成书时代，确认了郭氏利用文献的基本原则及资料来源。全文视野广阔、资料丰富、思致细密、方法得当并富有新意……是一篇优秀的博士学位论文。"结合委员们的发言来看，这段评语有以下几个要点，殊足注意：（一）本论文出自一位琵琶演奏者之手，反映了她在古典文献学领域从无知到有知的大步跨越；（二）论文从《乐府诗集》的小注入手考察其资料来源，用心很细腻，是困而后知的产物；（三）论文尝试了种种考据方法，包括目录调查、版本利用、笺注和比勘、统计和列表，在技术上颇多创新；（四）论文收集的材料丰富、详赡，既显示了作者全身心的投入，也显示了比较深厚的功力。不难判断，这四个特点是同某种生命形态——单纯、朴素、清静的心境——相联系的。

今年六月初，喻意志来成都参加古琴研讨会，带来了她的五位学生。这都是些年轻的女孩，时而聚精会神，时而活泼喧闹，属于没心没肺的一代。不过喻意志介绍说，她们都已经进入中国古琴史、湖南音乐史、中国古代音乐文献研究等领域了，其中一位还完成了关于清代琴人游艺生活与琴乐传播的博士学位论文。说这些话的时候，喻意志的态度显得很慈祥，有如当年在菜地拔草、浇水。我设想，如果让这些学生评论自己的老师，那么她们一定会说：她们不像导师那样单纯和朴素，尽管师生之间的年龄相差不到十岁。但现在我却觉得，对这句话应该这样来理解：年轻人已经建立了对单纯和朴素的向往，正在从她们的年轻导师那里传承心中的田园。

由于以上缘故，我相信，《〈乐府诗集〉成书研究》将积极地影响中国学术，特别是影响当前的《乐府诗集》研究。这不仅因为人类需要学术，学术需要纯真，而且因为纯真的学术需要传承，也必定会得到传承。

写于2011年9月。原载喻意志《〈乐府诗集〉成书研究》，湖南文艺出版社，2012年。

《唐代乐府诗体研究》序

一

在我的学术经验中，1997 年是难以忘怀的一年。这年开斋节前后，我来到吉尔吉斯斯坦、哈萨克斯坦，对居住在这里的东干人——陕甘回族的后裔——作了三个多月的考察。民族音乐学学者赵塔里木（时为扬州大学博士生）和我同行。塔里木主要考察东干人的音乐文学，比如民歌和民间器乐牌子曲；我主要考察东干人的非音乐文学，除东干作家的文字书写外，包括"口歌"（谚语）、"口溜儿"（顺口溜）、"倒口话"（绕口令）、"古今儿"（故事与传说）等口头文学作品。东干人的口头文学是在十九世纪中叶随民族迁徙而传入中亚的；其书面文学则始于二十世纪三十年代，以 1932 年确定东干拼音文字正字法为标志。考察这两种文学，不啻完整地观看了一部族别文学通史。

这部文学史最精彩的部分有两段：一是口头文学的形成，二是作家文学的形成。从前一段，我了解了文学的意义：它是一个民族的知识和智慧的结晶。东干人在翻过雪山进入吉、哈等国的时候，牺牲了很大一部分人员和辎重，却未丢弃自己的口传文学。他们依靠叙事民歌来传承东干人的历史，用口歌和口溜儿来保存自己的生产生活经验。他们总喜欢在交谈时引经据典，表明某种行为的合法性和某个意见的合理性，他们所引用的便是这些文学作品。从后一段，我了解了书面文学和口头文学的基本关系：书面文学产生于口头文学但对后者有所改造和提升。东干知识分子是为推广和保存语言而建立书面文学的，除拼音文字正字法以外，他们开办报纸作为保护东干语文的园地。他们建设书面文学体系的过程大致包括四个阶段：一是继承民歌传统，尝试诗歌写作的阶段，二是依据口头文学文体，建立多种书面文体的阶段，三是吸收民间故事，创作艺术小说的阶段，四是改造口语而用新诗体来表达个人感受的阶段。每个阶段都以口头文学为基础。他们通过实践，一步一步地凸显出书面文学的特点及其存在价值。比如，若考察东干作家的新诗创作，便知道："诗在本质上就是一种非日常的语言。民歌不一定要超越口语，但诗却要超越。"[①]为什么呢？因为诗要面向读书断字的人，主要表达个人情感，有文字这个新的载体。只有把两种文学做了比较，才可能懂得这个道理。

以上这些学术经验，让我对文学的生存与传播情况有了更深的了解，同时也刷新了我的学术观念。我从此认为，人类文

---

① 王小盾《东干文学和越南古代文学的启示：关于新资料对文学研究的未来影响》，载《文学遗产》2001年第6期。

化发展到一定程度才会出现文学；文学是人类精神活动的最高成就，总结了人们的经验，也表现了他们的玄思，值得探究。以前看过许多无病呻吟式的"文学研究"，不免对这个职业感到悲观；现在，我的新认识却被东干人生动活泼的创造重塑了起来。后来，我在越南、韩国、日本等地考察汉文学，又注意到几千年来无数人投入其中的文化共同体建设，发现文学是其中最重要的手段——汉民族之成为汉民族，汉文化之成为汉文化，很大程度上是因为有了汉字和汉文学。这让我感到惊讶，同时对文学研究的价值有了一个新判断：这个价值联系于研究者所揭示的对象的价值。从主观方面，我们不妨看成果中凝聚的劳动，包括智慧、灵性、识见、功力等等①；而从客观方面，则应该看它是否有助于认识人类精神活动的某些道理，是否能够展现文学活动诸事项的因果关系和逻辑关系——也就是说，研究应该抵达对象的本质。

除掉以上认识外，我还得到一个新认识：学术研究之所以要面向新资料，这种面向之所以有魅力，是因为每一种新资料都暗藏着一种新方法，它们且有自己的特殊本质。比如进行东干文学研究，就必定要关注其功能、其发生过程，而不能采用"中国古典文学研究"常用的内容分析或艺术性分析的方法（那样就会偏离对象的特性，即特殊本质）。《乐府诗集》研究也是这样：需要采用同这部书的性质——歌辞和拟歌辞的总集——相匹配的方法，其范围因此要超过"中国古代文学研究"。② 所

---

① 参见刘石《凛焉戒惕泠痴符》，载《文学遗产》2013 年第 6 期。
② "中国古典文学研究"指的是以经典作品为对象的研究，"中国古代文学研究"则指兼以俗文学、民间文学为对象的研究。

以，当王立增《唐代乐府诗体研究》一书即将出版的时候，我愿意就以上认识说几句话：说说为了抵达对象本质，我们应该如何努力；说说面对研究对象，应该如何发掘它特有的价值。归根结底，是说有一种学术方法就叫作"《乐府诗集》"。

二

《唐代乐府诗体研究》所考察的"乐府"，是一个围绕宫廷礼乐而建立起来事物，《文心雕龙·乐府》据此把它的起源推到三代。从《越绝书》《吴越春秋》和陕西出土的秦代文物看，战国之时便有以"乐府"为名的官署。不过，音乐文学意义上的"乐府"，或者说，包括确定祭礼、制作乐章等活动在内的"乐府"，却如《汉书·礼乐志》所说，是始立于汉武帝时的事物。这个"乐府"影响很大，因为它代表三样东西：其一，代表一种音乐机构，即吸收俗乐而进行雅乐建设的宫廷机构；其二，代表一种文学方式，即制作配乐歌辞的方式；其三，代表一个文学品种，既包括第一代乐府歌辞，也包括由它繁衍出来的类似的文学作品。古代人在各种场合说到的"乐府"，大致在这三种涵义的范围之内。学界的"乐府"研究，一般也能注意到这些事项，只是分析未必细致——特别是，未对第三个涵义上的"乐府"及其所包含的种种关系加以细致分析。本书主要贡献便在于：关注第三个涵义上的"乐府"，把乐府诗视作一种诗类或诗体，试图揭示其不同于歌辞、不同于徒诗的独特性。其方法则是使用"准歌辞""拟歌辞"等名称，以确认大部分唐代乐府诗的性质，并据此阐述"入乐""乖调""拟效"

"表演程式""修辞程式""歌辞造型"等音乐文学所特有的问题。就揭示乐府诗的特性而言，这些问题是具有重要的学术意义的。为说明这一点，今从其中选择两个问题稍作引申讨论。

（一）关于"入乐"

本书（《唐代乐府诗体研究》）认为，唐代乐府诗之展开，有一个"入乐"的背景。唐乐府诗的基本分类，是入乐之诗与不入乐之诗的二分：前者包括声诗、曲子辞和郊庙歌辞，后者包括旧题乐府和新题乐府。其第一章第三节专门讨论了唐代乐府诗的"入乐"问题，确定"入乐"是指一种艺术实践，即谱上曲调进行演唱。因此，"入乐"有别于吟诵，也有别于想象中的歌唱。

这些论述很好，有助于认识"乐府"和"乐府诗"的本质。

不过，入乐问题却不是乐府诗所独有的问题。要认识中国文学史上其他韵文文学品种，也应该考察其入乐与否、如何入乐。因为这些文学品种也同音乐有发生学上的关系，其阶段性发展同样对应于中国音乐的阶段性发展。一般来说，中国古代音乐史，除使用石器的原始时期外，可以分为四个阶段：一是先秦雅乐阶段，其代表是用于各种仪式的钟磬乐；二是汉唐之间的清乐阶段，其代表是相和歌和清商曲；三是始于隋唐之际的燕乐阶段，其代表是曲子和歌舞大曲；四是近世俗乐阶段，其代表是戏曲音乐。《诗经》《楚辞》出现在第一阶段，"歌诗""古诗"流行于第二阶段，"曲子辞"、近体诗和词产生在第三阶段，散曲文学、剧曲文学和种种说唱文学盛行于第四阶段。以上韵文文体各不相同，根本原因在于：它们用不同的方式，策应不同的音乐；或者说，在不同的历史阶段，文学与音乐的关系各不相同。就此而言，要判断乐府诗的属性，就不仅要看它是否出身于音乐文学，而且要看它属于中国音乐史的哪一个阶段。

回答这个问题并不困难，乐府显然是第二阶段——清乐阶段——的产物；不过，要确认此时音乐与文学之关系的特点，则要稍作分析。我认为，在这个阶段的乐府机构中，文学同音乐的关系以"相和"为代表。从《宋书·乐志》《晋书·乐志》可以知道，乐府所使用的歌唱形式大略有四：一是"徒歌"，即"汉世街陌谣讴"之歌；二是"但歌"，即"无弦节"，"一人倡，三人和"；三是"弦歌"，也就是古诗所谓"一弹再三叹"之歌；四是"丝竹更相和，执节者歌"。后三者都属于"相和"，主要方式是以歌和歌，未必配入器乐；即使配入丝竹之乐，其歌声与乐声也采用不相同的旋律。由于往往以歌和歌，所以歌辞多有和声、送声；由于歌、乐之间的关系是不完全伴奏，所以辞式比较散漫，辞中多有表声之字。在早期乐府诗中，有没有声辞结合比较紧密的歌辞呢？有，那就是"魏氏三调歌辞"——它们被编入平、清、瑟三调，自然有器乐作为轨范。不过，据《宋书·乐志》记载，它们的配辞方式是"又有因弦管金石，造歌以被之"；据《乐府诗集·杂歌谣辞》，它们是"因其声而作歌"——亦即模仿曲调作歌，所造歌辞与弦管金石大致相合。这句话里"又有"二字值得注意——其意思是说：因弦管造歌的方式并不普遍；清乐阶段的宫廷乐歌，大部分仍然采用"始皆徒歌，既而被之弦管"的方式，也就是用器乐来伴和歌唱。

　　如果把清乐阶段的音乐同燕乐阶段的音乐相比较，那么，两者的区别是非常明显的。尽管今无音响留存，但我们从记载中可以知道：前者（清乐）产自定居生活，往往在室内（比如铜雀台）表演，主体散漫闲雅；后者（燕乐）产生在胡乐入华以后，包含大量马背上的音乐，来自旷野，因而有鲜明的节奏和起伏的旋律。前者用"节"在每段段末打节拍，因而产生了"节"和"解"这两个术语；后者则使用了包括"拍板"在内的近二十种打击乐器，比如齐鼓、担鼓、连鼓、鼗鼓、浮鼓、方响、杖鼓、大鼓、腰鼓、羯鼓、鸡娄鼓、答腊鼓、都昙鼓、毛员鼓、正鼓、和鼓、铜鼓、铜钹等等，打出丰富多样的节拍。① 前者除古琴而外不用乐谱，后者则有多种器乐谱，其中若干种且被称作"胡书"。这样两种音乐，同歌辞的关系自然大不相同，比如"因声度词"的方式——依照旋律、节拍填写歌辞的方式——便是燕乐时代的配辞方式，而不属于清乐时代。

　　事实上，从文学角度看，清乐和燕乐的主要区别就在于是不是"因声度词"。燕乐时代音乐文学品种的代表——曲子辞——就是以"因声度词"为其主要属性的。其文本表现是：每支曲调下的歌辞辞式一致，甚至格律也一致。比如《尊前集》录李白所作四首《清平乐》、两首《菩萨蛮》，皆有统一格式。这表明它们是严格配合曲调的。而汉魏六朝乐府歌辞皆不如此，比如《薤露》，古辞为"三三七七"四句，魏武帝以后多为五言体，十六句或十八句；《陌上桑》，古辞为五言五十三句，楚辞钞、魏武帝辞、魏文帝辞则改写成三种不同的杂言

------

① 　参见王昆吾《唐代酒令艺术》，知识出版社，1995年，第158—162页。

体。在这里，辞乐关系只是"韵逗曲折皆系于旧"，是遥相配合的关系。对于这种时代隔阂，古人认识得很清楚。比如沈约《宋书·乐志》、萧统《文选》和徐陵《玉台新咏》都把汉代乐府歌辞称作"古词"（"古辞"）或"古乐府"。[①] 这意味着，在"汉世街陌谣讴"和六朝的乐府制撰之间，音乐和文学发生了重大改变。而到了唐代，"古乐府"一名就更加流行了，比如高适有《古乐府飞龙曲上陈左相》诗，孟郊有《古乐府杂怨》诗，白居易有《读张籍古乐府》诗，权德舆、邵谒和司空图有《古乐府》诗，等等。这又意味着，唐代作家所面临的，是音乐文学的一个新时代，他们是站在这个时代来回望第一代乐府诗的。

以上最后这句话，意思是，我们不妨把乐府诗创作划分为三代：第一代是清乐时代的歌辞，包括"汉世街陌谣讴"、乐府"歌诗"和魏晋六朝的歌辞；第二代是清乐时代的拟作，亦即魏晋六朝人的拟歌辞；第三代就是"隋唐乐府"。这种分类有一个重要理由，即：在汉魏六朝，入乐与否，是两种乐府诗的分水岭；而到隋唐之时，无论是否入乐，乐府诗都和第一代乐府不相同，是另一种乐府。据王立增统计，唐代作品在《乐府诗集》各类中的分布是：《郊庙歌辞》391 首，《燕射歌辞》0 首，《鼓吹曲辞》70 首，《横吹曲辞》114 首，《相和歌辞》339 首，《清商曲辞》115 首，《舞曲歌辞》32 首，《琴曲歌辞》79 首，《杂曲歌辞》362 首，《近代曲辞》343 首，《杂歌谣辞》

---

① 沈约《宋书》，中华书局，1974 年，第 549、1477 页。萧统编，李善等注《六臣注文选》，中华书局，1987 年，第 511 页。徐陵编，吴兆宜注，程琰删补，穆克宏点校《玉台新咏笺注》，中华书局，1985 年，第 6 页。

56 首,《新乐府辞》421 首。若以是否入乐做标准,那么,这里有三类作品:一是配合燕乐时代新音乐的歌辞,主要见于《近代曲辞》,少量见于《舞曲歌辞》和《杂曲歌辞》;二是不入乐的歌辞,见于全书各部,特别是《新乐府辞》以及《鼓吹曲辞》《横吹曲辞》《相和歌辞》《清商曲辞》;三是清乐方式的歌辞,主要见于《郊庙歌辞》《琴曲歌辞》,少量见于《杂歌谣辞》。所谓"清乐方式",指的是和清乐相同的配辞方式,不一定指旋律。比如《旧唐书》说武元衡"工五言诗,好事者传之,往往被于管弦";《唐摭言》说秦韬玉"工长短歌,有《贵公子行》":①这些作品便属于清乐歌辞。因为武元衡采用旧式配乐方式,即相和式的配辞;"长短歌"是清乐时代的概念,指的是吟咏。另外,白居易《太平乐词》自注说,在翰林时"奉敕撰进"《闺怨词》等七首诗;《全唐诗》载杨巨源《春日奉献圣寿无疆词十首》:这些作品便属于拟歌辞,并无乐曲模本,不能算歌辞,更不是"近代曲辞"。总之,在唐乐府三类作品中,只有第三类是同前代音乐藕断丝连的;而唐代乐府诗的主流,则是由第二类——不入乐的作品组成的。

以上分类,有助于认识唐代乐府诗在《乐府诗集》中的地位,以及清乐在唐代的地位。现在我们知道,郭茂倩编《乐府诗集》,其主要目的是保存清乐时代的乐府(第一代、第二代乐府)以及它们在唐代的回响。从示例起见,它收录唐代曲子辞,编为《近代曲辞》,但并不求全。也就是说,唐代曲子辞,在郭茂倩的心目中,并不是真正的"乐府"。因此,对于唐代

---

① 刘昫等《旧唐书》,中华书局,1975 年,第 4161 页;王定保《唐摭言》,上海古籍出版社,1978 年,第 100 页。

乐府诗的入乐情况，我们不宜作太乐观的估计。因为音乐必定要依靠某种物质力量——或是歌手，或是乐器，或是乐谱——来传承；清乐时代的音乐，在唐代实已基本散失。《旧唐书·音乐志》记载唐代宫廷音乐情况说：清乐自隋以来便"日益沦缺"，武太后之时尚存63曲，但由于"朝廷不重古曲，工伎转缺"，到长安年间（701—705），"能合于管弦"的只剩8曲。其后乐工逃亡殆尽，"清乐之歌阙焉"，"惟弹琴家犹传楚汉旧声"。① 王灼《碧鸡漫志》卷一"歌词之变"条则说："隋氏取汉以来乐器歌章古调并入清乐，余波至李唐始绝。唐中叶虽有古乐府，而播在声律则鲜矣。士大夫作者，不过以诗一体自名耳。"② 这两段话说明，旧乐在唐代（至少在唐代宫廷中）已流失殆尽。因此，文人诗篇中的清乐曲名，往往代表一种记忆，而未必代表清乐在唐代的实际流传。

总之，无论哪一种乐府诗，都和音乐有联系，其本质属性中有音乐这个要素；不过它们联系于音乐的方式不同。要认识乐府诗的结构，就要分析音乐与文学的多样的关系。也就是说，《乐府诗集》研究，势必把研究者引向音乐与文学关系研究这个较具普遍意义的目标。

（二）关于"乖调"

"乖调"是本书另一个重要概念，用来指"文人所创作的有入乐之意愿，却未被付诸实际演唱的乐府诗"。本书认为，"乖调"代表乐府诗体的源头；所谓"乐府诗体"，指的就是

---

① 刘昫等《旧唐书》，北京：中华书局，1975年，第1063页，第1067—1068页。
② 王灼《碧鸡漫志》，唐圭璋编《词话丛编》，北京：中华书局，1986年，第74页。

"乖调"之作。这些意见，反映了作者的探索愿望，即从发生角度和艺术手段角度去认识乐府诗体的本质，是有意义的。

不过在我看来，这里仍有一个细节可以重新考虑，即：把曹植、陆机乐府诗不入乐的原因理解为"乖调"，是不是简单了一些？或者说，乐府拟辞是否可以归结为"乖调"之辞？如前文所说，"乖调"尚不是第一代乐府诗的现象；对于有条件接近乐工并有条件按音乐要求来处理作品的作家来说，其作品不存在"乖调"的问题。"乖调"一词的确见于对曹植等人乐府诗的评论，但刘勰《文心雕龙·乐府》原话是说："凡乐辞曰诗，诗声曰歌，声来被辞，辞繁难节；故陈思称李延年闲于增损古辞，多者则宜减之，明贵约也。观高祖之咏《大风》，孝武之叹《来迟》，歌童被声，莫敢不协。子建士衡，咸有佳篇，并无诏伶人，故事谢丝管；俗称乖调，盖未思也。"① 这段话的意思是说："乐府"由作为歌词的"诗"与作为曲调的"歌"组成。在把音乐同歌词配合起来的时候，往往出现"辞繁难节"的情况。所以曹植称赞李延年，说他善于增减"古辞"，使之简约。汉高祖《大风歌》、汉武帝《来迟诗》，便是这种容易配合音节的作品。到后来，曹植和陆机虽有好的诗篇，却无法诏令乐师配乐，其作品只是不能演奏的徒诗。人们认为这是因为"乖调"。这说法不对，是未经思考的论断。刘勰这段话所说的"乖调"，意思是辞、乐不配，或辞不配乐。《宋书·袁豹传》也说过："譬犹修堤以防川，忘渊丘之改易，胶柱于昔弦，忽宫商之乖调，徒有考课之

---

① 刘勰著、范文澜注《文心雕龙注》，北京：人民文学出版社，1958年，第102—103页。

条，而无毫分之益。"① 这里的"乖调"，同样是指宫商错忤，不合曲调。

刘勰以上这段话，有两点值得注意：其一，创作乐府歌辞，往往需要改辞以配乐，其关键是要做到"多者则宜减之"，以改变"辞繁难节"的情况。也就是说，"乖调"是辞乐相配时的正常情况。其二，之所以在曹植、陆机之时出现乐府徒诗，有两个原因：一是"无诏伶人，故事谢丝管"，即不具备配乐的条件；二是"乖调"，有配乐的客观条件，但辞、乐无法配合。曹植属于哪种情况呢？如刘勰所说，属于第一种。因为在曹操执政的时候，写作乐府歌辞几乎是曹操的专利，故其所存二十多首诗全为乐府歌辞。《三国志·魏书·武帝纪》裴松之注引《魏书》也记载说：曹操"登高必赋，及造新诗，被之管弦，皆成乐章"。② 黄初元年（220）魏文帝曹丕继位，六年之后魏明帝曹睿继位，这个专利又先后转移到曹丕和曹睿之手，所以今存曹丕诗的一半多、曹睿诗的全部，皆是乐府歌辞，以致留下"魏氏三祖"的名声。尽管作为一方诸侯，曹植一度拥有自己的乐工，也就是他在《鼙舞歌序》中所说的"下国之陋乐"③；但在曹丕登基以后，曹植的人生则很悲惨。他不仅为曹丕所深忌，更为属官频繁诬陷，屡被迁封，居无定所。从他所作的《黄初六年令》《迁都赋序》《社颂序》《转封东阿王年表》等文章看，他过的是"衣食不继""饥寒备尝"的生活，谈不上"诏伶人"。所以曹植诗现存九十多首，近半

---

① 沈约《宋书》，中华书局，1974年，第1499页。
② 陈寿《三国志》，中华书局，1959年，第54页。
③ 曹植著，赵幼文校注《曹植集校注》，人民文学出版社，1984年，第323页。

为乐府诗（44首），但其中无一首为魏乐所奏，而为后世晋乐所奏的也不过《怨诗行》《野田黄雀行》（又借为《箜篌引》《门有车马客行》）等屈指可数的几首。这就说明，如果把曹植看作第二代乐府诗的先驱，那么可以判断，乐府诗脱离音乐而独立，其实不是因为"乖调"，而是因为"无诏伶人"——因为作家同乐工分离。也就是说，本书所说的"文人所创作的有入乐之意愿，却未被付诸实际演唱的乐府诗"，不是由于主观能力，而是由于客观条件而产生的。

曹植的遭际，其实和此前七百年左右的"学诗之士"很相似。那时是春秋、战国之交，为了担负在诸侯国之间聘问歌咏的使命，贵族子弟纷纷学诗，并掌握了赋咏之法，也就是雅言诵诗之法。① 但他们遇上了天下分裂、列国纷争的时代，聘问歌咏不再流行。他们的才艺一无所用。他们于是用自己所擅长的"赋"诗之法来抒发失志之郁闷，因而造就了一种新的、具有"假象尽辞，敷陈其志""铺采摛文，体物写志"② 之特点的书面文学文体。《汉书·艺文志·诗赋略》说："春秋之后，周道寖坏，聘问歌咏不行于列国，学诗之士逸在布衣，而贤人失志之赋作矣。"③ 说的就是这一文体——赋体的形成。

从主观能力看，曹植并不亚于古代的"学诗之士"。他以王子的身份成长起来，从小"诵读《诗》《论》及辞赋数十万

① 参见王昆吾《诗六义原始》，载《中国早期艺术与宗教》，东方出版中心，1998年。
② 欧阳询《艺文类聚》卷五六引挚虞《文章流别论》，上海古籍出版社，1999年，第1018页。刘勰著，范文澜注《文心雕龙注》卷二《诠赋》，人民文学出版社，1958年，第134页。
③ 班固《汉书》卷三，中华书局，1962年，第1756页。

言，善属文"；也曾接受储君式的训练——跟随曹操"南极赤岸，东临沧海，西望玉门，北出玄塞"。他通音乐，在上魏文帝曹丕疏中所说"闻乐而窃抃者，或有赏音而识道也"，便是他的自况；他能自作歌，裴松之注《三国志》的记载是："植常为琴瑟调歌，辞曰'吁嗟此转蓬……'"① 另外，从他所作的《前录自序》看，他有"与雅颂争流"的文学抱负；从他所作的《赠徐干》《弃妇诗》等诗看，他追求"慷慨有悲心""慷慨有余音"的诗歌境界。正是这一切，使他选择了乐府诗——选择了一种可以自由表达文学素养和精神诉求的文学方式。或者反过来说，他之所以写了那么多游仙题材的乐府诗（今存11首），是因为他要抒发"人事不永，俗情险艰，当求神仙，翱翔六合之外"的感伤；他之所以偏爱怨女、思妇等乐府诗主题（今存7首），是因为他在这些女性形象中看到了自己，他要借此表白年华不再、功业难成的忧郁苦闷。清代冯班《古今乐府论》说："古诗皆乐也，文士为之辞曰诗，乐工协之于钟吕为乐。自后世文士或不闲乐律，言志之文，乃有不可施于乐者，故诗与乐画境。文士所造乐府，如陈思王、陆士衡，于时谓之'乖调'。"② 据以上论证，冯班批评后世文人"不闲乐律"，这话是有偏差的；但"言志之文，乃有不可施于乐者"云云，却指明了一个重要事实：第二代乐府诗，是借旧题来"言志"之诗，是在摆脱音乐限制的情况下产生的。

---

① 陈寿《三国志》卷一九《陈思王植传》，中华书局，1959年，第557、567、568、576页。
② 冯班《钝吟杂录》，王夫之等《清诗话》，上海古籍出版社，1963年，第37页。

　　把曹植看作第二代乐府诗的先驱，有一个重要理由：尽管他不是进行乐府诗写作实践的第一人，但在建设乐府诗体方面，他有首创之功。事实上，乐府诗的写作，早在"立乐府"之时就已经发动了。比如据《汉书·礼乐志》记载，武帝定郊祀之礼时，即"多举司马相如等数十人造为诗赋……作十九章之歌"（《史记·乐书》说是"以骚体制歌"）。据《乐府诗集·鼓吹曲辞》引崔豹《古今注》，伯常子妻曾作有《钓竿》歌，"后司马相如作《钓竿诗》，遂传为乐曲"。① 《汉书·艺文志》"诗赋略"著录28家"歌诗"，其中新造歌诗有8种，即《高祖歌诗》二篇、《泰一杂甘泉寿宫歌诗》十四篇、《宗庙歌诗》五篇、《汉兴以来兵所诛灭歌诗》十四篇、《出行巡狩及游歌诗》十篇、《临江王及愁思节士歌诗》四篇、《李夫人及幸贵人歌诗》三篇、《诏赐中山靖王子哙及孺子妾冰未央材人歌诗》四篇。这些作品是不是有"乖调"的问题呢？自然是有的，所谓"陈思称李延年闲于增损古辞"，证明曹植已经注意到历史上的"乖调"问题并且掌握了消除"乖调"的办法。从另一面看，这句话意味着，只要乐人善于"增损"，"乖调"就不是问题。总之可以肯定，新一代乐府诗的产生，不是因为"乖调"，而是因为优秀作家在接触乐府歌辞的过程中，被唤起了创造的热情。这种热情具有普遍性。《宋书·乐志》说：魏明帝时王肃曾"私造宗庙诗颂十二篇，不被哥"。② 这说明，第二代乐府诗的出现，是必然的。

　　事实上，"乖调"这个概念，从它被提出的那天起，就缺少认真的分析。一方面，它好像是用来批评不懂音乐的文人

---

① 郭茂倩编《乐府诗集》，中华书局，1979年，第384页。
② 沈约《宋书》，中华书局，1974年，第538页。

的——指文人作品违反音乐的要求。这样就有三个问题：第
一，它批评的作家是不是真的不懂音乐呢？不一定，比如曹
植。第二，它是不是适用于所有写作乐府诗的文人呢？不是，
因为在汉魏之时，乐府是御用机构，乐府诗写作本质上是帝王
和近臣的事业。大部分作品不具备表演条件，因而不存在"乖
调"问题。第三，民间作品会不会有"乖调"的问题呢？显然
有，比如汉代民歌或古诗，在进入宫廷成为乐府歌辞的时候，
往往要作很大改动。其中必定有声辞关系的原因。也就是说，
民间歌辞也可能"乖调"。另一方面，这个概念又好像是指歌
辞违反曲调的逻辑。那么，声与辞相配，所要尊重的只是曲调
逻辑吗？不是的。当乐工为那些"徒歌"作品"被之管弦"的
时候，他们最要注意的是用曲调来适应歌辞——至少要协调声
与辞两方面。这种协调事实上是贯彻歌曲创作的全过程的，比
如《相和歌辞》中"晋乐所奏"的那些作品，往往对"本辞"
作了增删或文字上的修改，这就意味着，"本辞"也要同新乐
曲协调，或者说，不同时代有不同的"乖调"标准。

　　总之，"乖调"这个概念，很容易掩盖这样一个事实：摆
脱音乐限制，造就一种新诗体，是文人创作乐府诗的重要动
力。换言之，中国古代作家的文学创造，曾经是在音乐的激励
下进行的；通过同音乐的相互作用，文学才完成了它的独立。
只有通过《乐府诗集》，我们才能看清楚这个事实。

<h2 style="text-align:center">三</h2>

　　我读《唐代乐府诗体研究》一书的时候，感触很多。曾经

想把心得体会一一写下来，比如结合田野工作的经验，再讨论一下"拟效""表演程式""修辞程式""歌辞造型"等问题；但可惜，一旦动笔，时间就不够了。于是选了两个容易被《乐府诗集》研究者忽略或误解的问题——"入乐"的音乐史背景问题和"乖调"概念的合理性问题——来作讨论。我的意见不一定对，但愿能以此作为例证，说明本书为了抵达对象本质，提出了许多好问题。这些问题有助于考察音乐与文学关系的复杂性，推动对声辞结合方式的全面探索——有助于发掘乐府诗所特有的价值。

我曾经问王立增：你这部书稿，主要缺点是什么呢？他回答说，主要有三个问题：第一，没有把"准歌辞""拟歌辞"的概念贯穿到底，比如第五章描述唐代乐府诗体发展史时，仍然采用传统的研究方法，也就是艺术分析的方法。第二，对于唐代文人在歌辞向拟歌辞转变过程中做出的探索和贡献，揭示不够。第三，引用材料过多，阐述不够深入，说理不够透彻。他这样回答，说明他认识到了《乐府诗集》研究、唐代乐府诗研究在方法论上的核心要求。

不过，从学术思路角度看，本书仍然有以下积极意义：

第一，提示文学形态的丰富性。比如本书在"入乐"的名义下，不仅讨论了徒诗和歌辞，而且讨论了"咏言"，亦即吟诵。在第三章，本书提出一个疑问：为什么初唐诗的律化最先在乐府诗中实现？于是引出另外两个问题：诗律与旋律的关系问题，诗律与声音的关系问题。既然诗的律化与唱和风尚有关；既然唱和活动中的模仿，所针对的声律是吟诵的声律；既然律诗使用严整统一的格式，这种格式并不利于多样化的配乐歌唱；那么，文学史研究就应该在歌唱之外关注吟诵，关注吟诵对于建立新诗体的作用。或者说，乐府诗的三种存在方式——诗的方式、歌的方式、吟诵的方式——都应该进入文学研究的视野。又如在第三章第六节，本书提出"歌辞造型"概念，指出在诗的形态与歌的形态之间，还有一种中间形态，亦即因歌唱期待性而形成的拟歌辞或准歌辞形态。这样就指出了另一种三分结构：如果说诗、歌、吟诵的三分是以载体为切面的三分，那么，诗、歌、拟歌辞的三分则是以功能为切面的三分。

第二，提出新的文学史书写的模式，即中国音乐文学史的模式，或雅俗文学互动史的模式。这一模式不仅要考察文学与音乐（或其他口头方式）相结合的过程，而且要考察文学与音乐（或其他口头方式）相疏离的过程。本书在《学术意义与研究思路》一节指出：《乐府诗集》表现了这一模式的可行性。它在每一个题目下依次排列古辞、乐奏辞、拟歌辞等文学作品，所体现的正是文学与音乐相依存、相磨合、相脱离的过程。这就是说，在《乐府诗集》内部暗藏了理解乐府诗的方法。另外，如果把古代文学一分为二，分成作家文学、民间文学两个世界，那么，我们也可以通过这两个世界的相互作用来理解文学史。比如本书专章讨论的"拟效"，究其实质，可以理解为书面文学习惯对口头文学习惯的吸纳。清人《纫斋诗谈》所谓"令音调节奏用古人之遗法"，从实践看，是从诉诸"眼"转变为诉诸"耳"——模仿乐府古辞的结构方式（分"解"，多回环）、表演套式（开篇呼题，结尾祈福）、修辞方式（使用表声字、和送声、顶针续麻手法、对话体和问答体）等口语模式。这和魏晋六朝出现的另一种思潮是正相反对的。后者见于《文选序》，云："若其赞论之综缉辞采，序述之错比文华，事出于沉思，义归乎翰藻，故与夫篇什，杂而集之。"① 意思是要把"沉思""翰藻"当作选文的标准。那么，所谓事不出于沉思、义不归乎翰藻，针对的是哪一种文学呢？其实就是口头文学。口头文学即兴产出，自然不容沉思；口头文学追求妇幼能解，自然不能讲翰藻。这和乐府诗所代表的思潮恰好形成对比。曹道衡先生写过《从乐府诗的选录看〈文选〉》《论〈文选〉中乐府诗的几个问题》等文章，谈到两者之间的差别。现在我们知道，在这些差别现象背后，是口头文学、书面文学两种文学传统的对立。实际上，中国文学史的发展，便是由这两种传统的相互作用来推动的。

第三，把诗体学引入较深的层次。本书关注了几种诗体：一是"诗之一体"的"体"，指的是乐府诗所特具的体性、风格，为全部乐府诗所共有；二是"乐府俱备诸体"的"体"，指的是乐府诗所采用的篇章体制，为某一类乐府诗与相应的普通诗歌所共有；三是"单篇成体"的"体"，指通过模拟形成的写作范式，为某个小类的乐府诗共有。三者有共同点，即表现为某种有独特性的语言形式。但其间有差异，即分别代表对于文学现象的一种观察。本书对作为"诗之一体"的乐府体作了较精细的考察——首先讨论乐府体这一概念之成立的缘由，其次讨论乐府之成为"诗之一体"的过程，再次讨论乐府诗体之体性内涵——由此而建立了关于乐府诗，关于唐代诗人如何将音律之事变为吟咏之事的系统认识；但它并没有忽略另外两

---

① 萧统编、李善等注《六臣注文选》，中华书局，1987年，第4页。

种诗体。比如，本书提出"亚诗体"概念，在这一概念下讨论"行"诗、"篇"诗、"歌"诗、"曲"诗、"乐"诗、"操"诗、"引"诗、"谣"诗、"吟"诗、"叹"诗等等，这样就等于讨论了各种篇章体制的由来，讨论了这些诗体的音乐的或口语的底层，以及它们的文本化。又如，本书在"拟效"的名义下讨论如何拟写本事、如何拟写题意，讨论题材的继承与体式的套用，进而以《巫山高》《出塞》《燕歌行》为个案讨论母题范式、意象范式和歌辞造型范式的建立，其效用，也就等于阐述了第三种文体的形成机制。

总之，本书的论证，尽管有不甚中肯或不甚透彻的地方，但它的启发意义却是明显的。首先，我们可以重新思考形式和风格的关系问题——本书指出，乐府诗人一代一代的努力，就是在寻找建立理想风格的形式手段。其次，我们可以重新思考乐府诗的拟效边界问题——从本书列举的资料看，乐府诗人的创作毕竟不同于他们的拟效对象，一旦作品离开音乐和歌唱，它便进入另一个社会系统，即书本经验系统；运用意象，运用典故，运用母题，都要面向具备另一种知识经验的阅读者。再次，我们可以重新思考文体成立的缘由——书中展示了许多文体建设的方式，包括通过"因其声而作歌"的途径而成体，通过"拟之而为式"的途径而成体，经由口传到书面的转化而成体，因集体经验的文本化而成体……这样一来，文学研究者在纸面上思考文体问题的习惯就被打破了，声辞关系成为诗体研究的新的焦点；曲调规范、表演程序、歌唱套式、修辞手法、唱和风尚等等，都成为诗体研究的重要项目。

四

关于《唐代乐府诗体研究》一书，我还有一个看法：它的产生并不是偶然的。这一方面由于作者重视学习和思考；另一方面，因为最近几十年学术有了长足的进步。本书因而有一个大的背景，即由于罗根泽、萧涤非、余冠英、王运熙、松浦友久、松原朗等前辈学者的倡导和示范，乐府学逐渐成为中国文史研究的热点，成果很多，可资参考；同时还有一个小的背景，那就是 2002 年，当作者在扬州大学进入本项研究的时候，他身边恰好出现了几篇博士学位论文，可资借鉴。这些论文是：许继起《秦汉乐府制度研究》、孙尚勇《乐府史研究》、喻意志《〈乐府诗集〉成书研究》、尚丽新《〈乐府诗集〉的刊刻和流传》、崔炼农《汉魏六朝辞乐关系研究》。这些论文的作者在方法上、学术目标上有相近的追求。

许继起的《秦汉乐府制度研究》是一篇偏史学的论文。它重点考察秦汉礼乐建设的历史，亦即考察乐府文学在其发生时期的载体与环境。全文大致沿七条线索展开：一是从秦乐府的职官制度来看汉代礼乐建设的资源；二是从西汉乐府的建置来看武帝"立乐府"的历史意义；三是从汉代采诗之官的采诗实践来看乐府的功能；四是从掖庭女乐和贵族阶层的蓄妓之风来看相和歌、清商三调曲的形成；五是从哀帝罢乐府来看西汉乐工的来源、结构和西汉乐府的音乐品类；六是从东汉时期的"汉乐四品"来看乐府文学分类观念的原理；七是综合论述乐府制度，考察与之相关的音乐文学问题。从方法上看，有三个特点：其一重视出土文献与文物，其二重视探讨音乐文学现象的物质条件和制度原因，其三重视考察作为研究对象的人和事的地域性。

孙尚勇的《乐府史研究》是若干篇专题论文的组合。它涉及四方面专题：关于音乐史，有对乐府建置、黄门鼓吹、相和歌、横吹曲的考证；关于文学史，有对建安诗歌、东晋相和题乐府诗、玄言诗、吴歌《六变》的论述；关于文献学，有对《宋书·乐志》《乐府古题要解》以及两种点校本《乐府诗集》的考辨；关于学术史，则有《20世纪乐府研究述论》。所以在后来，这篇论文以《乐府文学文献研究》的名义出版。在学术方法上，它也有两个特点：一是注意通过学科交叉和事物比较来阐明关系，比如《建安诗歌与乐府关系新论》通过文学与音乐的比较来看关系，《东晋相和题乐府诗的音乐文化背景》通过文学事物与历史背景的比较来看关系。二是善用逆向思维，比如关于音乐与文学的关系，不仅从积极方面看，而且从消极方面看，于是指出：乐工的增损，可能造成对作品内在结构的破坏；当作家遵循音乐要求来调整自己的创作之时，作品可能会违反文学的艺术要求。

喻意志的《〈乐府诗集〉成书研究》是一篇技术性较强的论文，采用目录调查、版本利用、典籍校勘、统计分析等方法写成。它从编纂背景、资料来源两方面对《乐府诗集》的成书过程进行了探讨。在编纂背景部分，考定作者郭茂倩生于仁宗庆历六年左右，《乐府诗集》成书于北宋后期，现存最早的刊本刻于北宋末而最终印成于南宋初，《乐府诗集》题解的素材主要来源于音乐类和正史类典籍。在资料来源部分，考定《乐府诗集》小注大多取自其他文献所标之异文，音乐文献多取材于当代乐志和乐类典籍，文学文献多取材于别集。在总结全文的基础上，探讨了《乐府诗集》的编纂体例及其分类，认为郭茂倩对乐府诗的分类编排有三重标准：一为历史标准，即大致依乐府歌辞产生的先后顺序进行编排；二为礼仪标准，即在前一标准的制约下，依仪式性由强到弱的顺序加以编排；三为音乐标准，即在前两重标准的制约下，依音乐性由强到弱的顺序加以编排。

尚丽新的《〈乐府诗集〉的刊刻和流传》，后来用《〈乐府诗集〉版本研究》的书名出版。这两个名称，分别代表本文的一个重点。前一个重点是版本研究：分别对《乐府诗集》的宋本、元本、汲古阁本和校本做专门研究，理清《乐府诗集》的版本源流和版本系统。这项工作有一个实践意义，即指导校勘——通过版本比较揭示《乐府诗集》校勘特有的问题，提出校勘的指导思想并拟定校勘凡例。后一个重点是考察《乐府诗集》的流传和影响：依据"从文学的物质形态来研究文学的传播"这一思路，通过描述《乐府诗集》从编撰、刊行到流传的全部过程，论证刊刻这种物质因素所起的作用。作为一篇版本学论文，此文不仅考订细致，而且具有较鲜明的思想倾向。

崔炼农《汉魏六朝辞乐关系研究》的特点是注意把文献疏证、文本校勘、事源考证、课题研究融为一体。它的论述线索大略有九条：一是从官私目录、先秦文献、正史乐志、歌辞集录、乐谱遗存等五个方面清理先唐歌辞记录，探讨记录方式以及声辞、叠句、套用格式等修辞形式在乐府辞乐关系研究中的意义；二是对乐府配乐歌辞与拟作进行文本比较，探讨二者关系及其对古代文学拟袭传统的影响；三是通过对《乐府诗集》所载乐奏辞、本辞的文献考订，讨论乐府曲的结构；四是以乐府古辞《巾舞歌诗》为例，探讨"声辞杂写"问题；五是以三句体歌辞和顶真式叠句为例，讨论歌辞的辞、乐关系，特别是歌辞章句格式与音乐表演程序之间的对应关系；六是考订关于"新声变曲"的文献记录，讨论谣歌成曲、和送声衍化成整曲、单曲成套曲、宫廷乐曲改制等问题，总结歌曲演变的规律；七是探讨和、送声的辞乐配合及其与正曲的关系；八是讨论"相和""歌弦"等唱奏方式及其本质；九是考察文人拟作的历史进程，提出：对乐府歌辞的模仿经历了由重内容向重形式的转变，文人交游与唱和活动促进了依歌辞格式填辞的创作方式的发展。

　　以上这些论文的作者，在进入课题之前，花了很长时间来进行文献考据学的训练，所以有比较扎实的资料基础。他们按自己的学术个性进行分工，然后相互配合，于是初步建立起一个理论系统。这两种作风都对本书作者王立增产生了影响：他也做了大量准备工作，包括竭泽而渔式地汇编资料，并按年代先后、题目类型、模拟方式、篇章体制、题材内容、文集归属等事项对全部唐乐府诗进行统计分析。他的研究工作正好位于这个研究系统的总结部分，因而也关照了多方面问题，尝试了多种研究思路。正如本书《后记》所说的那样："孙尚勇师兄对乐府诗史的梳理、崔炼农师兄对乐府诗模仿格式的分析、许继起师兄对乐府制度的考察、尚丽新师姐提出的'拟歌辞'概念，喻意志师姐对乐府典籍的整理等，都影响并启迪了我的论文写作。"这里说的"拟歌辞"概念，乃见于尚丽新《论新乐府的界定》一文①，文中讨论了歌行与新题乐府何以区分的问题，认为新乐府的实质是拟歌辞。喻意志整理乐府典籍的成果，除见于博士学位论文外，还见于《唐宋乐府解题类典籍考辨》《〈歌录〉考》《宋人对乐府诗所作的总结》等论文②。而崔炼农《汉魏六朝乐府辞乐关系研究》对本书的影响，举其荦荦大者，则有以下三项：（一）崔文专列一章，探讨《乐府诗集》中配乐歌辞与拟作之间的关系，通过文本比对总结出部分乐府诗的模仿规则，提出"拟袭传统"一说。本书在此基础上，进一步从拟效角度研究了乐府诗的发展史。（二）崔文对乐府诗拟作史作了阶段性划分，即分为"魏晋勃兴，梁陈大弘，唐代转型"三阶段，并从模仿技巧角度概括了三个阶段的特点。本书则把这三者概括为"无意识拟效"阶段、"有意识拟效"阶段、"创造性拟效"阶段，着重论述了乐府诗程式在这三个阶段的形成和发展。（三）崔文对乐府诗的模仿格式做了很多分析，例如对"和送声""三句体""顶真式叠句"等等进行过探讨。本书吸收其成果，将模仿格式分为篇章程式、表演程式和修辞程式，重新作了论述。总之，在新旧世纪之交，几位年轻的学人聚集在扬州，以《乐府诗集》为主要对象，对乐府史这个中国文学和音乐学的重要领域作了一次深耕，推进了关于中国文学与音乐之关系的研究。本书是其中最年轻的一项成果。

---

① 尚丽新《论新乐府的界定》，《云南艺术学院学报》2003 年第 1 期。
② 喻意志《唐宋乐府解题类典籍考辨》，《音乐研究》2011 年第 2 期；《〈歌录〉考》，《天津音乐学院学报》2004 年第 2 期；《宋人对乐府诗所作的总结》，《天津音乐学院学报》2009 年第 4 期。

　　时间过得很快。从我跟随王运熙教授、任中敏教授求学，进入乐府文学研究、敦煌文学研究的时候算起，已经快有四十年了。从我关注汉民族文学与周边文化的关系，尝试进行外族文学调查的时候算起，也有将近三十年。而在最近二十年，我又花了很多时间来考察中国周边地区的汉文献，特别是日本和朝鲜半岛的音乐文献。如果说这是三个阶段，那么，我所经历的，就分别是走出古典文学、走出内地汉文学、走出中国文学的过程。我的体会是，站在后来那个阶段，能够把前面的事情看得更清楚一些。

　　正因为这样，我对以上几位博士的乐府和乐府文学研究，有较高的评价。因为他们以《乐府诗集》的立场为立场，从原始材料出发，关注音乐与文学等事物的关系，持有立体的眼光，因而把事情看得更加全面深入一些。这样做，或有助于回答学界正在讨论的"文学究竟怎么研究""什么叫回归文学本体""文学性的研究还是不是我们古代文学研究中的核心"等问题。从《乐府诗集》研究的实践看，如何进行文学研究，这是"做"的问题，而不是"说"的问题，每人都会按自己的兴趣才性进行选择，其实不必讨论。中国文学有很多侧面，研究者在实践中，必定会关注某个侧面，因而关注相对应的本体。也就是说，作为学术对象的中国文学并没有一个固定的本体，比如敦煌文学研究者面对的本体、燕行录研究者面对的本体必不同于诗词流派研究者心目中的本体。古来的文学研究也有多种传统：既有用"体悟解读"的方法或曰价值评估的方法来研究古典的、作家的、书面的文学的传统，恰如许多诗话所表现的那样；也有讲求文学现象之原因原理的传统——比如有以历史人物为主要对象，重视背景比较的"知人论世"传统；有以作品为主要对象，重视文献考据的"因书究学"传统；有以创作过程、接受过程为主要对象，重视文章机理的《文心雕龙》传统；等等。从这个角度看，《乐府诗集》何尝不是一种学术传统的代表呢？此书结构表明：它是通过音乐的分类来展示文学关系的，是通过歌辞与拟作的比较来显示创作过程的，是通过考究本事来说明诗体形成的道理的。它提供的学术视野，它对古代文学研究者、古代音乐研究者的启示，其实是其他文学典籍难以比拟的。能够亲近并理解《乐府诗集》，把它视作方法，正可以说是我们的幸运！

是为序。

写于 2020 年 4 月 4 日。拟刊于王立增《唐代乐府诗体研究》，北京大学出版社即将出版。

《游艺：清代琴乐文化生态系统研究》序

本书是吴安宇博士的学位论文，2011 年 5 月通过答辩，现在完成修订，交付出版。承安宇信任，我得以在付梓之前再次阅读书稿，重温本书的宏阔架构，也回想同它有关的往事。

我和安宇相识于 2007 年。那年她 29 岁，在湖南师范大学喻意志教授指导下，取得音乐学硕士学位；并由意志推荐，来扬州大学报考中国古代文学专业的博士生。她顺利通过了考试，又以上佳的表现获得面试老师的首肯。按照程序，我将成为她的指导教师。不过，她告诉我，她要放弃这个机会，改往北京，在中国艺术研究院就读音乐学专业。

以上这件事不免让我感到遗憾，但对安宇来说，却不能不说是一件好事。因为她可以走进一个更大的舞台；而且，她并不打算放弃同中国古代文学这个专业的联系。进京以后，她常常给我来信，讨论中国音乐史研究和琴史研究的问题。

2008 年，我在一所大学组建了一个以"古代汉文学的生存与传播"为名的学术团队；后来又联合两所大学的青年教师，对古代汉文学的生存问题、传播问题做了一些细节上的考察。安宇得到这些消息，敏锐地调整了自己的研究方向。当时我们的看法是：所谓"生存状态"，既包括作为仪式、作为聚会活动、作为宣传手段、作为广场艺术的生存，也包括这些生存所依赖的条件；所谓"传播方式"，既包括用为文学传播手段的吟诵、歌唱、说唱、铭刻、书写、印刷，也包括文学作品的编纂和著录。这些想法，也被安宇接受，用为博士学位论文工作的视野和动机。

这期间，安宇给我写了许多信，我一一作了回答。其中一封来信可以反映安宇的思考和选择。这封信写于 2009 年 2 月 3 日，如下：

王老师：您好！

上次您指点从"生存与传播"的视角研究清代琴人游走文化现象，至今已一月有余。您的启发非常及时。我感觉方向明确多了，这段时间收获不少。但随着学习的推进，又衍生出不少困惑来。例如：草草看去，琴谱中蕴藏的资料十分丰富，但真正实质性的、触及生存、经济来源等现实的材料却都被讳言，往往是一些大而化之的套话、官面话。该怎样去触及这个"真实"？如果大范围撒网，查清所有的地方志、笔记小说、日记尺牍语录、传记碑铭等等，做到竭泽而渔，1 年时间不够，恐怕 10 年也未必能穷尽。那么，在有限的时间里我该怎么办？

我想将重心放在清代存见的120余份琴谱上，通过对琴谱序跋和琴曲解题的解读，确定有价值的游走琴人，以及负载了丰富的传播信息的琴谱等，再以重要琴人为线索，追查下去，做到竭尽。所以我现在计划把其中重要的40份琴谱的序跋（近100篇）和琴曲解题进行输录、标点、校勘、注解。在这一过程中，关注三个点：

第一，琴谱的刊刻情况。琴谱的刊刻分三种：私刻，官刻，坊刻。其中大部分为官刻。追求官刻，这也许是琴人游走的动机之一。

第二，谱源及其传承，琴曲及其流传。

第三，琴人的流动、生存、交流等等信息。

序跋的校点工作非常复杂和庞大，我的进度也很慢。在做的时候也总是没由头的自我否定，觉得会荒废时日，毫无收获。所以，今天我恳请您把把脉，这份工作有无价值，帮我看清前方的路。非常感谢！

这封信的内涵比较丰富。从学术方法的角度看，有以下四点值得注意：

第一，尽管安宇重视理论，重视学术方法，但她更重视资料，重视学术实践。当她获得"生存与传播"这个视角以后，她迅速加强学习，投入艰苦的资料工作。她是一个善于行动的人。

第二，和以上一点相联系，她关注具有实践意义的真问题。比如她注意到琴谱资料具有两面性，历史"真实"是隐藏在官场话和套话之后的。又如她注意到"有涯"和"无涯"的矛盾——博士课程的时间是有限的，要阅读的资料、要解决的问题是无限的。记得我回信解答了她的一些疑惑：一方面告诉她学术工作是去粗取精、去伪存真的工作，要有大海捞针的思想准备；另一方面建议她采用滚雪球的办法，循主要线索去搜集资料，"即使做不到竭泽而渔，也争取不漏掉大鱼"。

第三，后来，她很好地解决了以上问题，主要方法是：在工作思路和资料之间不断调整，选择重点，注意典型，以带动全面。比如，她把重心放在清代存见的 120 余份琴谱之上，着力从琴谱序跋和琴曲解题中，寻找关于游走琴人和琴曲传播的信息。这样一来，她就做到了广度和深度的结合，在关键点上，通过"竭泽而渔"而取得真知。

第四，她用务实的态度进行各项工作。一方面，用抄录、标点、校勘、注释的方式细读资料；另一方面，重点考察琴谱刊刻、琴学传承、琴曲播散、琴人流动等四项活动。我曾向她介绍过自己的经验，也就是一种重视物质性的学术方法：通过物质来考察精神，通过形式来探究内容，通过行为来理解思想和言论。安宇对此一拍即合——她所关注的，正是那些具有思想史意义的物质和行为。

现在，当我重读安宇所著《游艺：清代琴乐文化生态系统研究》一书书稿的时候，我总是感到亲切，有所会心。比如书稿所附《明清五百年琴学大事年表》《明清琴谱琴著辑撰情况分析表》等表格，在我看来，它们便表现了安宇对学术工具的重视，也提示了她的阅读资料的范围。又如安宇说："当我翻阅了大量的琴谱序跋和前辈学者整理收集的材料后，便不由自主地被文献中频繁出现的'游''历''走''出游''从游'

'游幕''幕''馆于''设帐''访''寻'等等字眼吸引住。其中，仅《历代琴人传》收录的834位琴人中直接记载了80多位琴人琴家'游'之事迹，占总数的10%。当然，通过进一步资料核查发现，失载'游'事迹的琴人数量比重相当大。又及，从清代存见的135份琴谱琴著的序跋及琴曲解题来看，几乎每位谱主或其门人助手都有'游'的经历及与'游历'琴人交往的事迹，其至有多位琴家几乎一生都在'游'。"读这些话，我会想到：安宇之所以选择"游艺"作为清代琴乐文化生态研究的对象，其灵感，既可以说来自某个学术观念，更应该说缘于资料及其特性。

以上这段话，意思是：安宇是一个重视方法的人，理论意识和问题意识很强；但她并没有削足适履，而总是关注方法、理论、问题同资料的内在联系。关于这一点，可以举出以下几个例证。

例证之一是：在本书综述部分，她着重论述了琴史研究范式的转变；同时也提出这样一个问题：1949年前后，中国音乐本该从战地音乐转向和平音乐的发展道路，但这种转变并没有出现，反而在1978年以后出现了当代音乐发展史上的巨变，这是为什么？为了回答这个问题，她作了细致论证。她得出结论说：社会政治、经济未必直接作用于音乐艺术，而要通过时代精神、生产关系、传播体制、文化群体等中观事物发生这些作用。她的论证过程，就是理论、问题同资料相互作用的过程。

例证之二是：为了深入理解琴乐生存的环境，她提出了"空间"概念，认为这一概念是思维方式的逻辑表现。与此同时，她为理解这一概念设置了一个工具或视角，即游艺；又为分析这一概念提出了具体方法，即自然空间、历史空间、社会空间之三分。这样一来，她就通过考察"游艺于王公巨卿""游艺于官宦缙绅""游艺于蒙童女徒"等关于空间转换的资料，建立了历史和逻辑的一致。

例证之三是：书中的历史分期理论，是通过资料与资料的反复对比而建立的。安宇说到这件事。她说：为了准确表述这一历史分期理论，她曾三易其稿，经历了以下四个分析资料的步骤，即（一）集合同性质史料；（二）考察琴乐生存空间的"三变"；（三）分析琴乐的发展轨迹；（四）遴选可作为标准器的典型事件，例如清立国、乾隆五十二年（1785）的琴乐批判、鸦片战争爆发（1840年）等。

以上三个例证，其实是三个值得珍视的学术经验。如果用书中说过的话来表达，那就是：我们首先要关心"事实"，其次要关心"事实与事实之间"的事物联系，然后才能建立理论。这也就是说，研究者应该集中精力进行富于理论意义的考据工作。

时间过得快，一眨眼就到了2011年5月，到了"中国古琴艺术大展"学术交流会在成都召开的日子。这时我在四川师范大学工作，因而有机会和安宇第二次见面。5月31日，36岁的喻意志带了五名学生来参会，其中就有吴安宇。六个湖南女孩，在我的书房谈笑了大半天。意志告诉我：安宇已经完成博士学位论文，通过答辩，回母校参加工作了。安宇站在导师身后点点头，用流行话形容是"云淡风轻"。过了几天，6月7日，我在四川大学见到琴师成公亮先生。他也是来参加会议的，会后因四川大学古琴社的邀请特地留下来做讲座。他和我谈起古琴学术交流会，说：这次会议很成功，成功的主要标志是出现了一些高质量的论文。它们出自年轻学者之手，最有代表性的是一篇《清代琴人群体的社会构成与划分》。听到这话，我既高兴也有点吃惊，因为这话表现了古琴艺术界的学术追求，这是很难得的；而且我知道，成先生所说的"年轻学者"，指的就是那两个朴素的女孩——喻意志和吴安宇。

再后来，我了解到安宇博士学位论文答辩会的一些情况。我听说，评审委员主要提出了这样几条意见：（一）认为这篇论文从音乐经济学的视角，对《历代琴人传》清代部分记录的834位琴人和135份琴谱所承载的诸种事项进行多层次的综合研讨；并以"游艺现象"为主脉，厘定清代琴史之发展脉络：设计很合理。（二）论文最出彩的部分是对游艺现象的阶段性把握，对谋道与谋食的辨析，对游艺功能性与传播谱系的梳理，对清代"琴学乐律化"的理论阐释，以及关于"乾隆琴乐复古""江南二徐"与"八旬入幕"等个案的剖解。这些部分显现出作者的学术敏感性。（三）论文既体现了理论视野、学识基础、分析方法的结合，也在叙事过程中体现了点、线、面的结合，说明作者具有较强的学术能力。（四）如果说论文需要改进，那么可以考虑：如何把琴史发展的多元内容纳入"游艺"的理论框架，如何看待清代琴曲谱集的当代意义，如何把握琴这种乐器的文化属性。总之，论文引起研究者的兴趣，得到了很高的评价。

以上这件事，同样让我感到惊喜。为此，我愿意借这篇序文向安宇表示祝贺，并对答辩委员的评价作一点补充。我认为，这些评价是很准确的，但本书的成功，也不妨看作跨学科学习和实践的成功。因为在安宇的论文中，音乐学的资料和问题，同来自中国文史专业的学术经验，得到了很好的结合。这并不是说我对作者产生了多大的影响，相反，是说安宇用她的实践让我们懂得了行胜于言的道理——因为在我、在其他文学研究者所进行的"古代汉文学的生存与传播"研究中，其实还很少有《游艺：清代琴乐文化生态系统研究》这样的成果。这印证了《尚书·说命》的一句话："非知之艰，行之惟艰。"据汉代孔安国的解释，这是说"知之易，行之难"。事实上，这也就是我们平时所说的"不要眼高手低"。这句话，值得我和安宇继续共勉。

写于 2018 年 3 月 21 日。原载吴安宇《游艺：清代琴乐文化生态系统研究》，重庆人民出版社，2020 年 5 月出版。

道业编

任中敏先生文集序

本书是任中敏先生学术著述的总集。

先生名讷，字中敏，江苏扬州人。早年治北曲和北宋词，故自号"二北"；晚年从事唐代文艺研究，故又号"半塘"。他出生于1897年，即戊戌变法的前一年；辞世于1991年12月，即苏联解体的同一个月：享寿九十五年。他一生经历了很多历史事件，其中关系最直接的有五四运动、抗日战争、社会主义改造和"文革"。先生一直以最积极的态度应对复杂多变的社会环境，所以在九十五年间，不仅有过像普通人一样的生存经验，而且有过作为社会活动家、教育家、学者的生存经历。本文集正是对于他的学术人生的记录。

先生最重要的学术业绩是创立了散曲学和唐代文艺学。本文集围绕这两个中心而编成，可分为四个部分：

第一部分散曲研究，包括《散曲丛刊》《新曲苑》两部丛书以及《散曲之研究》《曲录补正》《词曲合并研究》《词曲通义》等单篇论述的合集。这些著作有两大内容：一是把古典文献学的目录、版本、校勘、辑佚、辨伪之法同词曲学的曲调、韵律、题目、体例研究结合起来，对元、明、清三代的散曲创作和评论做了系统总结；二是在和词体相比较的基础上，考订了散曲的名称、体段、用调、作法、内容、派别，亦即确认了散曲在文体、风格、功能上的特征。这两项工作，建立了散曲学的文献基础，厘定了散曲学的术语体系，构筑了散曲学的基本框架，从而结束了散曲与戏曲混沌不分的局面，标志着近代散曲学的成立。

第二部分敦煌歌辞研究，包括《敦煌曲校录》《敦煌曲初探》《敦煌歌辞总编》等著作。这些著作始于对《云谣集杂曲子》的著录与考订，扩大至于对全部敦煌曲子辞的整理与研究，最后成为关于"在敦煌发现的、一切有音乐性的歌辞写本"的研究集成。《敦煌曲校录》《敦煌曲初探》完成了前两步，其特点是针对五百四十多首敦煌曲子辞，把校订考释与理论研究分别为两书；《敦煌歌辞总编》完成了第三步，其特点是收录作品一千三百多首，"合歌辞与理论为一编"。所谓"理论"，有一个重要项目是辨体，亦即把敦煌歌辞分别归入只曲、普通联章、重句联章、定格联章、长篇定格联章等体裁。经过这项工作，先生不仅提供了一批翔实可靠的音乐文学资料，而且提供了一个结构清晰的学术系统。

第三部分唐代戏剧研究，包括《唐戏弄》《优语集》以及《唐戏述要》《戏曲、戏弄与戏象》《驳我国戏剧出于傀儡戏、影戏说》《萧衍、李白〈上云乐〉的体和用》《对王国维戏剧理论的简评》等一批论文。其中《优语集》从表演者及其言论的角度，对中国几千年戏剧史作了资料展示；《唐戏弄》则用细致的论证，显示了唐戏在脚本、戏台、音乐、化妆、服饰、道具等方面的特征，为建立一部以演员和表演为中心的中国戏剧史作了断代示范。在先生的著作中，影响最大的也许就是这部《唐戏弄》。它打破"无剧本便无戏剧"的狭窄戏剧观，重新确认了戏剧的本质；它冲击以戏曲代替戏剧的旧习惯，既展示了戏剧形态的多样性，也提升了戏剧研究的资料质量。中国的戏剧研究从此开了新途，从以文学为中心转变为以表演为中心，从一元的进化研究转变为多元的形态比较，视角和视野都有了很大改变。

第四部分唐声诗研究，包括《唐声诗》一书，也包括作为资料准备的《教坊记笺订》和作为理论准备的一系列词学论文。《教坊记笺订》有两个重点：其一考订唐玄宗时期的教坊制度和人物事迹，其二考订当时教坊所保存的 46 支大曲和 278 支普通曲子。后一内容，正好为《唐声诗》研究提供了资料基础和认识基础。《唐声诗》是以配合燕乐曲调的齐言诗为研究对象的。其操作方法是：先辑成唐代齐言歌辞约两千首，从中提出曲调百余名；次以相关记载排比沟通，建立理论；再据此理论重审各曲，著录一百五十余调、一百九十余体；最后从以上三者之间抉剔矛盾，相互改正，完成全书。在这项工作中，燕乐曲调既是理论与资料之间的交叉点，也是把握音乐与文学之关系的枢纽。以燕乐曲调为纲领，既可以观察诗与乐的多种形式的关联，又可以观察决定歌辞体式的音乐因素和表演方式因素。通过这种深入观察，先生把词调形成这一学术争议问题提升为对中古音乐文学的全面探讨。

总之，以上四方面工作，都具有建设学术方向、转变学术风气的意义。

先生的学术生涯起始于 1918 年。此年他进入北京大学国文系，师从瞿安（吴梅）教授研治词曲。1922 年毕业以后，他利用瞿安教授奢摩他室和南京江南图书馆的藏书，搜集了大批散曲资料。1926 年至 1931 年，他在教学之余，向学术界贡献出《新曲苑》《散曲丛刊》《词曲通义》《曲谐》《词学研究法》等一批重要著作。这时他只有 34 岁，但他的学术生涯却形成第一个高峰，彰显出重视实证、富于批判精神的个性。其具体表现则是重视原本不上大雅之堂的表演性文学，因而重视文学在社会生活中的多样存在。这种个性事实上贯穿了他的一生。1950 年前后，他离开经营多年的汉民中学，在四川大学回归学术。对于他的教育救国之理想来说，这也许是一个退求其次的选择；但他的学术个性却因此而得以充分发扬。1951 年，他从词学进入敦煌学，后来又把敦煌曲子辞研究扩展为敦煌歌辞研究，事实上，这便是把面向作家文学（词）的研究扩展为面向社会各阶层之文艺的研究。1955 年以后，他在好几项工作上对王国维先生做了纠补，例如继《优语录》之后编成《优语集》，变《宋元戏曲考》的戏曲研究而为《唐戏弄》的戏剧研究。表面上看，这些工作的意义是资料范围的扩大，而究其实质，却是艺术观念的改变。比如，在《宋元戏曲考》那里，衡量戏剧的标准是从宋元南戏、明清传奇到京昆剧的主流戏曲系统，也就是同文人雅士生活相联系的表演艺术；而《唐戏弄》却更关注民众生活中的艺术。依据这一观念，先生提出了周有戏礼、汉有戏象、唐有戏弄、宋元有戏曲的主张。这个主张意味着，中国戏剧史实即若干戏剧形态相更迭的历史；不同形态的戏剧有不同的社会功能，但它们具有同等的学术价值。

在近代中国，先生代表了一种不多见的人物类型。他曾经长期从事政治活动和教育活动，但学术却成为他实现生命意义的最好方式。他到五十五岁才正式选定作为学者的道路，但他由此改写了学术史上的某种记录：让写作高峰出现在花甲之年，并使学术创造力延续到九十高龄。他一贯以独立特行者的面貌出现在学术舞台之上，研究作风和任何人都不相同。他全力以赴从事资料工作，却使这种零度风格的工作充满热情，成为富于理论意义和人格力量的工作。他很少参加学术活动，一生都以边缘人的身份"闭门造车"，而这种情况却恰好成就了他的学术个性。作为一个成功的学者，在他身上似乎隐藏了一些特殊的秘密。

秘密应当在于：他是把学术当作一种生存方式来看待的。他始终以奋发的态度进行学术工作，学术是他陈述生命的语言。如果说，真正的学者总是具有同学术合一的倾向，那么，我们可以用"不平则鸣""激愤出诗人"的比喻，来解释他投身学术活动的动力。

1919 年，他曾携带"五四"的风烈南下扬州，在二十四桥张贴了一批激扬的文字。这一姿态，也就是他走上学术舞台的姿态。他把这一姿态保持到教育活动中；而当他的教育事业夭折之时，他又在全部研究工作中刻下了作为批判者的印记。他怀疑圣人和经典，于是瞩目于通俗文学。他崇尚"蒸不烂、煮不熟、捶不扁、炒不爆、响当当"的铜豌豆性格，于是弘扬具有豪放本色的北宋词和元代北曲。他偏爱不入大雅之堂的文学，于是以极大热情投入对这种文学作品的整理——早年是《一半儿》，晚年是敦煌曲子辞。他的目光不断被具有平民色彩的事物吸引，于是越来越深地进入那些发生状态的文体和文学现象。他轻视正统和权威：面对戏曲和戏曲研究的贵族化倾向，他提出饱含民间色彩的"戏弄"概念；面对词学研究中的正变尊卑观念和因之固定下来的"诗变而为词"的成见，他提出"唐代无词"的主张和"曲—词—曲"的文体演进线索。他的工作不免有某种主观性，但幸运的是，他所信奉的批判精神，作为二十世纪中国学术的宝贵建树，天生地包含了某种科学倾向。所以他总是能够敏锐地认识对象的本质，找到最具前途的学术课题。此外，他始终不渝地倡导严正的争鸣。他和几位亲密朋友的往来书信，均贯穿了激烈的学术争论。他一生只具体地指导过一篇学位论文，他的指导意见也可以概括为简单的两句话："要敢于争鸣——枪对枪，刀对刀，两刀相撞，铿然有声。""震撼读者的意志和心灵！"

事实上，先生的批判精神或反传统精神不仅使他比同代人更加接近科学，而且，也使他更顽强地战胜了逆境。二十世纪五十年代以后，学术成了他砥砺意志、张扬个性的手段。他的生活轨迹表明：环境越是恶劣，他越能成功自己的学术。二十世纪六十年代中期，作为一个政治身份晦暗的古稀老人，他曾就敦煌曲子辞的校勘问题和创作年代问题，发起一场有台湾潘重规、香港饶宗颐、日本波多野太郎等知名学者参加的国际大讨论。这一事件，可以看作他对于当时环境的特殊反应方式。同样，他也向自己所面临的种种极限反复提出挑战：总是按大禹治水的方式设计学术工作，在所研究的每一个课题范围内，细大不捐地梳理全部问题；总是用竭泽而渔的方式搜集资料，上穷碧落下黄泉，不放过有关研究对象的蛛丝马迹。他的学术具有坚实而强健的品格。

面对先生的学术业绩，我们不免会去思考研究方法的意义。我们发现，方法其实是联系研究者和研究对象的媒介，是研究者的精神个性同作为研究对象的资料品性的相互适合。先生的研究方法，也明显表现了受制于个性与资料品性的特点。学术个性使他进入了一系列处女地，这样一来，他势必以最大力量来进行资料建设，采用资料工作与理论工作并举的研究方法。他所处理的资料往往是非经典的资料，这样一来，他势必从文化角度或伎艺角度认识文学，采用社会史的研究方法。以文本为中心的文学研究一旦让位给以事物关系为中心的文学研究，他又自然要把以书籍为单位或以作品类别为单位的文献整理，转变成以课题和问题为单位的文献考订与理论总结。此外，课题和价值观的更新，使他在敦煌歌辞校勘等工作中，采用了勇于按断的治学方式。人们往往依照文献学的常规对这一方式加以批评，却没有想到，它同样有研究个性与资料品性方面的缘由。——敦煌歌辞资料其实不是"典籍"资料，而是"文书"资料。它多为孤本，往往残缺，且由于经过口头流传以及由民间书手誊写等原因，有大量不易死校的讹字异体。为了取得一份可读的文本，难免要根据讹别规律、名物制度、通假字音变的时代特点等知识，作较为大胆的"理校"。这也就是清代校勘家所说的"考异"。这件事说明，先生工作中的种种不圆满，是应当从积极角度来理解的。因为它可能不属于旧的学术范式，而包含某种前指意味，需要后续的开拓。

由于以上理由，今把先生的学术著述整理出版。除本文集副主编陈文和教授以外，其他整理者都是先生的弟子门生。其分工如下：

喻意志、吴安宇：整理《教坊记笺订》；

杨晓霭：整理《唐戏弄》；

金溪：整理《散曲研究》；

曹明升：整理《散曲丛刊》；

许建中、陈文和：整理《新曲苑》；

王福利：整理《优语集》；

张之为、戴伟华：整理《唐声诗》；

樊昕、王立增：整理《唐艺研究》；

何剑平、张长彬：整理《敦煌歌辞总编》；

张长彬：整理《敦煌曲研究》；

李飞跃：整理《词学研究》；

伍三土：整理《名家散曲》。

另外，本文集所用照片由邓杰教授提供。

写于 2013 年 3 月 20 日。原载《任中敏文集》，凤凰出版社，2013 年。

《扬州大学中国文化研究所集刊》发刊词

扬州大学中国文化研究所是中国古代文学专业博士点的工作基地，成立于1994年。经三年发展，今已达到3名教师、11名在校研究生的规模。它以传送学术薪火为职责，有志于继承乾嘉以来扬州学者实事求是、视野宏通的优秀传统，努力建设一种具有科学精神和开放姿态的学术风格。其具体路线是：以中国各民族的文学艺术现象为研究对象，而不囿于单一民族的作家文学研究；通过比较和分析来探求事物的原因和原理，而不是简单的现象描述和价值评判；综合使用考据学、考古学、民俗学的资料与方法，而不是平面的文献研究。为便于总结和交流，兹特创立《扬州大学中国文化研究所集刊》。

除《任中敏先生年表》以外，本辑《集刊》特地安排了《蒙古族额鲁特部民歌特征的鉴别与解释》《从现存版籍看明代市民文学的发生与发展》等5篇研究生的作品。我们想借此表明本刊发刊的另一重意义：1997 年，是博士点首任指导教师任中敏先生诞辰之百年。我们愿以此刊，向这位先驱和奠基者献上一份永久的纪念！

原载《扬州大学中国文化研究所集刊》创刊号，江苏古籍出版社，1998 年。

附论文目录：

王小盾：诗六义原始

饶龙隼：《书》考原

郑张尚芳："蛮""夷""戎""狄"语源考

陈文和：钱大昕著述考

胡忌：扬州瘦马考述

韦明铧：扬帮论略

赵塔里木：蒙古族额鲁特部民歌特征的鉴别与解释

王永平：汉晋之际南方土著士人与侨寓士人的冲突与合流

叶昶：宋代话本小说及其存在条件

方志远：从现存版籍看明前期市民文学的发生与发展

傅修延：文学的层面、单元与比较

蒲立本：上古时代的华夏人和邻族

马克梦：十九世纪西方人眼中的中国

邓杰：任中敏先生年表

《中国历代乐论》总序

本书是关于中国古代、近代音乐的大型资料选编。它有两个编辑宗旨：一是展示古今中国人对于音乐的基本认识，为此，它比较完备地收录较具理论意义和思想史价值的文献；二是满足音乐学界的学术需要，为此，它依年代为序，分为十卷，采用古籍整理的规范方式来校录文献。它的编纂工作发轫于 2008 年 6 月 14 日——这一天，洛秦教授在上海主持召开第一次编委会议，确定了本书的编辑目标和具体分工。此后，它经过多次协商和调整，比如 2009 年 11 月下旬，编委们聚集在成都，讨论了关于书写体例的各项细节。到今天，本书即将定稿，其编纂史也正好进入第十个年头。这似乎印证了"磨一剑"的古话。

那么，在本书问世的时候，作为本书的编纂者，我们应该向读者作点什么交代呢？我想到三个问题：一、本书为什么要辑录"乐论"文献，这些文献在中国文化史上地位如何？

二、既然本书是许多人心力的结晶，那么它有什么价值？三、
为了体现这些价值，本书在编纂过程中，循用了哪些书写规
范？这篇序文，即打算采用举例的方式，对这三个问题做一简
单的回答。

我要讨论的例子，是作为音乐学术语的"乐"和"音乐"。

"乐"是本书的一个关键词，本书的名称就叫"历代乐
论"。前面说到，所谓"乐论"，指的是古今中国人所表达的对
音乐的基本认识，也就是对于音乐的议论、分析与阐释。在这
里，"乐"是音乐的简称，兼包古代音乐学所说的"音"与
"声"。这和《礼记·乐记》的说法有所不同。《礼记·乐记》
认为："乐"是不同于"音"和"声"的。"乐"指配合乐器或
仪式的音乐，亦即通于伦理的君子之乐；"音"指成章曲的音
乐，亦即通于心识的众庶之乐；"声"指不成曲调的音响，亦
即噪声或仅作用于感官的禽兽之乐。这三者有伦理上的不同。
这种三分的观念，几千年来，已经深入人心，成为音乐分类的
基本纲领。比如古代目录学家便把音乐典籍解散，分别归入经
部、集部和子部，亦即把经部当作"乐"的部类，把集部当作
"音"的部类，把子部当作"声"的部类。而在批评家那里，
"乐"通常代指祭祀音乐或雅正之乐，"音"通常代指宫廷燕乐
或一般意义上的音乐，"声"通常代指民间情歌或繁杂淫秽的
音乐。比如所谓"靡靡之音""郑卫之声"，尽管都含贬义，但
它们分别指的是两个伦理层级的音乐：前者指已经进入宫廷的
粗鄙之声，后者则指仍处于乡野的粗鄙之声。①

① 参见王小盾《中国音乐学史上的"乐""音""声"三分》，载《隋唐音乐及其
周边》，上海音乐学院出版社，2012年，第15—31页。

如果说事物的本质往往通过它的结构表现出来，那么可以说，"乐""音""声"三分理论是中国音乐学最重要的理论——它既显示了中国古代音乐事物的基本关系，也表明中国音乐学具有重伦理、重社会功能的特质。以历史眼光看，这种三分理论乃昭示了以下四个事实：（一）自文明产生以来，中国的记录就是以国家意志、王朝权力和主流意识形态为中心的。（二）古代中国人是以礼乐世界为中心，建构起关于音乐的认识的。（三）这个建构过程，就其实践过程而言，是先对万有之"声"进行采择，形成"君子"所享用的"音"；再利用采入音乐机构的、有组织的"音"，来建立神人共享的"乐"。（四）因此，具有社会学意义的多样的声音世界，是因为人们的礼乐关注——从中心到周边的辐射——才进入记录者的视野的。

由此看来，就"乐""音""声"三者的关系，我们可以作两种表述：一方面把"乐"看作"音""声"的目的，认为三者分属不同的层级；另一方面把"乐"看作"音""声"的核心，认为"乐"兼包"音""声"。古代中国人正是这样看的。比如历代正史记录音乐的篇章，便因其内容差异而有"音乐志""礼乐志"等不同名称；但它们也可以统称为"乐志"。本书所使用的"乐论"一名也有这样的意义：尽管它兼录关于古代音乐的各种历史资料，但其重心是论"乐"的文献。因此，它所使用的"乐论"一名，乃反映了中国古代音乐理论以礼乐为中心的事实。

以上这些话，与其说是在说书名，不如说是在讨论中国音乐学的基本概念和观念。我们为什么要这样做呢？这是因为，现在的中国人已经遗忘了这些观念。近代以来，中国人的音乐观发生了很大变化。来自西方的音乐教育体系和来自西方的种种意识形态，从根本上颠覆了传统的音乐认识。今人与古人之间，于是有很大的隔阂。比如按照现在中国人的看法，"音乐"是一种审美形式，其功能在于表达人类情感；音乐是劳动的产物，主体上服务于普通人的生活。音乐学研究者之所以把弘扬艺术遗产、建立有音响的音乐史当作自己的追求，其实也缘于对音乐的这种理解。这种理解符合近现代人的经验，已经成为当下的共识，自然是有道理的；但它却未免于偏颇，因为它不仅有违于古代西方人的音乐认识①，更有违于古代中国人的音乐认识。比如前面说到，按《礼记·乐记》的表述，"音乐"并不是单纯的艺术品，它讲伦理，至少包含三个层次。人们所认可的音乐是脱离了"声"的音乐。这种音乐不仅是生于人心的有组织的声音，而且要同礼仪相配合，实现"节丧纪""和安乐""别男女""正交接"的功能。这和现在人的通常看法是不一样的。

---

① 加拿大学者韦恩·鲍曼认为，今天流行于西方的"审美"观念，只是十八世纪以后的产物。十八、十九世纪的启蒙工程造成了欧洲古今音乐观的断裂，其具体表现是：启蒙工程剥夺了音乐在道德意义上的要求，而此要求却是古希腊精神特征的核心。启蒙工程以音乐无法参与的名义把伦理学概念化了，使其脱离了音乐实践的活动。启蒙工程宣称为道德奠定了理性的世俗基础，它与音乐活动完全无关，由此将"音乐"与"道德"分离。启蒙工程将"美学"经验从各种高尚的道德使命中剥离出来，从而对实用本质的事物不屑一顾。启蒙工程的这些举动不仅解除了音乐事物的伦理责任，同时也剥夺了音乐在这些方面的重要性和意义。于是，"美学"的天地出现了，"审美"的意义诞生了，所谓"艺术音乐"获得至高无上的地位。这些变革提醒我们，"审美哲学"观念是在十八世纪下半叶经康德从哲学上最终奠定的，此前并没有这种完整的、哲学意义上的观念。参见韦恩·鲍曼《音乐：伦理的遭遇？》，载《变化世界中的音乐教育》，苏州大学出版社，2014年，第15—25页。

　　事实上，关于"音乐"的起源，古今中国人的看法也有很大不同。古代人的经典表述见于《吕氏春秋·大乐》，云："音乐之所由来者远矣，生于度量，本于太一。"① 意思是说：中国音乐史有其神圣的起点，即起源于来自大自然的、能够用为事物量度的声音。所谓"度量"，指的是在模仿大自然的过程中，学会用原始计量的方法进行数与天音的结合；所谓"太一"，则是说音乐以宇宙秩序为基底，音乐源于同一定数理关系相联系的和谐。关于这种音乐起源观，《淮南子·主术》有另一种表述，云："乐生于音，音生于律，律生于风。"② 这句话进一步指出了音乐起源的三个步骤：第一步，在模仿大自然的过程中，也就是在对自然音响加以认识和选择的过程中，产生"律"；第二步，在尝试建立律体系的过程中，也就是在人工音响系统化的过程中，产生有组织的"音"；第三步，在祭典中，也就是在各项仪式活动中，为了同体态相配合，增加旋律、节奏等要素而产生"乐"。这两种表述是彼此相通的，综合起来可以得出如下认识：音乐原有"风""律""音""乐"四种形态。"风"是"太一"的表现，"律"是"度量"的表现。人为的声音出现在"律"和"音"的阶段，所以，音乐的初始本质是由"律"和"音"来体现的。

　　以上两段话，涉及我们要讨论的另一个重要术语——"音乐"。对于古代乐论来说，这两段话是不是真有代表性呢？是的！因为有大量证据表明，它们表达了某种理论体系的核心观念。比如按照古代人的描写，最初的音乐正是以"风"的样貌

---

① 《吕氏春秋校释》，学林出版社，1984年，第255页。
② 《淮南子校释》，北京大学出版社，1997年，第966页。

表现出来的。《吕氏春秋》论"古乐"说帝颛顼"正风乃行，其音若熙熙凄凄锵锵"；师旷论"乐"的性质说"夫乐以开山川之风""风德以广之，风山川以远之，风物以听之"；《庄子》说乐有天、地、人三籁，地籁是"众窍"，天籁则"吹万不同"。① 这都是说最早的音乐是风，是来自大自然的节律之声。又比如，古人在讨论"律"的属性的时候，总是强调客、主两方面：一方面说"律历，天所以通五行八正之气"②，即认为律、历一体，是关于大自然生命节奏的量度；另一方面说"古之神瞽，考中声而量之以制，度律均钟"③，即认为律联系于人耳的能力，是通过听气辨微的方式而建立起来的认识和制度。这意味着，听风制律是最早的音乐实践，律代表了从"风"到"音"的过渡。正是依照这一理由，古人说"音生于律，律生于风"。

除此之外，还有一批重要证据，证明上述理论有其经验基础。这就是古文献关于古人音乐实践的记录，比如以下记录：（一）关于以耳听风。据《国语·周语》所记，上古人行籍田之礼时，要由乐师瞽人审听"协风"。④（二）关于以音律察气。据《国语·郑语》所记，在上古仪式上，要由瞽师、音官通过"音律"（即律管）来判断节气。⑤（三）关于吹律管听军声。据《周礼·春官》所记，古有"大师执同、律以听军声"的制

① 《吕氏春秋校释》，第285页；《国语》，上海古籍出版社，1978年，第460页；《庄子集释》，中华书局，1961年，第49—50页。
② 《史记》卷二五，中华书局，1959年，第1243页。
③ 《国语》，第132页。
④ 《国语》，第18页。
⑤ 《国语》，第511、512页。

度。① （四）关于发人声而听军声。据《左传·襄公十八年》所记，师旷曾通过歌与律的配合来判听军声。② （五）关于吹律命名。见于《大戴礼记·保傅篇》所记，说古有为新生儿定名的制度，其要点是用铜管测量啼声。③ （六）关于观人气。见于《韩非子·八说》和《礼记·玉藻》的记载④，说古之瞽师须侍于君王之侧，考察周围声音的上下清浊，来判断政事的优劣。（七）关于以声音通神。见于《诗·周颂·有瞽》的描写，说在祭先祖的仪式上，要用"大合乐"的方式奏乐告神。⑤ （八）关于候气仪式。见于《后汉书·律历志》和历代典籍的记载，说古人曾用盛满葭莩（苇膜）之灰的十二律管来测算节气交天的时分。

关于古人音乐实践的记录，还有一方面是行教化的记录。比如说，在上古之时，"师"既是"乐人瞽者之称"⑥，又是学官之称。《周礼·大乐》说：大司乐掌管王国的教育，有种种职责；所祭奉的名师称"乐祖"，设祭的地点称"瞽宗"。至于具体的教学方法，则见于《周礼·大师》"以六律为之音"之说和郑玄注——说大师吹律使人歌唱，听人声与五音的关系，来裁定其人适合唱哪种诗歌。⑦ 《礼记·乐记》记子贡见鲁国乐师师乙，说到人的体质不同，对应于不同音律，须为之

---

① 《周礼注疏》，《十三经注疏》，中华书局，1980年，第796页下。
② 《春秋左传正义》，《十三经注疏》，第1966页上。
③ 《大戴礼记汇校集注》卷三，三秦出版社，2005年，第404页。
④ 《韩非子集解》，中华书局，1998年，第429页；《礼记正义》，《十三经注疏》，第1474页上。
⑤ 《毛诗正义》，《十三经注疏》，第594—595页。
⑥ 《通志》，中华书局，1987年，第468页中。
⑦ 《周礼注疏》，第787页中，第796页中。

设计不同歌曲。① 《韩非子·外储说右上》则说：教歌的时候，要让学唱歌的人先放声歌唱，然后再转变音调；如果能转到清征，此人才可教。② 由此可见，乐教是上古教育的重要项目，有很高的技术要求，非特殊人才不能承担；所以，行教施学成为瞽矇的专职。

以上这些记录有其共同点：它们描写了一批特殊的音乐家——瞽矇——的日常活动。这是值得认真看待的，因为音乐家的特质可以反映音乐的特质。据《国语·周语下》对姑洗、蕤宾的解释，以及《周礼·大司乐》所记以六乐致群神的过程③，我们知道，之所以要让瞽师来负责各种典礼仪式中的用乐，是因为瞽师审听，能够借助乐之音响来交通群神。也就是说，在古人看来，声音是有其神秘性的，只有那些不受视觉干扰的"神瞽"，才能掌握真正的音乐。正因为如此，瞽矇曾经承担许多特殊的职责。除上面说的施行乐教以外，他们要采诗修声以闻于天子，要歌诗、播乐，配合音乐来记诵历史。但这还不是最重要的职责，最重要的职责见于前述八项实践：他们要在听风察气等仪式之上，采用"同声相应，同气相求"的方法来判断天气、地气和人气。比较起来看，在所有这些项目中，产生最早的应该是第一项以耳听风，即用音乐方式来测知季节的变换。因为其他项目共有的思想元素——"声音之道与天地通"④ ——在这里已经有饱满的雏形。

---

① 《礼记正义》，第 1545 页中。
② 《韩非子集解》，第 326 页。
③ 《国语》，第 132 页。《周礼注疏》，第 789 页中。
④ 《宋史》卷一三一，中华书局，1985 年，第 3056 页。

上述记载是很重要的。它告诉我们：上古人是因为生存的需要，而非娱乐的需要，来关注声音的；上古人关于音乐的知识和观念，凡是可以记录下来的，都来自集体经验，而非个体经验；音乐对于上古人的核心意义，乃类似于"协风"（立春日的和风），即带来关于生命节律、生命希望的信息；这样的音乐主要存在于仪式当中，因为只有神圣的仪式才会提出屏除视觉专用听觉的要求，才会使瞽矇这种专门人才成为音乐的承载者。这些记载还告诉我们：在上古人看来，音乐是一种特殊的声音，即符合律的要求的声音，或者说是和谐之声；人们先是采用"以耳齐其声"的方式侦听大自然的音乐，后来才采用包括律管、律弦在内的律器，所以，关于音乐起源的历史记录，主要是一批圣人造乐器的记录，而这些乐器本质上是律器。关于最后这个判断，我们可以看看那部"古史官记黄帝以来迄春秋时诸侯大夫"[①] 之书——《世本》。《世本》一书几乎不记歌舞，但却在《作篇》中，既记录伏羲"作琴"、神农"作瑟"、女娲"作笙簧"、舜"造箫"、垂"作钟"、毋句"作磬"、夷"作鼓"等事件，又记录少皞"调律吕"、伶伦"造律吕"、随"作笙，长四寸，十二簧，象凤之声，正月之音也"等律学创造。[②] 它的意思便是说：圣人并不是为了造乐而创制乐器的；他们的目的在于定律。律器代表了音乐的创始。

另外，最初的音乐美学，之所以以"和"为核心概念，也因为"和"联系于听风察气的实践，既代表声与声的和谐（即

---

① 《汉书》卷三〇，中华书局，1962年，第1714页。
② 王谟辑本《作篇》，《世本八种》，北京图书馆出版社，2008年，第35—42页。

所谓"五声之和"①），又代表声与律的和谐（即所谓"律和声"②）。《国语·郑语》韦昭注解释"协风"一语说："协，和也。言能听知和风，因时顺气，以成育万物，使之乐生。"③ 可见"和"的原型正是"和风"或"协风"，亦即"成育万物，使之乐生"之风。而在《礼记·乐记》中，我们可以看到"和"概念同多种音乐形态的关联——比如"天地气和"，是说风的形态；"与天地同和"，是说律的形态；"音相生而和"，是说音的形态；"和合众声"，则是说乐的形态。④ 由此看来，"和"概念的成长史，也反映了"风"生"律"、"律"生"音"、"音"生"乐"的历史过程。

关于以上这个话题——关于中国人对于音乐起源、音乐初始本质的历史记忆——可以说的话很多，难以一纸尽言。读者若是有溯流探源的观念，或许就能明白其中究竟。比如前面说到，按照中国古代的"乐""音""声"三分观念，古代文献学家只把"辨律吕、明雅乐者"视为"乐"⑤；这等于说，在传统观念中，律是"乐"的本质。又比如从胡乐入华以前的音乐记录看，中国音乐有轻节奏、轻旋律而重音高的传统；其实质是，作为音高标准的律，在音乐中享用特别重要的地位。又比如在中国音乐理论中，有强调"平和""雅正"的传统；这表明，中国音乐思想有一个重要倾向，即强调感官对自然法则的

---

① 《国语》，第 123 页；《春秋左传正义》，第 1818 页上。
② 《尚书正义》，《十三经注疏》，第 131 页下。
③ 《国语》，第 512 页。
④ 引文皆见《礼记·乐记》及注疏，《礼记正义》，第 1527—1548 页。
⑤ 《四库全书总目》卷三八，中华书局，1965 年，第 320 页下。

服从。又比如在中国古代史学家那里，有"律""历"合志的传统；这意味着，以律、历、度、量为一体的观念，早已凝结成为一种史学体裁。再比如在管子那里，"三分损益"法被看作测水土的技术，载入《地员》篇而非关于音乐的篇章；这件事说明，当时人认为律的功能首先是候察地气。另外，在不同的理论家那里，音乐都被看作交通天地的神秘之物。人们普遍认为音乐通于政治，可以反映社会风气；认为音乐通于天地，是省察气候、占卜吉凶的重要手段；认为特殊的人耳可以探察至精至微的世界，"犹鬼神之不可测"①；古代人进而创造了"纳音""阴阳消息"等命题，围绕它们建立了一整套思想体系。这一切都指向一个历史事实：最初的音乐理论是在听风察气活动中建立起来的；作为这种活动的指导思想的天人合一观，因此而使关于中国音乐思想的各种表述，都带上了神秘色彩。

2016 年 1 月 9 日，在中国音乐学院的学术年会上，我见到李方元、孙晓晖两位博士，有过一次畅谈。那天，晓晖说到"乐""音""声"三分在乐谱、歌本等载体上的表现，认为雅乐有使用律吕谱的习惯，管弦乐有使用指位谱（工尺谱）的习惯，歌唱之谱往往使用声屈折符号。方元则说到中国传统主流音乐观和西方现代音乐观的不同。方元说：西方重视"音"，重视物质，重视形态，因而注意从田野建立音乐学；中国重视"乐"，重视人，重视音乐制度和音乐观念的传承，因而注意利用文献建立音乐学。两者都有存在的道理；但很可惜，无论是

---

① 张守大撰《师旷庙记》，见《洪洞县志》卷一五，（台北）成文出版社，1968年，第 1310 页。

在音乐学院的课堂上，还是在现在音乐研究者的头脑里，中国系统几乎荡然无存了。比如，当我们说"重视形态"的时候，我们其实在排斥形态背后的东西。然而按照古代中国人的看法，形态背后那些被称作"道"和"义"的东西才是重要而有价值的。这就是所谓"形而上者谓之道，形而下者谓之器"，所谓"颇能纪其铿锵鼓舞而不能言其义"。① 从这个角度看，分析"铿锵鼓舞"（音乐形态）并不等于分析音乐；相反，哑巴音乐才是真正的音乐，因为它是达到"道""义"层面的音乐。

孙李两位的说法都让我深思。我由此想到：理解音乐作品，理解音乐史，理解音乐理论：这是三位一体的事情。作品、历史、理论三者是相表里的，完整的研究应该是关于这三者的多向考察的结合。在音乐作品资料严重缺失、音乐史料支离破碎的情况下，相对完整的"乐论"文献，便是我们抵达中国音乐的核心，对它加以充分理解的主要途径。从这一角度看，本文开头说到的几个问题便是容易回答的了。比如问本书为什么要辑录"乐论"文献？回答便是：这些文献是对中国音乐传统的记录，既反映了各种音乐技术、音乐活动的指导思想，也反映了其历史变化的内在动机。辑录"乐论"文献，为考察中国音乐、理解中国音乐精神提供了主要依据。又比如问："乐论"文献在中国文化史上地位如何？回答则是：在所有具思想史意义的文献当中，这是最重要的一批文献。因为音乐思想史也就是声音思想史。同其他分科思想史相比，音乐思

---

① 《周易正义》卷七，《十三经注疏》，第83页上；《汉书》卷三〇，第1712页。

想史具有最长的历史跨度。在无文字时代，人们用口耳相传的方式来记录历史、传播知识。直到文明产生以后，人们仍然把声音当作获取知识、进行思考的主要媒介，通过声音来进行人际交流、处理社会事务，也用声音来交通神灵。这样一来，对音乐的认识，便意味着对文化手段、思想符号的认识。可以说，中国人文学科的各部门——文学、历史学、哲学——都是从广义的音乐学中分离出来的。比如《孟子·离娄下》说"诗亡然后春秋作"，意思是说，书写的史学来源于歌唱的史学。又比如汉语当中有一个"圣"字，至晚在战国之时，便代表了神圣和崇高。它也意味着，哲人原是善听之人。因为在甲骨文时代，人们便是用"听"字来表"听治"，而用"圣"字来指称对言语声音加以分析判断的智慧的。① 也就是说，在很古远的年代，人们就建立了对声音和音乐的特别尊崇，因而把"圣"看作"听"的神明，把音乐看作来自上天的哲思。

总之，本书包含了很多胜义。以上所说只是一隅。当我们把这十卷本的作品呈现给读者的时候，我们虽然会因有所挂漏、有所未逮而感到愧疚，但也会收获作为贡献者的喜悦。

最后需要交代的是，本书的编辑体例有以下要点：

一、依朝代分卷，起于上古，迄于 1949 年 10 月 1 日。其中近代卷始于 1840 年。正文按作者年代编次。凡不明作者的作品，依其在目录书（例如《汉书·艺文志》）中的位置排序。各卷之中跨朝代的作品，依学术界习惯来确定其归属。为照顾各卷内容的完整性，凡追记前代音乐的专门篇章（例如断代史

---

① 参见宋金兰《"圣"之语源及其初始涵义》，《青海师范大学学报（哲社版）》2008 年第 3 期。

乐志），酌情以正文方式或附录方式收载于前代卷。为保证所录文献的准确性，本书古代部分用繁体字，近代部分酌用简体字。

二、重点收录具理论意义的文献，兼及关于乐律、乐制的文献，而于乐谱、乐器等记录技术细节的音乐史料则多有省略。征引对象主要为正史、政书、乐书、诏令、诗文集、笔记小说等典籍。重视历代研究成果，故多参用单行整理本。一般采取节录方式，以省繁冗。偶有篇幅不大而内容重要的音乐典籍，如《乐书要录》《羯鼓录》等，予以全文登载。

三、各卷皆含四种文体：一为"导言"，即说明文字，就本卷所录文献的时代背景、史料状况、音乐理论等项目加以陈述。二为"目录"，即本卷内容的清单，视史料的具体情况，或以书立目，或以文章立目。三为"题解"，即关于每一内容单元（书、篇）的解释，重点介绍作者生平、本书（篇）文体特点、选文出处和通行版本。标记版本的目的是辅助校勘，并方便扩展阅读，故求文简事赅。四为"文选"，即所选录的乐论文本。若有较精善的整理本，则以整理本为底本，而以其原底本作校；若无整理本，则参考《四部丛刊》《书目答问》《四库简明目录标注》等书寻访底本，并参校另本。若对已经散逸的乐书作重新辑录，则标注出处，并视情况附加考订，以便读者据实称引；对于其中经后人辑录的散佚资料，则皆作出说明。

四、在以上第四项"文选"中，设校勘记和注释。校勘记不详备异文，但出校重要异文——即影响文意或与本书注释关系密切的异文。注释主要针对同音乐有关的词语，或可能影响阅读的词语。采用逐段注释方式，即在有完整句意的原文之后出注。注释时注意汇集古证，即汇集相关的古书资料。诸注依年代先后排列。引文中的夹注文字一般改为随文括注，并以"原注"等字样标明。

以上种种，均期待读者批评指正！

写于 2017 年春节。原载洛秦主编《中国历代乐论》，漓江出版社，2019 年。

《四川民歌采风录》序

　　《四川民歌采风录》是一部不世出的好书，主编万光治是我十分敬重的学人。我希望用这篇小文，帮助读者增加对这本书和这位作者的了解与理解。

一

　　我是在 2006 年 6 月 14 日，在成都东湖第四城，第一次见到万光治教授的。印象中他是气宇轩昂之人：身材高大，衣着整洁，谈吐从容。这是符合我原来的想象的——在此之前，已经有很多朋友向我介绍过这位传奇人物了。中国社会科学院蒋寅研究员告诉我：万光治是一个热爱音乐的古典文学研究者，专长赋史研究，现在致力于四川民歌的搜集整理。四川师范大学钟仕伦教授告诉我：万光治是一个多面手，既是富于演讲才能的老师，又是擅长管理的文学院院长，民歌整理只是他卸任之后的事业。李诚教授则补充说：在任院长的六年里，他大大提升了文学院的经济实力和学术地位，学校东校区就是经他筹划而建设起来的。在文学院老师那里，我听到很多类似的评价。

很幸运，认识万教授的第二天，我便随他参观了位于四川师大东校区的"西部民歌抢救所"。研究所内设施简朴，但却藏有大批音像资料。万光治为我调看了其中一盘。打开录像机开关，奇妙的歌声便流出来，让人感到震撼。屏幕上先是出现一位新疆和田洛浦布亚乡的维吾尔族歌手，名叫艾尼，正在演唱玉山十一木卡姆。这是我熟悉的旋律，但艾尼却把它唱得格外激越而苍凉。万光治告诉我：这是艾尼留下的唯一影像，采录于2004年8月31日。到2005年年初，这位老人就因病去世了。所以，这盘录像是艾尼的绝唱，属于真正意义上的"抢救"。接下来，屏幕上出现了在宜宾平山县采录的川江号子。歌手是一位老船工，名叫江京乐。伴随江京乐铿锵有力的歌声，四名船工拉着纤绳，在崎岖不平的石块中爬行。不过，下面的景象却有趣了——原来，被纤绳拽着的不是真实的木船，而是两个代替木船的人。万光治告诉我：这是对劳动场景的模拟，以满足船工歌手对现场感的需要。可见川江号子是和艰苦的劳动共生的，民歌是依赖于某种生产生活方式而存活的；当人力船被机动船代替之后，川江号子便陷入尴尬的境地，成为关于生命的某种记忆。

这天我们看了许多民歌音像，也谈了许多，记得谈到民歌场域内外的区别，谈到正在消失的传统以及由此引起的悲哀，谈到"抢救"的必要，也谈到记谱规范化问题和建立民歌博物馆问题。我很激动，暗中决定要从北京迁居成都。当时的想法很简单：一个人文学者，尽管他未必有能力参预民歌抢救，但他同样可以投身于对西部资源的保护和考察，享用并回馈这里的丰饶的文化。

二

2006 年 8 月 24 日，我来成都报到，正式成为四川师范大学的教师。此后几年，在本职工作之余，我走访了都江堰、汶川、茂县、黑水、峨边、安县、马边、普格、喜德、西昌、遂宁、雅安、泸定等县市，尝试进行民族文化遗产的调查工作，也写作了《经典之前的中国智慧》《论〈梅葛〉中的文化数字》《邛崃〈竹麻号子〉的赋学意义》《论火把节的来源：兼及中国民族学的"高文化"问题》《走过茂县是北川》等文章。我和万教授各忙自己的一摊事情，交往不多；但我觉得他一直在我身边，我的足迹其实在追随他的足迹。

据我了解，万光治卸下院长职务是 2004 年 4 月 27 日。一个多月后，"西部民歌抢救所"便开始了田野工作。6 月 8 日，这个团队首先来到甘肃省兰州市的青城古镇，采录《西厢小调》。7 月初，团队购置的丰田越野车到位，万光治遂率队北进，考察了青川、平武、北川、理县、若尔盖、南坪等地区。7 月 12 日，在青川县大坝乡南溪村，他们第一次采录到民歌《月儿落西下》。后来知道，这是流传最广的四川民歌，是叙事情歌《逍遥记》的摘段，在川东、川西、川北以至与川北毗邻的陕西汉中、安康地区拥有许多音乐版本。但《中国民间歌曲集成·四川卷》没有收录这支重要歌曲，他们的工作填补了空白。7月13日，在平武县木座寨，团队采录了一批白马藏族的酒歌、舞曲和劳动歌。这些歌舞曲的风格大不同于其他藏族音乐，事实上可以作为探索白马藏人独特渊源的重要凭证。7月18日，在北川县青片乡尔玛寨，团队首次遭遇到羌语歌曲。这些歌曲历史久远，以致歌者本人也说不出歌名和歌词大意。8月1日，在理县桃坪乡桃坪寨，团队又接触到一个特殊的民间音乐类型——仪式舞曲，即羌族葬礼上使用的锅庄……我翻看民歌研究所的采访日志，欣慰地了解到：万光治团队有一个精彩的开头。从2004年7月12日到8月11日，他们仅用一个月时间，便小试牛刀，尝试了民歌的各主要品种，为进一步开展大规模的调查工作积累了经验，也积累起充沛的热情。

接下来四个月，"西部民歌抢救所"小小地调整了方向。2004年秋冬两季，他们放下四川，选择甘肃和新疆作为主要考察对象，先后采录了汉、回、维吾尔、哈萨克、锡伯、蒙古等不同民族的歌曲和舞曲。在我看来，这是一次既有助于进行比较研究也有助于进行传播研究的考察。比如，2004年9月7日，他们到达伊宁市察布查尔县堆齐牛录乡，采录了23首锡伯族民歌。这些民歌联系于一场跨越万里的文化传播，以锡伯先民由松花江、嫩江流域而西迁的过程为产生背景，从传播研究的角度看很有意义。9月11日，他们又到达伊宁市郊，采录了《珍珠倒卷帘》《茉莉花》《十道儿黑》等一批歌曲。这些歌曲虽然都是汉族民歌，但在中国的西北边陲，却属于一种飞地式的生存。

显而易见，以上这些考察足迹是和万光治的艺术兴趣、学术想象力相联系的，代表了他的"西部"梦想。但万光治告诉我，这些经历恰好也修正了他的梦想。他意识到，"西部"的民歌资源太浩瀚，无法在短时间内网罗，于是制订了一个坚强而严谨的计划，即缩小战线，着眼于以四川省为中心区域的民歌调查与研究。这样一来，"西部民歌抢救所"就更名为"四川师范大学民歌研究所"。2005年上半年，万光治率领民歌研究所考察了旺苍、广元、剑阁、雅安、宝兴等县市；下半年则考察了石棉。2006年上半年，他们又考察了广元、苍溪、阆中、南部、仪陇、营山、蓬安、西充等县市，下半年则考察了巴中、南江、通江、达州、宣汉、达县、大竹。这一年夏天，他们还考察了重庆市的万州、巫山和湖北省的巴东。到2012年年底，用八年多时间，他们对四川省181个区县进行了地毯式的普查，采录民歌四千多首。

三

对于田野工作者来说，八九年时间并不算长。但在这段时间，万光治团队却完成了一个宏大的工程。这个工程有何意义呢？我认为，可以从2007年6月至2008年3月这九个月的考察记录中，选择几个节点来作管窥。

（一）嘉绒藏族的多声部歌曲。2007年10月，万光治团队进入嘉绒藏族居住区；12日，由马尔康到达小金县。在小金县三关桥河边，他们收集到大量特色歌曲，其中有两首多声部歌曲：一是《哦依哟》，也就是节庆时唱的吉祥歌；二是《海螺与绸子》，是一支历史题材的颂歌，用藏族海螺与汉族丝绸的结合来比喻松赞干布与文成公主的结合。这两首歌曲，《中国民歌集成·四川卷》都未收录。

这两首歌曲说明：正如"西部民歌抢救"这个名称所显示的那样，万光治团队的工作宗旨，首先是保护那些被过去的采风活动遗漏和遗忘的民歌。前面说到，他们在川、陕各地采录到小调《月儿落西下》的许多版本，填补了四川民歌采集工作的空白。这种情况其实是不稀见的。比如他们在广元、巴中、达州等地采集到八首《十里坪》，这支小调也不见于《中国民歌集成·四川卷》。又如他们在自贡市采集到一首《盐工号子》，在南江县采集到一首名为《包包乐》的薅秧歌，也是不见于《中国民歌集成·四川卷》的歌曲。而彝族的《毕摩调》，《中国民歌集成·四川卷》收录一首，他们却采了近十首；威远等地的《钻山歌》，《中国民歌集成·四川卷》只收录一首，他们却采录了五首。这样一些事例，可以反映《四川民歌采风录》的基本意义，即为当代采风运动拾遗补阙，促进四川民歌的保护与传承。

《哦依哟》《海螺与绸子》都是二声部形式的歌曲，由两位藏族女歌手演唱。这是一种典型的歌唱方式，见于另外一些新发现的藏羌民族的多声部音乐。比如黑水县知木林藏族以二重唱与二部合唱为主要歌唱方式，采用一人"细"唱、一人"粗"唱的声部组合原则，亦即由一人在高音部领唱，另一人（或众人）在低音部和唱。羌族多声部民歌则在松潘县镇江区镇坪乡、热务区小姓乡的一些山寨中发现，被看作是古老传统的遗留，是由于较为封闭的社会结构而得以保存的文化瑰宝。

这几种多声部音乐的演唱形式均为同声（男声或女声）二重唱、二部合唱，有人因此推测，它来源于男声群体与女声群体的合唱式对唱，是人类社会早期"大混唱"式的群体歌唱方式的遗留。最近若干年，多声部民歌受到广泛关注，不仅是学术研究的热点，而且为广大群众宝爱。比如，在由文化部门组织的各种声乐比赛活动中，各民族的多声部民歌纷纷获奖，包括侗族的大歌、苗族的"反排情歌"、壮族的"欢嘹"、傈僳族的"摆时"、哈尼族的"阿茨·哧玛"、彝族的"海菜腔"、羌族的酒歌、藏族阿尔麦人的"出征歌"和蒙古族的"潮尔"。嘉绒藏族多声部歌曲的发现，可以说是适逢其时，有重大意义。

嘉绒藏区位于青藏高原东缘的横断山脉地区，自古就是西南民族北上、西北民族南下的重要通道。这种特殊的人—地关系，使嘉绒藏族在族源上具有混融性特征。历史学家经长时间讨论，初步认定嘉绒人是古夷人的后裔，或者说是古羌人与吐蕃发生融合后形成的族群。语言学家则判断嘉绒语是藏缅语族的一种独立语言，是古藏语的代表，或者说是古藏语的一个方言岛。现在，我们看到了用藏族海螺与汉族丝绸的结合来比喻松赞干布与文成公主之婚配的歌曲。这支歌曲是否反映了嘉绒藏族的族源？有待深入探究。不过至少可以说，万光治团队从音乐角度对嘉绒藏族的考察，可以为上述讨论提供补充证据，使之走向深入。

（二）以十二月为序引的歌曲。2007 年 6 月 25 日，万光治团队在宜宾市江安县夕佳山镇天汇村采录到一首《十二月配》，歌唱者是当年 81 岁的老汉胡树清。辞共 12 段，云：

> 正月里来是新年，蒋四龙配合王翠莲。二人中堂抢过

伞，后来夫妻得团圆。

二月里，是春分，杨宗保配合穆桂英。二人同过穆柯寨，穆柯寨内结过婚。

三月里，农又忙，梁山伯配合祝九娘。二人同过尼山考，白日同壁晚同床。

四月里来麦吊黄，刘志远配合李三娘。志远荆州为上将，磨房受苦李三娘。

五月里来是端阳，蔡伯喈配合赵五娘。双亲饿死牙床上，剪发行孝赵五娘。

六月里，三伏天，郑元和配合李亚仙。元和上京求官做，元和妹妹受熬煎。

七月里，秋风起，万喜良配合孟姜女。喜良饿死在城墙里，孟姜女儿送寒衣。

八月里，下柴山，樊梨花配合薛丁山。丁山又把玉龙斩，玉龙又把气来叹。

九月里，是重阳，韩红玉配合赵云堂。夫妻双双美情况，打马游街状元郎。

十月里，小阳春，姜氏配合庞三春。陈氏婆婆没道理，安安送米看娘亲。

冬月里，小雨寒，潘必正配合陈妙常。渔翁江边把船赶，夫妻双双受饥寒。

腊月里，又一年，七仙姑配合董状元。十二姻缘配齐了，恭喜荣华万万年。

这里提到十二个戏曲故事、二十四个戏曲人物。这是在中国各地民间戏曲和传说中很常见的故事和人物，既代表了民间文化知识的范围，也反映了民歌的生存环境，说明民歌是同民间传说、同戏曲等表演艺术相互影响的。关于这种相互影响，例子很多。比如在平武县平南乡、北川县青片乡、绵竹市清平乡，团队采集到多首以梁山伯、祝英台故事为题材的羌族山歌《太阳出来照北崖》；在攀枝花市迤沙拉村、凉山州会东县、盐源县泸沽湖、冕宁县赵家山嘴、北川县青片乡，团队采录到多种版本的《十二月·祝英台》：这些山歌作品、时调作品便反映了梁山伯、祝英台故事的广泛流传。同样，在松潘县南街村、乐山市罗回村和平彝族乡，分别流传了这样两首关于梁、祝故事的民歌，辞云：

> 锣打鼓儿筛，闲言两丢开。唱个山伯访友来，要访祝英台。
>
> 山伯路上行，四九带路的。不知路儿有哪些，要问指路人……
>
> 《山伯访友》
>
> 你有山歌快快来，我有文章对秀才。白天又对梁山伯，夜晚又对祝英台。
>
> 祝英台，梁山伯，一个一首唱起来。……
>
> 《山歌》

这两首民歌，前一首在体裁上属小调，后一首在体裁上属山歌；但它们都使用了梁山伯、祝英台的故事题材。这就说明，各种体裁的梁山伯祝英台民歌，从题材角度看却是同源或同宗的。这种同宗缘于不同形式的民间艺术的相互影响。《十二月配》便是这种关系的典型例证。

《十二月配》另外有一个特点，即采用数序结构的形式。这种结构不光常见于中国各地的说唱歌曲，而且多见于四川各地民歌。例如金川县和攀枝花市的民歌《打戒指》，用"一打龙来龙现掌，二打虎来虎现身"等辞句组成十二打，或用"一打珍珠来配宝""二打鲤鱼跳龙门"等辞句组成十二打；又如攀枝花市和冕宁县的民歌《送郎调》《五更阳雀》，用"一送小郎雾沉沉""二送小郎堂屋中"等为起句，或用"一更阳雀叫啾啾""二更阳雀叫喳喳"等为起句，唱送别和相思；再如在小金县等地流传的《十二杯酒》，用"一杯酒，与郎斟""二杯酒，望乡台"等为起句，歌唱男女相识、相恋、相别的过程。这种通过数序来展开唱词的方式，通常用于长篇演唱，既方便记忆，又可以造成秩序感，大不同于山歌的即兴方式。它其实来源于集会演唱，是专业艺人所喜用的方式。值得注意是：在数序民歌当中，最多见的是月节歌，比如峨边县毛坪镇高山村的《十二杯酒》，便是同十二月形式相结合，唱为"一杯酒，是新年""二杯酒，是春分"云云。另外，四川的月节民歌尚有《报娘恩》《花荷包》《大点兵》《女寡妇》《男鳏夫》《采茶调》《鲁班调》《怀胎歌》《放羊歌》《看灯》《交情》《赌钱》《花香调》等等，它们以"正月元宵闹花灯""二月里来是春分"等月节辞为起句，歌唱孝悌、相思、军阵、孤独、采茶、建房、怀孕、放羊、节庆、友谊、赌钱和十二生肖——唱人们生活的方方面面。这种民歌在《四川民歌采风录》中占有相当比重。

《十二月配》的以上特点，使我们注意到民歌同集会演唱的关系。很多事例说明，集会演唱是民歌传播的重要途径。比如绵竹市清平乡的《太阳出来照北崖》云："清早开的梁山伯，下午开的祝英台，早来三天有戏看，迟来三天戏歇台。"明确说到民歌同戏曲、同戏台的关联。峨边县金岩乡有一首彝语歌《阿依乌嘎》，大意说："我是一个歌者，人们请我去演唱。我可以唱山、唱水、唱人、唱动物、唱植物，唱身边周围的一切。"峨眉山普兴乡仙牙村有一首《花灯调》，辞云："慢打鼓来紧打锣，锣鼓停了唱起来。"马边县民主乡蓼叶村有一首《情歌调》，辞云："久不唱歌忘记歌，久不下河忘记河。……山歌不唱忧愁多，铜锣不打起锋科（生锈）。"这些歌辞说明，民歌的广泛流传有赖于面向公众演唱的歌手，即职业或半职业化的民间艺人。他们包括鼓词演唱者，也包括弹唱艺人。后者在少数民族地区较为多见。比如阿坝县河支乡色古村有一对藏族夫妻，曾经是西藏的弹唱艺人。阿坝县有一类歌曲名为"折嘎"，意即藏族人用于驱鬼的传统说唱。这种说唱在彝族人那里则称作"塔沙"。会东县野租区有一首《塔沙》说："不要开腔，不要说话，都来听我说几句。……今天是个好日子，我来讲一段开幕词。贵客临门，我们主人没有其他招待，只有美酒敬贵客。"这些话显然是在宴饮聚会之时，用歌手的口吻唱出来的。这说明，歌手和歌场是民歌得以传承的重要条件。

由此看来，《十二月配》等民歌的采录，并不只是收集了旋律财富，而且保存了一批关于民歌生存和传播之现场的信息。事实上，民歌消亡有一个前提，即它所依赖的传统的消亡。从这个角度看，通过保护民歌而记录民歌传统，这是本书另一个重要意义。

（三）"贝宫调"。2007 年 10 月 26 日，团队到达九寨沟县永乐镇清平三村，采录了一批"贝宫调"民歌。它包括以下八部作品：（1）《皇姑出家》，"共有七种音调"；（2）《老爷挑袍》，唱关公过五关斩六将的故事；（3）《白蛇传》，由修行、断桥等九个段落组成；（4）《福禄寿喜》，前半是序调"王母娘娘敬寿诞"，后半是正调"福禄寿喜调"；（5）《乾隆打金川》，叙事歌曲，以五更为序引；（6）《王祥卧冰》，关于王祥卧冰求鲤故事的歌曲片段；（7）《小十二将》、（8）《大十二将》，以十二月为序引歌唱十二个历史故事。

根据民歌手的说法，"贝宫调"是"从皇宫中传出来的"歌调和故事。它有四个特点：第一，歌辞多为叙事体，因而源于说唱；第二，用三弦、琵琶、引磬、四叶瓦、木鱼、碰铃、碟子等乐器来作伴奏，是集体表演的节目；第三，每部作品由若干支小曲组成，其本原形态可以说是"大曲"形态；第四，往往像上面说的《十二月配》那样，采用数序结构的形式，也就是采用专业艺人在集会演唱中所喜用的方式。

前面已经谈到民歌中的数序结构。现在，《大十二将》不啻是提供了一个新的例证。这首歌曲唱道：

新春正月正，十五玩花灯，白马银枪小将数罗成。

二月二春分，桃花满树红，长坂坡大战救主赵子龙。

三月正清明，杨柳叶子青，杨六郎镇守三关保宋廷。

......

如此十二段，所唱历史人物另有尉迟恭、杨五郎（杨业子延朗）、张献忠、伍子胥、黄巢、赵玄郎（赵匡胤）、诸葛亮、薛

仁贵、穆桂英。无论从内容上还是从形式上看，这首歌都和
《十二月配》相近，也就是采用月节歌的方式，唱历史故事。
因此，《大十二将》可以证明上面说的艺术渊源的理论和歌手
理论。

　　但这首歌有一个新特点。如果说《十二月配》等数序歌表
明民歌有很复杂的历史渊源，那么，《大十二将》便提供了一
个更具体的回答：所谓历史渊源，其实是指历史上以叙事方式
表演的艺术。这种艺术，由于它对集体活动的渗透，而取得了
特别高的传承优势。考察民歌，必须注意它同其他艺术品种的
关联，注意它们在传承中的不同地位。

　　关于民歌同其他艺术品种的关联，有一个情况是"摘唱"
和"摘段"，也就是把曲艺作品化整为零，以单首歌曲的形式
流传。比如"贝宫调"歌曲中的《白蛇传》，保存至今了9个
章节：第一节"修行"，讲白蛇出世；第二节"断桥"，讲白娘
子来会许仙；第三节"王道陵"，讲王氏挑拨离间；第四节
"过街调"，讲白娘子过仙山；第五节"三打花调"，讲白娘子
采集灵芝草；第六节"哭五更调"，讲白娘子向南海观音哭诉
冤屈；第七节"水淹金山寺"，讲白娘子调动大水围困金山寺；
第八节"断桥相会"，讲击倒雷峰塔，白娘子与许仙相会；第
九节"进兰房调"，讲二人成亲、生子。这种形式，其实可以
判属于曲艺。其中每一个段落，若单独歌唱，便属于"摘唱"
和"摘段"。

　　"贝宫调"的原生形态，应该就是曲艺形态，亦即说唱形
态。不难推测，《皇姑出家》之所以"共有七种音调"，是因为
在不同音调的歌曲之间有说白相隔；《福禄寿喜》既然有序调、

正调之分，那么，它显然按表演要求做过曲调整合；现存《王祥卧冰》歌曲仅存开篇、卧冰两个片段，但由此可见，原作是一个包含许多片段的长篇。《白蛇传》也是这样：由于长篇作品散落，九个章节可以单独歌唱，所以，通常被看作九首民歌的组合。现在我们知道：这其实是一个颠倒了的看法。历史真相应当是：先有长篇叙事歌唱，后有单篇歌唱，单篇歌唱实际上是长篇叙事歌的"摘唱"和"摘段"。

关于长篇叙事民歌与其"摘唱"的关系，万光治教授曾经用专文作过论述。他讨论的是叙事长篇《逍遥记》与《月儿落西下》的关系。他采用各种调查资料，对《逍遥记》作了复原，即复原为《楔子》《月儿落西下》《十写》《十劝》《十送》《十许》《十二月祭》《祭文》等八个部分。据统计，《逍遥记》全篇共574句，讲述小郎与姐儿私订终身，姐儿极尽相思之苦，因不堪哀怨而辞世的故事。尽管《十写》《十劝》也以"摘唱"方式流行，但传播最广的是《月儿落西下》，覆盖了绵阳、广元、巴中、南充、达州下辖的二十多个县市。究其缘由，是因为《月儿落西下》在音乐上和文辞上都富于抒情性，特别是"月儿落西下，思想小冤家，冤家不到我家耍，心里乱如麻"四句。《月儿落西下》这种情况是并不孤立的，四川民歌中另有一首《吴幺姑》，也以婚外恋情为题材，也把女主人公当作中心人物，也以悲剧结局，和同题材的戏曲、长诗作品共存。这就说明，从长篇到"摘唱"，是民歌产生与传承的重要方式。一般认为民歌的产生早于曲艺，曲艺的曲调直接来源于民歌曲调；但万光治团队的民歌采集工作却提示了另一个事实：说唱歌曲在现存民歌中占有很大比重。从传播角度看，说唱歌曲享有比山歌、号子更高的优势地位。由于这一点，影响较大的民歌，大多源于曲艺音乐。

（四）"古歌"和"历史歌"。2007 年 10 月 29 日，万光治团队告别白马藏族歌手，离开九寨沟，到达茂县，采录羌族民歌。在茂县太平乡牛尾村，他们采集到一批年代久远的劳动歌，其中除多首《打猎歌》外，有《撒青稞的歌》《收麦子的歌》《打墙歌》。当天，他们又到达三龙乡桌子坝，采集到一批"历史歌"。其中有一首《古歌》，云："哦不得呢哎斯勒哎阿勒卓，哦兹得呢呀什不呀哦哦呢角呀，哦呀哟嗯呀索则呀哦哦勒学呀。"若译为汉语，则其大意是："有了天，才有地；在大洪水之后，有了人类。女娲造出了男和女，男结婚，女嫁人……"这首民歌唱的是人类的产生和婚姻制度的形成。歌手是一位 86 岁的老人，名叫杨年弟。据杨年弟说，这是在尔玛人婚礼上演唱的古歌。

杨年弟是当地的巫师。他记唱的歌曲往往有来历。其中有一首《酒歌》，唱羌族的迁徙历史，说羌族人起源于甘肃，后来一步步迁到四川。又有一首《历史歌》，是婚礼上女方的歌曲，说"皇帝十八岁可以结婚，我们民间老百姓也一样"。这首歌使人联想到羌族婚礼中的男女对歌。除此之外，还有两首《酒歌》，杨年弟说：一首来自青川县的桦坪山，另一首是从附近的勒依乡传来的，爷爷那辈人就能唱；又有两首《忧事歌》，杨年弟说：一首是办丧事演唱的，另一首是接待宾朋时唱的。可见茂县三龙乡桌子坝的民歌经过了许多代的传承。

据民族学家研究，婚俗是民族文化的重要载体。民族传统总不免于改变，但其中有不易改变的事项，最不易改变的事项就是婚俗。羌族人的婚俗包括说亲、合八字、订婚、报期、成亲、回门等环节，婚俗歌是成亲仪式的必要节目，由女方人和代表男方的接亲人对唱。在盘歌部分，往往出现以民族神话为题材的"古歌"。我们知道，在茂汶地区流传最广的起源神话是始祖女神木姐珠的神话，说在天地相连、人神共居的年代，天神之女木姐珠与猴毛人斗安珠相遇并产生爱情。斗安珠经受了砍树、烧山、播种、找菜籽等一系列考验，又在大火中烧去了猴毛，于是与木姐珠结为夫妻。他们带着五谷、树木种子和各种禽兽返回大地，繁衍出了羌族。所以在羌族人的婚俗歌中，有以下词句：

（男方唱：）世间万事有来由，羌人婚配从头说。理不讲来人不知，须将此事晓众人。自古男女结婚配，此制本是木姐兴。所有规矩她制定，后人不敢有增减。一代一代传下来，羌人古规须遵行⋯⋯

（女方唱：）贵客辛苦到我家，迎亲之日上门来。开天辟地到如今，男女婚配木姐定⋯⋯

中央民族大学出版社曾于 2001 年出版田联韬《中国少数民族传统音乐》一书，以上歌词就记录在此书当中。现在，万光治团队深化了这类记录：第一，对之做了新的补充；第二，他们用新采集的歌曲表明，在羌族的婚俗歌中，出现了女始祖观念同汉族女娲观念的结合。由此可见，羌族《古歌》的发现是富于学术意义的事件。

在万光治团队的采集品中，其实有多种类型的"古歌"和"历史歌"。例如以下几种：

（一）起源歌，既唱人类的起源，也唱文明的起源。比如乐山市马边县民主乡蓼叶村是个苗族村庄，他们有多种古歌，其中一首唱述"盘古王开天地，伏羲姊妹制人烟"的故事。马边县沙腔乡是彝族居住区，他们的古歌唱述人类的起源，包括人的来历、人的生长和人群的分支。凉山州昭觉县哈甘乡麻吉四取村同样是一个彝族村庄，他们有《柏树的起源》《酒的来源》和《婚姻的来源》等歌曲，唱述"天上掉下柏树种子，远古洪水泛滥时，柏树随洪水冲到人间……"等故事。这类歌曲是同起源神话相联系的。

（二）婚歌，往往成组出现在婚礼当中，以古歌为内容。比如在攀枝花市仁和乡平地镇迤沙拉村，团队采集到一组彝族的婚歌，包括《接亲歌》和《媒歌》，歌中有"开天辟地，一男一女配成双，犁架配犁档"等词句。这说明，古歌在婚俗中有强调合法性的功能。

（三）丧葬歌，往往追溯祖先的来历。比如在凉山州会东县野租区，团队采集到一首彝语《指路歌》，大意说"希望你死后要走天堂，不要走地狱"云云。在凉山州喜德县拉克乡源泉村采集到的《指路歌》则具体指明了死者走向天堂的路线，亦即从源泉村到两河口，再到巴九，再到洛莫，再到昭觉，再到美姑等等。马边县民主乡蓼叶村的苗族人也有他们的《指路歌》。这种指路歌，在内容上和迁徙歌接近，但功能不同。

（四）迁徙歌，其实是一种古歌，通过追溯迁徙来追溯民族的历史。比如在凉山州宁南县新华乡，团队采集到布依族人的《迁徙歌》，歌词记录了布依先人从贵州迁至宁南的过程。美姑县炳途乡四干普村还有一种彝族《措痴》（家谱），诵说当地汉、藏、彝人的历史渊源。

（五）盘歌。这是一种问答形式的对歌，常常包含历史知识。比如在凉山州会东县，采集到一首汉族的《孝歌》，云："说天言，讲天言，火烧扬州哪一年？哪只角角先起火？哪只角角后冒烟？啥子烧得连天炮？啥子烧得炮连天？"在凉山州雷波县，采集到一首彝族歌曲《太阳妈妈的名字》，大意说："太阳的妈妈叫什么名字？你知道吗？太阳的妈妈叫金水，我知道。……东方的大门谁推开？你知道吗？东方的大门公鸡座格开，我知道。……"而乐山市沐川县底堡乡联合村的盘歌则说："打鼓又从哪儿起？唱歌又从哪儿兴？……打鼓就从唐朝起，唱歌又从清朝兴。……"这些歌曲，以它们所包含的历史信息证实了它们的历史价值。

总之，《四川民歌采风录》一书，既有音乐学和艺术史的价值，又有文化史学和民族史学的价值。从前一角度看，它收集整理了大批民歌，促进了四川民歌的保护与研究，展现了民歌的传播方式，揭示了不同体裁的民间艺术的相互关系。从后一角度看，它保存了关于民歌生存和传播现场的各种文化信息，展示了民歌的社会功能，使民歌成为神话研究、民族史研究的旁证。因此，它既是中国艺术的宝藏，也是中国学术的宝藏。

四

由于个人爱好方面的原因，我还想谈谈《四川民歌采风录》中的《火把节歌》。

2008 年 3 月 22 日，万光治团队到达凉山州会理县黑依村，采录了一首彝语《火把节歌》，其辞大意云："人们手拿火把挥舞，烧死田边的病虫害，把人们的病痛烧走。"4 月 14 日，团队到达美姑县炳途乡四干普村，又采录了一首彝语《火把节歌》，其辞大意云："一年一度七月份点火，驱赶地下的虫子，人们的生活无忧无虑。"七天后，团队到达越西县白塔山，再次采录到两首藏语《火把节歌》。藏族歌手说：藏族火把节在每年阴历六月十六日到十八日举行，第一天是接迎节，第二天是唱跳节，第三天是欢送节。我注意到这些资料中的一些细节：其一，火把节是关于"接迎"和"欢送"的节日；其二，火把节是烧害虫的节日；其三，火把节的日期不很固定，有时在阴历六月中旬，有时在七月。这些细节是值得从民族文化史的角度加以思考的。

《火把节之歌》所歌唱的火把节，是流行于彝、藏、白、纳西、拉祜、哈尼、傈僳、普米、壮、瑶等西南民族当中的节日。有一种说法，说火把节的发源地在四川省凉山州的普格县，为此，我曾前往该县西洛区、螺髻山镇等地做过考察。从调查情况看，节日一般在农历六月二十四日前后举行，有祭祀（祭太阳神和祖神）、玩火（进行摔跤、选美、斗牛、赛马、抢羊等活动）、送火神等风俗内容。关于火把节的来源，各民族的传说不同，表明这是一个古老的节日。而关于火把节的内涵，有三十多种历史文献作了记录，其主要点有二：第一，认为火把节意味着"星回"，是"过岁"之节，燃火把的功能是"照岁而祈年"。第二，它在"冬夏二季月二十四日"举行。比如《禄劝县志·风土志》说："六月二十四日为火把节，亦谓星回节。夷人以此为度岁之日，犹汉人之星回于天而除夕也。"清弘治年间所编《贵州通志》记普安府风俗说："夷人每岁以冬夏二季月二十四日为火把节。"这就是说，六月下旬、十二月下旬都有火把节。

关于以上历史记载，近年来有学者提出质疑。其中有一本由彝族学者撰写的《彝族火把节》书，认为火把节与星回节毫无关系，二者"在时间上和内容上根本就风马牛不相及"；又认为古今典籍关于火把节为"星回"，为"年节""过岁"的记载是"穿凿附会，互相传抄，以讹传讹"。他提出这些看法的依据是他在彝族地区生活的经验。这样就产生了一个很有意思的问题：当一个人所掌握的田野资料和大批历史文献发生矛盾的时候，他应该如何取舍？

我的看法是，不能轻易否定历史文献！因为这些文献也代表了一种田野，即古人的田野。因此，解决问题的办法，只能是增加新资料，并且用新思路来分析资料。现在，《火把节之歌》便是新出现的资料。在《火把节之歌》中可以看到对"接迎"和"欢送"的强调，这条资料有助于认识火把节同"星回"、同"过岁"的关联。《皇清职贡图》卷七说：爨蛮"以六月廿四日为年，十二月廿四日为岁首"；许缵曾《东还纪程》说："云南马龙州六月廿四为年节，是晚，妇女俱艳妆，燃炬照屋，谓之照岁。"可见这首民歌意味着：人们要用火把节来接迎新岁，欢送旧年；举火把的意义是照亮新旧交接之时那段暗淡的日子。另外，在《火把节之歌》中可以看到对"烧死田边病虫害"的强调。这条资料则有助于解释用火把照岁的另一个意义，也就是在害虫潜伏越冬的时候，用烧毁杂草落叶和深翻田土的方式来灭虫——科学告诉我们：灭虫的最好时机是害虫潜伏时期，而不是害虫纷飞时期。总之，《火把节之歌》提示了两条被现代人遗忘的历史知识：一是在旧历六月下旬迎送年岁，二是在旧历十二月下旬烧草灭虫。

当然，被现代人遗忘的历史知识并不止以上两条。还有一条是古代的历法。所谓"以六月廿四日为年，十二月廿四日为岁首"，说明古代的一些民族，是把一个恒星年或回归年分为两年的。彝族、哈尼族、傣族的先民就是这样。彝文史籍《彝族天文起源（十月兽历）》说："一年分两截，一年有四季。"《裴妥梅妮》说："一年分两截，两截共四季。"《滇彝天文》说：一年是被两个新年分为两截的，冬天那个新年称作"年尾节"，夏天那个新年称作"天地汇合节"或"阴阳交替节"。哈尼族也把"年"和"岁首"分开，设立"矻札札"（六月节）、"札勒特"（过大年）两大年节。"矻札札"往往放在六月二十四日随彝族火把节一起过，此时要把天神迎到家里过年；"札勒特"的节期则在冬至前夕，或夏历十月第一个属龙日至属猴日。傣历的特点则是以六月为岁首，分两季：从开门节到六月（或七月初）泼水节为旱季，从泼水节到开门节为雨季。这些例证表明，以六月下旬为一个岁时周期的起始，分一年为两截，是中国西南地区许多民族的习惯。

现代人还遗忘了一个历史知识，即"星回"。早在公元九世纪初，位于今云南境的南诏国君臣就集体写作了《星回节》一诗。从诗句看，当时是以十二月十六日为星回节的。到明代，西南人习惯在六月二十五日过星回节，所以杨慎有诗云"年年六月星回节"。这个杨慎是四川新都人，曾客居云南三十年。前面说过，"星回"的意思就是"星回于天而除夕"，也就是过年。联系前面说的"一年两截"制，不难理解，火把节既然是过年或"过岁"的节日，那么它其实就是星回节——二者都是岁首之星重现的日子，是以星座判别新年的历法的标志。这件事，从天文学角度是很容易解释的。按照天文学的理解，古代西南民族曾经崇拜一个作为新年标志的星座。这个星座是在每年六月下旬从阳光遮蔽中重见于夜空，又在每年十二月下旬子夜上中天的。由于"星回"意味着神星消失而复现，所以有"洒火把"的习俗。也就是说，六月下旬的火把，其实是呼唤神星的火把；十二月下旬的火把，才是烧灭害虫、祈求丰年的火把。

至于"星回"具体指哪颗星的回归？这颗星同火有什么关系？其中的考证很复杂，今且不谈，各位可以看我的论文《论火把节的来源：兼及中国民族学的"高文化"问题》（《清华大学学报》2012 年第 2 期）。比较容易说清楚的情况是：由于地球自转所造成的"岁差"现象，每年同一天，地球人所看到的星空是不一样的。这样势必造成历法标准星的变动；或者说，在标准星不变的情况下，造成历法日期的变动。由于汉民族夏历的侵入，少数民族历法也无法稳定下来。1953 年，在今云南省南涧彝族自治县，有一位名叫鲁富安的彝族老人就说到这个情况。他说："我父亲（巫师）说过，彝族的火把节本来不在六月二十四日这天，这是假火把节。彝族的真火把节被汉族的闰月搞乱了。"这一说法表明，在西南民族那里，同火把节相关联的历法早于夏历。从这个角度看，《火把节之歌》所呈现的第三个细节也是很有意义的。这个细节是说火把节的日期在不同民族中不一样。它至少有三个启示：第一，火把节是一个同天文历法相关联的节日（所以联系于不同的日期）；第二，关于火把节的田野资料受到了汉文化的干扰（所以在不同民族中日期不同）；第三，正因为这样，我们要透过表面上的矛盾，找到隐藏在不同记录之后的底层。

总之，在其他意义之外，《四川民歌采风录》还有一个"礼失求诸野"的意义。"求"的方法是把"礼"和"野"相比较，"求"的目的是保护遗产、繁荣文化。因此，当我们关注"野"的时候，我们不必遗忘心中那个"礼"的本位。按我的理解，这正是《四川民歌采风录》的特点，即它特别重视民歌资料的文化价值和学术价值。这有三个具体表现：（1）在关注作为音乐遗产和文学遗产的民歌的同时，特别关注它们同历史上各种事物的关联；（2）不仅采用文字手段记录，而且重视采用声像手段来做记录，以保存最多的历史信息；（3）为展现每一首民歌的传播路线和传播区域，努力记录民歌在不同地域经不同歌手演唱而出现的种种差异，并努力探讨这些差异的形成原因。采用这种工作路线，既是同万光治教授的腹笥、同他的文学素养和史学素养有关的，也是同中国民间艺术的高文化特点有关的。从这一角度看，《四川民歌采风录》真是一部现代版的"轺轩使者绝代歌谣别国方音"。

五

2012年，万光治进入"从心所欲"之年。回头看看他的传奇人生，知情人都会有很多感受。我的感受是：他的工作以及工作带给他的态度，都让他快乐；而且，他周围许多人也接受了这种快乐的感染。

万光治所在的学校有一位校级领导，最近十年主管全校的宣传、统战、学生、共青团、军训、教师培训、远程教育、普法、精神文明、社科联合会和文科学报，不消说，行政工作很繁忙。但在这十年时间里，他却完成了五部学术著作，包括由中华书局出版的《金楼子研究》《南北朝诗话校释》，商务印书馆出版的《中古宗教与自然审美》。每次教师聚会，他便谈学问，如何校勘，如何训诂，《礼记·乐记》如何，《永乐大典》如何，谈得兴趣盎然。他比万光治年轻十岁，但也是成都人。在他身上，同样可以看到求知带来的快乐。

万光治所在的学院有一位成都籍的语言学家，专长四川方言。他对方言现象很感兴趣，但更感兴趣的是方言变迁所反映的人群迁徙和文化传承。为了观察方言背后的人和文化，他把节假日几乎全部交给了田野调查。有一个小统计：他走了十多万公里，调查了上百个县，参加了三百多场民间集会，考察了近两百座巴蜀牌坊，走访了数千人，拍摄了五万多幅民俗照片，摄录音像资料约一千小时，收集地方志 160 部，搜罗包括家谱、端公用书在内的民间抄本 300 册，投入资金 60 万元。他和万光治不同，是独行客；但他们有一点相似：对民间的文化创造充满迷恋。

在万光治影响下，这所学校还出现了一批 90 后巴蜀文化爱好者。她们在一位 60 后女教师的带领下，以《羌山采风录》为向导，初次用学术步伐丈量了从震灾当中复兴的羌族地区。她们的最后成果是两篇论文：《由〈羌山采风录〉所录民歌看羌、汉民族文化交流与融合》和《茂县纳呼村厷戊节研究》。一位羌族女孩谈起考察时的印象，说感触最深的是作为观察者"重温自己的童年生活"。比如，厷戊节向她展现了两种不同的面貌：一方面，"整片空气都是欢乐的"，"这一刻时间仿佛是静止的但又是最快的"；另一方面，由于"民族文化逐渐流失，大家欢聚的时光也变得越来越少"，美好的东西慢慢变成了遗产。这个女孩谈的其实是几代人对于故土、美、消逝和珍惜的共同感受。

以上这些人都生活在一个共同的地区。这里位于秦岭之南，古称"华阳"。这里富饶殷盛，又名"天府之国"。这里有星汉照耀，有山川显扬，素被看成上天眷顾之地，昔人故有诗云："唯天有汉，鉴亦有光。实司群望，表我华阳。"我在这里居住六年，深知其地其人的蕴藉美好。为此，当我看到万光治教授主编的《四川民歌采风录》的时候，不免生出一种感激之情。我想，即使从最小的意义上说，我们也应该感谢此书所做的这一情深意长的贡献——

表我华阳！

写于2014年12月16日。原载万光治主编《四川民歌采风录》，巴蜀书社，2017年。

《越南汉喃文献目录提要》前言

　　越南是中国的亲密邻邦，两国共有一千多公里陆地边界，也拥有相互关联的政治传统和文化传统。越南古王朝瓯雒，传说是中国东南部的越族的一支；而在赵佗称王南越（公元前207年）至吴权奠都古螺（939年）的一千多年里，北部越南曾作为中国的一个行政区而存在。此后至明代嘉靖年间，越南不断接受中原王朝所颁封号，其王族亦往往在血缘上与中华相联系①。尽管从1527年起，越南进入"自主时代"，但以推行汉文化为实质的科举制度却持续实行到1919年。也就是说，在二十世纪以前，越南文化一直是在中国文化的影响下发展的。

　　同日本和朝鲜半岛诸国一样，越南曾使用汉字作为书写工具；但较之日、韩等国，它拥有最长久的使用汉字的历史。从

---

① 参见张秀民《从历史上看中越关系》《安南王朝多为华裔创建考》，均载《中越关系史论文集》，台北文史哲出版社，1992年。

古代越南铭文和西汉南越王墓的出土物[①]看，公元以前，汉文篆字即在越南出现。历史记载亦表明，早在赵佗称王及汉武帝置南越九郡，设太守、刺史治理之时，诗书教化已伴随汉文字传入南国。[②] 严可均《全宋文》卷六三所记释道高、释法明《答李交州森难佛不见形》等文，是现存最早的越南文献，亦是越南作为"文献之邦"的证明。《全唐文》卷四四六所载著有《白云照春海赋》《对直言极谏表》等文的姜公辅，则是来自越南的最早的进士。科举制度在唐代施行于越南；至李朝仁宗泰宁四年（1075年）后复兴，开科试，"诏选明经博学及试儒学三场"[③]，成为南国独立行用的制度；此后经后黎朝和阮朝的极盛而衰落于1919年。越南历史上于是有了三千多名进士和不计其数的秀才举人。这支队伍承负起以汉语言文学为主流的越南语言文学传统，也巩固了汉语言文学在越南文化中的地位。我们于是看到这样一个意味深长的事实：日本早在公元759年《万叶集》成书以前就制造和使用假名，朝鲜文的创立在1445年左右，而越南的拉丁文字则出现于十七世纪中叶，到二十世纪才成为法定文字。这意味着，越南的古代史是以汉字为主要载体的历史。若要追寻域外的汉文古籍，那么，越南显然是一个不容忽视的地区。

---

① 《西汉南越王墓发掘报告》，载《考古》1984年第3期。
② 如《越鉴通考总论》记赵佗"以诗书而化训国俗"，见《大越史记全书》卷首，东京大学东洋文化研究所，1986年，第84页。《后汉书》卷八六《南蛮西南夷列传》记锡光、任延为交趾、九真太守时"建立学校，导之礼义"，中华书局，1965年，第2836页。
③ 吴士连《大越史记全书》卷三《李纪》，东京大学东洋文化研究所，1986年，第248页。

但同以上事实形成明显反差的是，汉文典籍在越南的遗存情况基本上不为中国当代学术界所知。有鉴于此，1998年8月，我随南京大学张伯伟教授、上海大学张寅彭教授对越南社会科学中心汉喃研究院作了为期三周的学术考察。正是从那时起，开始酝酿编纂汉文本越南古籍目录的计划。为了全面掌握汉喃文献的资源情况，我系统查看了该院的图书目录，检阅并复印了上百种汉喃古籍。回国以后，又陆续将所得资料重读一过，在汉喃研究院陈义、丁文明二位研究员以及朱旭强、何仟年、王福利、李方元、孙晓晖等五位博士生的帮助下，按四部分类法重编了越南古籍目录。2001年春天，我再次前往河内，在陶芳芝、阮德全等中越青年的协助下，用两个多月时间，对所编目录做了细致的补充、核实和重新整理，最终完成了《越南汉喃文献目录提要》一书。工作之中，感受颇多，今拟就越南所存汉喃古籍的情况，介绍一点认识和体会。

一、关于越南古籍的两类目录

了解某一地区的图书，最便捷的途径是了解相关的目录。在越南历史上按中国文献学传统分类编写的目录，有二十多种保存至今；而在中国学者冯承钧编写《安南书录》（1932年）① 以后，又产生了一批按音序或字符顺序编写的书目。这两类书目，是认识越南汉文古籍资源情况的向导。

第一类目录属古典书目，包括《黎朝通史·艺文志》

---

① 冯承钧《安南书录》，载《北平图书馆馆刊》6卷1期，又收入冯氏《西域南海史地考证论著汇辑》。

（1749 年）、《明都史·皇黎四库书目》、《历朝宪章类志·文籍志》（1821 年）、《黎氏积书记》（1846 年）、《河内大藏经总目》（1893 年）、《大南国史馆藏书目》（1900 年）、《史馆手册》（1901 年）、《聚奎书院总目册》（1902 年）、《史馆书目》（1907 年）、《藏书楼簿籍》（1907 年）、《国朝书目》（1908 年）、《内阁书目》（1908 年）、《新书院守册》（1914 年）、《内阁守册》（1914 年）、《皇阮四库书目》（1922 年）、《古学院书籍手册》（1925 年）和《南书目录》（1938 年）。它们大致反映了越南古籍的历史面貌和越南古代知识的结构，例如以下二书：

（一）《聚奎书院总目》。聚奎书院是明命时代所建的书院，建成于嗣德九年（1856）。其藏书在成泰皇帝时得到整理，1902 年，由范允迪等人编出《总目》。《总目》分经、史、子、集四部，共著录图书近四千种。其中经部著录图书 776 种，下分易、书、诗、礼、春秋、孝经、五经总义、乐、小学等十类；史部著录图书 712 种，下分地理、职官、政书、目录、史评、正史、编年、纪事本末、别史、杂史、诏令奏议、传记、史抄、载记、时令等十五类；子部著录图书 1081 种，下分儒家、兵家、法家、农家、医家、天文算法、术数、艺术、谱录、杂家、类书、小说、释家、道家等十四类；集部著录图书 1089 种，下分楚辞、别集、总集、诗文评、词曲等五类。此书今存三种抄本。

（二）《历朝宪章类志·文籍志》。《历朝宪章类志》是产于阮圣祖明命二年（1821 年）的一部大型政书，由潘辉注编撰。全书 49 卷，设地舆、人物、官职、礼仪、科目、国用、刑律、兵制、文籍、邦交等目。其中《文籍志》分宪章（26 种）、经史（27种）、诗文（106种）、传记（54种）四部，共著录213种图书。此书今存二十种抄本。

以上两种目录，代表了越南古典目录书的两种结构类型。其一是中国传统的经史子集四部型。这是越南古典目录的常式，又见于《黎氏积书记》《东洋文库安南本目录》和各个书院的手册。它表明，从书院或教育的角度看，书籍的功能是传授源于中国的文化知识。其二是具有越南本土特色的史书目录。早在《文籍志》成书六十二年前，黎贵惇所撰《黎朝通史·艺文志》已作宪章、诗文、传记、方技四分。其特点是取消了经部，并强化了史部的政书。《文籍志》大序说："制作之妙，发为文章；心术之存，寓于记载……典籍之生，其来久矣。盖自丁黎肇国，抗衡中华，命令词章，浸又渐著。至于李陈徙治，文物开明，参定有典宪条律之书，御制有诏敕诗歌之体。"由此可见，从史官或政治的角度看，书籍的功能是彰显民族的文化。下文谈到的经、子之书在越南的衰变（多变为科举教材），可以通过以上两种功能得到解释。

上述目录还反映了史馆、书院在保存古籍方面的重大作用。事实上，越南古籍主要就是依靠这两类机构保存下来的。据记载，越南古代的藏书设施有：建于1021年，用于储经的八角屋；建于1023年，用于储藏经律论三藏的大兴书库；建于1036年，用于储藏《大藏经》的重兴书库；建于1295年，地处今南定天长的佛经书库。①这些藏书设施主要服务于宗教

① 分别载见于《大越史记全书》卷二、卷六，第214、226、374页。

教育。此后的设施则有见载于《上京风物志》的蓬莱书院，黎朝所建；以罗山夫子阮帖为院长的崇政书院，1791 年（属光中时代）所建；以及见于各种书目的"聚奎书院"、"史馆书院"、黎元忠家庭书院、"内阁书院"、"新书院"（成立于维新时期，即 1907 年至 1916 年）、"古学院"（成立于 1922 年）等。由此可以理解下文谈到的一个现象：在越南古籍中，最引人注目的部类是联系于史馆的各种政书，以及联系于书院的举业文献。

第二类书目出现在二十世纪三十年代以后，可以称作现代书目。其数亦有二十多种，包括日文的《河内远东博物学院所藏安南本书目志》（1934 年）、《东洋文库安南本目录》（1939 年）、《巴黎国家图书馆所藏安南本目录》（1953 年），也包括越南文和其他文字的《北书南印版目录》、《汉喃书目》（1977 年）、《越南汉喃遗产目录》（1993 年）、《荷兰莱顿大学所藏的汉喃古籍》（1992 年）、《英国图书馆所藏的汉喃书籍》（1995 年）、《日本四大书馆所藏的越南本总目录》（1999 年）。它们反映了越南汉文古籍的现代遗存情况，也反映了汉文古籍的新的传播路线。据不完全统计，抄印于越南的汉文和喃文古籍，现在在亚洲、欧洲都有流传：在法国有一千多种，在日本有二百六十多种，在英国有六十多种，在意大利有三十多种，在荷兰、泰国则各有三百种以上。①

① 张文平《荷兰莱顿大学所藏的汉喃古籍》，陈义《英国图书馆所藏的汉喃书籍》，陈义、阮氏莺《日本四大书馆所藏的越南本总目录》，分别载《汉喃杂志》1992 年第 2 期、1995 年第 3 期、1999 年第 1 期。参见陈义《越南汉喃遗产目录·前言》。

在这一类目录中，最值得注意的是关于越南所藏汉喃文献的两部大书：1977 年成书的《汉喃书目》和 1993 年出版的《越南汉喃遗产目录》（Catalogue des Livres en Hannom）。《汉喃书目》由越南中央图书馆杨泰明等人主持编写，1960 年始编，1971 年完成初稿并打印流行，1977 年增补部分书目及索引。全书三册，共 2 493 页，收录藏于河内国家图书馆的汉喃古籍 5 555 种。《越南汉喃遗产目录》亦三大册，以越、法两种文字印行。它始编于 1984 年，由越南汉喃研究院和法国远东博物学院合作编写，担任主编的是当时的两院院长陈义教授和佛朗沙·格罗斯（Francois Gros）教授，参加编写的则有陈文全、黄文楼、杨泰明、枚玉红、谢重协、张庭槐、陈庆浩等人。以上二书的编写基础实际上是河内法国远东博物学院图书馆的藏书。此馆建于 1901 年。据 1951 年的统计资料，当时它有三千五百种越南古籍、两万五千件碑文拓片，此外还有玉谱、神救、地簿、社志等共两千四百种。1958 年，远东博物学院迁回法国，这些资料移交给越南，分别藏在汉喃研究院和河内的越南社会科学图书馆。《汉喃书目》即以此为编纂对象，而《越南汉喃遗产目录》则同时著录了一千多种法藏汉喃文古籍。

以上二书代表了越南古籍目录学的最高水平。据《越南汉喃遗产目录》统计，1993 年前，入藏于汉喃、远东两院图书馆并予编号的越南古籍共有 5 038 种、16 164 册。其中中国书重抄重印本有 1 641 册，越南人所著汉文书有 10 135 册，喃文书有 1 373 册。其余为杂用汉喃两种文字的图书，包括玉谱（神的事迹）535 册、神救（封神的救文）404 册、俗例（乡约）732 册、地簿 503 册、古纸 96 册、社志 16 册。这是关于现存越南汉文古籍的最新统计数字。

但以上数字是有很大缺漏的，因为它没有计入未编号的那些古籍。在汉喃研究院图书馆，这类未编号的古籍，仅 1987 年以前入藏的即有 729 种。汉喃院图书馆的目录箱中还有一种"复印本目录"，既著录本馆的复本书，也著录本馆无原件、影自其他图书馆的古籍；除去重复，其未编号者亦有两百多种。因此之故，《越南汉喃遗产目录》的续编工作并未中断。此外一种情况是，越南古籍的装帧方式颇不同于中国古籍：绝大部分是手抄本，往往把数种内容未必相关的图书抄于一册，合用一名。因此，按形式计，《越南汉喃遗产目录》著录图书 5 038 种；按内容计，亦即按刘向、刘歆整理图书之后的中国图书单元概念计，其数则接近《目录》所统计的册数，在一万以上。这个数字，尚不包括两万五千件已入藏的碑文拓片。总之，越南汉文古籍的资源，是远远超过各种统计数字的。

二、经书和儒学

同大部分现代书目一样，《越南汉喃遗产目录》是按书名首字音序编排的，书中内容的比重未能反映出来。其书主编陈义遂依现代观念，对所著录的 5 038 种图书做了一个分类统计。各类品种数依次为：文学 2 500，史学 1 000，宗教 600，教育 450，社会政治 350，医药卫生 300，地理 300，法制 250，艺术 80，经济 70，语言文字 60，数学物理 50，其他（军事、建筑、农业、综合等等）40。这显然是一个粗略的统计和分类，但它说明，文学在越南古籍中占有半壁江山，而传统的经学或儒学却失去了作为学术重心的位置。

为了便于对中越两国的古籍进行比较研究，我们在编辑《越南汉喃文献目录提要》之时，也对该书所录 5 027 种图书做了一个分类统计，其数据如下：

经部 147 种（占全部之 2.9%），含以下类目：

易 32，书 7，诗 13，礼 11，春秋 11，五经总义 13，四书 27，孝经 8，小学 25；

史部 1 665 种（占全部之 33.2%），含以下类目：

正史 14，编年 16，杂史 100，北史 11，燕行记 8，政书 576（含通制、仪制、职官、科举、邦计、邦交、军政考工、刑法、诏令奏议、公牍、乡约、田丁簿、交词等目），传记 519（含总传、别传、神迹、谱牒、日记等目），地理 272（含总志、方志、地图、风土、名胜、外国等目），目录 16，史钞 11，金石 30，杂说 77，少数民族文献 15；

子部 1 527 种（占全部之 30.4%），含以下类目：

儒学 68，杂学 26，类书 19，蒙学 50，家训 23，兵家 20，医家 332（含总论、内科、五官外科、妇儿、痘疹、经脉针灸、药草方剂、杂录等目），历算 42（含天文历法、算书等目），数术 188（含堪舆、星命、易卦、相法杂占、签谶等目），艺术 26（含书画、音乐、日用等目），佛教 314（含经、律、注疏、论述等目），基督教 27，道教与俗信 392（含道经、降笔文、神敕、其他等目）；

集部 1 684 种（占全部之 33.5％），含以下类目：

总集 212，别集 455，诗文评 10，北使诗文 80，酬应文 63，应用文体 119，举业文 314，赋 54，六八体诗歌 34，歌谣 35（含歌曲、谣谚二目），陶娘歌 29，戏曲 33，小说 140（含诗传、章回小说、传奇、笔记等目），金云翘 18（含汉文传、喃文传、诗赋、其他等目），杂抄 88。

这些数据，可以同《四库全书》的一些数据相比较。在《四库全书总目》所著录的全部图书（包括附录书和存目书）中，经部书占 17.7％，共 1 881 部；史部书占 20.7％，共 2 206 部；子部书占 28.8％，共 3 070 部；集部书占 32.8％，共 3 497 部。若以经部古籍为比较的基点，那么，无论从数量上看还是从比重上看，越南的经学都是很贫弱的。同清四库中的经学典籍的数量相比，只相当于它的十三分之一；同其比重相比，只相当于它的六分之一；同越南古籍的其他部类比，只相当于史、子、集等每一部的十分之一，而不及史部中的政书、传记、地理等小类，不及子部中的佛教、俗信、医家、数术等小类，也不及集部中的总集、别集、举业文等小类。这反映了中越两国古籍结构——至少是不同观念中的古籍结构——的一个重要差别。

我们还对列入经部的 147 种越南古籍做过分析，得出以下一表：

	易	书	诗	礼	春秋	五经总义	四书	孝经	小学	总计
品种数	32种	7种	13种	11种	11种	13种	27种	8种	25种	147种
抄本	28种 87.5%	6种 86%	8种 61.5%	9种 82%	9种 82%	6种 46%	14种 52%	1种 12.5%	11种 44%	92种 63%
使用喃文	6种 19%	1种 14%	7种 54%	2种 18%	1种 9%	2种 15%	4种 15%	3种 37.5%	13种 52%	39种 26.5%
举业用书	6种 19%	4种 57%	2种 15%	5种 45.5%	4种 36%	5种 38%	10种 37%	—	—	36种 25%

也就是说，越南经学古籍中易和四书所占比例最大，而书和孝经所占比例最小。从形式上看，则有抄本多、喃文多、举业用书多的特点。且让我们具体看看以下几部古籍：

（一）《周易国音歌》：邓泰滂编撰，李子璿校订。有阮浩轩 1750 年序、武钦邻 1757 年序、范贵适 1815 年序。印本438 页，有 9 幅图。体裁为六八体喃诗。

（二）《诗经演音》：作者失名。抄本 394 页。内容为用六八体和七七六八体诗对《诗经》的仿译。

（三）《孝经国音演歌》：绵寓撰，范有仪序，印本 40 页。内容是对《孝经》的六八体喃译。亦属多书杂抄，附有《活世生几孝子光传》（采自中国邵纪堂作品）和喃文《补正二十四孝传演义歌》。

（四）《四书策略》：作者失名。今存抄本五种，分别为412 页本、268 页本、168 页本、160 页本和 100 页本。内容为科举策文文选，题材采自四书。

以上诸书，明显具有不同于中国经学古籍的特质。《周易国音歌》有图，用六八体，乃是通俗化的《周易》，而非学术的《周易》。类似的通俗化倾向也见于六八体的《诗经演音》。至于《孝经国音演歌》，则可能用于日常说唱，故同《活世生儿孝子光传》《补正二十四孝传演义歌》等韵文叙事作品杂抄在一起。这些书籍且有较大的流传规模。例如《周易国音歌》有写于1750年、1757年、1815年的三篇序，曾经多次重刻重印；而《四书策略》则有五种抄本存世——表明科举造成了对经学书籍的广泛需要。

以上诸书的通俗性、应用性特点，乃表明了越南经学书籍同文化教育的关联。且不说举业用书明显产生于科举教育的需要，即就喃文书的通俗化色彩看，它也应当是具有教科书性质的图书，主要用于各类学校的启蒙教育。而多以手抄本形式流传的情况，也是与上述用途相对应的。越南经学古籍中有36种举业用书，其中绝大部分（33种）制为抄本，即反映了手抄方式同举业的联系。而抄本中"书"的比重最大，"孝经"的比重最小；喃文书中"诗"的比重最大，"书"和"春秋"的比重最小；举业书中"礼"和"五经正义"的比重最大，"诗"的比重最小：则反映了三种体裁形式同三种功能的对应——"诗"是最重要的语言文学教科书，故多采用喃文"演音"的方式作为原本的对照；"书"和"春秋"是举业的必修功课，故多用汉文，多以"演义"（黎贵惇撰有《书经演义》）、"节要"（裴辉碧撰有《书经节要》）、"精义"（失名撰有《书经精义》）、"略问"（又有收录59篇策文的《书略问》）的方式用为撰写策文的参考；"孝经"则是用于教化的儒家经典，故多以印本的形式流传，多采用"释义"

（如《孝经释义》）、"译义"（陈文烩以喃文撰《孝经译义》）、"立本"（绵寓撰《孝经立本》）等阐发内容的方式。结合前文关于越南经学古籍结构变动的看法，可以认为，其功能主要就是教化（以"孝经"为代表）、语文教育（以"诗经"为代表）、服务于科举这三种。

经学古籍传入越南之后，在非常广大的范围内发生了影响。但它主要不是向学术方向发展，而是向应用方向发展。随之产生出来的，不是以训解、阐发、研究儒家经典为主干的经学，而是以宣讲仁爱、纲常等伦理观念为主要内容的儒学。在现存的越南古籍中，有《劝孝歌》《日省吟》《勤俭汇编》《孝顺约语》《女则演音》《妇女宝箴》《训俗遗规》《福田言行录》《修身伦理科》《圣教三字经》《返性图书国音》《二十四悌新录》等近七十种儒学书，又有《裴家训孩》《传家至宝》《穷达家训》《家范辑要》《明道家训》《阮氏家训》《教训演歌》《居家劝戒则》《杨公训子歌》《黎贵惇家礼》《吴公训子文》《阮唐臣传家规范》等二十多种家训书，此外还有大批乡约（111种）和谱牒（264种）。这些书籍反映了《孝经》《四书》所代表的教化功能的辐射，同时也反映了越南经学与伦理教育合流的事实。

三、碑铭和村社史料

在越南古籍中，和中国史部金石类相对应的典籍，主要是一些碑铭文献。若将其分类，则有六种：一为城碑，如《河内城碑记》；二为佛迹碑，如《厨所佛祖遗迹碑》；三为祠堂碑，如《尚书宰相公祠堂碑记》；四为摩崖碑，如《摩崖纪公文》；五为社神碑，如《扶琴社后神碑记》《独步社神祠碑记并扁抄录》；六为寺庙碑，如《队山寺碑》《北宁寺庙碑文》。其中数量最多的是寺庙碑和社神碑。越南潮湿，纸书不易保存，所以碑文可以填补早期纪年史料的空白。例如较早的碑文书有《隋时大业碑文》，记录公元 618 年爱州（今清化省）官员的学才和家世；稍晚则有阮公弼撰于 1121 年的《队山寺碑》、阮忠彦撰于 1335 年的《摩崖纪公文》。后者刻在密州摩崖之上，记载陈明宗讨伐哀牢的功业。

但越南碑铭的绝大部分，却还没有整理成书，而以拓片形式保存。在汉喃研究院，即藏有两万两千版碑文拓片，由一个专门的小组在整理。《北宁省历史文化中的碑文遗产》一书作者范垂荣告诉我，她所研究过的京北地区的碑拓有 1 063 版，涉及 17 个县 328 个村社。我看过这些碑铭拓片，它们和已经成书的碑铭文献不同，内容更接近下层社会，是研究越南古代村社的重要史料。

实际上，这样两种碑铭的区别，正好对应于中越两国碑铭的区别；因为中国古代碑铭是以墓志为主的。有一个事实很清楚：碑铭是越南历史文化的重要载体，其方式来源于中国，但其功能却与中国碑铭不尽相同。在越南碑铭中比例最高的类别是亭门碑铭、祠堂碑铭、寺观碑铭，常常反映群体的而不是个体的活动。例如亭门是村社的标志物（相当于中国的城隍庙），往往由致仕后的官员率领修建，其碑铭遂多记录修建者的职衔、村社的结构和宗族的系统。在其他碑铭中则可以看到契约、律例、税收、公益等村社经济资料和风俗资料。十六世纪以后，越南出现了一种由无子孙妇女向寺观、亭门"伸寄后供"的现象，这一具有重要社会意义的现象也是通过碑铭反映出来，而成为研究者的关注点的。

有意思的是，碑铭的上述特点并不是孤立存在的，在越南的史部图书中，同样可以看到关于社会各阶层的集体活动的大量记录。尽管越南有许多记录帝王和军政大事的典籍，从目录学角度看，它们组成了正史、编年、杂史、通制、职官、军政考工、诏令奏议等部类；但从史学角度看，越南古籍质和量的比重都偏在富于社会史色彩的另外一些部类上。以下便是其中较具代表性的八个部类：

（一）仪制：越南古代朝廷的仪制仿自中国，有郊祀、祖庙之祀，亦有冠、婚、葬、祭之仪。其祭祀仪节包括求福、祈雨、祭神主、祭水神等项目。这一部类因而可以归为礼仪研究的对象。但其中仍有两种较富社会史意义的书籍：其一是关于地方祠庙的制度命令，例如郑松颁于1559年的《平安王令旨》（关于派员管理乂安省青漳县武烈社度天大帝龙王祠庙的命令）、郑壮颁于1628年的《清都王令旨》（关于派员管理武烈社杜善大帝龙王中等神祠庙的命令）；其二是地方会社仪式活动的记录，例如《辽川邑亭例》载录兴安省塘豪县辽川社文址祭神仪式的规定，《祀事文式》载录河东省上福县罗浮社供祀神圣、先贤、城隍、众生及祖先的祭文，《河东省怀德府上会社考异》又名《河东省上会总开会迎神歌曲》。

（二）公牍：公牍指的是各级政府的行政文献，在古代越南，其主要部分是基层机构的政法文书。例如《河东槐市各迹公文》收录1661年以来的诉讼文件，《多禾社饬文》是关于多禾社丰禾村分立为二村的呈单、饬文，《大同社告文》包括福安河永祥府大同乡关于礼仪的 71 篇官告，《武烈社呈单》为1802 年武烈社百姓投诉某人把父母亲骸骨偷葬在上等神坟墓旁边的信函，《宁顺道经营总经营社集编》辑载该社自 1889 年以来的榜示、牌匾等文件，《武烈社场第一甲裴洲监牧争讼词》属法律档案。

（三）乡约：这是史部书中存书最多的部类之一，共有一百十余件。略可分为"券""约""例"三种体裁。"券"即关于日常事务的规章，如《厨壹甲券》，为 1874 年至 1907 年慈廉县云耕乡金黄村关于祭祀、婚娶、宴飨、田土、日常开支的财务规定；《慕泽社旧券》，为海阳省平江县慕泽社关于登第、职爵、交通、治安、农桑等事的规章。这类规章今存十余件，有《古宁乡券》《罗溪社北亭甲券》《罗溪社西村券约》《文林范族券稿》等名。"约"指村民共同订立的公约，其内容多关于行政管理。今存二十余件，如《富库社乡约》《长山村乡约》《玉同乡约》《高舍社中村乡约》《芝泥社乡约》《伯溪乡约》《东畴计乡约》《大慈社乡约》《都梁社乡约》和《东圆村条约》。"例"又称"俗例"，为日常习惯的制度化，多关于奖惩、收支、科税及礼仪风俗。其中年代较早的有 1665 年订立的《东城县各社村券例·厚山券约》和《名乡券例》、1667 年至1689 年订立的《杨柳、桂杨、茂和等社交俗例》、1720 年至1886 年订立的《槐市村条例》。

（四）田丁簿：今存田丁簿约四十件。其名或称"地簿"，如《河内地簿》（1866）、《农贡县戊申年地簿》（1788）；或称"田簿"，如《东鄂东一甲田簿》（1866）、《东鄂东二甲田簿》

（1795）；或称"丁簿"，如《丹凤县下协社丁簿》（1816、1827）。类似的文献包括在役及退役军士的名册、老人和残障者的名单，如1780年的《武烈社神簿》、1792年的《武烈社开老疾丁单》。又有各种账簿，如《武烈社事神器用簿》（武烈社守令所看管的文牍和物品的清单，1776）、《华鄂社古税纸》（河内慈廉县华鄂社冬夏两季的交税记录簿，1771—1777）、《武烈社开神敕支费簿》（武烈社神敕开支的账本，1848）、《东鄂社土埚坊留照词》（河内东鄂社土埚坊修建祠庙的收支结算单）。

（五）交词、嘱书和分书：这是几种主要的越南民间文书。"交词"相当于今所谓合同或协议，"嘱书"相当于今所谓遗嘱。今存交词、嘱书各十余种，其年代较早的有1796年订立的《几舍阮登魁（夫妻）分田词》、1808年订立的《岐灵社顺认田界单》、1812年、1875年订立的《东鄂社范族交书》、1817年河内嘉林县钵场乡王族的《交书》、1844年的《东鄂社阮伯多嘱书》、1862年的《玉滩社阮氏巽嘱词》。交词亦称"交好例""例簿"，如《紫阳贡川两邑交好例》（河东省紫阳贡川两邑关于祭礼、犒飨、婚娉、建桥、筑堤等问题的约定）、《东鄂社各甲例簿》（河内省慈廉县东鄂社各甲之间的交往协议）。而"分书"则往往用为嘱书的别名，如《东鄂社范嘉安嘱书》又名《范族嘱书》或《东鄂社范嘉安分书》，其主要内容是规定子女对家产的分配方式。事实上，财产分割也是各种协议书的内容。所以越南古籍中可见"交词""分书""嘱书"混用之例。如《范族交词》，为范光升夫妻分割家产的遗嘱；《武烈总各社交词》，为乂安省武烈总下属各社的收据、文契；

《嘱书文契旧纸》，杂抄武文斌1747年所立的遗嘱书、张氏乡1761年所立的遗嘱书（均关于地产），以及黄公钦于1831年所立的借据文契。

（六）玉谱：即神祇的传谱，又称"神迹"，为史部书中的一个大类，今存图书不少于八十种（《越南汉喃遗产目录》的统计是535册）。从神祇来源的角度看，可分为传说人物玉谱、宗教人物玉谱、历史人物玉谱、氏族英雄玉谱等类别。例如《伞圆山玉谱》《古珠四法谱录》《安朗后土事迹》（又名《安朗应天化育后土事迹实录》）等为传说人物谱，《邯江丁族生封大王行状实录》《大姥阮族三大王谱记》等为氏族英雄谱，《救生郑圣祖事迹》（郑洽和尚的事迹）、《圆光胜迹》（空路、觉海、徐道行三位禅师的事迹）等为宗教人物谱，《雄王事迹玉谱古传》《三位大王事迹》等为历史人物谱。后书所谓"三位大王"，乃指巴中人朱谨、朱谦、朱谭。据说此三人在汉献帝时来到越南，死后显灵扶助阮朝始祖阮金讨伐莫氏，因而封为保忠大王、威猛大王和威烈大王。

在玉谱当中，有相当丰富的村社史料，如《葭芳社玉谱》记录海阳省葭芳乡李表二子立功封神的历史，《北宁省安丰县殷富总三枣社四位玉谱录》记录了李朝开国皇帝李公蕴及皇后同三枣社的历史联系，《北宁省安丰县丰光总东枚社玉谱录》则述及李南帝夫人许贞和与东枚庄的关联。尤其值得注意的是：很多被称作"神迹"的玉谱以村社为单位进行记录，确切地体现了作为村社神祇志的性质。这样的玉谱有《朱绢社神迹》《多和社神迹》《熏沈村神迹》《定功庄神迹》《东结社神迹》《教育社神迹》《贝溪社神迹》《清茶社神迹》《武烈社开神

迹》《上瑞社五位神迹》《况上社祀谱》《宁平省嘉远府黎舍总
茶顶社神迹》《神迹北宁慈山芙留社内村》《福立社奉抄神迹》
《东汭社承抄神迹》《河南省青廉县杞梾总石祖社神迹并谱记》。
《朱绢社神迹》又名《粤裳氏李皇子雅朗王玉谱》，《多和社神
迹》又名《褚童子及仙容西宫二位仙女玉谱》，《东结社神迹》
的神主是统领将军阮超——他曾帮助吴权统一国家，死后封
神。可见村社玉谱多以本地的历史人物和历史上的传说人物为
传主，实际上是村社史的一种表现形式。

（七）谱牒：现存越南谱牒，少数是先王世系谱，绝大多
数是家族谱。其名或称"家谱"，或称"族谱"，共二百六十多
种。前者有《陈族家谱》（1533）、《云葛黎家玉谱》（1623）、
《金山家谱》（1691年）、《拜恩阮族家谱》（1705）、《谭氏家
稽》（1718年）、《来月阮氏家谱》（1754年）、《黎族家庙新谱》
（1780年）等；后者有《钵场社阮族家谱实录》（1686年引）、
《东涂社范族谱系》（1718年）、《海贝武公族谱》（1720）、《获
泽汝族谱》（1745年序）、《杜族谱记》（1752年）等。此外有
因知名人物而立的家谱，如《贝溪状元家谱》（谱主为1442年
状元阮直）、《大南京北镇乐道社杨氏世谱》（谱主为1547年状
元杨福司）、《安朗尚书公家谱》（谱主1598年状元阮维，时为
吏部尚书）。又有家谱的汇编，如《家谱集编》，载《先田阮家
世谱》《越安潘家世谱》和《威远阮家世谱》。各谱的历史跨度
很大，如《盛列东邑裴氏甲支列祖行状》，所载之始祖生于黎
仁宗时，即1443—1459年；第十三祖生于黎神宗时，即
1619—1643年。

除以上部类以外，在家训、家礼等部类中，还有关于村

社教育的史料；在史部其他部类中，则可以看到关于乡村社会组织和风俗的杂记。如《乡编郎琼》记一乡的登第名单、乡贤、风俗和村例，《风俗杂录》记一地区的行政单位、社会组织和婚丧习俗。越南汉文古籍的一个重要特色，就是这种由村社史料代表的地方性特色。实际上，尽管有《四库全书总目》等书的掩盖，在中国各省市的地方古籍中，也能看到这一特色。

四、燕行记和北使诗文

在越南的概念中，"北"和"燕"通常代表中国。"北史"即中国历史，"燕行"即中国之行，"北使诗文"写于出使中国的旅途之中。越南古籍中有十多种燕行记和八十多种北使诗文集，生动而细致地反映了历史上的中越关系。但这些作品的意义却并不限于史学；更重要的是，它们是越南古典文学的一笔重要遗产。若就作者的数量而言，它们在越南文学史上至少占有七分之一的比重[①]；若与集部相关类别的汉文作品相比较，则占有五分之一的比重。

越南的汉语诗文创作可以追溯到唐以前。前文说到，刘宋时候，在越南作家中已产生了《答李交州森难佛不见形》等文章。但有很多迹象表明，唐代才是越南古典文学发展史上最重要的时代。据语言学家研究，传入越南的汉语有两种，一是零星传入的"古汉越语"，二是"成套"传入的"汉越语"，其时

---

① 据陈文甲统计，从十世纪至 1945 年共有 850 名作家，其中汉文作家为 735 名。见《越南作家略传》，越南社会科学出版社，1971 年。

代分野乃在中唐。①而发生在唐代的这次大规模的汉语传播，便是以诗文为载体的。姜公辅作于唐德宗时期的《白云照春海赋》《对直言极谏表》，反映了越南唐文的水平；与之相应，当时越南一定也有汉诗创作的高潮。可以作为佐证的事实是：越南最流行的汉文诗一直是唐诗。白居易《琵琶行》《长恨歌》是歌筹的代表节目，越南古典诗的典范形式称"唐律"，唐诗总集在越南诗文集中占有明显的地位。据不完全的资料，越南所存唐诗喃文译评本有《唐诗合选五言律解音》（83 首唐诗的喃译）、《唐诗摘译》（96 首唐代五绝的喃译）、《翰声解颐新集》（唐诗一百首的汉喃对照读本），所存仿唐诗的作品集有《唐律国音诗》，所存用六八体、双七六八体创作的唐诗演歌集则有《唐诗绝句演歌》（又名《唐诗国音》，56 首七言唐诗的六八体喃译）、《唐诗七绝演歌附杂文》（40 首唐代七绝的六八体喃译）以及《渭城佳句折编》等。至于白居易作品的译本、注本、演歌本，就不胜枚举了。

唐代诗歌在越南的兴盛，同当时的文化交流状况有关。历史上，越南曾作为中国的一个地区接受中央政府所施行的文教制度，这种情况到唐代达到最成熟的阶段。除掉例行的科举考试之外，唐王朝在越南实行了一些特殊的政策，例如上元三年（公元 676 年）专门设置"南选使"，遴选安南士子入仕；会昌五年（公元 845 年）作出规定，安南、福建、黔府、桂府、岭南等地每年可选送进士和明经到中央任职。唐代有很多诗篇就

---

① 王力《汉越语研究》，载《龙虫并雕斋文集》第二册，中华书局，1982 年，第770 页。

是在这一背景下产生的。其中一类是迁居安南的中原人士的诗篇。例如流寓安南的杜审言、沈佺期等人作有《旅寓安南》《初达驩州》《驩州南亭夜望》《九真山净居寺谒无碍上人》《度安海入龙编》《赦到不得归题江上石》等诗篇，时任安南静海军节度使的高骈作有《叹征人》《南征叙怀》《赴安南却寄台词》《安南送曹别敕归朝》等诗篇。另一类是内地文人和安南人士的唱酬之作。例如杨巨源作有《供奉定法师归安南》，张籍作有《山中赠日南僧》《送南客》，贾岛作有《送安南惟鉴法师》《送黄知新归安南》，贯休作有《送僧之安南》等。显而易见，那些燕行的安南文人和诗僧也有各自的汉诗创作，只是未保存下来。柳宗元《送诗人廖有方序》云：交州廖生"为唐诗，有大雅之道"①。说的就是这一批已经失落的越南唐诗。

但是，未料想在几个世纪以后，唐代燕行人所建立的诗文创作传统却得到充分发扬，且一直蔓延到十九世纪末。更令人感到幸运的是，这些作品被较妥善地保存下来，以至于我们有条件对越南使节文学的主要事件作一概述。

越南使节文学实际上是与越中两国的一种特殊关系——藩属与宗主国的关系——相始终的。一直到1885年越南沦为法国殖民地，这一文学现象才告结束；而其起始，则可以追溯到公元十世纪。十世纪曾发生两个相联系的标志性事件：丁部领于公元968年自立为帝，随即在970年正月遣使如宋结好。从此之后，每一王朝都有进贡方物、请求册封的举动。据统计，在宋代，越南朝贡的次数在五十次以上；在元代，越南进

---

① 《柳宗元集》卷二五，中华书局，1979年，第661页。

贡达 47 次；在明代，"从 1368 年（洪武元年）到 1637 年（崇祯十年），越南遣使入贡达七十九次之多"。① 这种交往同时也是文学、文化的交往。据较早的记载，公元 987 年，当宋王朝遣使入越之时，宋使李觉和前黎朝顺法师、匡越大师即曾相互唱酬，其辞有云"一身二度使交州""万重山水涉沧浪"云云。② 1314 年，陈朝名士阮忠彦出使元朝，所赋之诗辑为《北行杂录》和《界轩诗稿》；后者今存抄本，录诗 81 首。1369 年，明臣牛谅奉使陈朝，有挽诗悼陈裕宗晏驾，陈朝相国陈晅亦以诗送别云"伞圆山青泸水碧，随风直入五云飞"云云③。1513 年，明武宗遣正使湛若水、副使潘希曾往越南，册封后黎襄翼帝为安南国王，湛、潘二使与黎帝相互酬答，赋有"凤诏祗承出九重""山城水部度重重""乾坤清泰属三春""万里观风百越春"等诗④。而从越南所谓"自主时代"——南北朝时期以来，这些外交作品便以专书的形式保存下来了。与之相伴随，出现了以下事件：

1527 年，莫登庸篡黎朝位，造成南北纷争的局面。后黎顺平六年（1554 年），黎光贲受命出使中国。黎氏居住中国十九年，所作家书、诗文等辑为《思乡韵录》一书。此书今有抄本，附抄武公道诗 276 首。

黎朝廷南迁后，名士冯克宽随之南下辅佐，1597 年受命

---

① 陈玉龙《中国和越南、柬埔寨、老挝的文化交流》，载《中外文化交流史》，河南人民出版社，1987 年，第 682—683 页；黄国安等《中越关系史简编》，广西人民出版社，1986 年，第 75 页。
② 吴士连等《大越史记全书》卷一《黎纪》，第 191—192 页。
③ 《大越史记全书》卷七《陈纪》，第 437 页。
④ 《大越史记全书》卷一五《黎纪》，第 803—804 页。

出使中国。在中国期间编定《梅岭使华诗集》，兼收作于越南和作于中国的诗文，由朝鲜使臣李晔光作序。此书后在越南广泛流行，今存十三种抄本，分别题为《冯克宽诗集》《冯使臣诗集》《冯太傅诗》《冯舍社冯公言志诗》《毅斋诗集》《使华笔手泽诗》《言志诗集》等。越南书中另有一种《冯使君饯诗并景物咏》，载录饯别冯克宽北使之诗290首，为后黎君臣所作。

1667年，康熙皇帝遣使封后黎景治帝为安南国王，自此以后，中越两国互通使节成为常例。1677年，有陶公正使于中国；1718年，又有阮公沆使于中国。二人在中国所作诗，后辑为《北使诗集》。

后黎永盛十一年（1715年），阮公基出使中国，作有324篇诗文作品，辑为《湘山行军草录》。越南抄本书中另有一种《使程日录》，为阮公基出使中国的日记。其时亦有丁儒完出使——1719年，丁氏所作诗由阮仲常辑为《默翁使集》。

与清乾隆同时，后黎有景兴帝，在位二十八年。景兴三年（1742年），阮翘、阮宗奎分任正、副使，率团出使燕京。二人所作诗辑为《壬戌课使诗集》和《使华丛咏》。其中《使华丛咏》流传甚广，今存抄本十七种。阮宗奎所作122首诗亦曾单行，名《华程诗集》。在华期间，阮宗奎又创作数十首六八体喃歌，记述使程之见闻，且与歌咏旅程名胜古迹之诗结为一集，题作《使程新传》。书后并附同行使臣武马风的序、帐、诗等作品。与此次事件相去不远，有黎惟亶出使中国。今存《黎惟亶诗集》两种，一种录黎惟亶诗102首，包括北使诗30首；另一种附录阮翘、阮宗奎的北使诗，以及乾隆和诗、中国使臣致黎景兴的书启、乾隆于1761年敕封黎景兴的诏书等。

景兴时期另有以下几种北使诗文：二十一年（1760 年），黎贵惇使清，所作诗、启、表、奏等文件于 1769 年辑为四卷 354 页的《北使通录》；黎贵惇与清官员、朝鲜使者相唱和的诗篇，又与若干诗、文、联语一起编入 110 页的《赏心雅集》。二十五年（1764 年），阮辉莹使清，作诗 136 首咏中国名胜古迹，辑为《奉使燕台总歌》，又名《奉使燕京总歌并日记》。三十三年（1772 年），武辉珽使清，所作 140 首诗于 1790 年编为《华程诗集》，集中有中国官员王步曾、杨世基、姚玉泰等及朝鲜使臣的赠答诗。次年，黎光院出使中国，沿途作诗 515 首，其中包括与中朝官员的唱和诗，辑为《华程偶笔录》。三十八年，胡士栋使清，所作 95 首诗于 1779 年编为《华程遣兴》，汝公真为作品评。

乾隆五十二年（1787 年），黎昭统帝在阮有整、阮惠二军的混战中北逃，次年（光中阮惠元年）同黎炯、阮敞、李秉道、陈名案等近臣一起进入中国。君臣在逃亡途中所作诗篇 119 首，后由黎同编为《北行丛记》。书后附《北行略记》，记录黎炯在中国被关押十七年的经历。诸臣随昭统在中国避难时所撰诗文亦编为诗集单行。黎同所撰为《黎侯北行集》，陈名案所撰为《陈柳庵诗集》，丁翔甫所撰为《古骊溪亭丁翔甫使程诗集》。此外有失名所作《黎亡后杂诗》41 首，7 首作于任官之时，34 首作于出使中国之时。

1790 年，阮惠入觐乾隆，受封为安南国王。此前此后多次遣使入华。1789 年有段阮俊出使中国，所作 173 首诗辑为《海烟诗集》；1790 年有潘辉益出使中国，所撰诗篇辑为《柴山进士潘公诗集》。1792 年阮惠病故，其子阮光缵即位，亦多次遣使奉表往中国修好。其中吴时任于 1793 年出使中国时所作的 115 首诗，辑为《皇华图谱》，又辑为《燕台秋咏》；后者抄本 153 页，包括与中国官员、朝鲜使臣相唱和的诗。1794 年，段阮俊往富春（顺化）领命，再度出使中国，所作诗辑为《海派诗集》。

1802 年，阮福映消灭西山朝，建国号"越南"，定都顺化，年号为嘉隆。嘉隆三年（1804 年）有阮香、陈文著、武辉王晋等出使中国，其间阮香所作辑为《使轺吟录》，陈文著所作辑为《华轺候命集》，武辉王晋所作辑为《华程学步集》。四年（1805 年）有阮嘉吉出使，所作 58 首诗辑为《华程诗集》。据阮迪吉、黎良慎 1807 年序，此年前后另有吴仁静、黎光定出使，吴氏所作 81 首诗辑为《拾英堂诗集》，黎氏所作 75 首诗辑为《花原诗草》。十一年至十二年（1812—1813年）有阮攸出使，所作 130 首诗辑为《北行杂录》。嘉隆年间又有潘辉注出使。今存《使程杂咏》，收录潘辉注北使诗 21 首，附陈名案诗；又存《华轺吟录》，收录潘辉注北使诗 275 首；存《华程续吟》，收录潘辉注北使诗 127 首。

1819 年，嘉隆崩，明命皇帝即位。《邦交公馆对联》一书保存了关于这一事件的若干记录：为追挽嘉隆、册封明命而出使阮朝的清官员的名单和迎接清使的 449 幅联文。1820—1821 年出使中国的吴时位亦将其所作的 93 首诗、12 篇赋文编为《梅驿诹余文集》。至明命八年（1827 年）有潘世忠出使清朝，所作策、谕、表、奏、诗、文等文件编为《使清文录》（又名《使华卷》）。除此之外，明命期间的北使诗文集还有：

汝伯仕于 1823 年出使广东时所作的诗文,辑为《元立粤行杂草诗》,录汝伯仕北使诗 80 首,一本有清人缪莲仙、陈家璨、冯尧卿序。李文馥编于 1831 年的《闽行杂咏草》,其中《东行诗说》一书收录李氏赴闽粤途中的作品,《周原杂咏》一书收录李氏在中国期间所作的 176 首诗。缪艮(莲仙)编印于 1833 年的《中外群英会录》,其中包括中越使臣的书信、唱和诗以及道光皇帝就中国渔船遇救一事所致谢函。邓文启 1834 年北使时所作的《华程略记》,其书与邓氏出使新加坡所作的《洋行诗集》合编为《华程记诗画集》。潘清简《使程诗集》,内有潘氏北使诗 147 首。李文馥《三之粤杂草》,内有 1835 年李文馥第三次北使时所作的 130 篇诗赋。李邻芝(李文馥)、陈秀颖、杜俊大《仙城侣话》,载 1835 年出使中国所作诗 104 首。这些诗集都有较多版本,说明在当时甚为流行;集中又录有一大批唱和赠答之作,是对当时中越外交活动的真实反映。

1841 年至 1847 年,绍治在位,其间产生了十多部北使作品。如《使程志略草》,李文馥等撰,抄本 118 页,为三种书的合编:《使程志略草》记李文馥等于 1841 年出使中国时所历诸事,《西行诗记》记李文馥出使新加坡时所历诸事,另一种记潘辉咏、范芝香出使中国时所历诸事,为潘、范二人归来后向嗣德皇帝所作的禀报。范芝香所撰又编为《郿川使程诗集》和《使燕京诗》。此外有《如清使部潘辉咏诗》,潘辉咏撰,收录潘氏于 1841 年出使中国时所作诗文。《燕行总载》,裴玉柜、阮伯仪、尊室合、武范启等撰,收录此数人 1847 年出使中国期间的有关旨谕、词曲、诗文。裴玉柜的北使作品亦多次结集，包括《有竹先生诗集》，抄本 340 页；《使程要话曲》，抄本 68 页；《燕行曲》，抄本 64 页，录诗 62 首；《燕台婴话》，抄本 121 页，有范慎甫、魏善甫等人的评点；《裴家北使贺文诗集》，抄本 40 页，含裴玉柜出使前同僚所赠的 30 首贺诗、4 篇贺文，并附阮文超、范世忠、范柜、吴世荣、范文谊等人的诗文。

1847 年，绍治驾崩，传位于翼宗。其时有广西钦差劳崇光来到越南，为翼宗封王，劳氏所作诗及阮朝官员迎送唱酬之诗合编为《劳崇光文诗草》34 页。劳氏北还之时又作诗 17 首，告别中国使臣，兼记灵江、横山、双仙洞、望夫山、鬼门关等沿路风光。劳诗后与段阮俊、潘辉益的北使诗合编为《日南风雅统编》，由劳崇光作序。1848 年，翼宗改元嗣德。嗣德二年有阮文超出使中国，所作诗 257 首辑为《璧垣藻鉴》。四年（1851 年）有张登桂出使中国，所作诗 173 首辑为《使程万里集》。五至六年（1852—1853 年）又有武文俊、潘辉咏出使中国，武氏所作辑为《周原学步集》，潘氏所作辑为《柴峰驲程随笔》。今存越南古籍中另有一种《谅程记实》，抄本 288 页，辑载武文俊出使时的贺诗、潘辉咏出使时的送别诗以及武辉德考中探花时的贺诗。

嗣德年寿长，在位三十五年。其时北使作品还有：《北溟雏羽偶录》，录范熙亮 1862 年北使诗 205 首，附清人圆朴廉 1873 年序。《东南尽美录》，录邓辉著 1865 年出使广东期间的诗文作品。《燕轺诗草》，又名《燕轺集》《燕轺诗文集》，录阮思僩 1868 年出使燕京时所作诗 92 首；此书又与阮思僩致广西官吏书、赠清朝使节劳崇光书等合编为《石农文集》。至于阮

思僩的使程日记和外交文件，则分别编为《如清日记》和《燕
轺笔录》。又《范鱼堂北槎日记》，阮椿记，所记为范熙亮于
1870 年出使中国之事。《万里行吟》，录裴文禩 1876 年所撰北
使诗 170 首，有五篇清人序。《大珠使部唱酬》，录裴文禩
1876 年出使中国时的唱和诗和往来书，清人唐景崶、倪懋礼
序。《雉舟酬唱集》，录裴文禩北使时与杨恩寿的唱和诗，裴作
49 首，杨作 56 首。《中州酬应集》，录裴文禩与清臣唱和之诗
190 首。《臣民表录附裴家北使贺文诗集》，录武范启、吴世
荣、李文馥、范文谊等送别裴文禩出使中国的 42 首诗词。《輶
轩丛笔》，裴文禩所记燕行记。此外有《如燕文草》，为嗣德
34 年（1881 年）和中国邦交的文件；有《往使天津日记》，嗣
德 35 年（1882 年）范慎遹、阮述出使中国天津的日记；有
《每怀吟草》，为阮述的北使诗集，有清翰林院御史陈启泰写于
1881 年的序文。一年以后，养善即位，范慎遹、阮述再度出
使中国，所记日记辑为《建福元年如清日程》。

　　除以上所述之外，作者、年代不甚明确的北使诗文集还有
《使程诗集》《使程遗录》《华程后集》《华程消遣集》《燕台婴
语》《黎朝武莲溪公北使自述记》《北使江隐夫茂甫武原稿》
《对联诗歌吟集》等，燕行记则有《燕轺日程》《北使图集》
《北使程图》等。

　　关于使节文学及其造成的三种较特殊的图书体裁——北使
诗文、燕行记、日记，还有许多细节值得玩味。可以肯定的
是：它们构成了越南图书史、文学史上的奇异景观，既反映了
中越两国文化的深刻联系，也反映了这种联系对于越南古典文
学发展的重要意义。有一个事实很明显：北使诗文的作者承担

文辞应对的使命，往往是越南最优秀的学者和诗人。例如黎贵
惇（1769年出使）是越南著名学问家，有《大越通史》《全越
诗录》《易经解说》《书经演义》《四书约解》《芸台类语》《群
书考辨》《抚边杂录》《桂堂诗汇选全集》《唐高都护渤海郡王
诗传》等二十种著作行世。吴时任（1793年出使）是"吴家
文派"的代表人物，著有《越史标案》《竹林宗旨元声》《春秋
管见》《故黎左青威进士吴时任公诗抄》《翰阁英华》《良舍邓
氏谱》等作品。阮攸（1812年出使）在中国读到青心才人小
说《金云翘传》，回国后创作同名六八体长诗，遂造就了越南
古典文学的最高峰。潘清简、李文馥（1831年前后出使）分
别是著名的历史学家和文学家。潘清简曾奉敕监修《越史通鉴
纲目》，参修《大南实录》《大南正编列传》，并著有《梁溪诗
文集》等文集。李文馥则是明代遗臣的后裔，既工于汉文创
作，又擅长喃文著述，著有《二十四孝演歌》、《玉娇梨新传》
（2 926句）、《西厢传》（1 744句）等长篇喃诗。这些人物对越
南文坛的影响，势必造成文学与学术相结合、文学与交际相关
联的倾向。通过对这些人物的分析，我们也了解到，中越两国
的文化往来，是越南古典文学得以发展的强大动力。

五、演音、演义、演歌和演字

汉文书籍从中国到越南，既是文化传播的过程，也是接收
和改造的过程。这种接收和改造，在越南是用"演"这个词来
表达的。"演音"相当于通常所谓翻译，"演义"相当于通常所
谓译述和疏解，"演歌"则是改写——把散文改为诗歌、把书

本改为说唱、把小说改为戏剧（例如戏中有《三国演歌·江左求婚》《三国演歌·三顾草庐》等）。作为语言文学的体裁，前者（演音）又叫"国音"，后二者（演义、演歌）又叫"国音歌"。例如刊于1872年的《琵琶行演音歌》，逐句用喃文对译汉文；刊于1871年的《二十四孝演歌》（李文馥作），用喃文诗歌演绎中国的二十四孝故事；刊于1870年的《大南国史演歌》，每页印为两栏，上栏以汉字记录越南历史，下栏用喃文六八体加以演绎。又如抄本《武经演义歌》（《武经直解演义歌》），用六八体喃诗译述明代的《武经七书直解》。这些都是"演"的典型。当然，"演音""国音"等术语也可以用来代表不同体裁之间的翻译转述，例如黎右辑（号春亭主人）编撰的《春亭家训》，就是同《春亭家训国音歌》一起刊行的。

在现存的越南古籍中，"演音""演歌"类的作品大约有四百种。这个数字，大致反映了中国典籍的越南译本的数量。其中最大一宗是佛教典籍，有《出家功德经演音》《佛说十六观经演音》《佛说目连救母经演音》《佛说五王经演音》《戒杀放生演音》《诸经演音》《宝诞日演音》《弥勒真经演音》《龙舒净土演音》等数十种。其特点是多为"演音"而很少有"演歌"，亦即多以散文和散文对译而不把散文译为歌体。我们知道，中国佛教有许多通俗演唱的方式，例如用于出家人的"呗赞""转读"，用于在家人的"俗讲""唱导"，用于无遮大会的"佛曲""转变"，其作品多是韵文。那么，以上情况是否意味着越南缺少类似的讲唱方式呢？从现存佛教的"演音"作品和少量"演义"作品看，回答是否定的。也就是说，越南并非没有佛教说唱，唯其形式略不同于中国。例如在《诸经演音》一书中

附有《大弥陀经正文持念摘要演音》，在《供文杂抄》一书中
附有若干喃文歌体的偈赞。这表明越南佛经之演音往往用于持
念，佛经的偈赞往往用于唱诵，它们是佛教仪式的组成部分。
又如有一种《观音真经演义》，别名《德佛婆传》《南海观音佛
事迹歌》，喃文六八体，记述庄王公主修行得道成为观音佛婆
的事迹；其前部用汉文记录了"净口业真言""净身真言""安
土地真言""奉请八菩萨""开经偈""佛说高王观世音经"和
"高王经原引"十二则。这又表明佛教宣讲往往在汉文唱诵之
外采用事迹传（下文判属小说）或喃诗传的方式。《观音真经
演义》今存七种印本、一种抄本，可见这是一种流行很广、受
普遍欢迎的"演义"方式。

除"演音""演歌"以外，所谓"真经"，事实上也是一种
体裁名称。在佛教典籍中，这一名词乃代表了一种同口语相联
系的文本。佛教题材的真经有：《超神真经》，六八体喃歌，宣
讲轮回和善恶报应；《弥勒真经演音》，阮非常译，弥勒经的喃
文本，六八体，描写极乐世界，劝世人从善；《香山观世音真
经新译》，乔莹懋喃译，讲述妙庄王之女三公主修炼成佛的事
迹。在这几个例子里，"真经"几乎可以理解为一种通俗说唱
的方式。也许正因为这样，越南的民间宗教典籍中有大量"真
经"作品。例如《零心国音真经》《良心国音真经》《报恩国音
真经》《天花放蕊南音真经》《越南内道三圣常诵真经》《敬惜
字纸真经》等，不下七十种。尽管有许多传说把这些"真经"
归为"神"和"公主"的降笔文，认为它们产生于某种仪式，
但我们仍然可以在记载中看到它们同中国典籍的联系。例如以
下越南古籍：

《文帝救劫真经演音》，吴为林喃译（演音），1902年印，六八体喃歌。

《文武二帝救劫真经绎歌》，范廷粹1880年喃译（演歌），六八体喃歌。

《文武二帝救劫真经演义歌》（又名《救劫真经演义歌》），恭碧如1875年喃译（演歌），六八体喃歌。

均来自中国的《文帝救劫真经》《文武二帝救劫真经》。这说明了什么呢？说明"真经"原是一种在中国流行的宗教通俗文体。如果说文、武帝信仰主要流传于中国南方，以兴盛于南部中国的民间宗教为背景，那么，这又说明越南的宗教讲唱方式联系于中国南方的民间传统，而不像中国内地的早期佛教讲唱那样以西域梵唱为主要来源。

佛道二教在越南的流传，其时代可以追溯到汉代末年。《弘明集》卷一记载，汉灵帝驾崩之后，牟子同母亲一起避乱于交趾，曾持五经以难道家术士，并"锐志于佛道"，作《理惑论》。其时为公元二世纪末，正是士燮任交州太守（公元187—226）之时。越南喃文词典《指南玉音解义》说：士燮曾"集成国语诗歌以志号名，韵作《指南品汇》上下二卷"。尽管我们无法考证演音的起始，但以上记载表明，汉末之时，越南已有演音的条件和需要。关于演音书的最早记载则见于十四世纪末。据吴士连等《大越史记全书·陈纪》，陈朝末年，胡季牦曾"编《无逸篇》，译为国语，以教官家"。在此之后，汉文古籍演音史就轰轰烈烈地展开了。其中有两件大事值得一提：

第一件大事是《诗经》的喃注喃译。据记载，在西山朝

（1786—1802年）设崇政书院之时，院长罗山夫子阮帖曾刻印《诗经解音》，并将《小学》《四书》等演为喃文。此《诗经解音》今存两种版本：一是汉喃研究院所藏1792年（光中五年）刻本，书凡十卷。二是河内文学院所藏1714年（永盛十年）刻本，扉页署"永盛十年甲午岁冬日辑成"，"继善堂版"，"剞劂人刊"，是目前所知演音、解音书中时代最早的一种。书共六册，现存四册，据目录，亦为十卷。二本均以汉文、喃文间注，汉文注音训，喃文注诗义。这部典籍的意义在于，它揭开了越南翻译文学亦即喃文文学时代的历史序幕。继之先后产生的《诗经》演喃书有《诗经演音》《诗经演义》《诗经解音》《诗经国语歌》《诗经正文传注》《葩诗国语歌》《征妇吟曲》《毛诗吟咏实录》等十来种。作为《诗经》的喃译喃注本，这些书多用汉喃对照的形式，多用六八体（例如《诗经演音》是用六八体和七七六八体诗对《诗经》的仿译，《诗经国语歌》首句译诗序为"学阽圣道，弹读诗经，古诗吟咏性情"），因此有效地推动了越南文学从中国古诗体向喃文诗体的过渡。

第二件大事是《金云翘传》译本的流行。《金云翘传》原是明末青心才人的小说，全书描写金重、王翠云、王翠翘三人悲欢离合的爱情故事，书名亦由此三人之名合成。1812年，越南诗人阮攸以岁贡正使的身份来到中国，次年回国，即把《金云翘传》译写为长达三千两百多行的六八体喃诗。阮氏的译本又称《断肠新声》和《金云翘新传》。尽管它完全保存了原作的人物和故事，且"有三十处将中国古诗全句翻译过来，二十七处借用中国古诗的语汇、句意，四十六处借取《诗经》

用语，五十处语、意源自中国其他经传典籍"①，但它在相当程度上仍属再度创作。这一点是同阮攸的生平有关的。阮攸出生在乡村，青年时代常与周围的手工业者交游，喜欢参加庙会、山歌对唱等民间活动。因此，他的"演音"改变了原作的文体，率先把六八体用于长篇叙事；他使小说诗化，常常用优美的抒情语言来渲染主人公的内心活动；他还采用了一些越南民间的俗谚口语，如所谓"仙桃佳种无人识，不爱仙桃爱柑橘"②。对比中越两种《金云翘传》，我们可以了解越南"演音"作品的一般特征。

阮攸《金云翘传》在越南引起巨大反响，成为越南文学中最重要的经典。它以各种名义反复刊印，产生了大量注释、仿作、演诗、演歌作品。其中注释作品有乔莹懋的《断肠新声》，有附载关于《翘传》评论及考证的《金云翘广集传》，有忝评并序、跋的《金云翘注》，有范贵适等人所撰的多种《金云翘传注》《金云翘录》，有合编汉、喃两种金云翘传的《金云翘合集》《金云翘新集》。其中仿作作品有《金云翘折》（意为"仿金云翘"），印于1875年以前，乃是喃文嘲剧（越南北方民间曲艺）剧本，共三回，演唱金重遇翠翘、翠翘报恩报怨的故事；有陈曙所撰的《酬世新声》，共六回，用嘲剧歌调演唱金云翘题材；另外有失名所撰的《金云翘赋》。其中演诗、演歌作品有陈碧珊、朱孟桢等人所撰的《清心才人诗集》，辑录咏

---

① 张政《我们的前辈是怎样为纯洁和丰富民族文学语言而努力的》，载越南《语言杂志》1972年第2期。此从林明华《中国文学在越南》转引，见《中国文学在东南亚》，暨南大学出版社，1999年，第45页。
② 董文成《中越〈金云翘传〉的比较》，载《明清小说论丛》第五辑，春风文艺出版社，1987年。

翠翘身世的喃诗 20 首；有失名所编的《翠翘诗集》，辑录喃文
七言八句体诗 36 首；有何权所撰的《会题翘诗》，辑录喃诗
45 首；有风雪主人所撰的《咏翠翘诗集》，辑于明命戊子年
（1829）；有歌咏翠翘遇金重、投钱塘河、被仙公救起之故事的
《诗咏翘》；有阮实亭所撰的《翠翘所遇景况诗》30 首；有良
家子编辑的《金云翘歌》，乃是用于男女对唱的鼓调歌章；有
失名所撰的《金翘演歌》，乃是 12 篇用于陶娘歌的喝呐调歌
辞。这些作品不断强化了以"演"为标志的越南文学传统——
重视同一题材的多种艺术形式的表现，重视不同体裁之间的文
学要素的渗透。这种渗透在模仿的名义下进行创造，其结果是
丰富了喃文的表现力，也形成了一系列民族的审美习惯和文学
模式。

特别耐人寻味的是：当青心才人几乎被中国人遗忘的时
候，《金云翘传》却在实现向中国或汉语世界的回归。其中一
个重要的现象是在广西山心、澫尾等地的京族渔民中，流传了
关于金仲与阿翘的京语叙事歌，"每逢唱哈节在哈亭由哈妹哈
哥演唱"[1]。当这支从越南迁徙而来的族群学会汉语后，关于
金仲与阿翘的叙事歌又被译为汉语粤方言，以民间故事的形式
流传[2]。另一个现象是，在汉喃研究院，还保存了多种由喃文
译为汉文的《翘传》"演音"书籍。其中既包括徐元莫《越南
音金云翘歌曲译成汉字古诗》（七言诗体）、黎孟恬《翠翘国音

---

[1] 《金仲与阿翘》，载《回、彝、水、仡佬、毛南、京族民间故事选》，广西人民
出版社，1988 年；《京族文学史》，广西教育出版社，1993 年，第 106 页。
[2] 参见傅光宇《也谈〈金仲与阿翘〉及中越文化交流》，载《东南亚文化论》，
云南大学出版社，1994 年。

译出汉字》(七言诗体)、黎裕《金云翘汉字演音歌》(六八体，又名《金云翘汉字六八歌》)①，也包括阮坚注释并汉译的二卷手抄本《王金传国音·王金传演字》和"东医学士张甘雨"的《汉译金云翘南音诗集》。阮坚之书由《王金传国音》《王金传演字》合成，前者用汉字注释阮攸《金云翘传》的典故和难字，后者为阮攸《金云翘传》的六八体汉译；张甘雨书则是七言诗体，作于1961年。上述两个现象实际上代表了又一种"演"的方式——由喃文演为汉文的方式，越南人称之为"汉字演音"和"演字"。这种方式又见于总集类的《国音演诗》一书。此书用汉语四言诗翻译越南的方言、俗语和歌谣，所以又名《国音演字》。"演字""演诗"等术语的流行，证明文化交流总是双向的，它是孕育新文体的温床。联系《琵琶国音新传》序所谓"北人以文字求声音，文字便成腔调；南人以声音求文字，声音别具体裁"云云，我们知道，这些术语还反映了越南人对中越语言文学特征的看法：中国文学以"字"为主要载体，越南文学则以"音"为主要载体。

六、小说和诗传

在最近的越南古籍整理工作中，小说是得到较多重视的体裁。台北学生书局于1987年、1992年出版的两辑12册《越南汉文小说丛刊》，由法国远东学院、台湾中国文化大学、越南汉喃研究院合作编辑，有详细的作品解题，有校勘和新式标

---

① 以上诸书亦见陈益源《越南〈金云翘传〉的汉文译本》，载《中华文化与世界汉文学论文集：文学丝路》，世界华文作家协会，1998年。

点，反映了系统整理越南古籍的创意，也代表了这项工作的最新水平。

《丛刊》的意义在于：它不仅提供了一批小说研究的资料，而且提供了关于越南汉文小说的一种理解。例如它指出"现存越南汉文小说大约三十部，约三百万字左右"，就大致确定了越南汉文小说的范围。此外它把越南汉文小说分为"传奇小说""历史演义""笔记小说""神话传说"等类，亦不啻为每篇小说作品明示了分类上的归宿及其渊源。根据陈庆浩先生《越南汉文小说丛刊》总序和全书目录，这一分类的基本内容是：

传奇小说类："这批小说是文言短篇，类似唐人小说"。已作辑校的有《传奇漫录》《传奇新谱》《新传奇录》《圣宗遗草》《见闻录》《越南奇逢事录》等。

历史演义类：演绎"自十五至十九世纪的越南历史"。前期作品明显接受了中国的历史演义的影响，"有较多的故事性"；后期作品则"以史家修史的态度，用章回小说的形式写历史"，"不是通俗文学"。已作辑校的有《皇越春秋》《越南开国志传》《皇黎一统志》《皇越龙兴志》《骥州记》《后陈逸史》等。

笔记小说类："这一类是以人物事迹为主"。"最早的当推《南翁梦录》，此外有《公余捷记》《南天珍异》《听闻异录》《山居杂录》《云囊小史》《大南显应传》《沧桑偶录》《安南古迹列传》《南国伟人传》《南天忠义实录》《科榜标奇》《人物志》等等"。

　　神话传说类:"这些是越南民族国家和事物起源的神话和传说,亦包括神祇传记"。如《粤甸幽灵集》《新订校评越甸幽灵集》《岭南摭怪》《岭南摭怪列传》《天南云箓》《南国异人事迹录》等。

也就是说,在编辑者看来,越南小说的概念乃和中国小说相当,其特点在于:(一)往往有中国小说(唐人小说、历史演义等)的渊源,(二)以人物事迹或传记为其重要部分。

　　毫无疑问,这些判断是认识越南汉文小说的基础。但正如一切初期工作一样,它尚有不完善的地方。我们注意到:在实际编纂工作中,《丛刊》第二辑增列了"笔记传奇小说类",并以《会真编》《新传奇录》属之。如果说《新传奇录》是对《传奇漫录》的仿作,那么,将二者分列于两类(笔记传奇类、传奇类)便是不甚相宜的;何况"笔记传奇"是一个内容含混的类别,未必可以成立。另外两个稍嫌悖理的情况是:《南国异人事迹录》采录5篇神祇传记,《安南古迹列传》采录12篇神祇传记,所采者均出自《岭南摭怪》《天南云箓》《越甸幽灵集》等书,它们显然有体裁上的源流关系;而《丛刊》却把它们分列于"笔记小说""神话传说"两个部类。又《听闻异录》序谈到其体裁的来源,说"前辈有《岭南摭怪》,有《越甸幽灵》,有《传奇漫录》,有《天南传记》,皆记我国神异之事也",因称自己是"效颦"这几部书而作的;而《丛刊》却把这些相关的书分列于"笔记小说""神话传说""传奇"三个部类。由此看来,越南古代小说整理工作的体例是不甚严明的。换句话说,关于越南汉文小说(广而言之,越南古代小说)的范围、分类及其来源，仍然有讨论的必要。

实际上，对越南汉文小说进行钩稽和分类，与其说是文学研究的问题，不如说是文献学的问题。因为学术界并没有一个确定的"小说"概念。目前中国文学研究者之小说观，乃来自两个不同的传统：其一来自中国古代史学或目录学，指的是作为官方历史著作之补充的"丛残小语"，认为其范围包括"叙述杂事""记录异闻""缀辑琐语"①；其二来自欧洲的文学理论，指的是散文体的叙事文学，认为其基本特征是"通过一定的故事情节对人物的关系、命运、性格、行为、思想、情感、心理状态以及人物活动的环境进行具体的艺术描写"②。尽管欧洲标准较吻合于现代的学科分类，但它在研究实践中却未能完全取代中国的古典标准。因为一旦以此界定中国古代小说，那么就会割断狭义"小说"（作为散文体叙事文学之小说）的历史渊源，并且使一大批"笔记小说"在学术上无所归依。这是在整理研究越南汉文小说时必须明确的事实。这一事实意味着，我们面对的"小说"，既有符合欧洲标准或现代标准的小说，又有符合中国古代观念的小说，还有联系于越南本土的叙事传统的小说。我们必须立足于越南汉文古籍的实际状况来划定"小说"的范围。参考《丛刊》的小说概念——往往有中国小说的渊源，以人物事迹或传记为重要部分——来作考察，我们认为，越南古典小说大致包括以下类别：

（一）章回小说：从现代眼光看，这是汉文古籍中最典型的小说。其特点是白话散文体、篇制巨大、以章回划分段落、

① 《四库全书总目》子部小说家类序，中华书局影印，1965年，第1182页上。
② 《中国大百科全书·中国文学卷·小说》，中国大百科全书出版社，1986年。

主要描写大型历史事件。所以有学者称它为"历史演义"①。不过越南章回小说的题材其实不限于历史。在《丛刊》未列入"历史小说类"的书中有《驩州记》和《后陈逸史》，分别描写义静阮景家族前八世的人物，以及后陈朝陈贵扩的抗明，后者应属于"英雄演义"。在《丛刊》未列为"小说"的书中则有《桃花梦记》《南城游逸全传》。《桃花梦记》又名《兰娘小传》《桃花梦记续断肠新声》等，为二十回汉文爱情小说，今存两回；《南城游逸全传》今存四回，亦是章回体汉文爱情小说。此二书，与其称作"历史演义"，就不如称作"烟粉演义"了。

越南章回小说来源于中国的章回小说。其间区别在于，中国章回小说是职业说书艺人所创制的体裁，到越南则有所分化：一部分继续保持说唱传统，另一部分则成为知识分子的写作工具。这种分化造成了文体上的变化：其一，知识分子创作的章回小说往往面对读者（而不是听众）来写作。故在《皇黎一统志》第二回、第八回结尾，常规的"且听下回分解"被"且看下回分解"云云取代。其二，这种章回小说有强烈的纪实性质，作者本人往往就是小说故事中的当事人，例如《皇黎一统志》的三位作者均曾参预书中所记的历史事件。俄国学者李福清认为，这说明越南小说的作者不仅依据中国传统，而且依据本国的历史散文（例如带有历史文献性质的《蓝山实录》）的传统②。其三，除适合于阅读的汉文章回小说之外，越

---

① 郑阿财《越南汉文小说中的历史演义及其特色》，载《中华文化与世界汉文学论文集：文学丝路》，世界华文作家协会 1998 年编印。
② 李福清《皇黎一统志与远东章回小说传统》，中译本载《汉文古小说论衡》，江苏古籍出版社，1992 年。

南还产生了一批喃文的章回小说，用于说讲。其中既包括对汉文历史演义的"演音"，如《越南开国志演音》和《唐征西演传》；也包括长篇喃文小说，如十九回的《事迹翁状猪》（意为"猪状元事迹"）、二十三回的《事迹翁状琼》（意为"琼状元事迹"）。此外，越南古小说中还有一批章回体的喃文诗传，例如二十四回的《碧沟奇遇》、十二回的《富贫传演歌》、同样十二回的《董天王新传》。这些诗传多为六八体，具有更鲜明的说唱色彩。它们共同组成了章回小说这一内容丰满的小说部类。

（二）传奇小说：同章回小说相比，越南的传奇小说有更早的渊源，亦即源自中国中古时代的志怪、传奇类小说。阮屿《传奇漫录》、段氏点《传奇新谱》、范贵适《新传奇录》等作品，反映了越南作家对其中国渊源的认可。其主要特点是富虚构成分、篇幅不长（故往往以多篇成集）。在《丛刊》未收书中，这样的作品还有《云囊小史》《本国异闻》《异人略志》《异人杂录》《传记摘录》《越隽佳谈前编》《婆心悬镜录》等故事集。

在《丛刊》中列有"笔记小说"一类。中国学者通常认为，传奇与笔记小说的区别是前者注重文采，多虚构；后者仅为尺寸短书，据实而录。若依此看法，则"笔记小说类"中亦有相当多的作品属传奇。例如"事凡异者记之"[1] 的《见闻录》、"与史实不尽相合而饶有趣味"[2] 的民间传说集《大南显应传》，都是传奇作品集而非笔记作品集。

---

[1] 语见《见闻录》吴玄斋序。
[2] 语见《越南汉文小说丛刊》所载《大南显应传出版说明》。

另外，《丛刊》所列的"神话传说类"，其作品在体裁上也应判属传奇。因为从《岭南摭怪》《越甸幽灵》等书名看，这些作品同样是按传奇记异的宗旨编写的；从其内容看，同样富于虚构，以多篇成集。书中所记载的神灵，例如"历代帝王""历代人臣"等等，和中国的城隍、土地、关圣帝君、金山大王一样，属于民俗神，而非神话学所谓作为一种思维方式、作为世界本原之解释的神祇。所以武琼把自己所作的《岭南摭怪》看作"传中之史"，认为其中《鸿庞氏传》"是详皇越开基之由"，《夜叉王传》"略言占城前兆之渐"，《白雉传》"志越裳氏"，《金龟传》"记安阳王"："其视晋人《搜神记》、唐人《幽怪录》同一致也"。①上文谈到《新传奇录》《传奇漫录》《安南古迹列传》《南国异人事迹录》《岭南摭怪》《天南云箓》《越甸幽灵集》《听闻异录》《天南传记》等书彼此关联的情况，其所以关联的原因也在于它们同属传奇。总之，我们没有理由说越南汉文小说中存在"神话传说"这一类别；《丛刊》所录作品之外的那些神灵故事集，例如《神怪显灵录》《陈朝显圣灵迹》《史南志异》《兴安省名迹略编》等，仍应归为传奇。

有必要说明的是：上述神灵故事集，所依据的传统不仅有作为一种文学体裁的"传奇"，而且有作为一种史学体裁的"神迹"。据作者李济川序，《越甸幽灵集》原是为表彰祠庙中所供奉的诸神而编辑的，其性质是诸神传记的汇编。这就意味着，越南所存的八十多种"玉谱"或"神迹"书，其中相当数量属于小说——因为它们同样是为表彰祠庙所供奉的诸神而编

---

① 参见戴可来、杨保筠校点《岭南摭怪等史料三种·岭南摭怪序》，中州古籍出版社，1991年，第7页。

辑的神传。例如《南海观音佛事迹歌》表彰佛寺中的观音神，其书喃文六八体，分为"庄王求嗣""菩萨前身""菩萨降生""公主慕佛"等二十九段，和《观音真经演义》相比，段落名目相同但文体不同，显然更具文学性。又如《征王功臣谱录》讲述高允夫妻立功与殉难的历程，《南海四位圣娘谱录》记述宋末几位皇后公主在越南的灵异故事，《伞圆山玉谱》包括山精、水精为争夺媚娘而作战的情节，《天本云乡黎朝圣母玉谱》叙及云乡公主柳杏贬降尘世的经过，《高僧禅师玉谱古传》记录蓝田、兰园两社城隍的本行事迹，《古珠四法谱录》讲述蛮娘四子法云、法雨、法雷、法电四神的神秘出生，并附六八体喃诗传，亦具较明显的文学意味。类似的作品还有《玉宝古传》《雄王事迹玉谱古传》《东宫水神部主之子渤海大王玉谱古录》《黎皇玉谱》《范大王玉谱》《雄朝八位水神玉谱》《褚童子及仙容西宫二位仙女玉谱》《天本云乡黎朝圣母玉谱》《潘神娘玉谱·丁圣母玉谱·伞园圣事迹》《张尊神事迹》《安朗后土事迹》《二大王事迹》《段大王事迹》《赵越王神迹》《救生郑圣祖事迹》《法雨寺实录》（庭祖社所奉祀的法雨神的事迹）等。不过这些作品详记传主始末，篇幅较长，单篇成书，就不属于"传奇"，而属于下文所说的"事迹传"了。

（三）笔记小说：这是中国古代目录学家心目中"小说"的正统，以实录和短小为特征。这种文体或记录异闻，或叙述野史，或杂考名物，品种多样；其中有人物、有情节的篇章，被现在的研究者接纳入小说范围。受中国典籍影响，越南汉文古籍中亦有此一体。例如武澄甫所编写的《尚友略记》，以66页篇幅记录了252则汉代至宋代的掌故；范廷煜所撰《云囊小史》，以 290 页篇幅记载了 101 则异闻；高伯适所集《敏轩说类》，杂记报应故事、名胜古迹和名人传记；武芳题所著《公余捷记》，编录 18 世纪初的传说佳话而分为世家、名臣、名儒、节义、志气、恶报、节妇、歌女等十二题；失名仿《公余捷记》而著的《南天珍异集》，以 75 页篇幅记录了 135 则野史异闻；范挺琥、阮案编辑的《桑沧偶录》，以"存古""阙疑"为写作宗旨，记录人事怪异共 90 篇：这些作品，大致可以判属笔记小说。

对于笔记小说作品的确定，联系到一个如何看待传记的问题。按《丛刊》笔记小说类的标准是"以人物事迹为主"，故它收录了两类作品：一是较富虚构成分的传记，二是较为写实的传记。关于前一种传记，上文已建议并入传奇；至于后一种传记，现在看来，也有一个与史部传记类作品相区别的问题。例如《丛刊》所收的《科榜标奇》，记录 15、16 世纪之间二十名状元的小传，卷一为《登科员数考》，卷二为《国朝状元考》……，其体裁乃类似于《登科录搜讲》（大科登第者小传）、《三魁备录》（陈、莫二朝三魁的名单和小传）、《本邑登科志》（河内慈廉县东鄂乡登科者小传）、《南史略撰甲科录》（23 位状元的小传）、《南天标表》（107 位状元、进士的小传）、《大越鼎元佛录》（越南 46 名状元的小传和传说）等越南汉文古籍。又如《丛刊》所收的《南天忠义实录》《黎朝节义录》《南国伟人传》《大南行义列女传》等，皆记人物小传或简历，乃渊源于中国史部书中的传记，亦在越南有大量同类作品——例如记历代"禅学宗派事迹"的《禅畹集》、"载历朝名臣事状"的《名臣录》、"载本国历代禅僧事迹颇详"的《南溟禅录》①、载 30 篇古代诗人传记的《掇拾杂记》，以及《退食记闻》（又名《公暇记闻》）、《野史》（又名《列传》）、《鸿貉留英录》（又名《名臣传》）、《国朝中兴忠节显忠诸神》（又名《黎末殉节传》）、《名贤录》《名臣名儒传记》《后黎野录》《黎朝野史》《老窗粗录》《历代名臣实录》《黎末殉节诸臣姓名事状》《黎朝功臣列传》《越南名人事迹列传》《越南前古伟人列传》《阮朝列传》《陈黎外传》等，数量在五十部以上。在钩稽笔记小说资料的时候，无疑应把这些作品考虑在内，因为它们至少构成了越南汉文小说发展的背景。

（四）事迹传："传"是具有越南本土传统的叙事文体。它往往以一个人物、一个时代为叙述的单元，故也称作"事迹"。同传奇、笔记小说相比，它有更长的篇幅、更为通俗的语言和更富文学性的描写，所以它像朝鲜的"传"一样，在小说发展史上的位置相当于中国的"话本"或"市人小说"，高于传奇②。从数量上看，这是越南古代小说中最重要的体裁。《丛刊》第一辑编在"传奇类"的《越南奇逢事录》，第三辑拟作收录的《翠翘录》《蜀安阳王事迹》《蜀安阳王朝功臣一位大王谱录》《泽海大王事迹》《张尊神事迹》《云葛女神古录》《云葛女神传》等，即属此类。

前文曾论及越南传奇类小说中神灵故事一支的文化传统，举证了一批事迹传体的汉文作品。尽管其数已达数十种之多，但并不意味着事迹传体的主要内容是神灵故事。相反，在这一

---

① 引文为《历朝宪章类志·文籍志·传记》中的解题。

② 参见李福清《远东古典小说》，中译本载《汉文古小说论衡》，江苏古籍出版社，1992 年。

体裁中,我们看到了大量世俗故事。例如《重湘新录》讲司马重湘投胎而成为司马懿,《柴山实录》讲僧人徐道行创建柴山寺,《峒岶市先师遗事考》讲伞地创始人裴国慨的传奇一生,《四位圣婆事迹文》讲四位中国女子因海难而得到越南人救助,《鸟探奇案》讲一个善鸟语之人指使夜鸟帮助破案,《刘阮入天台新传》讲汉代刘晨、阮超误入仙境而经历人间沧桑之变,《徐式新传》讲徐式路遇仙女绛香而相爱结婚,《阮达阮生新传》讲阮氏双胞胎兄弟发奋求学,《女秀才新传》讲宋代女子扮男装读书考中了进士,《古怪卜师传》讲古怪卜师为黎末官员杜世佳等算卦并讽刺朝政,《罗祖传》讲罗祖因妻子改嫁而出家。这些作品充分表明了事迹传的市民化特质。

从事迹传的上述特点,可知它所依据的既有史传的传统,也有越南口头文学的传统;而不像章回、传奇、笔记三类小说那样,主要是从汉文典籍那里移植过来的。以下几个例证也有助于说明这一问题:其一,有一种六言体小说,讲述刘京因懒惰入地狱而被仙妻求佛救出的故事,题为《刘京传话本》——以"话本"一名对作品所具有的口头文学渊源作了暗示。其二,越南事迹传的主要体式并不是散文体,而是较符合记诵需要的韵文体。这样的汉文小说有诗传作品《怀南记》《唐高都护渤海郡王诗传》《李公新传》《宋珍新传》等。它们多用说唱体裁六八体,其时代又晚于喃文诗传(其中产生较早的是黄光撰于1777年的《怀南记》),显然有说唱艺术的渊源。其三,在汉文事迹传之外,越南小说中还有很多喃文的事迹传,如《仙谱译录》《传翁徒巴尾》《汉楚争雄传》《笺花录》《花笺润正》等,往往是汉文小说的喃译或演义(后二书即译自中国小说《花笺传》)。喃译可以满足口头说唱的需要，这些喃文作品说明事迹传的世俗化特点是和它的口语化特点并行的。其四，最重要的一条，事迹传的主要形式是富于民间风格的喃诗传形式。这一点值得专门一提。

所谓"喃诗传"，也就是采用喃文诗体形式的事迹传，在越南亦习称"国音传"。其文体主要是六八体，题材主要是男女情缘，流传形式主要是印本形式，每传在一百页上下。符合这几个条件的喃诗传有《蛭花新传》《黄秀新传》《有蓟传》《花笺润正》《芳花新传》《主滔古传》《选夫误新传》《玉花古迹传》《白猿新传》《梦贤传》《玉娇梨新传》等。它们反映了越南民间小说以说唱方式讲述爱情故事的特性。它们在印刷上的高比例，则证明喃诗传是最受群众欢迎的小说品种。其他一些喃诗传，例如《果报新传》《石生新传》《刘女将传》《扒鳝新传》《鲗蛤新传》《贞鼠传》《刘平杨礼新传》《铜钱传》等，虽然不再是爱情题材，但同样使用六八体，同样讲述日常故事，同样以印本的形式流传。其流传的广泛性，说明在越南小说中存有两个文化传统，喃诗传代表了同历史演义、神怪传奇等大型题材相对立的民间传统。

但从另一面看，喃诗传仍然是同中国小说息息相关的。其中很大一部分作品是中国小说的"演音"或"演传"，例如《平山冷燕演音》《好逑新传演音》《刘元普传》《玉娇梨新传》《二度梅演歌》《二度梅传》《二度梅精选》《润正忠孝节义二度梅传》《潘陈传》《潘陈传重阅》《再生缘传》《昭君贡胡传》《宋志传》卷八、《西游传》《芙蓉新传》《琵琶国音传》《琵琶国音新传》。而且，相当多的喃诗传有中国印本，例如《白猿新传》《李公新传》《昭君贡胡书》有广东印本。这种情况是饶有趣味的，它们既反映了中国文学越南化（或曰越南文学对中国文学的融合）的基本途径和基本方式，也表明中越两国小说具有共同的诗体背景。我们注意到：上述演音传主要演绎宋代的故事；它们基本上是有署名的作家作品，正好同非演音的喃诗传相区别——后者通常无作者名氏。这说明越南古代知识分子也依据他们对宋代话本的了解，主要以翻译方式参预了喃诗传的创作。换言之，喃诗传同样是两种传统相结合的产物：一是越南的民间说唱，二是自宋代开始盛行、主要通过越南作家传入的中国话本和弹词小说。在研究越南汉文小说的时候，对这种诗体小说——无论是汉诗传还是喃诗传——自然都是不宜忽略的。

七、歌筹——陶娘歌

越南古籍中有相当数量的艺术典籍，包括十多种歌曲书、近十种曲艺书和三十多种戏曲书，基本上是喃文书籍。其中歌曲可以分为民间歌谣、礼会歌两类。前者有《乂安民歌》、《清化观风》、《大南国粹札排里巷歌谣》、《民间古吟》（摇篮歌）、《月花问答》（男女对歌）、《花情新传》（情歌）等，多按歌唱地点或歌唱形式编辑；后者则有《陇江歌本》（中元节祭祀歌）、《上殿唱歌》（祈福用的祠庙歌调）、《修齐治平曲》（祝贺曲）、《御制舞花灯新曲》（歌颂黎太祖功业的歌章）、《仍排教嘱楳緈》（祀神祝颂之歌）、《场东村事神棹歌》（祭鳄鱼的船歌调）、《问答歌杂录》（农村婚俗歌）等，多用于民间的礼会。

越南的曲艺和戏曲，亦即被称作"嘲歌"的表演唱和被称为"呗戏"的角色表演，也基本上是民间作品。前者有《刘平小说》、《张园演歌》、《各筵开陈》（用于礼会的嘲歌）等作品集，后者有《中军对歌》《陈诈婚演歌》《陈广耳演歌》《三国演歌》《丁刘秀演歌》《小山后演歌》《张园演歌》《刘平演歌》《花云演音歌》《刘平嚼》《金石奇缘》《文缘演戏》《嘉耦演传》《唐征西演传》《徐胜演传》《西游记演传》《花天宝演传》《老蚌生珠演传》《四海同春演传》等作品集。这些呗戏之所以以"演歌""演传""演戏"等为名，是因为它多用喃文来演绎源于中国的历史故事。

毫无疑问，上述典籍是富于民族特色的珍贵财富；但从文化交流的角度看，另一种被称作"歌筹"或"陶娘歌"的艺术样式，就更为重要而宝贵了。它实际上是中国古代乐种的一个活化石。

歌筹是一种类似于福建南音的表演方式，一人主唱而以带琴、拍板、小鼓伴奏。许多迹象表明，它的历史比南音更为悠久，始于唐代。南音歌词的题材往往是宋代故事，歌筹所唱则多是唐诗；南音用闽南方言演唱，歌筹则主要使用由唐代传入的"汉越语"。另外，歌筹的两个主要角色——主唱者"陶娘"（又称"姚娘"）和伴奏者"管甲"，其名也见于李朝（1010—1224）的典籍。何况"歌筹"之"筹"还是一个关于唐代艺术的术语。唐代饮妓歌唱小曲，往往以筹为点歌记令的工具。元稹《元和五年予官不了》诗云："能唱犯声歌，偏精变筹义。"《何满子歌》云："如何有态一曲终，牙筹记令红螺盏。"方干《赠美人》云："剥葱十指转筹疾，舞柳细腰随拍轻。"孙光宪

《更漏子》云："歌皓齿，舞红筹，花时醉上楼。"[1]这些关于筹歌、妓歌的资料，指示了"歌筹""陶娘歌"等名的由来。

之所以说歌筹是"活化石"，则因为它既代表了一种民间遗存，又代表了一批典籍遗存。现存的关于歌筹的典籍，在汉喃研究院至少有37种。这些典籍或记录歌筹曲目，或叙述演奏鼓、琴、板的方法，或解释制度名物，或阐述歌唱理论，内容十分丰富。从以下三例可见一斑：

（一）《歌调略记》。抄本154页，内容包括：一、对若干曲调的风格及唱法的描写。例如记亭门古曲《喝呐》："其调捷妙，如行云流水；其辞古今皆有。其句数自十一句以外为一阙，或十三、十五，必以奇数。"二、歌词。前四首是唐人诗"月落乌啼霜满天"（张继）、"寒雨连江夜入吴"（王昌龄）、"渭城朝雨浥轻尘"（王维）、"蒲桃美酒夜光杯"（王翰），此后有汉、喃对照的歌词《天台五首并演音》、《琵琶行》、《沙漠并琵琶演音》、《进酒曲》（李白《将进酒》）、《进酒曲演音》等。另有纯用喃文的歌词数十首。

（二）《歌谱》。284页，杂抄以下内容：一、200篇陶娘歌，汉喃兼用而以喃文为主，包括《前赤壁赋》《后赤壁赋》《将进酒赋》《琵琶行》《琵琶行演音》《长恨歌》《长恨歌演音》《回文歌》《回文歌演音》。二、喃文嘲调。三、用喃文翻译或创作的诗歌作品。四、《烟霞逸趣》《金玉蕴藏》等喃文赋。书前有关于歌筹的概述，其富理论价值，兹抄录如下：

---

[1] 《元稹集》卷五、二六，中华书局，1982年，第59、310页。《全唐诗》卷六五一、卷八九七，第7478、10141页。

南音女乐之作久矣！部曲无古今之殊，而声调有古今之异。盖自黎郑以前，制为乐府，其曲辞纪实而无文，其声浑厚而质。传至今日，歌曲必袭乎古，而口传失真，多不可晓。后人间有作者，仅如喝庙、喝呐、喝统、喝吨类耳，余则未见。若其声调之侈靡，与古大变，俗尚然也。今歌家于亭门唱席，多用古调；省城啸馆，间用新声：亦存乎审音者何如耳。惟至冬日，歌家祀先师，谓盎府者，纯用黎殿郑府旧曲，谓之喝磊，与平日异，而能唱之亦少。就中欢爱歌女音节琴拍，又与北城诸辖大别。此不可不察也。

一、打鼓，先打五声，前三声缓，后打二声急。……系见陶娘即席而尚舒徐未唱，即再打鼓三声，前二声缓，后一声急，以示陶娘即唱。……

一、琴声有五音（情、性、桑、星、性），有五宫（宫南、宫北、宫簧、宫皮、宫咔斩），与拍相间，与歌相值。声中方连而忽断，既断而复续，有元音而无丝响者佳。若缓于挑发，谓之呐倾改；按声有痕迹者，谓之瓮；与拍板齐者，谓之振；与歌声后随者，谓之跷；繁声不分者，谓之柊。此琴中之劣也。

一、拍板有数项（拍宽、拍毛、拍捉、拍哺、拍跷），缓急有度，所以节歌者。与歌字句相间，不可相值。又必歌者从拍板，拍板不可从歌者。……今歌者曲中用拍捉者多，用诸拍者少。

一、打鼓（俗号打嘲），或打鼓面，以节歌之曲；或打鼓侧，以赏歌之妙；初上席，打鼓面三点，以来歌者。……

（三）《民间古调曲》。抄本 100 页，首部残缺，第 5 页署"民间古调曲"五字，并记录"浔阳江头夜送客""征妇吟"等唷文或汉唷相间的歌词。自第 17 页起记歌词及其所配工尺谱字，自第 22 页起记录相关音乐理论。经与《点歌鼓法》《歌筹体格》等书对校，其中理论文如下：

合四上。尺合四上。尺上四上。上四合工。上工尺。上尺工六。六六亚五。五五亚六。五六工尺。上尺工六。五六工尺。六工尺。六工尺上。　　　合四上。上四上尺。上尺工合。

点鼓套：夫听歌而后有点鼓，以阅试可否。譬之如士子行文，其中字句而有体，与得书旨，及雕镂工巧者，则点阅示志。或出意表搜奇，又重点重圈以识之。……且歌工就场，闻鼓如催令，先宽点三声，使他各各整备悉毕。及其歌工就席，歌工转弦，即点三声，是应其至也。或稍迟再点五声，是催之也。及其起唱，或间一字一点，或间一截一点，于尽句尽篇处，或一点、二点、三点、五点不齐，亦如读书之分章句读者。……至于点鼓，须于字声尽后，不可与字声相合。否则鼓声相蔽字与声，不可得闻，歌家谓之'塞口'。……又有一句之中，间字间点，尽句处最后打一侧（如从、从、从、从、搁），谓之回后垂珠、落雁下马。或尽句处先打一侧，继以四点（如搁、从、从、从、从），谓之争先夺珠、冠雁上马。……

中国音乐学界有一术语叫"高文化"，指的是许多民间乐种所具有的深厚文化积累。它们可以在文献记载的历史形态中取得印证；同天籁性质的土著音乐相区别，它们往往从教坊、乐营等音乐团体流传而来，经过艺术加工，是某种较精致的艺术生活的结晶。显而易见，歌筹正是这样一种高文化的艺术品种。在越南古籍中有一种《考教坊式》，记录对陶娘进行典试的评价体式，由礼部教坊司撰写，其典试方式是以得筹多寡而确定评分高低。这就证明歌筹是一种教坊艺术，其名亦来自教坊。因此可以说，关于歌筹艺术的记录，深刻地反映了中国古典音乐及其理论同越南民族音乐的交融，是歌筹的历史身份的证明。

至于作为民间遗存的歌筹，其历史身份则在人们的演唱中得到了证明。在河内，每月末的那个星期天，业余的歌筹艺术家们都要去碧沟道馆举行专场表演，以展示这一不绝如缕的古老艺术。在河内市瑞圭路的一处僻静院落，则居住了一个年代久远的歌筹世家。1998年8月30日，我推迟回国的日期，在碧沟道馆观看了歌筹演唱。2001年4月5日，我再次推迟回国的日期，安排了同一个特殊的民间艺术之家的约会。碧沟道馆的演唱者名叫白云，伴奏者是几位老年男性艺人；歌筹世家的主唱者名叫阮翠和，伴奏者是她的兄长和父亲。两位女子手持拍板，按"执节者歌"的传统曼声歌唱，伴奏者则奏响了圆形鼓面、高0.4米的带鼓和方形共鸣箱、三弦、长1.2米的带琴。在白云的歌声中，则可以依稀辨认出"浔阳江头夜送客""玉露凋伤枫树林"等等使用唐音的词句；而阮翠则特地为我演唱了白居易《琵琶行》的喃调。人们告诉我，翠和、白云是河内最出色的陶娘。由于长期的演唱，她们已经习惯了一字形

歌筹表演

的口型、腹式呼吸，并用唱歌筹的姿态坐禅。面对她们，我不由得想起念奴、许和子、谢阿蛮、沈阿翘、张红红、柳青娘、永新、周彩春等等唐代艺妓的名字。我知道，唐代音乐史正是由于这些女子而生动起来的。同样，汉喃研究院所藏的那几十部歌筹典籍，也将因为今天的陶娘而不再显得陌生。

八、各民族的喃文图书

随着汉语文的流传和应用，一种利用汉字的表义表音功能来拼写越南口语的新文字产生出来，人们称之为"字喃"或"喃字"。关于字喃起源问题的意见很多，有一种看法认为它创始于东汉末年的交州太守士燮。例如《殊域周咨录》说士燮

"取中夏经传，翻译音义，教本国人"①；《指南玉音解义》说士燮"大行教化，解义南俗，以通章句，集成国语诗歌以志号名"。这至少说到了一部分事实，即喃字是伴随汉文化传播而产生的文字，有很悠久的历史。一般认为，喃字的产生经过了两个阶段：一是用汉字来拼音，记写人名、地名、草木名、禽兽名的阶段；二是系统制作喃字以表意的阶段。关于喃字的最早证据，有越南历史博物馆所藏、铸于 1076 年的钟铭，以及刻于 1209 年的报恩碑——它们是第一阶段的喃字的代表。而系统使用喃字的作品出现在十三世纪以后。史籍记载了最早的喃文创作：陈仁宗四年（1282 年），刑部尚书阮诠曾以越南语作《祭鳄鱼文》；在此时前后，他也用越南语写下了一批诗章。《大越史记全书》认为："我国赋诗多用国语，实自此始"。②今存陈朝（1225—1400）的《祭鳄鱼文》《禅宗本行》和黎朝初年（1428）阮荐所作的《国音诗集》，便是这一阶段的喃字的代表。正是在这一背景下，喃字在胡朝（1400—1407）、西山阮朝（1788—1802）这两个短暂的朝代曾用为国家正式文字。至十八世纪以后，随着通俗文学的蓬勃发展，喃字作品终于蔚成大国。《越南汉喃遗产目录》收录了 1 373 种纯用喃文写成的古籍，它们基本上是十八世纪至二十世纪的作品。

关于喃文文学的发展概况，林明华所撰《中国文学在越南》③ 有较详细的介绍。可以补充说明的是：喃文实际上是一种俗文字，用于非官方的场合，总是同一些民间典籍样式结合

---

① 严从简《殊域周咨录》卷六《安南》，中华书局，1993 年，第 236 页。
② 《大越史记全书》卷五《陈纪》，第 355 页。
③ 编为《中国文学在东南亚》第一章，暨南大学出版社，1999 年。

在一起。除经部中的"演义""演音""国语歌"以外，这种典籍多见于史部中的杂史、玉谱、方志，子部中的儒学、蒙学、家训、医家、佛教、道教、俗信，以及集部除诗文评以外的各个类别。也就是说，凡是用于宣传、启蒙和娱乐的读物，凡是口语化倾向较强的读物，都喜欢使用喃字。喃字进入典籍，乃意味着口语向典籍的渗透——从相反一面看，也是典籍向口语世界的渗透。例如家训类有喃文的《家训演音》《朱训演音歌》《春亭家训国音歌》，反映喃文是进行家庭教育的文字；俗信类有《良心国音真经》《报恩国音真经》等许多"国音真经"，反映喃语是进行宗教宣传的手段；而在集部书中大批出现《洪德国音诗集》《唐律国音诗》《国音词苑》《名家国音》等喃文作品，则反映越南古代文学主要采用口头（而非书面）的传播方式。这些情况，同越南古籍多为抄本、甚少刊本的现象是相一致的。

与喃文文学的兴起相伴随，在越南文坛上还出现了六八体韵文对于古典格律诗的代兴。六八体指的是以六言八言相间为主体的韵文体裁，包括"六八六八""七七六八"两种类型。其格律则接受汉语近体诗的影响，将平、玄、问、跌、锐、重等六声分为平仄两类：

六八体：平平仄仄平平，平平仄仄平平仄平，平平仄仄平平，平平仄仄平平仄平。

七七六八体（又称"双七六八体"）：平仄仄平平仄仄，平平平仄仄平平，平平仄仄平平，平平仄仄平平仄平。

1891 年，乔莹懋在《琵琶国音新传序》中说："我国国音诗始于陈朝韩诠，继乃变七七为六八，而传体兴焉。"亦说明六八体是同七言体相关联的诗体。作为在汉语七言诗影响之下产生的越南民族诗歌的体裁，六八体的应用范围非常广泛。杂史中的《越史演音》《大南国史演歌》，日记中的《西行日程》《西行日程演音》，儒学中的《教训歌》《训女演歌》，宗教典籍中的《超神真经》《文昌帝君阴骘文演音歌》，特别是小说诗传中的大部分作品，都使用了这一体裁。另外，诗文集中至少有80 种典籍，是用六八体写作出来的。例如其中有两种《征妇吟》，分别以六八体和双七六八体对译汉文歌行体同名诗；有《日程东洋旅怀吟》和丁日慎《秋夜旅怀吟》，以喃文六八体寄托乡思；有《北史咏曲》和《六八史咏》，歌咏从三皇到明代的中国历史；有《天南国语录纪》和《二十四忠演歌》，叙述从丁先皇至李圣宗的越南史事和关于越南二十四忠臣的传说。此外还有这样两部性质属"杂抄"的典籍：

《长恨歌演音新传》，武文科撰，抄本 65 页。其书包括：（一）《长恨歌演音新传》，关于白居易《长恨歌》的两种喃译，一种用七言体，一种用六八体。（二）《嫁女望婚期》，双七六八体歌，汉文。（三）《歌筹体格》，关于歌筹（陶娘歌）的喃文书籍。（四）《陶娘送情人》，喃文陶娘歌。（五）《中秋奇童玩月赋》，双七六八体喃赋。（六）关于越南人物、土产、道路的若干首喃文歌，六八体。

《训俗国音歌》，邓希龙（号善亭）撰，1895 年印本 34 页。其书包括：（一）《训子国音歌》，六八体喃歌。（二）《劝孝演音歌》，范廷粹对《劝孝歌》的喃译。（三）《八反演音歌》。

（四）《太上感应篇国音歌》。

如果说作品的题材可以反映作品的艺术功能，作品的类聚可以反映作品的文体属性，那么以上情况表明：六八体是一种具有浓厚的乡土特色、宜于叙事、较富说唱风格的诗歌体裁，也是常用于通俗宣唱和陶娘之歌的体裁。《琵琶国音新传》成泰十三年（1901）序说："北人以文字求声音，文字便成腔调；南人以声音求文字，声音别具体裁。故东嘉第七才子之书，足登唇吻；而东床六八演音之传，容惜齿牙。"这段话，可以理解为关于六八体之缘起的说明。换言之，六八体是"以声音求文字"而形成的"体裁"，是贴近口语和口头传播方式的体裁，是汉诗同越南民间说唱相结合的产物。

汉文化传入越南以后，经改造而产生了许多新事物。其中最值得称道的，大概就是六八体以及六八体所依托的喃字。但越南语言学研究者龚克略还向我指出了一个更有趣的事实：除越南族（京族）以外，另有五个民族按自己的方式改造汉字而创造了特殊的喃字。这些文字，按其所属民族的名称可以分别称作"侬喃""土喃""山喃""芒喃""岱侬喃"。也就是说，越南共有 54 个民族，7 个民族有自己的文字，而使用方块喃字的则有 6 个民族。这些喃字的共同点在于，都以汉字为造字元素，都是按会意、形声、假借等法造成的能够拼读越南语词的文字；其区别则在所拼读的是不同民族的口语。例如"天"这个字，京族写为"盃"（trei），侬族写为"奔"（bæn），土族写为"呑"（va），芒族写为"舅"（blei）。这是一件意味深长的事情。

现在登记编号的少数民族书籍有十几种，如《和平官郎史略歌音》（芒族）、《土人歌》（侬族）、《西南𠀡卅𫤤孝演歌》《宣光省安山府白裙蛮书》《宣光省占化州各种蛮书》《宣光省咸安州白裙蛮书》《北洴银山蛮钱书》《高平省原平州蛮书》《安沛振安庆门蛮书》《安沛文振蛮书》《懒耕春闲时愁》《富寿端玉烛社蛮书》《广安横蒲县蛮书》。其内容特点是记录本民族的风俗、历史、律例，以及符咒、供书、歌章等祭祀文辞；其形式特点是用七言、五言、四言、六八等辞体作歌章和传文，并往往在汉文中杂用喃文。例如《西南𠀡卅𫤤孝演歌》便是一个喃文书名，译成汉语是《西南二十八孝演歌》。

由于种种原因，大量越南少数民族古籍未能收集入藏。我在私人处零星所见，即有四十几种。这些书多是抄本，多为玉谱、神迹、方术、仪轨之书，常用六八体歌诀，杂用汉字和喃字（由于本民族语汇的限制，它们所用汉字的比例远远高于京族的喃文书）。其中有两种书，内容奇特，值得一记。

其一是一份古代土族人的情书，题为《明蒙伴榜》，汉文的意思是广阔的爱情。它书写在一张 60 公分见方的大纸上，四周用精致的笔触画上了凤鸟、莲花、鲤鱼、云气、游龙，纸中部的上下两端分别画着有焰脚的月亮和长翅膀的太阳。书末落款"光中原年……黄道安寄于"，表明是二百多年前（光中元年为 1788 年）一位黄姓青年的作品。全书是一首七言诗歌，共 156 句，每句七字，叶韵（即每句末字和下句的第五字同韵）。其首四句云："光清迎幽玫盆难，句笔制书燕寻伴，皝慢鴈上堂忙奔，鴈亥已边崇勿岸。"意思是：面对清幽的景色，心中难忘；用笔写下书信，请燕子送上。我请大雁到你家——到那遥远的天界；雁啊，越过重重叠叠的高山，不要怕困难。

1967 年，在高平省和安县，龚克略从黄道安后裔处收集到这份珍贵的文献。

其二是莫代（1527—1592 年）学者闭文俸的《土语》。其书共 150 纸，按传统方式装订而成。书末有落款，云："皇朝成泰二年岁次庚寅仲春吉日，鼻孙闭文仁抄依旧本。"成泰二年，也就是公元 1890 年。这本抄写于一百多年前的书，用土族喃字记录了约四千联土族的谚语。其例有：

> 奴哥离贪咟，玖官贪肚。
>
> （老鼠贪婪在口上，当官的贪在肚子上。）
>
> 幽柄边乖，勘街边吧。
>
> （在家聪明伶俐，在市场反而愚笨。）
>
> 三百方胥彫，尸孩㧯即横㧯㧯。
>
> （你有了三百块干枯的土地，你也就有了小孩游玩的地方。）

这些谚语常常使用韵语，例如上文第二联协腰尾韵——前句末字"乖"，与后句次字"街"同韵。叶韵为谚语增加了形式上的美感。而尤其让我们感到庆幸的是：这种美感同充满智慧的内容，是依靠土族所创造的喃字保存下来的。

九、结语：一个类比

当我阅读手边的越南古籍资料、写下以上文字的时候，我的心情是兴奋而又忐忑不安的。兴奋缘于阅读时常有的新奇感触；不安则因为所凭借的资料远在异域，尽管尽最大努力作了

查验，但各种判断仍然有待于深化和落实。本文之所以写为
"札记"，也是为了在有限的能力和无限的材料之间找到一种
妥协。

但从另一方面看，我们却有条件在总体上把握越南汉文古
籍的内容、风格和意义。这条件就是类比。类比的对象是人所
共知的敦煌写本文献，类比能够成立的理由则是两宗文献所具
有的文化同一性：越南古籍往往杂抄成书，容纳了大批社会经
济档案和大批中国文学史上已失落的体裁和作品，其作者多是
思想和修养都迥异于传统"作家"的下层文化人，其知识结构
则为各社会阶层所共有；这些情况同敦煌文献没有二致。另外
可以类比的是：一旦把越南古籍整理出来，用为学术工作的依
据，那么，它必然会像二十世纪的敦煌学那样，推动典籍与民
间遗存的比较研究，冲击中国古代史、古代文学、古代语言、
古代艺术、民族史等众多学科。显而易见，通过一百年前的那
个敦煌藏书洞，我们可以逼真地想象越南古籍的性质和潜在
影响。

事实上，当我在河内市西南郊披阅群书的时候，我就是这
样想象的：面对越南古籍，不断地怀想敦煌。最令我激动的是
那数百种赋集，其中有关于刘平和杨礼友悌事迹的《刘平赋》、
关于汉代王陵母子忠义故事的《王陵赋》，以及作为附载的
《孔子项橐相问书》。这些赋文的形式和内容，都再现了敦煌俗
赋的风貌；只可惜我得以经眼的那几篇赋文写为喃文，无法作
细致的比较研究。我现在能做的，是转向手边的《太公家教》。
这是一本抄写于启定元年（1916 年）的残本书，至今流传于
越南民间而未被官方书库收藏。它有 16 页篇幅，采用汉字正

文和喃字小注相间的体式。正文有云：

> 一日相逢，万劫因缘。四海之内，兄弟皆也。同道
> 者，千里之寻；不同道者，过门不入。有智者如年高，无
> 智者头（徒）劳百岁。人离乡则易，物离乡则贵。国正天
> 心顺，官声民自安。王以民为本，民以食为先。王有良
> 将，家有贤妻。兄弟如手足，夫妻如衣服。千家万家一家
> 好，千草万草一草香。日日养客不贫，夜夜偷人不富。入
> 山逢虎易，开口告人难。人贪财而死，鸟贪食而亡。罗网
> 之鸟，悔不高飞；悬钩之鱼，悔不忍饥。人心如铁，官法
> 如炉。守分愁难入，无贪祸不侵。……

这种文本，就明显可以和敦煌所出的《太公家教》相比较了。
据王重民《敦煌遗书总目索引》，《太公家教》是敦煌写本中最
多见的一种文献，至少有 35 个卷号。其内容是采撷诗书经史
俗谚之语（多为四言体），规劝少年子弟遵循社会伦理，有
"孝子事亲""弟子事师""教子之法""立身之本"等等门类。
写本题记表明，它流行于唐宣宗大中四年（850 年）以后，是
"从中唐到北宋初年最盛行的一种童蒙读本"①。这种童蒙读本
在敦煌还有很多，如《李氏蒙求》《新集文词九经抄》《开蒙要
训》《兔园册府》《勤读书抄》《武王家教》《辩才家教》《随身
宝》等。《李氏蒙求》是唐人李翰的作品，存敦煌写本两种；
《新集文词九经抄》成书于八世纪中叶，存敦煌写本 16 种②。

---

① 王重民《敦煌古籍叙录·子部上·太公家教》，中华书局，1979 年，第
220 页。
② 参见周丕显《敦煌童蒙、家训写本之考察》，载《敦煌文献研究》，甘肃文化
出版社，1995 年。

它们大致反映了各读本的时代和流传规模，也反映了《太公家教》的文化背景。同样，越南本的《太公家教》也有数十种格言体的童蒙读本——《四字训蒙》《课儿小柬四字国音体》《古愚正误四言诗》《四字对联经》《训蒙集》《词调精华》《先正格言》《训俗遗规》《幼学越史四字》等作为背景。它们显然是相同的社会需要的产物。也就是说，上述背景反映了文化上的同构关系；在敦煌写本文献和越南汉文古籍之间，存在相类似的文化结构和社会功能。

　　幸运的是，尽管敦煌文献封存于宋初，敦煌《太公家教》的流传线索因此晦暗不明，但我们却可以在各种典籍记载中看到越南本《太公家教》的渊源。按唐人李翱（772—841）《答朱戴言书》曾提及"俗传《太公家教》"，宋王明清《玉照新志》卷三认为"世传《太公家教》，其书极浅陋鄙俚"，胡仔《苕溪渔隐丛话》卷一五说时人把格调浅俗的诗"方之《太公家教》"，元人陶宗仪《南村辍耕录》卷二五记《太公家教》为金院本的名目，明《雍熙乐府》卷二则有唱词"抵多少迟逢了《太公家教》"。①这说明《太公家教》自唐以来流传有序，在民间的影响一直不曾衰落。又据明人严从简的《殊域周咨录》卷六，在当时，越南亦已传入"《太公家教》《明心宝鉴》《剪灯新余话》等书"②。由此可见，敦煌《太公家教》和越南《太公家教》，事实上代表了一段俗文化传播史的两个端点；

---

① 《玉照新志》卷三，《丛书集成初编》，第49页；《苕溪渔隐丛话》（后集）卷一五，人民文学出版社，1962年，第111页；《南村辍耕录》卷二五，中华书局，2006年，第309页。
② 《殊域周咨录》，第239页。

《太公家教》在敦煌写本、越南写本中的存在，再一次提示了这两种文献的共同特质。倘若考虑到越南汉文古籍在时间上的大幅度跨越——从公元二世纪至二十世纪，那么毋宁说，在越南，现在正有一个内涵更深厚的、正在活生生地流动着的敦煌。

写于 2001 年 5 月。原载王小盾等主编《越南汉喃文献目录提要》，台湾中研院文哲研究所，2003 年 1 月。

《词曲研究》导言

一、"词曲"和"词曲学"

从作家文学的角度看，中国文学史是以诗、词、曲为主流的历史。在这里，"诗"指的是唐以前产生的以齐言为主要句式的韵文文体，包括《诗经》体、楚辞体、乐府体以及五、七言近体；"词"指的是以长短句为主要体式的特殊格律诗，亦即唐以后产生的依词牌或曲调格式填写的韵文；"曲"则指元明清三代的剧曲和散曲，主要指其中可用于唱的部分。这些文体代表了传统的学术立场或学术视角。因为它们是作家擅用的文体，所以被看作经典文体，成为历代研究者观察其他文学体裁的出发点和标准。例如和宋以后文人词体裁相近的唐代民间曲子辞，在习惯上也称作"词"；和元明清散曲、小曲体裁相近的唐代通俗歌辞，在习惯上也称作"曲"。所谓"词曲"，事实上是唐以来文人所创作的全部音乐文学作品的代称。

　　同样，按照学术界的约定俗成，"词曲学"被看作传统国学的一门基本学科，其对象主要是唐宋以降的长短句词和后起的元明清之曲。《四库全书总目（集部）》的"词曲类"、刘熙载《艺概》的"词曲概"等，都在这一意义上使用"词曲"一语，因而是兼包二体的。但若追踪历史，那么可以看到，这个概念所指称的范围往往因人因时因地而有不同；在很多情况下，它指的就是一般意义上的歌曲。例如当宋代人首先使用此语的时候，"词曲"乃指当时的长短句词，与通行的"歌曲""歌词""曲子""诗余"等同义，是词体的一个别名。王应麟《困学纪闻》云："致堂云：古乐府者，诗之旁行也；词曲者，古乐府之末造也。"胡仔《苕溪渔隐丛话》前集卷五九引《漫叟诗话》云："余谓词曲亦然。李璟有曲'手卷真珠上玉钩'，或改为'珠帘'。"黄升《花庵词选》卷一评李白《菩萨蛮》与《忆秦娥》说："二词为百代词曲之祖"。这一意义上的"词曲"亦写作"辞曲"。如郑樵《通志》卷四十九《乐略第一（乐府总叙)》："古之诗，今之辞曲也。"

　　金元之曲继词而起，由于人们多以传统文体为立足点，认为曲为词之变，词为曲之源，又以"归雅"为创作倾向，模仿词风来写作曲辞，故"词曲"又成了曲的代名。杨维桢《周月湖今乐府序》说："夫词曲本古诗之流。"此处所谓"今乐府"，所谓"词曲"，实指新兴的金元散曲。元朝法律也使用了这个术语。《元史·刑法志三》"大恶"罪云："诸妄撰词曲，诬人以犯上恶言者，处死。"《刑法志四》"禁令"云："诸乱制词曲，为讥议者，流。"这里的"词曲"是连戏曲和说唱都包括在内的。

　　"词曲"之语，在元人文献中尚不多见，至明代以降却通行起来。无论是散曲作品的序跋、关于曲学的论著、私人笔记、目录学著述，抑或是官方文件，使用此语相当频繁。仅在王骥德《曲律》一书中，"词曲"一词就用了15次以上。由于"曲"也是一个总称，涵盖散曲、戏曲、戏剧等既相关联而又不同的三个层面的事物，故明人所谓"词曲"，大而可以统指南北曲，分而可称三层中的任何一面，而独独排除了长短句的词。用"词曲"专指散曲的例证，见于高儒《百川书志》卷十八集部。此卷包含"歌词"与"词曲"二类，前者所收为宋元明之词，后者所著录皆为元明散曲；而杂剧、传奇则列入史部"野史"类：分别得很是清楚。用"词曲"指称戏曲的例证，则见于王骥德《曲律》、吕天成《曲品》等，其例甚多，不胜枚举。用"词曲"指称戏剧的例证，在明代还不算多，但朱有燉《诚斋乐府·【正宫白鹤子】〈咏秋景有引〉》有云："今时但见词曲中有《西厢记》《黑旋风》等戏谑之编为亵狎，遂一概以郑卫之声目之，岂不冤哉。"这是"词曲"之内涵由戏曲变为戏剧的开端。到清代再变，不少人以词曲偏指戏剧。李渔《闲情偶记》中的"词曲部"，所论"立主脑""密针线""减头绪"诸项，皆属戏剧创作之法。又黄文旸《曲海总目序》："乾隆辛丑间，奉旨修改古今词曲……苏州织造进呈词曲，因得尽阅古今杂剧传奇。"袁枚《随园诗话》卷九："李笠翁词曲尖巧，人多轻之。"陈栋《北泾草堂曲论》："国初人才蔚出，即词曲名家亦林林焉指不胜屈。必欲于中求出类拔萃，则高莫若东塘，大莫若稗畦。"焦循《易余曲录》："诗既变而为词曲，遂以传奇小说谱而演之，是为乐府杂剧。"这些都是以"词曲"

专指戏剧的例子。但与此同时，在清代学者中仍然存在着迥然不同的词曲概念，即在"词曲"的范围中排除掉戏剧，而重新纳入长短句词，使之兼指词、曲二体。例如上文所列《四库全书总目》和《艺概》。《四库全书总目》所谓"曲"，是南北曲的统称；《艺概》所论之"曲"，则偏重于散曲。

清末刘熙载的《艺概》是一部学术名著，对二十世纪上半叶修治词曲者颇有影响。尤其是《词曲概》提出了词曲双修原则，云："未有曲时，词即是曲；即有曲时，曲可悟词。苟曲理未明，词亦恐难独善矣。"这一理论后来被众多曲学名家名著效法实践。这包括王国维所著《宋元戏曲考》和《人间词话》，也包括另一位曲学大师吴梅所著《诗余讲义》《词学通论》等词论专著：他们同样走了词曲分论而兼治的学术道路。此外，1930年代前后任讷（二北、半塘）的《词曲通义》、王易的《词曲史》、卢前的《词曲研究》等，都属于合并词曲而通论的著作。不过，任、卢二书中的"曲"，仅限于散曲；王易所谓"曲"，则包罗散曲、戏曲乃至戏剧——举凡宋杂剧、金院本以及元明清三代之北曲杂剧、南曲传奇甚至连梆子乱弹等地方戏也囊括无遗。王易之"词曲"，是具有最大包容量的概念。

1949年以后，由于受近代科学分析思维方式的影响，学术界开始把戏曲划界而治，从而形成"词学""曲学"两门独立的学科。治曲学者虽然不能不溯源于唐宋词，但治词学者一般却不必顾及于曲。词曲各有专家独攻，像世纪初王国维、吴梅这种兼擅于词学和曲学的学者已不多见了。这样一来，"词曲"一语虽然时见使用，但合词学、曲学二体而并治的专著却很少出现了。

总之，作为学术术语的"词曲"一词，具有笼统含混、随意性强的特点。有鉴于此，我们在对二十世纪词学、曲学研究成果进行概述之前，特作以上讨论。我们的看法是：作为文体概念，"词曲"指的是中国古代音乐文学的两个特殊种类，即唐宋以降的长短句之词与金元以降的新兴散曲；作为学科概念或研究范围，"词曲"还包括作为词的早期形态的隋唐五代曲子辞。这一意义上的"词""曲"都是合乐歌词，其合乐方式均为"倚声填词"或曰"以乐生词"。在这一点上，可以把词曲同其他音乐文学品种区别开来——后者是采用"以词生乐"之法或曰就词谱曲之法创作的作品。另外，词曲文学属于诗歌，同是长短句之诗。据此又可以把它同非诗体类的剧曲乃至戏剧区别开来，亦即把词曲之"曲"，严格限于以散曲为主的清唱之曲。本书所总结的，正是以上范围的研究成果。

二、二十世纪词学研究概述

(一)"词"的名义

作为一种诗歌体裁，"词"的概念是在宋代以后正式建立起来的。在隋唐五代，"词"的主要涵义是言辞、文辞；尽管也有歌词一义，但其用法仍然和"辞"的名词用法相同。后一种情况见于《送春辞》《献寿辞》等唐代歌词作品名，也见于"歌词自作别生情""莫道词人唱不真"等诗句。后世称作"词"的那种歌辞，在唐五代乃称作"曲子"。例如敦煌写本中的"曲子《浣溪沙》""云谣集杂曲子"。到了宋代，这一称呼渐由"词"代替了。然而，当"词"这一概念产生以后，人们也开始用它称呼唐五代流传下来的"曲子"作品，于是产生了"唐词"这一名称，亦即把唐五代曲子辞和后世文人依谱而作的格律诗统称为"词"。这种倾向到二十世纪五十年代受到了任半塘（二北）先生的批判。他认为，唐五代人所称之"'曲子'不但名目和'词'不同，连性质上二者也迥别：曲子含义的主导部分是音乐性、艺术性、民间性、历史性，都较词所有为强；若改为'唐词'，只表示一端，词章性较曲子为强而已"①。也就是说，以宋词观念去套唐曲子，这种"宋帽唐头"的做法是对唐曲子实质的歪曲。二十世纪八十年代，王昆吾进一步论述了"曲子辞"与"词"的联系和区别，认为二者代表了燕乐歌曲中辞乐关系的两个阶段，曲子意味着一种演唱艺术，词则是曲子一系的文学化的发展。② 这样就得出了如下一个关于"词"的定义：

> 词是一种以依调填辞为特色创作方法、具特殊格律的诗歌体裁。广义的词包括燕乐曲子辞以及保留了曲子辞的文学特征的作品。从这一意义说，词是由于西域音乐、中原音乐、南方音乐的交融而产生的，它的历史起点在隋代。《乐府诗集》所说的"近代曲辞"、《碧鸡漫志》所说的"今之所谓曲子"、《词源》所说的"长短句"，都是词的早期名称。但通常意义上的词则指一种特殊的作家文学体裁，即文人按调谱所创作的格律诗。作为曲子辞的蜕变

---

① 《关于唐曲子问题商榷》，载《文学遗产》1980 年第 2 期。
② 《隋唐五代燕乐杂言歌辞研究》第十章《结论》，中华书局，1996 年。

形态，它是经过中唐以来文人酒令辞阶段的过渡而到宋代才产生的。因此，严格说来，"词"并不是一个同"曲子辞"相对等的概念：曲子辞是一种俗文学文体，词则是作家文学文体；曲子辞以表演性、音乐性为其本质属性，词则以文学性、格律性为其本质属性。作为上述差别的表现，人们通常不把曲子辞作者当作"词家"来看待，而作为曲子辞主要体式的联章体、作为曲子辞重要组成部分的宗教曲子辞，通常也不纳入词的范围。①

上述主张是建立在任半塘"主艺不主文"的一贯立场之上的。"主艺不主文"实质上是一种重视词的发生形态和历史本质的研究思路。作为现代词学的一大流派，它对词学研究长期以来"主文"的偏向有莫大矫正之功。但是，"主文"毕竟代表了一种创作传统和批评传统。所以，"唐词"这一名义，如果站在宋以后作家文学的立场上，从重视文本和格律的诗学角度看，则仍然是有效的。1999年，中华书局出版了由曾昭岷、曹济平、王兆鹏、刘尊明编著的《全唐五代词》一书。编辑者在《前言》中表示："词"有很多名称同时并行，宋以后才约定俗成地使用了"词"这一专称。"曲"和"曲子"偏重于音乐艺术一面，是具有"片面性"的名称。因此，应当从五个方面来建立对"词"的本质特征和词学系统的总体认识，即：（一）"词"是一种流动变化的文学艺术形式，宋以后与音乐歌唱相分离而演变成一种具有特殊格律形态的抒情诗体；（二）"词"在唐五代是多种歌辞体裁中的一种特殊形态，到宋

---

① 参看《唐宋词百科大辞典（词）》，学苑出版社，1990年，第1137页。

代演变为宋词；（三）唐宋词和宋以后的格律诗体在功能和性质上有所区别；（四）唐宋词表现为"依调填词"或"因声度词"，有别于宋以后的按格律谱填词；（五）唐宋词所依之"声""调"，主要是指隋唐新兴音乐——燕乐曲调。这五点论述正确地指出了词的两种形态的区别；但从《全唐五代词》的编辑实践看，它所认同的是和后世词形式相同的那些作品，而不是唐五代各种形式的曲子辞作品，甚至不包括典型的曲子辞作品（因此特别设立"副编"来容纳这种作品）。由此可见，作者之所以要反复强调词的两种形态的区别，目的是取得一种"全面性"，以便把作为后一形态之标志的"词"的名称加诸前一形态——唐五代曲子辞之上；换言之，是希望在"主艺"与"主文"之间取得折衷。这是可以理解的，因为它是对学术史现状的反映。二十世纪词学研究的一大特征，便是"主文""主艺"这两种范式的并存。

（二）关于二十世纪词学

"词学"即研究词的学问。它的发展过程是和作为作家文学的词的创作过程同步的。因此，自宋以来即不断有词学著作问世。其中较早出现的是"批评之学"，代表作有杨湜的《古今词话》、胡仔的《苕溪渔隐丛话》，二者均产生在十二世纪中期。后来"词话"成为词学著作的专门体裁。在唐圭璋《词话丛编》中，这种以"词话"为名的著作有将近四十种。从宋末元初人张炎的《词源》开始，词学成为以词体为主要对象的"研究之学"。这种专门研究到清代蔚为大国。其中"图谱之学"以万树（1630？—1688）《词律》为代表，"词乐之学"以凌廷堪（1755—1809）《燕乐考原》、方成培《香砚居词麈》

（1777）为代表，"词韵之学"以戈载《词林正韵》（1821）为代表，"词史之学"以张宗橚《词林纪事》（1778）为代表。

二十世纪是现代词学兴起的阶段。从十九世纪末期到二十世纪初，这一阶段已经呈现端倪。其中较具代表性的是三个事件：其一是在晚清出现王鹏运（1848—1904）、郑文焯（1856—1918）、朱祖谋（1857—1931）、况周颐（1859—1926）等词学"四大家"，开始像校勘经、史典籍那样校勘词集。王鹏运、朱祖谋合校的《梦窗词集》，于世纪之交，创立了词籍校勘之学。此后朱祖谋编辑《彊村丛书》，进一步奠定了二十世纪词学文献学的基础。其二是敦煌曲子辞的发现。这一发现揭示了词的民间根源，使人们的视线逐渐从文人士大夫的身上转移开来，而注意到词作为音乐文学、作为"胡夷里巷之曲"的历史本质。其三是王国维《人间词话》的发表。此书代表了传统词话与西方文艺理论的结合，也标志现代分析方法进入了词学。

除以上事件之外，二十世纪词学兴盛的另一个表现是专门词学期刊的产生。这主要是三十年代的《词学季刊》、四十年代的《同声月刊》和八十年代以后的《词学》。《词学季刊》于1933年4月在上海创刊，由龙榆生主编，编至1936年9月第三卷第三号，因抗日战争爆发而停刊。《同声月刊》于1940年12月在南京创刊，亦由龙榆生主编，编至1945年7月第四卷第三号，亦因政局变动而停刊。《词学》则于1981年11月在上海创刊，由施蛰存主编，至2000年4月编辑出版了十二辑。这三份刊物发表了大量学术论文，大大推动了词学研究。这些刊物的历程证明，二十世纪词学发展的节奏是同社会环境相联系的，在上述三个较安定的时期曾出现阶段性的繁荣。

专门词学期刊的出现，也可以说，反映了学术界的一种学科自觉。事实上，1934年，当龙榆生在《词学季刊》第一卷第四号上发表了《研究词学之商榷》一文的时候，词学研究的范围便已大致确定。按龙榆生此文所提出的"词学"定义是："推求各曲调表情之缓急悲欢，与词体之渊源流变，乃至各作者利病得失之所由。"可见当时词学研究已注意词调研究（词与音乐之关系的研究）、体制源流研究、作家作品研究等三个方面。这种认识是符合实际的。如果把前文说到的词学文献整理资料包括在内，那么，我们可以从三个角度来认识和总结二十世纪词学研究的实践。这三个角度是：作为基础建设的资料整理、作为内容考察的作家作品研究、作为形式考察的体制源流研究。在实践中，词调研究是与体制源流研究紧密结合的，因为它们所关注的都是事物的形式以及由此体现出来的事物的长时段运动。

(三) 第一方面：资料整理

二十世纪上半叶，词学的主要内容是词学资料的整理。词学曾被看作"辑佚之学""校勘之学""笺注之学"和"目录之学"。

（1）辑佚

宋元明清之时，词家们已采用辑佚的方法，编有若干词总集和词集丛书，例如宋代的《乐府雅词》（曾慥编）、《草堂诗余》（何士信编）、《花庵词选》（黄升编），明代的《花草粹编》（陈耀文编）、《宋六十名家词》（毛晋编），清代的《词综》（朱彝尊编）、《历代诗余》（沈辰垣等编）等。这些工作逐渐完善了词学研究的资料基础。王鹏运《四印斋所刻词》以来的辑佚工作，则使这一基础更加扩大。

前面说到朱祖谋所辑的《彊村丛书》。此书初刻于1917年，后续有增补，是当时最称"精审"①的词书。它共有260卷，辑有《云谣集》《尊前集》等唐五代宋金元词总集5种，以及别集168家。它的特点是重视考据：以网罗稀见善本为主，凡已有较好刻本的则不再收录；注意拾遗补阙，收载了吴昌绶《天下同文补遗》、贺铸《东山词补》、曹元忠《宋徽宗词》以及朱氏自己辑补的七种别集。在此书之后，较负盛名的有赵万里《校辑宋金元人词》，1931年印行，收录70家1500余首作品。此外相类似的词总集有刘毓盘《唐五代宋辽金元名家词集六十种辑》（1925）、林大椿《唐五代词》（1931）、王国维《唐五代二十一家词》（1932）、周泳先《唐宋金元词钩沉》（1937）、陈乃乾《清名家词》（1937）等。

在历代至二十世纪初以来诸家辑佚工作的基础上，产生了一部具有集大成意义的作品——唐圭璋《全宋词》。唐氏遍览丁氏八千卷楼所藏善本、足本词集，以及其他子史杂著，用功近30年，于1940年完成此书并交由商务印书馆印行。后来王仲闻等人又协助他续作考订补充，使此书达到词家1330多家、词作19900多首的规模，于1965年交由中华书局出版。

除此之外，1949年以后，广义的词集编纂工作在敦煌歌辞、历代词、词话等三个方面都有长足的进展。

较早对敦煌曲子辞进行全面整理的作品是王重民《敦煌曲

---

① 龙沐勋《研究词学之商榷》，载《词学季刊》1卷4号，1934年。

子词集》（商务印书馆，1950年；1956年修订再版）和任二北《敦煌曲校录》（上海文艺联合社，1955年）。前者从32件敦煌写本中校录出162首曲子辞。后者则增校至545首，除曲子外，特别详明了大曲一体；又尊重体裁分类的逻辑一贯性，兼收曲子辞体的宗教歌辞。到1970年代以后，有饶宗颐、戴密微（Paul Demieville）所编的《敦煌曲》（法国国家科研中心，1971年）和林玫仪所编的《敦煌曲子词斠证初编》（台北东大股份有限公司，1986年）。二书都在细致校勘敦煌写卷的基础上，对《敦煌曲子词集》有重要增补。到1987年，上海古籍出版社出版了任半塘的《敦煌歌辞总编》。此书共七卷，收录敦煌歌辞1 300余首。除大曲外，它将敦煌杂曲歌辞分为只曲、普通联章、重句联章、定格联章、长篇定格联章等类别，因而成为录辞范围最广、对传统词观念冲击最大的一部敦煌歌辞集。

历代词集的编纂工作盛行于二十世纪上半叶。例如林大椿编有《唐五代词》，录词1 148首；唐圭璋有《全金元词》，依《全宋词》体例，录词7 293首；赵尊岳编有《明词汇刊》，共收明代词集268种；叶恭绰编有《全清词钞》，录词8 260余首。二十世纪最后20年，除张璋、黄畲的《全唐五代词》以外，出现了两种风格较新鲜的总集。一是以域外词为对象的《域外词选》。此书由夏承焘等人编纂，1981年出版，收录日本、朝鲜、越南、波斯11位古代词人近200首作品。二是以燕乐歌辞为对象的《隋唐五代燕乐杂言歌辞集》。此书由任半塘、王昆吾编纂，1990年出版，收录性质明确的杂言歌辞2 841首、性质待考的杂言歌辞724首，并附《声诗集》和

《佚人佚辞纪要》。后一书注重曲调及音乐文学体裁的辨别，并从音乐文化学角度研究词体发生过程提供了一宗比较完整的资料。

词话方面的辑佚汇编工作以唐圭璋贡献最大。他编辑的《词话丛编》，1934 年初版时作品 61 种，1986 年由中华书局新版时又增加 24 种。类似的作品有施蛰存、陈如江的《宋元词话》（上海书店出版社，1999 年）、施蛰存的《词籍序跋萃编》等，可以看作对《词话丛编》的补充。钟振振的工作则具有后来转精的意义。除掉对宋代词人词作进行系统考据之外，他参加编撰了《历代词纪事会评丛书》。此书达 500 万字以上规模，具有鲜明的学术性和系统性。

（2）校勘

校词在传统校勘学中是有特殊地位的。王鹏运《四印斋所刻词》曾说："夫校词之难易，有与他书异者。词最晚出，其托体也卑。又句有定字，字有定声，不难按图而索。但得孤证，即可据依，此其易也。然其为文也，精微要眇，往往片辞悬解，相饷在语言文字之外，其非寻行数墨所能得其端倪者，此其难也。"1899 年，王鹏运又在校勘《梦窗词》的过程中定下了正误、校异、补脱、存疑、删复等"校词五例"。这五项义例为二十世纪的词集校勘工作确立了规范。此后数十年，遂产生了一批高质量的词集校勘成果。除《彊村丛书》外，总集类有朱居易《毛刻宋六十家词勘误》（中华书局，1936 年）。该书据毛校本、影宋本及其他精刊、精钞本来校勘毛晋汲古阁刻《六十家词》，用力细深，被叶恭绰称为"毛氏之功臣"。别集类则有李一氓《花间集》校本（1958，附有版本源流考）；

有多种《南唐二主词》校本，包括 1909 年王国维校补旧钞（南词）本、1920 年刘毓盘校辑《南唐二主词》本、1936 年唐圭璋《南唐二主词汇笺》本、1957 年王仲闻《南唐二主词校订》本、1958 年詹安泰《李璟李煜词》；又有郑叔问、黄侃、汪东、杨铁夫、吴则虞、蒋哲伦等人的《清真词》校本。此外有薛瑞生校注《乐章集》本（1994），该书包括"柳永词辑佚""版本述略"等篇目。这类校勘范围很广，且往往与辑佚工作、笺注工作同时进行。

由于新资料的发现，在二十世纪词学研究中还出现了一种新的校勘学门类——敦煌歌辞校勘。

敦煌歌辞校勘在技术上十分复杂。它面临这样两个新问题：一是在写卷发现后，因收藏、传写过程所导致的版本、文字问题；二是作为手抄本，因古代书手"讹火"而导致的种种错误。所以，它本质上不属于古典校勘学（同印刷术相联系），而属于俗文学校勘学（同手抄本相联系）。这项工作先后有许多人参预。1940 年以前，产生了罗振玉《敦煌零拾》（1924）、刘复《敦煌掇琐》（1930）、龙沐勋《彊村遗书（云谣集）》（1932）、卢前《敦煌文钞》、周泳先《敦煌词掇》（1935）、郑振铎《云谣集杂曲子》（1936）、孙望《云谣集杂曲子》（1936）等著作；1940 年以后，有冒广生《新校云谣杂曲子》（1941）、唐圭璋《敦煌唐词校释》（1943，1973 年补校）、蒋礼鸿《敦煌词初校》《敦煌词校议》（1962）、潘重规《敦煌云谣集杂曲子新书》（1976）等著作；此外有前文说到的王重民、任半塘、饶宗颐、林玫仪等人的著作。其中用力最深的是任半塘的《敦煌歌辞总编》。

在敦煌歌辞中，最为世人关注的是被称为"倚声椎轮大辂"的《云谣集杂曲子》。从它被发现起，人们就把它看作居《花间集》之前的中国第一部"词的总集"。1923 年至 1924 年，王国维、罗振玉、朱祖谋分别从日本、法国、英国方面获得一部分作品，在《唐写本〈云谣集杂曲子〉跋》《敦煌零拾》《彊村丛书》中做了介绍。1930 年至 1932 年，刘复在巴黎辑得《云谣集》作品"十四首"；龙沐勋又将《彊村丛书》本之"十八首"同刘复本缀合去重，得三十首，刻入《彊村遗书》①。从此以后，《云谣集》研究由辑刻阶段进入校勘阶段。按任半塘先生的说法，校勘阶段的问题主要有四端：第一端是"写本性务明，异文入校宜广"，亦即认为罗振玉本实为三本《云谣》之一本，须校以另外两本。第二端是"重视格调，字句、片迭、章解，皆有所准"，即主张重新划分《天仙子》《喜秋天》的章解，确定《云谣集》的作品为 33 首。第三端是"方音虚实"，即利用方音以订讹字、验时代。第四端是细致系年，即一一分求作品的创调时代、作词时代、选集时代和写本时代，亦一一分求作品中每组联章的时代和每首单辞的时代。这样一来，任先生便就《云谣集》作辞时代提出了"盛唐"说，并因此同香港饶宗颐、台湾潘重规等学者展开了激烈争论。

（3）编年和笺注

编年和笺注是作家作品研究的基础，在具体的资料工作与综合性的理论、批评工作之间架设了桥梁，因此是二十世纪词学研究的重要方面。

---

① 参见《云谣集研究汇录》，上海古籍出版社，1998 年。

编年工作包括年谱、年表、系年等项目，是知人论世的前提。二十世纪初，王国维著《清真先生遗事》，为此立下了成规。自 1920 年代起，夏承焘开始编写唐宋词人年谱，订其计划为："词人年谱各大家，须先作一篇事辑，世系、交游、著述，皆入事辑中。"他先后编写了吴文英、韦庄、冯延巳、南唐二主、张先、二晏、贺铸、周密、温庭筠、姜夔等 10 种年谱，在《词学季刊》上陆续发表，后于 1955 年结集为《唐宋词人年谱》一书。而其遗著《词林系年》，据说资料更加浩瀚，尚待整理出。① 二十世纪八十年代以后，年谱成为一种重要的著述体裁，产生了黄墨谷《李易安居士年谱》、王兆鹏《两宋词人年谱》《张元幹年谱》、严杰《欧阳修年谱》、孔凡礼《苏轼年谱》、郑永晓《黄庭坚年谱》、白敦仁《陈与义年谱》、程章灿《刘克庄年谱》、蔡义江等《辛弃疾年谱》、杨海明《张炎年表》等成果。

编年工作要处理大量作品资料，因此产生了编年、笺注合为一体之书。这类著作按时间先后排列作品，并在笺注中对各词的创作时间加以考证，具有较高的史学价值。唐圭璋出版于 1936 年的《南唐二主词汇笺》，在完善词集笺注的编年体制方面具有代表意义。稍后有邓广铭的《稼轩词编年笺注》和夏承焘的《姜白石词编年笺注》。前书完成于 1939 年，1957 年由古典文学出版社出版，具有重视历史典实的特点；后书 1958 年由中华书局上海编辑所出版，重视发明词作本事及寓意，又用力考释词的音律。它们分别是史学家、词学家笺注工

---

① 施议对《夏承焘与中国当代词学》，载《词学》第十二辑。

作的代表。

这一时期其他的笺注书还有：李冰若《花间集评注》（开明书店，1935 年）、蔡嵩云《乐府指迷笺释》（中华书局，1948 年）、唐圭璋《宋词三百首笺注》（中华书局上海编辑所，1958 年）、龙沐勋《东坡乐府笺》（上海商务印书馆，1958 年）、王仲闻《李清照集校注》（人民文学出版社，1979 年）、姜亮夫《词选笺注·续词选笺注》（台北广文书局，1980 年）、姜书阁《龙川词笺注》（人民文学出版社，1980 年）、刘金城《韦庄词校注》（中国社会科学出版社，1981 年）、夏承焘吴熊和《放翁词编年笺注》（上海古籍出版社，1981 年）、杨世明《淮海词笺注》（四川人民出版社，1984 年）、徐培均《淮海居士长短句》（上海古籍出版社，1985 年）、黄畬《欧阳修词笺注》（中华书局，1986 年）、华连圃《花间集注》（中州古籍出版社，1993 年）、宛敏灏《张孝祥词笺校》（黄山书社，1993 年）、王沛霖等《酒边词笺注》（江西人民出版社，1994 年）、黄畬《山中白云词笺》（浙江古籍出版社，1994 年）、吴熊和、沈松勤《张先集编年校注》（浙江古籍出版社，1996 年）等。

（4）目录

在辑佚、校勘、笺注编年工作中实际上已包含了版本目录方面的内容，可以说，版本目录研究是辑佚和校勘工作的前提。但随着词学学科的完善，版本目录研究也成为独立的工作。例如 1937 年，赵尊岳在汇刻明词的同时著有《明词提要》；1940 年，唐圭璋在《金陵学报》发表了《宋词版本考》一文；1963 年，饶宗颐在香港出版《词籍考》，著录各类词集

369 种；1993 年，黄文吉在台湾编成《词学研究书目（1912—1992)》，由文津出版社出版；1996 年，台湾中央研究院文哲所研究员林玫仪又编成更完备的《词学论著总目（1901—1992)》一书，收录中外词学资料 24 989 条。这些著作代表了二十世纪词籍版本目录之学的成就，同时也进一步奠定了词学研究的基础。

从二十世纪八十年代以来，有两种新的工具书进入了词学界。一是术语工具书，施蛰存的《词学名词释义》（中华书局，1988 年）是其代表。此书对"换头""过片""双调""重头"等常用而定义含混的词学术语作了详细考证，富有学术价值。二是专科辞典，包括《唐宋词百科辞典》《宋词大辞典》《全宋词典故辞典》《唐宋词常见词辞典》《词学研究年鉴》和各种鉴赏辞典。其中最具学术性的是 1996 年由浙江教育出版社出版的《中国词学大辞典》。此书由马兴荣、吴熊和、曹济平主编，包括概念术语、词人、风格流派、词集、论著、词乐、词韵等十一个部类，收录词学条目 7 200 条，对二十世纪词学研究成果作了较全面的总结。另外，二十世纪九十年代，随着科学技术的发展，产生了计算机技术同词学文献检索相结合的成果。例如南京师范大学研制的《全宋金元词》检索系统、朱崇才研制的《词学计算机专家系统》。可以相信，既然工具可以改变物质世界，那么，它也将积极地冲击未来的词学。

（四）第二方面：作家作品研究

词学领域的作家作品研究又称"词学批评"。从论著数量的角度看，是历代词学最重要的组成部分。它随着词的兴起而产生，因而具有两种天然的品格：一是同创作实践相联系，二是依附于它种批评理论（诗论、文论、书论、画论等）而存在。词学批评的传统体裁即反映了这两种品格。这些体裁颇具应用性，包括同诗话相对应的"词话"，同论诗诗相对应的"论词绝句"，同诗选、文选相对应的"词选"，以及可供多种批评理论交叉使用的"谈片"——序跋、札记、书信等著述体裁。以下几个例子很能说明词学批评同诗学批评的关联：第一部文人词集《花间集》是对徐陵所编诗集《玉台新咏》的模仿，第一部词话专著《时贤本事曲子集》是对孟棨所编诗话专著《本事诗》的模仿，明代杨慎等人的《词品》则模仿钟嵘《诗品》而编成。这样一来，当二十世纪词学开始起步的时候，它所面临的传统就包括两部分内容：一是前代的词学批评，二是前代的诗学批评和散文批评。二十世纪词学的构造者，因此也由两部分人组成：一是关于词学的专门批评家和研究者，二是来自相关学科的学者。最近有人在回顾二十世纪词学的时候，主张对词学队伍作"体制内""体制外"二分。这种分类的意义是提示了认识词学发展的一个角度。因为在事实上，词学研究者和其他文学部门的研究者一样，既有兴趣偏于艺术的人，也有兴趣偏于历史的人。前一类人往往是词学专家，他们重视词的创作和鉴赏，同传统词学有更密切的关联，因此也构成词学研究的主流；而后一类人则是非专门的词学家，他们把词看作一种历史存在，看作跨学科研究的对象，往往给词学研究带来新鲜的视野和思路，由此推动词学的演进。

二十世纪词学的另一个特点是：由于西方学术思潮的作用，它渐渐成为一个现代学科。这种作用既体现为西方文学思潮的直接影响，也体现为因西方文化而改变的社会环境的影响。二十世纪词学的阶段性发展，可以由此理解为传统和新变的互动。从时间角度看，它包括（一）改变旧传统、（二）形成新传统、（三）建设独立学科三个阶段；从空间角度看，它包括（一）中国内地词学、（二）台港澳和其他地区词学两个组成部分。由于资料方面的缘故，以下主要介绍中国内地词学。

（1）改变旧传统

二十世纪初期的词学基本沿用传统的批评方式。通常意义上的传统，一方面指的是文献整理工作，即古来的目录、版本、校勘之学；另一方面也指较为直观、简洁的批评方式，即前文所说的词话、论词绝句、谈片、词选等著述方式。后一种方式曾经在词学界长期存在，在二十世纪三十年代以前，词学批评基本上是以词话、评点、序跋、词选方式进行的。这种著作有王国维《人间词话》、郑文焯《大鹤山人词话》、况周颐《蕙风词话》、周曾锦《卧庐词话》、冒广生《小山吾亭词话》、夏敬观《忍古楼词话》、王闿运《湘绮楼评词》、梁启超《饮冰室评词》、朱祖谋《彊村老人评词》、陈洵《海绡翁说词》，以及胡适《词选》、朱祖谋《宋词三百首》等。另外，论文形式产生之后，人们仍然在使用传统的著述方式。例如夏承焘、叶嘉莹、缪钺等词学家采用了以绝句论词的形式①。

一般来说，传统的批评形式是和传统的文学思维相联系的，具有注重感悟的特点。晚清四大家的著作即是这方面的代

① 夏承焘《瞿髯论词绝句》，中华书局1979年初版，1983年出修订本。此书所论词家始于李白，迄于况周颐，外编又及日本、朝鲜、越南词人，共载一百首绝句。叶嘉莹和缪钺合著《灵溪词说》中亦载论词绝句。此书1987年由上海古籍出版社出版。

表。其中影响最大的是况周颐在晚年删定的《蕙风词话》。此书标举"重""拙""大"三个审美要求，主张作词要讲究气格的"沉着"、神韵的"凝重"和骨气的"清空""骚雅"，又主张作词要学两宋，于体格、神致间追求宋词的精神风貌。从近处讲，这一说法秉自年岁较长的王鹏运；从远处看，它是同清代经世致用的思潮相联系的。因此，尽管它曲折地传达了词学家对时世政局的感应，但它的论述方法和基本思想都与古代诗论一致，仍属于古典词论。不过，这一时期却有另外两个人在传统的著述形式中注入了新内容，造成学术的新变。这就是写作《人间词话》的王国维（1877—1927）和编辑《词选》的胡适（1891—1962）。

《人间词话》是王国维青年时代的著作。此书于1910年定稿为64则，在《国粹学报》上陆续发表；之后陆续有人增补，至今达到142则①。由于作者早年接受过叔本华及德国哲学、美学传统的影响，故此书非常自然地将西方美学的观念带入了传统学科。钱钟书《谈艺录》曾称它"时时流露西学义谛，庶几水中之盐味，而非眼里之金屑"。比如书中所云"无我之境，人惟于静中得之；有我之境，于由动之静时得之。故一优美，一宏壮也"云云，其中"优美""宏壮"之说即来自德国美学。又如所谓"有造境，有写境，此理想与写实二派之所由分。然二者颇难分别，因大诗人所造之境，必合乎自然，所写之境，

---

① 今通行本为人民文学出版社1960年《蕙风词话　人间词话》。此书为王幼安校订，包括《人间词话》（王国维亲自删定，刊于《国粹学报》者）64则、《人间词话删稿》（王国维删弃者）49则、《人间词话附录》（各家所录王国维论词言论）29则。

亦必邻于理想故也"云云，分"境界"为理想与写实二种，亦是德国美学的方式。但王氏所倡言的"境界"，却是在中国传统文论中提炼出来的一个审美范畴，切合民族文化心理和审美观念，对中国文学现象具有相当大的解释力。因此，表面上看，《人间词话》因袭了词话这种传统形式；但在实质上，它却改变了词话旧有的"助闲谈""资考证"的性质，而孕育了一个涉及艺术本质、创作方法、批评模式的新理论体系。

王国维倡言的"境界"理论，同时也改变了传统的论词取向。比如所谓"词以境界为最上，有境界则自成高格，自有名句，五代北宋之词所以独绝者在此"，便一反晚清词坛之风气，对周邦彦、姜夔、吴文英、张炎等技巧派作家提出了批评。不过，在另一些著作中，王国维对这种重"境界"、轻技巧的词学理论有所补充。比如《人间词话》评论周邦彦"创调之才多，创意之才少"；而同年所著《清真先生遗事》则对周邦彦事迹考证颇勤，云"词中老杜，则非先生不可"。这是因为：在"境界"之外，王氏还确立了一个能够更大地包容中国传统审美观的美学概念——"古雅"。他在《古雅之在美学上之位置》一文（1907年作）中说："优美之形式使人心和平，古雅之形式使人心休息，故亦可谓之低度之优美。宏壮之形式常以不可抵抗之势力唤起人钦仰之情，古雅之形式则以不习于世俗之耳目故，而唤起一种之惊讶，惊讶者钦仰之情之初步，故虽谓古雅为低度之宏壮亦无不可也。""南丰之于文不必工于苏王，姜夔之于词且远逊于欧秦，而后人亦嗜之者，以雅故也。"这样一来，传统中强调承袭、模仿、技巧、游戏的审美倾向，例如为《人间词话》所诟病的周、姜、吴、张等，亦可因"古雅"这种美的形式而与"宏壮""优美"并列，获得价值上的肯定。

同王国维相比，以"白话"为理论标志的胡适，则具有更鲜明的"新文学"立场和时代色彩。1927年，胡适出版《词选》，在自序中表明了作为其文学革命学说一部分的词学观，指出"文学的新方式都是出于民间的"，文人的参加既可使"浅薄的内容变丰富""幼稚的技巧变高明""平凡的意境变高超"，也会因陈陈相因而导致这些形式的消亡。他将词史分为三个大阶段：一是晚唐至元初，为词的自然演变时期或曰词的"本身"的历史；二是元至明清之际，为曲子时期或曰词的"替身"的历史；三是清初以后，为模仿填词的时期或曰词的"鬼"的历史。而第一阶段又包括"歌者的词""诗人的词""词匠的词"等三个小段落。他用自然真率、浅显易懂作为价值评判的标准。因此，他推崇北宋欧阳修、柳永、秦观、黄庭坚的"俚语词"，认为这些作品"差不多可说是纯粹的白话韵文"、推崇苏轼、辛弃疾，认为"他们不管能歌不能歌，也不管协律不协律，他们只是用词体作新诗"；而认为王沂孙"不足取"，"咏物诸词，至多不过是晦涩的灯谜，没有文学的价值"，认为"近年的词人多中梦窗之毒，没有情感，没有意境，只在套语和古典中讨生活"。

胡适的理论产生了很大影响。龙榆生《论贺方回词质胡适之先生》一文说："自胡适之先生《词选》出，而中等学校学生始稍稍注意于词，学校中之教授词学者，亦几全奉此书为圭臬；其权威之大，殆驾任何《词选》而上之。"这应当是时势所使然。因为胡适《词选》既意味着词学批评主体的大众化，也意味着一种重视历史进化的文学观。在二十世纪中国，这是两种最重要的文学思潮。此后产生的一系列词史或文学史著作，例如胡云翼所著的《中国词史略》（1933）、《中国词史大纲》（1933），以及冯沅君、陆侃如所著的《中国诗史》（1931）、郑振铎所著的《插图本中国文学史》（1932）、薛砺若所著的《宋词通论》（1937），都具有鲜明的平民倾向和进化论色彩。

（2）形成新传统

胡适所代表的通俗化文学思潮，对于二十世纪词学的意义并不止于理论层面；它更多地影响了学科发展的现实。因为按照传统的文学观，词是"诗余"，是"艳科"，是卑于诗、文，不入大雅之堂的文学体裁。只有打破传统的雅俗观，词体的地位才能得到真正提升。也就是说，这一思潮富于实践性。历史事实也正是这样：当近代科学传入中国，报刊和平装书成为新的文学传播方式之时，文学便势不可挡地同白话文运动相结合，走上通俗化、大众化的道路。这种情况造成了新的学术环境和学术条件，使新的词学传统呼之欲出。稍晚于王国维、胡适的龙榆生、夏承焘、唐圭璋、任二北、王易等人，便担当了建设词学新格局的使命。

王易（1889—?）字晓湘，号简庵，江西南昌人。曾任南京中央大学等校教授，又任江西通志局编纂。代表作有《乐府通论》和《词曲史》（1932）。后者被誉为"专科文学史之创举"。此书分十章：第一章为"明义"，立词曲之定义；第二章至第四章为"溯源""具体""衍流"，论述自汉魏乐府至唐宋词的发展轨迹，阐明"文学史"观；第五章为"析派"，分论宋金诸词家，评析作家作品；第六章为"构律"，从声律方面研究词体；第七章至第十章为"启变""入病""振衰""测运"，历述宋、金元、明、清直至现代词曲的发展。全书按年代先后叙述词的历史，有条不紊，代表了现代著作形式与词学研究的结合。因此，虽然全书各部分的单独论点与旧式批评无甚差别，但它的篇章结构，却创造了一种新的词史模式。

龙榆生（1902—1966）名沐勋，别号忍寒居士、风雨龙吟室主。江西万载人。曾任教于广州中山大学、上海音乐学院等学校。1928 年，他进入暨南大学中文系，四年后接任系主任。在此期间，师承朱祖谋，建立词学研究室，积极从事词学活动，以青年学者的身份成为词坛主将。他的学术贡献大略有三：一、创办《词学季刊》《同声月刊》两种大型词学研究刊物，协助出版《彊村丛书》，为二十世纪词学发展奠定了基础。二、编写《唐宋名家词选》《近三百年名家词选》等大学讲义，培养了大批词学人才。三、编著《中国韵文史》《音韵学》《词曲概论》《词学十讲》《唐宋词格律》《唐宋诗学概论》等一系列著作，把词学研究同诗学研究、汉语音韵学研究、古代音乐史研究结合起来，从而建立了二十世纪词学的基本框架，同时也发展了对词体作全面的历史考察的研究方法。

在二十世纪词学界，龙榆生是最重要的一个人物。他不仅穷尽毕生精力来治理词学，以《南唐二主词叙论》《苏辛词派之渊源流变》《清真词叙论》《漱玉词叙论》等论文倡导了一种综合历史学、社会学、艺术学知识来进行作家批评的方法，而且还集中力量揭示词的本质，成为建设词学新传统的中坚。例如在《词体之演进》《谈谈词的艺术特征》《研究词学之商榷》

《论平仄四声》《论词谱》《论四声阴阳》等论文中，他通过对词的起源、词的发展阶段、词与音乐的关系等问题的考察，论证了词的音乐性质和历史形态，指出词是一种依附唐、宋以来新兴曲调而存在的新体抒情诗，是音乐语言文学语言紧密结合的特种艺术形式；认为词的发生和发展，由诗的附庸而蔚为大国，和乐曲结下了不解之缘；认为词的声情与文辞有天然默契关系，即便"不复能歌"的词作品，在其内部结构中仍有音乐内涵存在。他的研究在胡适等人的基础上大大推进了一步，即注重更为客观而深刻的历史解释。例如在《研究词学之商榷》文中，他强调了"批评之学"的全面性、客观性品质，曰：

> 胡氏尝自称有"历史癖"，而自信力太强，往往偏重"主观"，而忽略"客观"条件。其所谓"歌者之词"及"诗人之词"，且不具论。其所诋为"词匠"之作，举姜夔、史达祖、吴文英、张炎诸家，谓其"重音律而不重内容"。殊不知南渡以来，歌词本分二派：姜吴一派，趋于醇雅，其失固有过于艰深晦涩者。而自靖康之乱，歌谱散亡，倚声填词，失其凭藉。于是一二知音之士，乃思所以振兴坠绪，重被声歌，而音律之考求，渐成专门之学。……南宋姜、张一派之注重音律，而又力求醇雅，实由其环境所造成。所制之词，一以供士大夫之欣赏，"重音律"则有之，而"不重内容"，则胡氏殆未深究诸家词集耳。

从表面上看，这段话与"传统派"之推举吴文英诸人如出一辙；但究其实质，他却是在追求一种具有历史深度和充分解释力的批评。这一批评是超越了主观感受的。从这一点看，他不仅有别于旧的词学传统，而且和初期白话派词学理论拉开了距离。

与龙榆生同时，词学界还活跃了夏承焘、唐圭璋、任二北等人物。他们年寿更长，影响更为深远，实际上跨越了两个学术阶段。

夏承焘（1900—1986）字瞿禅，浙江温州人。1930 年，由龙榆生介绍结识朱祖谋，从此走上研究词学的道路。1933 年《词学季刊》创刊，他和龙榆生每期发表文章，成为刊物的支柱。除十种年谱以外，其时最精彩的成果是《白石歌曲旁谱辨》《唐宋词字声之演变》等词乐、词律考订之作。后一文以具体词例证实：温庭筠已分平仄，晏殊渐辨去声，柳永分上去入，周邦彦用四声，南宋诸家拘泥四声，宋末词家辨五音分阴阳——于是从声律角度确定了词史发展的基本线索。1949 年以后，夏氏词学转入作家批评。尽管不免于当时"民主性""封建性"二分的批评模式，但他所作诸文仍然表现了重考据、重声律的特点。例如《李清照词的艺术特色》一文考察《声声慢》词舌齿两声交加重叠的手法，从音律声调角度揭示了李清照词的特色。这种结合艺术形式进行的文学批评，是二十世纪词学传统的重要组成部分。

唐圭璋（1901—1990）字季特，出生于南京。1992 年入东南大学，师承于吴梅，从此以全力研究词学。他的突出贡献是以一人之力编纂了宋、金、元三朝词和《词话丛编》，为词作品研究、词论研究提供了基本资料；作为这些工作的理论总结，又著有《词学论丛》《宋词纪事》《宋词四考》等二十几种专著。其词学具有明显的体系性和实证风格，即同时关注词体、词作、词人、词史、词论、词学史等六个方面，[①] 以文献考据为诸种批评方法的基础。例如在词人研究方面，唐氏编写了一千多家宋词人小传，以及《南唐二主年表》（1936）、《李后主评传》（1934）、《姜白石评传》（1943）、《纳兰容若评传》（1944）等论文，乃以知人论世为基本方法。又如在词史研究方面，唐氏作有《两宋词人时代先后考》（1935）、《两宋词人古籍考》（1943）等，"以觇一代词风之盛及一地词风之盛"[②]，亦即以考据为手段，结合时间、空间两种维度来考察词的发展流变。通过文献工作提出问题，联系历史背景进行词学批评，这是二十世纪词学的又一特色。

以上诸位学者，曾被视为"传统派"，而与王国维代表的新文艺学、胡适代表的"词选派"相区别。这种区分有一定道理，因为龙榆生确实批评过胡适，唐圭璋确实批评过王国维的《人间词话》[③]，而这些学者都像旧学者那样重视资料整理。不过从本质上说，这一时期的新创造是旧词学远远不能范围的。这不仅表现为上述学者的学术整体意识，不仅表现为他们对历史过程的深入追求，而且表现在他们的思维方式和表述方式之上。龙榆生和夏承焘一直注意兼用归纳法和逻辑分析方法撰写深刻明晰的学术论文，任二北重视形式研究和事物关系研究，而薛砺若发表于1937年的《宋词通论》则表现出鲜明的现代

---

① 参见王兆鹏《论唐圭璋师的词学研究》，载《唐宋词史论》，人民文学出版社，2000年。

② 唐圭璋《词学丛林》，上海古籍出版社，1986年，第576页。

③ 唐圭璋《评人间词话》，原载《斯文》1938年3月。

意识。按薛氏之书凡七编，第一编为"总论"，其余六编讨论宋词的六期。总论注意采用社会分析、心理分析的方法对宋词作"横断的鸟瞰和分剖"，且在比较两宋词风异同之时采用了时代背景、艺术风尚、"应歌""应社"两大主流等三种新角度；其他各编则以"明确的史的概念"探寻宋词"流变演进"的历史轨迹，尤其注意把文体发展、大作家的影响和时代转变相沟通、相融合。因此可以说，在这一时期，词学实现了它的现代化——新史学与新文艺学的成功结合。

（3）建设独立学科

二十世纪是现代学科体系得以形成的时代。从欧阳炯《花间集序》（940年）开始的中国词学研究亦逐渐成为一个独立的学科。在这一过程中，以上几位词学家作出了巨大的贡献。因为他们既是承前启后的人物，又是全力从事词学研究的人物——按王兆鹏的说法，是"专"（专一）、"精"（精深）、"大"（解决系列性、全局性问题）的人物①。由于他们继承和发扬了传统，词学学科所特有的对象与方法才得以确立；由于他们作为专门家进入词学，这个学科才保持了稳定的规模。这些学者可以称作二十世纪词学的中流砥柱。如果没有他们，那么在这个动荡的年代，词学学科很可能已经覆灭。

不过，词学批评的每一步发展，都不能免于社会政治及其思潮的影响。1949年至1978年，在唯物主义、一分为二、阶级斗争等哲学理论和政治理论的指导下，词学批评强调思想内容和风格的区分，问题和方法都比较单一。豪放与婉约成为评

---

① 《传承、建构、展望：关于二十世纪词学研究的对话》，载《文学遗产》1999年第3期。

判作家的基本标准，以辛弃疾为代表的豪放派词得到特别推崇。这一倾向可以说在胡适等人的词学观中已有萌芽，例如在二十世纪三十年代，胡云翼曾将词分为女性的词和男性的词两种，并将词风分为凄婉绰约与豪放悲壮两类。但由于时势的推助，风格二分之论在五六十年代最为风行。这理论的代表作——胡云翼编写的《宋词选》，即出版于1962年。而且，在五六十年代，"民主性""民族性""儒法斗争"等政治概念都影响到对作家作品的评判。例如曾分别于1955年和1959年展开的对李煜词和李清照词的大讨论，就是主要从阶级性、民族性两方面着手的；而辛弃疾的被推崇，乃直接关联于其词作中表现出来的民族感情。即使主要采用传统考据学方法治理词学的研究者，也受到了时尚的冲击。夏承焘先生曾说到当时通常采用的治学方法："以资料作底子，以旧时诗话、词话镶边"，"从今天的社会要求和思想高度揭示其局限"。[①] 由于以上种种原因，这段时间较具学术价值的词学著作数量不多；除词集校注外，主要有词学家以往成果的结集，例如夏承焘《唐宋词论丛》（1956）、唐圭璋《宋词四考》（1959），以及从音乐角度对作家作品的研究，例如丘琼荪《白石道人歌曲通考》（1956）、杨荫浏等《宋姜白石创作歌曲研究》（1957）。

但五六十年代对于词学发展仍然是有建设性意义的，这意义主要体现在人才培养方面。在高等教育完成初步布局的同时，词学也纷纷进入大学课堂。二十世纪后期各高校的词学研究中坚，开始接受学术薪火的传递。这样一来，当改革开放的

---

① 夏承焘《月轮山词论集（前言）》，中华书局，1979年。

政治局面出现之时，大陆学者的研究便迅速追赶上来，呈现出多元化的局面。各个历史时代、各种艺术流派的词家都得到了重视；研究与教学相结合，在苏州大学、杭州大学（今浙江大学）、华东师范大学、南京师范大学以及武汉、北京、成都等地建立起以词学为专业方向的学术人才培养基地。这一时期的词学著作也往往有联系于高校教学的特点，大都是词选和词学概论著作，例如俞平伯《唐宋词选释》（1979）、沈祖棻《宋词赏析》（1980）、刘逸生《宋词小札》（1980）、唐圭璋《唐宋词简释》（1981）、夏承焘《读词常识》（1981）、刘永济《词论》（1981）、吴熊和《唐宋词通论》（1985）、陶尔夫《北宋词坛》（1986）、詹安泰《宋词研究》（1987）①、宛敏灏《词学概论》（1987）、杨海明《唐宋词史》（1987）、马兴荣《词学综论》（1989）、谢桃坊《宋词概论》（1992）。其中影响较大的是俞平伯《唐宋词选释》、吴熊和《唐宋词通论》和杨海明《唐宋词史》。吴氏之书分词源、词体、词调、词派、词论、词籍、词学七章立论，并从词调形成与演变的角度探讨了词体的起源；杨氏之书把"心灵史""文化史"的观照点带入词史研究，重新建构了唐宋词史观和词史：二书代表了1980年代词学批评的新创造。② 吴、杨二位分别是夏承焘、唐圭璋的传人，因此，他们的著作也意味着大陆词学进入了一个新的时代。

这个时代可以说是学科自觉的时代，其突出表现是注意从

① 此书原为作者1960年代初在中山大学指导研究生学习宋词之讲稿，1987年辑入《鲁安泰词学论稿》一书，由广东人民出版社刊行。
② 吴熊和《唐宋词通论》，浙江古籍出版社1985年初版，1989年修订再版；杨海明《唐宋词史》，江苏古籍出版社，1987年。

学科建设角度对词学研究进行总结和反思。1982 年和 1988 年，上海古籍出版社出版了两本《词学研究论文集》，即是这种反思的先声。此二书由华东师范大学中文系古典文学研究室编辑，收录了 1911 年至 1979 年间具代表意义的词学研究论文共 63 篇，并附词学研究论文索引，事实上为进一步研究提供了一个可资参考的平台。此后唐圭璋、金启华的《历代词学研究述略》、刘扬忠的《关键在于理论的建构与超越：词学学术史的初步反思》、杨海明的《词学理论和词学批评的现代化进程》、胡明的《一百年来的词学研究：诠释与思考》、王兆鹏的《20 世纪前半期词学研究的历程》等①，以及由中国社会科学院文学研究所、湖北大学人文学院主办的《词学研究年鉴》，都表现了学科建设的明确意识。刘扬忠所撰《宋词研究之路》一书②则在总结现代学者种种学科构想的基础上，提出了一个系统的词学研究体系。与上述形势相对应，词学批评史成为新的学科分支，产生了《中国词学史》（谢桃坊著，1993 年）、《中国词学批评史》（方智范、邓乔彬、高建中、周圣伟著，1994 年）、《词话学》（朱崇才著，1995 年）等著作。另外，一系列学术讨论会也陆续举行。1983 年 11 月和 1986 年 12 月，在上海华东师范大学召开了两届词学讨论会，重点讨论了"豪放""婉约"是否成派及孰为正变的问题、词的诗化问题、词学研究方法论问题、词的发展史问题；1994 年 10 月，在湖北

① 分别载于《词学》第 1 辑（华东师范大学出版社 1981 年）、《文学评论》1995 年第 4 期、《文学评论》1996 年第 6 期、《文学遗产》1998 年第 2 期、《文学遗产》2001 年第 5 期。
② 天津教育出版社，1989 年。

省襄阳师范专科学校召开了"中国 20 世纪词学研究走势学术研讨会",重点讨论了二十世纪中国词学研究的得失、未来词学发展方向、词学研究理论体系的建构等问题。

这个时代也可以说是积极探索新的词学批评方法的时代。从这一角度看,较具代表性的著作有严迪昌的《清词史》(1990)、《阳羡词派研究》(1993)、王兆鹏的《宋南渡词人群体研究》(1992) 和几种学术论文集。严迪昌联系词派的地域分布和家族关系来考察一代词史,开词派研究的风气;王兆鹏从作家群、作品范式(花间范式、东坡范式,清真范式)两种角度概括了南渡词人的创作实践,填补了学术空白。几种比较重要的论文集是:张宏生《清代词学的建构》(江苏古籍出版社,1998 年)、谢桃坊《宋词辨》(上海古籍出版社,1999年)、《吴熊和词学论集》(杭州大学出版社,1999 年)、《王水照自选集》(上海教育出版社,2000 年)、沈家庄《宋词文化与文学新视野》(人民文学出版社,2001 年)。这几部书都有非常宽广的词学视野。张氏之书采用点、面结合的"中观"之法,选择政治词、咏物词、艳词、妇女词、选本、词派等若干具代表性的问题,论证了清词的意义、价值和精神。谢氏之书从宋代歌妓和演唱的角度讨论了宋词的流传,通过"词为艳科"的概念揭示了宋词体性以及宋人政治价值和审美价值的矛盾冲突,又在宋词流派及风格问题上提出了一反近世诸家的全新认识。吴氏之书重视音乐在词的流变中的作用,注意从乐调(词调)播迁的角度探讨词的演变,其中《高丽唐乐与北宋词曲》一文尤其翔实和透彻。王氏书中《苏轼豪放词派的涵义和评价问题》等文摆脱仅从艺术风格着眼区分"豪放""婉约"

的窠臼，提出从词的源流正变角度来把握这一对概念的实质，以认识苏词的革新意义，又采用对照比勘的方法，论证了苏、秦二人在处理诗词关系上的差异。除此之外，众多年轻学者在词学研究中引入了新的视角，或注意探讨词作内容与文人心态的关系、词体特征与审美风尚的关系，或从意象和主题的角度探讨词作品的美学特质与内涵，或采用定量分析的方法考察词人历史地位的变迁，①为新世纪的词学展示了光明的前景。

这一时期，个别作家的研究也有很大进展。1991年和1995年，夏承焘词学评奖委员会先后两次评奖，共有27部产自1978年至1992年的著作和论文获奖。其中以个别作家为研究对象的著作有：徐培均《淮海居士长短句》、刘乃昌《辛弃疾论丛》、王筱芸《碧山词研究》、刘石《苏轼词研究》、刘扬忠《辛弃疾词心探微》、杨海明《张炎词研究》、钟振振《东山词》、崔海正《东坡词研究》。这反映了词人研究的昌盛局面。事实上，作家研究在二十世纪后期的词学论著中占有很大比重。1992年以后出版的《北宋词人贺铸研究》（钟振振）、《周密词研究》（金启华、萧鹏）、《东坡乐府研究》（唐玲玲）、《张元幹词研究》（曹济平），便是其中的佳作。从这种研究中并且衍生出新的学术方向，此即专题研究。史双元《宋词与佛道思想》（1990）以广义的宗教文学为对象，杨海明《唐宋词风格论》（1992）以作品风格为对象，艾治平《婉约词派的流变》

---

① 参看刘尊明《晚唐五代词发展兴盛的文化观照》，载《文学遗产》1995年第1期；乔力《诗之余：论中唐文士词的文化品位与审美特征》，载《文学评论》1995年第4期；王兆鹏、刘尊明《历史的选择：宋代词人历史地位的定量分析》，载《文学遗产》1995年第4期。

（1994）以作家群为对象，刘扬忠《唐宋词流派史》（1999）则建构出"体—派—群"三位一体、"历时—共时"两维结合的研究模式，开辟了作家作品研究的新路。

大陆以外地区的词学研究，从二十世纪六十年代以来进入空前繁荣。港台方面影响较大的学者有：饶宗颐对词学文献的研究，潘重规对敦煌曲子辞的研究，罗忼烈对周邦彦、柳永词的研究，吴宏一对清词的研究，黄文吉对北宋和南渡词人的研究，林玫仪对敦煌曲子辞和晚清词论的研究。二十世纪七十年代，当台湾产生出一大批词学博士学位论文之时，北美和日本的词学也有很大的发展。日本方面的研究有村上哲见的《唐五代北宋词研究》、青山宏的《唐宋词研究》、宇野直人的《柳永论稿：词的源流与创新》等①。这些著作具有重视实证、视野宏通的特点，能够紧密联系词的历史发展来考察具体作家的地位和特色。② 北美学者则以加拿大的叶嘉莹成果较丰。她著有《迦陵论词丛稿》《唐宋词名家论稿》《清词丛论》等多种论著，善于从体验古人"词心"出发，在词学批评中融合进现代西方文论的要素，其特色成果便是对王国维及其文学批评的研究。她还与四川学者缪钺合著《灵溪词说》一书，结合传统与现代两种文学批评方式（论词绝句加上散文说明的方式），将唐宋32家词人作分篇论述。此外，北美地区词学批评的代表人物还有孙康宜、刘若愚、高友工、林顺夫、诺思罗普（弗赖伊，

---

① 《唐五代北宋词研究》，东京创文社，1976年；杨铁婴中译本，陕西人民出版社，1987年。《唐宋词研究》，汲古书院，1991年；程郁缀中译本，北京大学出版社，1995年。《柳永论词稿——词的源流与创新》，张海鸥译，上海古籍出版社，1998年。
② 参见王水照《日本学者中国词学论文集（前言）》，上海古籍出版社，1998年。

Northrop Frye)、方秀洁（Grace S. Fong）等人。孙康宜在早期词史研究中运用了哲学分析方法；刘若愚擅长意象研究和比较诗学研究；高友工以结构主义的方法分析词作品及其在诗歌传统中的地位，提出"节律""图式""中倾"等词学概念作为形式分析的工具；林顺夫所著《中国抒情传统的转变：姜夔和南宋词》（普林斯顿，1978）一书把姜夔和史、吴周、王、张等人所代表的抒情传统的转变描写为由"离我就物"（the retreat toward the object）向细物（微型世界）的退却；诺思罗普（弗赖伊）以结构节奏之说来阐释诗词章法，认为在诗歌中由韵律形成的复现节奏占主导地位，词则具有更为发达的由意蕴形成的语义节奏；方秀洁所著《吴文英与南宋词的艺术》（普林斯顿，1987）对咏物词的源流作了细致的讨论，亦即根据物我关系的变化将咏物词分为拟人式、移情式、隐喻式、寓托式四种，在研究方法上令人耳目一新。事实上，中国词学的现代化过程也可以理解为不断吸收外来文化因素而建立新传统的过程。由此看来，西方学者所使用的批评方法势必大大改观中国词学的未来面貌。这些批评方法包括：现代观，即依据西方现代派文学技法建立的新观念；文体学，研究文体的特征、分类、形成和演变；象征和寓意，研究作品的意蕴层次和寓托手法；主题学，对母题、惯用语、典型情景、典型人物作比较研究；新批评，注意文本所提供的歧义、张力、悖论；意象学，注意考察具有具象功能的诗语。① 可以相信，作为一个独立学科，词学将不仅拥有专门的研究对象，而且将会拥有独特

---

① 参见周发祥《西方的唐宋词研究》，载《文学遗产》1993 年第 1 期。

的研究方法和理论体系。

（五）第三方面：体制源流研究

词是一种音乐文学，因隋唐燕乐的兴起而产生，因各种歌妓的演唱而发达，直到宋代仍然用于侑觞。尽管在成为文人摛藻一体之后，词乐渐渐散亡，但词的体制仍然保留了音乐的痕迹。所谓体制源流研究，理所当然要从音乐文化的角度进行。特别是探讨词的起源，就不能不注意词的发生形态——曲子形态。不过，由于文人案头习惯的影响，学术界是经过很多曲折才真正认识到这一点的。二十世纪词学发展的历程，因此可以说是词的音乐本质渐次披露的过程。与此相关联的现象是：直到二十世纪末，词的起源问题仍然是历次学术讨论的焦点。关于词的体制源流研究，事实上总是代表了二十世纪词学各阶段的前沿水平。如果对这一研究加以回顾，那么可以发现，它的发展轨迹呈现出波浪形的样态，在二三十年代和八九十年代出现了两个高潮。以下几个事件便标志了第一阶段的进程：

1905 年，刘师培（光汉）在《国粹学报》上发表《论文杂记》，认为"古代诗多入乐，与词相同，而后世之词则又诗之按律者也"，因而提出"词出于古乐之别派"的主张。文学史研究从此走上由音乐文学角度入手研究诗、词嬗变的道路。

1907 年，敦煌歌辞被发现，为词学研究提供了前所未有的新材料。1920 年，王国维发表《敦煌发见唐朝之通俗诗及通俗小说》一文，介绍了《西江月》《菩萨蛮》《凤归云》《天仙子》等敦煌曲子辞作品。作为词体前身的曲子辞，由此为人所知。

1922 年、1924 年，日本铃木虎雄、青木正儿分别在《支那学》上发表《词源》《关于词格的长短句发达的原因》二文，对词的起源问题做了系统讨论。后文批评了朱嘉的填实泛声之说；前文则列举了自六朝至晚唐的音乐文学资料，认为"词起于中唐晚唐之际"，而初盛唐间已有《回波乐》《舞马词》等用于燕乐。这一观点，后来被许多学者接受。

1924年，罗振玉辑印《敦煌零拾》，首次公布《云谣集杂曲子》《佛曲三种》《俚曲三种》《小曲三种》等敦煌音乐文学资料，开启了对唐代音乐文学新体裁"曲子"的研究，以及对讲经文、变文与词文的研究。

1927年，任二北于《东方杂志》24卷12号发表《南宋词之音谱拍眼考》一文；1928年，又于《中山大学语言历史研究所周刊》发表《研究词乐之意见》一文。前文对关于南宋词乐的各种音乐术语作了逐一考订，后文则提出词乐研究的总体规划，亦即提出词乐之始、律吕之源、宫调、律、腔、韵、谱、起结、拍眼、乐器、歌唱、词调之繁衍等研究项目，开辟词乐之学的先河。

1929年，《小说月报》20卷4号发表郑振铎《词的启源》一文。此文批评了传统的"诗余"观念，认为"胡夷、里巷之曲"代表了词的两个来源，并将"词史"分为"胚胎"（有曲无辞）、"形成"（曲旧而词新）、"创作"、"模拟"四期，亦即从曲辞关系角度论述了词的历史。

1931年，任二北所著《词曲通义》出版；1932年，王易所著《词曲史》出版。前书将词曲合并作比较研究；后书列有《隋唐乐府》《唐代词体之成立》《唐五代诸词家》等小节，论及词体之演进、词曲之界和词曲之变。同年，夏承焘成名之作

《白石歌曲旁谱辨》一文于《燕京学报》12 期发表。

1933 年至 1934 年，龙榆生先后发表《词体之演进》《中国韵文史》等论著。他从唐代文献中钩稽出大批曲子资料及歌唱资料，论述了词曲与音乐的关系、燕乐杂曲辞的产生与发展、令词在唐代的尝试及在西蜀南唐的兴盛等问题，为唐五代音乐文学提示了研究主线。

1935 年，朱谦之所著《中国音乐文学史》由商务印书馆出。此书从音乐角度论述了历代文学的演变。在《唐代诗歌》一章，论述了燕乐区别于雅乐的特点、诗与歌的关系、绝句之唱法等问题。同以往的著述相比，这是最接近音乐文学本质的一部著作。同年，任二北出版《词学研究法》。

以上诸项表明，词体源流研究乃与二十世纪词学的整体发展同步①，是伴随中国音乐学敦煌学、词学的建立而形成的。因此，它在第一阶段的特点是：能够结合隋唐燕乐、敦煌曲子辞来认识词的起源，并开始清算朱熹的填实泛声之说，出现了各抒己见、百家争鸣的局面。但在这一时期，宏观的统摄较多，简单划分进化阶段的论述较多，微观的考证较为少见。可以说，这是初步采用客观研究法，接纳新资料，历史地认识词体与词乐的内在关系的时期。

二十世纪五六十年代是中国词学相对萧条的时期。这时的词体源流研究仅由少数学者进行，但正因为这样，它表现出趋

---

① 王兆鹏认为二十世纪词学研究成果主要出现在三四十年代和八九十年代。二十世纪三十年代，词学开始成为一门"显学"。当时以"词学"命名的著作有梁启勋的词学《词学》（1933）、吴梅的《词学通论》（1933）和胡云翼的《词学概论》（1934）。参见《传承、建构、展望：关于二十世纪词学研究的对话》，载《文学遗产》1993 年第 3 期。

于纵深和具体的倾向。这时，任二北开始由宋元词曲转向唐曲子研究，先后出版了《敦煌曲校录》《敦煌曲初探》《教坊记笺订》等书。夏承焘则继续在词法考订方面迈进。他的未刊稿《词例》包括字例、句例、片例、辞例、体例、调例、声例、韵例诸门，"贯全宋、元词为一系统"。《唐宋词字声之演变》实际上是此稿的部分篇章，《姜白石词编年笺校》则汇集了对于姜白石词乐谱的考订笺释。另外，音乐学家杨荫浏在其中国音乐史著述中探讨了词的音乐，丘琼荪（以及海外学者饶宗颐、赵尊岳）则对姜白石旁谱作了进一步考订。在这一时期，词体源流研究较前期更为注重考据的科学性，由宏观转向微观；但在诗词之辨、宋词与唐曲之辨等问题上，仍有一些模糊影响之说。它似乎在为新高潮的到来进行铺垫和准备。于是，到1982年，任半塘（二北）《唐声诗》出版，词体源流研究迅速走进一个新的阶段。

《唐声诗》是一部90万字的著作，由上海古籍出版社出版。此书详尽地展示了隋唐五代作家作品同音乐、舞蹈相关联的实况，从而否定了以前那种"诗乐亡而词乐兴"的谬说。其最重要的理论贡献是：围绕词的起源问题，提出了"歌辞""声诗"等概念。"歌辞"概念的意义是消弭了过去文学研究中一些缺少认识价值的分割。比如说，既然大量近体诗可以纳入曲子之乐，同长短句辞一起共有"歌辞"这一本质，那么，近体诗歌与各种体式的曲子辞之间便不会有严格的界线，所谓"严诗、词之辨"因此是无意义的。"声诗"则指唐代结合声乐舞蹈的齐言歌辞。这一概念指出了齐言、杂言歌辞"同时并举，无所后先，各倚其声，不相主从"的历史真相，说明应从文学与音乐共生这个大背景上来认识诗体作品与长短句体作品的差别及关联。由此可以得出结论：既然词乐无须等诗乐缺乏或散亡之后才能兴起，那么，作为长短句的"词体"，也不俟齐言诗体为了协乐，字句有所增删后才能形成。因此，朱嘉等人的"填实泛声"之说，在逻辑上、事实上都不能成立。合理的说法是"声曲异型"："自隋以来，便是诗有诗之曲，杂言有杂言之曲。诗之曲辞用诗，终于是诗，无变；杂言之曲辞用杂言，原本即已是唐杂言歌辞。"也就是说，"诗变而为词"是一个虚假的现象。

此外，《唐声诗》提供了两种切实可行的研究方法。其一是声辞关系研究：通过"选词以配乐""因声以度词"两种声辞关系，说明在齐言、杂言之别的背后有更为本质的分别——辞先声后、声先辞后这两种文学与音乐相联系的方式之别。所谓"诗词之辨"，所谓长短句辞产生于歌诗之时的"填实泛声"，其失误的原因，就在于未究明诗与乐的上述关系。其二是曲调考证。《唐声诗》分上、下两编，上编"理论"，对唐代确曾歌唱或可能歌唱的齐言诗二千首以及有关记载千余条加以总结；下编"格调"，在所得理论的指导下，对从两千首作品中提出的一百五十多支曲调作了审定。在梳理"格调"资料之时，它采用了以曲调为单元的考据方法，考据内容则有"辞""乐""歌""舞""杂考"五个方面。这样一来，隋唐五代音乐文学作品的流程便融入了曲调的流程，呈现出丰富的内涵。这些研究方法，对于其他各代（尤其是宋代）的词史研究也有启发意义。

继《唐声诗》之后，1985年，王昆吾完成了《隋唐五代燕乐杂言歌辞集》、《隋唐五代燕乐杂言歌辞研究》（下称《唐杂言》）二书。① 前者是关于唐代歌辞的资料总集，与任半塘先生合编；后者则是一部 45 万字的专著，包括"绪论""隋唐燕乐""曲子""大曲""著辞""琴歌""谣歌""讲唱""隋代杂言歌辞概述"等篇章，并附有详细的"术语索引"和"曲调名索引"。其内容特点是：以隋唐五代文化史为背景，考察了词和作为其前身的隋唐燕乐曲子的历史发展；认为长短句歌辞的形式特征关联于它们的传播方式，因而主要依据歌唱、吟诵、表演等艺术形式的发展探讨了它们的形成；认为书面文学是对口头文学的记录和模仿，因而从音乐体裁和音乐表演方式角度，对诸文学品种及其作品的形成原因作出了考察和解读。

解决词体起源问题的关键是理清曲子与词的关系。所以在以音乐体裁为单元展开论述时，《唐杂言》首先讨论了曲与乐的关联、曲子的音乐性质（"曲度"）、创制方法（"度曲"），以及曲子与谣歌、大曲之间的关系等问题。它认为，曲子在声辞关系上的显著特征是"因声度词"，其产生原因，一方面由于四方俗乐汇聚，造成大量器乐曲的涌现和"曲度为世俗所知"；另一方面由于胡乐入华，造成了新的节奏风尚和新的曲体规范性。因此，它起源于南北文化充分交流的隋代。歌场的踏歌和艺妓的演唱，是造成曲子流传的两个基本条件，因此，联章、只曲是曲子的两种基本体式。作为流行歌曲，曲子的体裁特征是有比较成熟而稳定的曲体（否则它便不能流行），有源源不断的演唱手段的补充（否则它就会僵化）。因此，它在

---

① 《隋唐五代燕乐杂言歌辞集》，巴蜀书社，1990 年出版；《隋唐五代燕乐杂言歌辞研究》，扬州师范学院 1985 年油印，中华书局 1996 年出版。

文学上表现为注意字声而不拘谨字声、因声度词但衬字异体丛见，迥异于后世文人的依调谱填词。所谓"唐词律宽"，其实是无意义的判断。曲子在发展中经历了由民间歌唱到教坊妓歌再到各类官私艺妓的歌唱这样一个过程，于是形成了婉转真率的艺术风格，并一直影响到后世词风。这就是所谓"艳科"的来源。

为了使关于词源问题的讨论能够站在比较科学的基础之上，《唐杂言》专门阐述了一系列基本概念。它所建立的概念体系主要包括两种组合：一是关于音乐种类的概念，例如"雅乐""燕乐""清乐""胡乐"和"俗乐"，二是关于普乐体裁的概念，例如"曲子""谣歌""琴歌""大曲"和"讲唱"。它并且辨析了"曲子""声诗"二者的关系，认为"声诗"是一个音乐文学的概念，其准确定义是"按采诗入唱的方式配乐的歌辞"。作为它的对立概念的，是按因声度词之法创作的"乐府曲子辞"。李清照说："乐府、声诗并著，最盛于唐。"这里说的就是唐代曲子的兴盛，以及唐代曲子辞兼包"乐府"与"声诗"的情况。从声辞关系的角度看，唐代诗歌可分为徒诗、声诗、曲子辞三类。通常说的诗、词之别，其实就是徒诗和曲子辞的分别。诗词之辨之所以成为问题，是因为有一批兼具诗、辞双重身份的"声诗"：它们是作为徒诗而创作出来的；但一旦被采入曲子，它们又成了广义的曲子辞。总之，从音乐体裁的角度看，声诗属于曲子；从辞乐关系的角度看，声诗有别于曲子。诗本来就有齐言、杂言二体，"声诗"理应兼包齐言声诗和杂言声诗。因此，在"声诗"与"杂言"之间，并不存在对立关系。任半塘先生提出"唐声诗""唐杂言"二分，其意义在于揭示了采诗入乐、因声度词这两种辞乐配合方式的对立。总之，在各种具体考证的基础上所建立的上述概念体系，意味着"唐代文艺学"基本理论的成型。

1988年，王昆吾在《文史》上发表了《唐代酒令与词》一文，进一步从词律形成的角度阐述了词体起源问题。他认为：词体起源可以理解为早期词的不同形态的转换。酒令著辞是其中一种重要形态，是联系唐代曲子辞和宋词之间的重要环节，其意义在于实现了燕乐歌辞的文人化，并通过酒令令格造成了丰富多样的"词律"。因此，成熟形态的词体代表了一种文化积累：第一步，在民间辞阶段获得歌调；第二步，在乐工辞阶段建立规范的曲体；第三步，在饮妓辞阶段增加众多的改令令格；第四步，在文人辞阶段，这些令格转变成由范辞或词谱所代表的种种格律。词律迥异于近体诗律，因此，不应从近体诗中，而应从作为特殊曲子辞的酒令著辞中寻找词的起源。至此，词体起源问题得到了较为透彻的解答。

同第一阶段相比，这一时期词体源流研究的特点是宏观与微观有了更深入的结合。这在以下几方面也有明显表现：

（1）曲调考古学

在实践中，词乐研究一般是由音乐文学研究者进行的。这是一种描写式的科学研究，以古代文献为依据，也可以判属音乐文献学。任半塘、丘琼荪的研究即是其代表。但随着中国音乐史研究（以文献为主要对象）、传统音乐研究（以民间遗存为主要对象）的深入，一种富于解释性的、被称作"曲调考古学"的学术思路发展起来。它的代表人物是曾任中国音乐研究所所长的黄翔鹏。

黄翔鹏的工作出发于杨荫浏所倡导的"有声音的中国音乐史"或音乐形态学的理想；目的在于通过曲调考证，将古代音乐文学作品（比如"词"）"还原"成可以听到的"音乐"，"还原"成它具体的存在方式。其方法是：在确定一定时代的黄钟律高、调式形态的基础上，利用现存的音响资料（乐谱和民间遗存），考证曲牌、宫调、谐字，最终建立音调与历史的对应关系。黄翔鹏考证过的词调有：山西五台山青庙音乐《三昼夜本》中的歌曲《望江南》和"吹腔"乐曲《万年欢》，认为它们分别可能是唐代《望江南》和隋唐伎乐调的遗存；曲调《菩萨蛮》《瑞鹧鸪》，认为它们分别是唐代缅甸传来的古乐和龟兹大曲《舞春风》的遗音；以及宋词曲牌《念奴娇》《小重山》《感皇恩》等。①

（2）语言音乐学

语言音乐学是杨荫浏提出的一个概念，他在《语言音乐学初探》一书中围绕昆曲探讨了语言和音乐的关系问题②。近年来浙江学者洛地则从存在于昆剧中的"今曲唱"出发，对词曲语言与音乐的关系问题作了有意义的揭示。他说："'词唱'、'曲唱'，是一类唱的专称。它的构成是'以文化乐'，以词曲文体结构中的辞式句读、平仄格律等，化为乐体结构中的节奏规律、旋律法则等所构成的一类唱。"因此，他认为宋词是一种"律词"。词从北宋到南宋，并不是衰落，而是大踏步的前

---

① 黄翔鹏《逝者如斯夫……——古曲钩沉和曲调考证问题》，载《文艺研究》1989年第4期。郑祖襄《把"没有音乐的音乐史"变为有可听作品的音乐史：谈黄翔鹏的"曲调考证"及其学术价值》，载《中国音乐学》1999年第2期。

② 杨荫浏《语言音乐学初探》，人民音乐文学出版社，1983年。

进：以柳永词为转折点，不断实现词体的律化；到南来，完成了由"令"到"慢"的演进，并出现了对"依字声行腔"的具体要求。"慢"的完成，是词体成熟的标志。①

（3）《词源》研究

《词源》是一部富于音乐内容的宋代词学专著。过去的研究者多注意它的文学史内涵，主要讨论它对豪放词、梦窗词的评价问题，"雅正""清空"等批评标准问题，近年来则有学者结合当时词风探讨其"锻炼"主旨问题②。但《词源》的特色理论——乐律学理论，则因技术性太强，很少得到关注。这种情况在本时期有所改变。1982年，王延龄撰文考释了书中的84调名。③ 1990年，浙江文史馆馆员郑西村（孟津）用30年时间完成的《词源解笺》一书，由浙江古籍出版社出。此书对《词源》论乐文字作了全面考释，并着重讨论了词乐伴奏乐器、定调应律乐器、燕乐二十八调体系、词乐歌唱法等问题。

（4）敦煌舞谱研究

敦煌舞谱研究始于二十世纪二十年代。1925年，刘复在《敦煌掇琐》中刊出其中伯3501谱，题名为"舞谱"。1938年，罗庸、叶玉华撰《唐人打令考》（载《国立北京大学四十周年纪念论文集》）判断它是酒令舞谱，为确定舞谱性质作出了重要贡献。1942年和1951年，冒广生《疚斋词论》、赵尊岳

① 《词乐曲唱》，人民音乐文学出版社，1995年。
② 杨海明《论〈词源〉的论词主旨：兼论南宋后期的词学风尚》，载《文学遗产》1993年第2期。王延龄《〈词原〉八十四调名笺释》，载《北方论丛》1982年第2期、第4期。
③ 王延龄《〈词源〉八十四调名笺释》，载《北方论丛》1982年第2期、第4期。

《敦煌舞谱详解》对舞谱谱字作了进一步考释。1954年，任二北《敦煌曲初探》辟出专章，对其谱字、节拍、流变作了较系统的研究。1960年，饶宗颐将其所发现的斯5643号谱编入《敦煌琵琶谱读记》。以上学者的努力，使敦煌舞谱研究成为专门学问。

自1980年代以来，敦煌舞谱研究蓬勃发展。其特点有二：一是陆续发现一些新资料，例如1984年柴剑虹发现斯785号谱，1986年李正宇发现斯5613号谱，1993年方广锠发现北残820号谱；二是随着大批舞蹈研究者的加入，研究重点转向对舞谱结构的解读。其中以日本研究者水原渭江，中国研究者席臻贯、王克芬、柴剑虹论述最为丰富。至于系统研究敦煌舞谱的文化内涵、对舞谱作通篇校译的成果，则见于王昆吾所著《汉唐音乐文化论集》《唐代酒令艺术》二书①。王昆吾认为：这些文献的性质是酒令舞谱，用于"下次据令"舞。采用邀舞、对舞方式。28份谱例均以"令舞授据，舞摇授据，舞授奇据，舞授据头"为骨干构成序列。每份舞谱皆按酒令方式，在上述舞姿序列上实行变化。从中可以概括出三种规则：拍段规则，亦即由曲调音乐所规定的节奏模式，例如"慢二急三"；打送规则，亦即用不同的打送拍的规则来演奏同一支舞曲，例如"一曲子打三曲子"；字拍规则，亦即对十六字序列的展开方式的规定，例如按"令""巡""轮"方式增减舞姿拍数。这三种规则恰好同著辞令中的曲调令格、协韵令格、叠字叠句等

---

① 王昆吾《汉唐音乐文化论集》，台北学艺出版社1991年版；《唐代酒令艺术：关于敦煌舞谱、早期文人词及其文化背景的研究》，台北文津出版社1993年版，上海知识出版社1995年版。

令格相对应，可资探明词乐节奏和词律变化的原理。从这个角度看，敦煌舞谱研究是词体源流研究的重要组成部分。

　　写于2002年。原载王小盾、杨栋合编《词曲研究》一书，湖北教育出版社，2004年1月。此"导言"的后一部分为杨栋所写"二十世纪散曲学史"，今未录。

《隋唐五代燕乐杂言歌辞集》前言

　　隋唐五代是中国艺术史上一个特别灿烂的时代。经过几百年战乱和各民族文化的融合，在新的统一形势下，中国人创造了一种崭新的文化。无论是诗歌还是小说，无论是绘画还是雕塑，无论是音乐、舞蹈还是戏剧，每一种艺术样式，都在这个时代树立了辉煌的里程碑。描述和理解这段历史，是广大文史研究者的愿望和目标；而对词的起源及其音乐背景的探讨，则是当代文学史家和音乐史家热切关注的课题。

　　词的起源研究是在二十世纪初才走上科学道路的。由于敦煌曲子辞的发现，由于作为专门学科的中国音乐史的建立，人们逐步肯定了两个基本事实：词是隋唐燕乐的产物，词的前身称作"曲子"。这样一来，便勾画出了早期词史的基本轮廓。但是，燕乐的内容是什么呢？是以九部伎或十部伎为代表的西域乐，还是西域音乐同中原音乐的融合？长短句歌辞是如何产生的呢？是由于琵琶音律的变化繁多，还是由于刘禹锡、白居易等人的"依曲拍为句"？……在许多重要的细节问题上，人们仍然没有摆脱疑惑。历史资料总是否定人们的种种猜测。比如，当一部分学者把燕乐归结为九部伎或十部伎的时候，人们却发现：十部伎中的乐曲，除《破阵子》外，并没有哪一支演变成为后世的词调。当一部分学者把燕乐看作西域乐的代名的时候，人们却注意到：《教坊记》所载的数百支乐曲，其主体部分，却仍然是汉族俗乐歌曲。当一部分学者开始意识到中原音乐的重要地位的时候，在人们面前却展现了另一种事实：唐代民歌，乃以"吴音""蜀声""楚调""蛮歌"最具特色；琴歌称盛于吴楚巴蜀；中晚唐文人曲子辞多作于江南；凡可考见籍贯的佛教歌赞辞的作者，几乎都活跃在吴楚地区；而唐代广为流行的曲子，例如《竹枝》《渔父》《杨柳枝》《南歌子》《长相思》《乌夜啼》等等，恰恰产生和流行在长江流域（而不是黄河流域）。随着经济重心的南移，南方音乐无疑占有比中原音乐更为重要的地位。至于说琵琶音律变化繁多，五七言诗不易与之配合，长短句词遂应运而生；至于说盛唐曲多配近体诗，"依曲拍为句"的方式出现后，曲调才转为词调——人们也不难发现这些说法的纰缪：前者乃把音律上的变化繁多误解为声音上的变化繁多，而后者则把刘禹锡表述"依曲拍为句"的时代误解为因声度辞的实际发生时代。且让我们看看中国的传统器乐曲（例如琴曲）吧，其中不是早已产生了大量长短句辞吗？且让我们比较一下教坊曲和敦煌曲吧，它们不是说明，在盛唐以前，早就存在很多长短句曲调和作品吗？还可以看看唐代市民和散乐伎人在歌场、戏场中的音乐实践，他们所用的口耳相传的方式，证明新兴的乐曲，只有配合歌辞才能流行；

证明唐初孔颖达所说的"依声而作诗",是早已通行的撰词方法。显而易见:词的发生史的研究,首先面临着全面掌握历史资料的问题。

从另一方面看,上述种种误解也可以说是由传统的词史理论造成的。资料问题,归根结底还是研究观念的问题。在关于词的起源的研究中,词生于诗的观念,是最深的一个成见。由于这种观念的影响,人们遂把由文人创作、有定调、具固定格律等等形式当作词体的标准,把词的产生年代断在中唐。人们还不断地编辑着唐五代词,从风格和格式上,严诗词之辨。这样一来,所谓词是一种音乐文学、产生于"胡夷里巷之曲"之说,实际上便变成了空话。中唐文人辞是怎么产生的?仅仅是因为"依曲拍为句"之法的应用吗?或者是因为曲长辞短,"五七言诗不易与之配合"吗?其实不是。考察一下唐代文化史就可知道:盛唐与中唐之交的一个重要事件,是安史之乱。它破坏了教坊,使音乐在宫廷转变为音乐在民间;它摧残了中原,使南方的地方经济获得相对独立。妓女走上地方化、商业化的道路,服务于饮筵,导致了文人酒令著词风尚的全盛。因此,这时候的文人长短句辞,其本质仍然是曲子;这时候的文人辞格律,主要源于酒令令格,而非源于乐曲;这时候并没有出现词的产生,而只是出现了曲子辞的文人化或酒令化;或者说,过去是乐人辞因声度词、文人辞采诗入唱,中唐以后便不再有这种分工。用词生于诗的观点,是无法解释这段历史的。严诗词之辨,实际上也难以取得成功。如果把词看作是文人依谱而作的格律诗,那么,严格意义上的词,乃是宋以后的产物;如果把词看作是燕乐曲子辞,那么,问题便不是什么诗词之辨，而应当是徒诗与歌辞之辨，一般歌辞与曲子辞之辨，曲子辞中声诗（采诗入唱之辞）与著辞（因声度词之辞）之辨。而这样一来，对唐五代词的研究和搜集，便必然转变成对隋唐五代燕乐歌辞的研究和搜集；诗词之间的联系与差别，必然要置于音乐文学发展史的广阔视野中，予以考察。

读者面前的这部书，正是基于上述理由而编辑出来的。

《隋唐五代燕乐杂言歌辞集》（下简称《杂言集》）是半塘师"唐艺发微"工作的一个组成部分。1956 年，在《教坊记笺订》前言中，半塘师已经提出了编辑这部歌辞总集的设想。随着《唐戏弄》《唐声诗》《敦煌歌辞总编》等著作的完成，全面整理隋唐五代杂言歌辞的任务，遂摆上了议事日程。

《杂言集》是作为《声诗集》的姐妹篇来编辑的。由于词的起源问题常被归结为长短句辞的产生问题，所以在我们的研究中，才有了声诗与杂言的分野。这一分野的确立，包含有研究策略的考虑，因为上面所说的"声诗"和"杂言"，还只是文学形式的概念，而科学的分类，却应当反映事物的内部联系。按照这种分类，应当把"声诗"规定为按采诗入唱方式配乐的歌辞；作为它的对立概念的，则是按因声度词之法创作的"曲子辞"。李清照说："乐府、声诗并著，最盛于唐。"这里即以"乐府"与"声诗"并举，反映了乐工歌辞与文人歌辞的对立，或因声度词之法与选词配乐之法的对立。

但是，"声诗"多为齐言近体，却毕竟是个显而易见的事实。诗人之作多以五七言律绝的形式采入歌曲，而大量杂言曲子辞则按因声度词的方式创作出来，这就在现象上，造成了齐言歌辞与杂言歌辞的对立。这一对立表明：杂言与音乐之间，经常有不同于齐言的另一种联系。由于杂言配乐需要更细致的辞曲对应，故隋唐五代的杂言曲子辞，一般都是依调而作的歌辞；隋唐五代的杂言琴歌，一般都是"因调随吟"的即兴歌唱；隋唐五代的杂言谣歌，一般都是实际演唱的记录。而在齐言歌辞中，诗声拼合的情况则很普遍。换句话说，在大部分齐言歌辞与杂言歌辞之间，存在两种性质不同的辞乐关系。从杂言歌辞中，才能看到真实的音乐律动。对隋唐五代杂言歌辞进行单项研究，有助于认识这种音乐律动。

以上两方面情况，决定了《隋唐五代燕乐杂言歌辞集》的编辑原则。一方面，作为"唐艺发微"体系中的一部分，它必须像《唐戏弄》《唐声诗》一样，以抉微发隐、说明隋唐五代文化的某一侧面为目标；它必须注重文学的艺术表现，注重文学的民众基础，注重文学资料同其他史料的结合。另一方面，它作为同音乐律动、同民间风俗联系较为密切的一部作品集，在编辑中，必须注意曲调辨别，注意对曲子辞、谣歌辞、琴曲歌辞、大曲歌辞等不同音乐文学体裁进行辨别，以便为中国音乐学和中国语言音乐学的研究提供一个资料库；它对于佛教讲唱辞、酒宴游戏唱辞，以及赛神、祈禳等节令活动中的歌辞，必须悉数收入，以期为唐代文化研究提供一把新的钥匙。从上述立场出发，考虑到音乐文学同单纯文学相较，其体易明，其用较晦，我们慎于删剔，列有副编，收录了一批待考歌辞；考虑到本书要为词史研究服务，我们根据《凡例》中所立"依调填辞"一项，把辞式演为后世词调的作品，均当作曲子辞看待，辑入正编；并把对酒宴著辞影响极大的嘲诮辞、改令辞，也视为待考歌辞，辑入副编。为了使读者对隋唐五代燕乐歌辞的总貌有一个比较全面的了解，我们还附录了按《唐声诗》理论编辑的《声诗集》和反映隋唐五代佚辞情况的《佚人佚辞纪要》。我们认为：一部歌辞总集，既然要尊重音乐文学配乐方式的多样性，既然要尊重音乐文学流传方式的特殊性，那么，它的编辑，必然会具备与一般文学总集不同的一些特点。

本书的编辑原则，其要点已见《凡例》。其中有几个比较复杂的问题，这里再做一些补充说明：

一、关于燕乐歌辞的范围

燕乐是一个音乐史的范畴。它的内容，一方面要根据它与其他范畴的关系来确定；另一方面，要根据它的实际运动来确定。

我们的基本看法是：燕乐有两个对立的范畴：在历史的纵线上，它与清乐对立，代表隋唐五代的新兴音乐；在历史的横线上，它与雅乐对立，代表这一时代的艺术性（非仪式性）的音乐，因此，凡是产生在隋唐五代，凡是用于娱乐而非用于宫廷祭祀的歌辞，都是燕乐歌辞。

概念是认识的工具。过去人习惯用训诂方法来解释事物，而在实际上，历史概念总是不能用它的初始涵义来限定的；对它的认识，总是在它取得完成形态的时候明确下来的。譬如"清乐"（"清商乐"），它作为汉魏六朝汉族艺术性音乐总称的概念，就是在隋唐之际，即在它取得完成形态的时候，才得到正式确定的。在此之前，它曾作为调性名称，代表了汉代新兴的一种特殊风格的音乐；曾作为乐署名，代表了曹魏时代与"太乐""鼓吹"相区别的一批俗乐；曾作为汉族燕乐和俗乐的集合概念，代表了北魏宫廷所收集的中原旧曲和江南吴声西曲。我们现在所使用的"清乐"范畴，正是上述全部内容的总和。同样，既然"燕乐"在盛唐时候已是与"先王之乐""前世新声"相区别的一个音乐群概念（参见《梦溪笔谈》卷五）；既然它在宋代人的用法中，已代表二十八调系统的全部俗乐（参见《宋史·乐志》第十七）；既然在隋唐五代，胡乐入华所引起的乐律、乐制、乐调上的新的创造，渗透了十部伎、二部伎、法部乐曲、教坊曲、民间歌曲、琴曲、散乐等各个方面；那么，我们就应承认前面所设的"燕乐"定义，即把它看作隋唐五代艺术性音乐的总称，把宫廷祭祀歌辞以外的隋唐五代歌唱作品，都判为燕乐歌辞。

举一个例子，隋炀帝杨广等人所作的《纪辽东》算不算燕乐歌辞？有人说不算，理由是：它是"属于庙堂音乐的'雅乐'"，是"仿乐府旧题，属告庙庆功的雅乐（晋傅玄有《征辽东》，晋武帝命作，是用于庙堂的鼓吹曲）"。但问题是："庙"乐章和"堂"乐章到底是不是一回事？按古代音乐的分类，"庙"乐章指宫廷祭祀天地、祖宗、鬼神的乐章，在《乐府诗集》中称"郊庙歌辞"；"堂"乐章指宫廷宴饮飨射的乐章，在《乐府诗集》中称"燕射歌辞"。"庙""堂"之分，恰是飨神场所与飨人场所之分，是雅乐与燕乐之分。很明显，二者不可混为一谈。这里存在的另一个问题是：鼓吹乐是不是雅乐？按自汉代以来，鼓吹乐乃"天子宴群臣之所用焉"（《隋书·音乐志》语），它的性质，无疑可判属燕乐。晋代乐官沿袭曹魏三分之法,"太乐"与"鼓吹"分署,也就是说,鼓吹乐由专门的燕乐机关掌管,它的燕乐性质,在制度上也得到了肯定。这就进一步表明,无论是隋代的《纪辽东》,还是晋代的《征辽东》,都不能判属狭义的雅乐。

其实,隋代《纪辽东》的音乐性质是很容易确定的。《乐府诗集》把它收入"近代曲辞",《通志·乐志》把它列入"蕃胡四曲",这已经说明:即使《纪辽东》与乐府旧辞名称相近,它也不该被简单地看作是"仿乐府旧题"。在音乐上,它属于隋唐燕乐时代。何况它的四首作品是依调填辞的,它的音乐源流是有案可稽的。它以七言五言相间,合于炀帝亲见的日严寺"七五为章"的唱导辞法(见《续高僧传》卷四〇),并且合于敦煌写本斯5588所载的45首《求因果》曲辞辞调。因此,我们有理由认为,在佛教讲唱盛行"新声"的隋代,《纪辽东》是一支根据民间歌曲加工而成的燕乐曲调。

二、关于《乐府诗集》的音乐史料价值

《乐府诗集》一百卷,北宋元丰间人郭茂倩所撰(据《建炎以来系年要录》《苏魏公文集》五九、陆心源《仪顾堂续跋》一四)。它的第一个特点是:全书按乐制分为十二类,每类有序,辨明分类标准及乐制沿革。各类又按乐调系辞,每调有注,辨明歌乐本源。它是一部按音乐划分类属的总集,可资考镜歌辞源流。

《乐府诗集》的第二个特点是:它依据各种专门的音乐著作编撰。"郊庙歌辞"以下,多录自历代正史《乐志》;"鼓吹

曲辞"以下，兼录自《元嘉正声技录》《大明三年宴乐技录》《古今乐录》《乐苑》《歌录》《乐府解题》；"琴曲歌辞"又兼录自各种琴书；"杂曲歌辞"和"近代曲辞"中颇多无出处、无作者名氏的作品，应直接录自各种唱本。因此，它基本上可看作一部歌辞的总集。在若干早期歌辞集已经佚失的情况下，它提供了一批甚可信凭的歌辞资料。

但《乐府诗集》是按调名录辞的，它把原始歌辞与拟题之作一例收载，便造成歌辞与非歌辞的相互参杂。在不同的类属中，这种情况有不同的表现。

第一种情况：基本上可肯定为歌辞专集的类属。这主要有"近代曲辞""琴曲歌辞""舞曲歌辞"三类。按照"近代曲辞"的小序，郭茂倩对"近代曲辞"有两个规定：第一，它属于"燕乐诸曲"；第二，"其所存者概可见也"。加上它多收无名氏作品（其实乃王维、王涯、张仲素、张祜等人之作）的特点，可以推断：这一类是以赵宋时仍有曲调演伎之记载的唱本为著录根据的。所以说，"近代曲辞"四卷，是歌辞专卷。第二类（"琴曲歌辞"）有这样一些著录特点：（一）它征引了十几种琴书，若作诸本互校，能发现它们均以时代最近的琴书为著录依据；（二）"琴曲歌辞"中所收的作品，与今存别集有较大的文字出入，细加辨析，这些作品乃按演唱需要做了改动；（三）有些作品，文意不甚连贯（如鲍溶《湘妃列女操》），明显地保留了唱奏间用的痕迹。因此，"琴曲歌辞"四卷，也可视为歌辞专集。至于"舞曲歌辞"，则多具本事，多有曲调流传的旁证，它的著录，同样可以作为歌辞判别的依据。因此，以上三个类属中的隋唐五代杂言作品，全部被录入本书正编。

第二种情况：基本上收载歌辞，但间附拟题之作的类属。这主要有"杂曲歌辞"和"杂歌谣辞"两类。"杂曲歌辞"是以"新声"和"杂用"为辑录标准的；但其中若干曲调，其作品时代跨度较大，表现了拟题痕迹。据此，我们仅将其中一调一辞的情况，或曲调与作品年代相近的情况，或虽沿用旧题，而格调明属新创，并有唐代的曲调流传记载作为旁证的情况，视为"新声"，采入正编。"杂歌谣辞"一类的情形较为复杂。如张志和等人的《渔父歌》，已是曲子辞，却因古辞有《渔父歌》，而编为谣歌；如张籍《吴楚歌》，本合唐音，乃因与晋辞同名，而系在古调；此外，王通《东征歌》因有歌唱本事而著录，李白《襄阳歌》因用旧题而著录，李贺《邺城童子谣》因效古歌风格而著录，例各不同。因此可以肯定，这些作品至少接受了谣歌的影响。不过，我们仅将其中有歌唱本事或有曲调流传记载，确非拟古的作品，判为歌辞。这两类中的其余隋唐五代作品，一般只看作待考歌辞。

第三种情况：汉魏六朝作品多为歌辞，隋唐五代作品多为拟作的类属。"鼓吹""相和""横吹""清商""新乐府"等类别，属此种情况。这是由"鼓吹""横吹""相和""清商"所属的清乐系统的历史阶段性决定的。对于这些类别中的隋唐五代杂言作品，我们一般参照歌唱和曲调流传的旁证，斟酌予以辑录。

三、关于"依调填辞"

刘禹锡《忆江南》，依白居易同调曲辞的曲拍为句，数首皆作"三五七七五"辞式，既载在《尊前集》，又载在《乐府诗集》"近代曲辞"。敦煌本《苏莫遮》六首，一意联贯，辞式大同小异，题作"大唐五台曲子"。皇甫冉《迎神》《送神》二首，同一辞式，前首协平，后首协仄，序称"秉笔为迎神、送神词，以应其声"。这三种作品，尽管或有调名，或无调名；或辞式如一，或体段间有异同；或同声用韵，或平仄间协；它们的性质，都属曲子辞，它们的写作方法，都叫"依调填辞"。

"依调填辞"是燕乐曲子辞的重要特征。它的产生，乃由于西域节奏乐器大量输入后，乐曲曲度稳定，节奏鲜明，因声度词，有法可依；更由于一批优秀曲调广泛流行，频繁使用，或在歌场，连沓成章，或在伎筵，屡换新辞。它显然是作品音乐性的一种表现。后人把依调填辞所造成的格律范例称作"词调"，而追溯其始，它实在也可当作鉴别隋唐五代歌辞的一条依据。

关于这一依据的客观可靠性，已经有大量曲子辞实例作出了证明。那么，在那些没有采用典型的燕乐曲子为调名的作品中，"依调填辞"是不是也同音乐必然有关呢？我们经过多方考察，得出的结论是肯定的。以下几组作品，便是通过考察而判为歌辞的作品：

例一：隋僧海顺《三不为篇》三首，每首70字，辞式全同，平仄用韵，俱甚谨严。载在《续高僧传》卷一五、《全唐诗》卷八〇八、《全隋文》卷三五。

据《续高僧传》，海顺原是河东蒲坂人，"容貌方伟，音韵圆亮"，曾"荷帙登堂，咨参讲肆"。他通常讲说的内容是"自任则乐"，"随物则苦"——与《三不为篇》的主题正好相同。

由此可作初步推断:《三不为篇》是用于唱导的一个底本。

海顺居住在蒲州(今属山西)。关于此时此地的唱导音乐,《续高僧传》曾作描述,云:"东川诸梵,声唱尤多","新声助哀,《般遮》屈势","音词雄远","动衷情抱"。"般遮"是梵呗的代名,"哀"是描写转读呗赞音乐风格的常用语。故所谓"新声助哀,《般遮》屈势",指的是河东梵呗兼采新声,用为唱导音乐。《三不为篇》以四言为骨干,略同偈赞常式,唯转折处俱增二字,有嘹亮雄远之势。由此可作进一步推断:它所配合的,是兼采新声的呗赞音乐。

汉语诗歌的四声之法,是通过对佛教转读呗赞的研究,而被自觉应用的。显而易见,佛教声唱,亦是造就讲究平仄用韵、讲究辞式辞法的歌辞作品的重要途径。这些作品的音乐性质各不相同,未必都是燕乐曲子,但它们是依调填辞的,是用于歌唱的。《三不为篇》无疑就是这样一种歌辞。

例二:初唐王绩、张鷟所作问答辞七首,皆"三五五五"式。王绩二首题《春桂问答》,见《全唐诗》卷三七;张鷟所作《问李树》二首、《问蜂子》一首、《双燕子》二首,见《游仙窟》。

《游仙窟》是一篇话本性质的说唱文学作品,这一点有很多迹象表明。其一,它是散韵合体的,全文八千字,有诗歌85首;其二,它使用了大量骈文和口语散文,与敦煌说唱作品相同,而与唐代的文言小说不同;其三,它有故事情节,情节和敦煌说唱作品《下女夫词》相似;其四,它所用的"面非自家面,心是自家心"一类韵语,与《下女夫词》的"酒是自家酒"等等如出一吻;其五,它风格谐谑,露骨地描写了男女恋情，符合市民情趣；其六，它大量采用了方言俗语，显然曾用于说讲；其七，它第一人称称谓不一，时称"余"，时称"下官"，时称"仆"，时称"少府"，显然经过口头流传；其八，它的文中有"著词"一段，显为歌辞。由此可以推断：《游仙窟》中《问李树》等韵文，是用于歌唱的。

此外，从唐代民间盛行的"问头"伎艺中，我们也可以看出"问春桂""问李树""问蜂子"等等作品的渊源所自。"问头"又称"款头"，名见敦煌说唱作品《唐太宗入冥记》和《燕子赋》。孟棨《本事诗》、王定保《唐摭言》，都记载了张祜与白居易以"目连变""问头"相嘲戏的故事。这说明"问头"同"目连变"一样，是民间的一种说唱伎艺。至于"问头"手法在话本和论议文中的使用例证，有《敦煌变文集》所载的《下女夫词》《晏子赋》《孔子项托相问书》和《茶酒论》；它在表演性曲子辞中的使用例证，则有《敦煌歌辞总编》所载的失调名"六问枕不平"、《南歌子》"风情问答"和《定风波》"问儒士"。王绩、张鷟的"问头"之作，依调填辞，与上述"风情问答""问儒士"等作品性质接近，亦可判为曲子辞。

例三：敦煌本"无心律"《行路难》，原作 16 首，今存12 首。每首 138 字，辞式一致。载在斯 6042 号写本和日本龙谷大学藏本。

"无心律"《行路难》的"依调填辞"特色很显著，这本身就能说明它是歌辞。例如它每首分三段，每段辞式固定，而且首段"君不见"等五字、末段"行路难、行路难"等八字，各首皆同。这是使用同一歌调的表征。又如辞中"劝君迷路诸人辈""君等若其不信者""赠言同志诸人辈"等等，显为讲唱用语；每首中重沓复见的"行路难"字样，与主题毫无关涉，显然是和声，是《行路难》曲特有和声的遗留。另外，这组作品几乎每首都做到了一韵到底，韵字且对四声作了分判。因此，说它是歌辞，理由是很充分的。

《行路难》出自汉末的民间葬歌，经晋代袁山松改制，成为歌曲。刘宋的鲍照，萧梁的吴筠、费昶、王筠等均曾作辞。他们的作品，几乎全以"君不见"起首，且声情语气约略相同。可见《行路难》的曲调是流传有序的。"无心律"《行路难》既然使用了"君不见""行路难"等和声辞，那么，它所配合的，很可能就是六朝遗留的曲调。

《行路难》流传至唐，不仅付之歌唱，而且奏入笛乐。这在李益、岑参、王昌龄、韦应物等人的诗篇中均有反映。因此，唐代《行路难》辞，有很大一部分可确定为歌辞。例如韦应物所作的《行路难》，一名《连环歌》，辞中有云："上客勿遽欢，听妾歌《路难》，旁人见环环可怜，不知中有长恨端。"这表明，就韦辞言，《连环歌》乃是由其内容所得的名称，《行路难》则是由其曲调所得的名称。又如贺兰进明《行路难》5 首，分别使用两种大同小异的辞式；敦煌本"共住修道"《行路难》8 首，辞式虽不相同，却有共同的和声。这些作品进一步说明，唐代《行路难》有不同的歌唱方式。它作为六朝时的相和歌曲，在唐代也保留了和声调较为稳定、正歌调较富变化的形式，故有和声《行路难》行于唐代。它同其他曲调结合，也逐渐形成为曲子之调，故有依调填辞的《行路难》行于唐代。"无心律"《行路难》应当就是后一种情况的表现。

综合以上三例，我们可以得到这样一个结论：依调填辞，或一调多辞，是隋唐曲子辞的显著特征。由于曲子的来源多途，这种特征，也可以表现在其他歌辞品种之中。但无论如何，它总是在音乐的影响下产生的，因而可以作为歌辞鉴别的一条重要标准。凡是严格依调填辞的杂言作品，总是可以找出所以使它们如此的音乐原因的。以上三例如此，王维等五人的《青雀歌》五首，李隆基君臣四人的《春台望》四首，也是如此。

在编辑《杂言歌辞集》的过程中，我们处理了许多非常细致的问题。因为每一首作品都有特定的时代环境，出自不同的作者，采用了不同的表现形式，经过了不同途径的流传。从这一点说，每一首作品都是特殊的。但是，我们仍然需要一定的理论作为衡定具体作品的标准，以上所述，只是众多标准的几项。希望有心的读者，去细读每首作品的校注，参考中华书局出版的《隋唐五代燕乐杂言歌辞研究》，对我们的工作提出批评，以使后来的研究避免类似的失误。

写于 1986 年 8 月。原载任半塘、王昆吾合编《隋唐五代燕乐杂言歌辞集》，巴蜀书社，1990 年。

《隋唐五代燕乐杂言歌辞集》后记

在《隋唐五代燕乐杂言歌辞集》和所附《声诗集》中，还存在一些有待说明的问题。一是书中用了许多术语，限于体例，未能在使用时作出解释；二是此书内容比较复杂，似缺少一个扼要的总结。

上述缺憾在相当程度上是理论的缺憾。为了弥补它们，我打算利用这篇后记，概括地叙述一下我的燕乐歌辞史观。我想集中谈谈以下三个题目：燕乐的内容和本书的概念体系；燕乐产生的过程和曲子繁荣的条件；词体形成的原理。这三个题目，同理解本书资料的历史意义有关，也同目前的学术热点有关。

一、燕乐的内容和本书的概念体系

"燕乐"是清代学者用来称呼隋、唐、宋时期的新兴音乐的一个术语。这见于江永《律吕新义》、凌廷堪《燕乐考原》、张文虎《舒艺室余笔》、徐灏《乐律考》等著作。自王光祈以来的各种《中国音乐史》，也把"燕乐"看成是继汉魏六朝清乐阶段之后的一个音乐史阶段。1938年，日本学者岸边成雄在《东洋音乐研究》上撰文，对"燕乐"的上述使用法提出了质疑，不少中国学者也发表了类似的意见，但"燕乐"一语，却仍然沿用不替。

为什么人们习惯用"燕乐"，而不是用"俗乐"，来作为隋唐时期新音乐的总称呢？这有四个原因。第一，雅乐和俗乐的对立，通常指宫廷音乐当中本来音乐和新进入的民间音乐的对立。因此，在隋唐人看来，"俗乐"并不包括宫廷燕乐（十部伎、二部伎、法曲、凯乐等）。尽管《文献通考》卷一四六"俗部乐"含有"清乐""九部乐"等内容，但其中所谓"旧制雅俗之乐皆隶太常，元宗精晓音律，以太常礼乐之司不应典倡优杂伎，乃更置左右教坊以教俗乐"云云，说明在唐代人看来，俗乐是宫廷仪式乐之外的音乐，即采入宫廷而未列入部伍的音乐。而《乐府杂录》以二部伎属"雅乐部"，又在"胡部"条中说到"俗乐亦有坐部立部"。这表现了当时人把俗乐同宫廷燕乐区别看待的习惯。按照这种习惯，"俗乐"一名不宜包含宫廷燕乐。在陈旸《乐书》卷一八八也可以看到"俗乐"的位置：在这里，"俗乐部"是同"雅乐部""云韶部""清乐部""鼓吹部""骑吹部""熊罴部""鼓架部""龟兹部""胡部""法曲部"等等并列的。第二，当时人是通过燕乐来认识俗乐的，而不是相反。唐代燕乐的确以俗乐为重要来源——例如十部伎中的大部分节目，源于西域和东夷；二部伎中的《破阵乐》，其始为军中歌谣，后来又用为散乐节目的伴奏乐曲；至于法曲，白居易曾说它"似失雅音"；而教坊曲中的大部分曲名，则保留了表演于民间"歌场""戏场"的痕迹。但这种俗乐毕竟不是燕乐的全体，相反倒是燕乐的组成成分。因此，古代学者都习惯把宫廷燕乐看作新兴音乐的代表。第三，在唐代人的用法中，"燕乐"一词已经有足够的外延。它既是用作十部伎之首的《燕乐》曲的曲名，又是宫廷燕飨音乐的总称，而且可以泛指各种宴饮娱乐。正因为这样，到宋代，它按约定俗成的方式，成为一个常用的音乐学术语，即用来概括隋唐音乐史中乐律、乐制等方面的新的创造。《梦溪笔谈》卷五说："自唐天宝十三载，始诏法曲与胡部合奏。自此乐奏全失古法。以先王之乐为雅乐，前世新声为清乐，合胡部者为燕乐。"《宋史》卷一四二《乐志》说：政和间，"刘昺辑《燕乐新书》，亦惟以八十四调为宗，非复雅音，而曲燕呢狎。"又说：南宋初，蔡元定作《燕乐》一书，"所收二十八调，本万宝常所谓'非治世之音'。……所谓靡靡之声也，观其律本，则其乐可知。"在这里，燕乐被很明确地用为新俗乐的代称。第四，"燕乐"和"清乐"两个术语，具有相近的成型过程，即由技术性语词而发展成为音乐史范畴的过程，时代特征明显。用它们来分指两个相互衔接的音乐史阶段，较为符合逻辑。

　　依据上述四条，我们可以得出这样一个认识：在南北统一的新形势下，中原音乐、南方音乐、西域音乐相互交融而曾造就一种新的音乐。这种音乐的特点，在狭义燕乐——十部伎、二部伎等宫廷燕乐节目中得到了反映。本来作为十部伎、二部伎第一奏的《燕乐》曲名，遂成为全部宫廷燕乐节目的总名，进而成为隋唐时代娱乐性音乐的总称，并被宋人确定为代指整个时代主流音乐的音乐学术语。由于这一术语能够反映隋唐时代的新音乐的本质特征，由于这些特征在唐宋两代有其一贯性，也由于隋唐五代人并未使用别一名词来概括祭祀音乐（先王之乐）以外的这一类音乐，所以，我们仍然可以按宋以来学人的习惯，把"隋唐燕乐"理解为隋唐五代全部艺术性（而非祭祀仪式性）音乐的总和。

根据以上所设的燕乐定义，我们还可以说：隋唐燕乐，本质上就是新俗乐。安史之乱以后，民间音乐空前繁盛，宫廷音乐居于完全从属的地位，这一本质表露得更加明显。但在燕乐初兴之时，宫廷燕乐的变化，毕竟反映了整个社会的音乐潮流的更替。这就使以下几个宫廷音乐部类，成为人们认识燕乐整体特征的范例：

十部伎：从周末隋初开始整理，至唐贞观年间完成的一套宫廷燕乐节目。《唐六典》记载它的编次是：燕乐伎、清乐伎、西凉伎、天竺伎、高丽伎、龟兹伎、安国伎、疏勒伎、高昌伎、康国伎。即：华夏乐二伎、印度乐一伎、东夷乐一伎、西域乐五伎。十部伎建立的意义有二：一是对宫廷所掌的诸种大型乐舞的总结；另一是对兼包华夷、以夏领夷的政治局面的体现。因此，它兼具艺术性、仪式性。据考证，它在唐五代有五十多次演出，其中40次集中在高祖、太宗、高宗三朝，多用于国事仪礼场合。《旧五代史》卷七八《高祖纪》对它的最后出现作了记录，云：后晋天福四年十二月"壬戌，礼官奏：

'正旦上寿，宫悬歌舞未全，且请杂用九部雅乐，歌教坊法曲。'从之。"据此，它在很长一个时期中，只是作为一支乐器队伍或仪仗队伍存在的。换言之，只是在唐代某一时期（初唐），在某一场合（朝廷大型燕会），十部伎才是宫廷燕乐的代表。

二部伎：继十部伎之后而用于大型宫廷燕会的音乐节目。所包乐曲主要是初唐作品。其制度存续时期，大体上在开元、天宝。"二部"即坐部、立部。两者之间的区别是：坐部伎坐奏堂上，舞人较少，乐器品种丰富细腻；立部伎立奏堂下，舞人较多，乐队主要用鼓笛和龟兹部乐器。故白居易说："堂上坐部笙歌清，堂下立部鼓笛鸣。"坐部伎六曲，包括《燕乐》和玄宗时改作的《小破阵乐》；立部伎八曲，包括唐代著名的三大舞：《破阵》《庆善》《上元》。二部伎和十部伎的不同点在于：它不再用反映国别的乐队名作为乐部名称，因此，它代表了胡、俗两方面器乐融合后而组成的宫廷燕乐。

法曲：梨园法部教习的乐曲。开元初，玄宗从坐部伎中选拔优秀乐工，组成梨园法部。法曲今可考者约25曲，其中多为初盛唐间从民间歌曲、边地歌曲中采集改造的新声；陈隋以来所造乐曲的精华部分，也被采入法曲。法曲的音乐特性是：以流行歌曲为主，属华夏音乐系统，多用清乐乐器，风格清雅优美。故白居易《法曲》诗序说："法曲虽似失雅音，盖诸夏之声也。"法曲摆脱了仪礼性的局限，代表了教坊乐的精华，在唐代的实际影响，远远超过了十部伎和二部伎。

教坊曲：教坊是为宫廷燕乐服务的音乐机关，在隋唐五代有过多次设置。《资治通鉴》卷二一一说：玄宗开元二年，"以太常掌礼乐之司，不应典倡优杂技，乃更置左右教坊，以教俗乐。"可知教坊是各种民间音乐的荟萃之地。唐代太常乐工实行由各府县分番上直的制度，常住京都者约五千余人，其中三分之一是教坊乐工。崔令钦《教坊记》载盛唐教坊曲名343名。就音乐的族别看，以汉族歌曲为多；就所配歌辞的形式看，以联系于杂言的曲调为多；就曲名所反映的歌曲内容看，以表现牧羊、采桑、摸鱼、拾麦等劳动生活，以及念家、归国、想夫、望远等民众感情的曲调为多。日本所传的唐代乐曲，主要是教坊曲。敦煌写本中所见之曲名，绝大多数也载于《教坊记》。教坊曲是唐代最流行的一批乐曲的集合，可视作隋唐燕乐的代表。

散乐：用于戏弄、杂技的俗乐。散乐始盛于汉代，由于魏晋南北朝期间大量西域幻术的输入，在隋唐之际出现空前繁荣。唐代散乐的特点是艺术性质大为加强。散乐中歌舞戏、参军戏的品种日渐增多，杂技同歌舞的结合也更加紧密。如《破阵乐》曾用于绳伎舞蹈；《兰陵王》《婆罗门》《踏谣娘》《苏莫遮》《义阳主》《浑脱》《上云曲》《西凉伎》等剧曲，均是散乐中穿插的节目。散乐是雅俗共赏、能量极大的一个乐种，既用于宫廷燕会，又广泛流行于民间。玄宗原有散乐一部，后并入教坊，每例行燕乐，便于坐、立部伎后奏之。但就唐代数次禁断"散乐巡村"的事件看，散乐实质上是民间特有的一种音乐文化财富。

综上可知，隋唐燕乐，就其音乐特征而言，它是融合胡乐成分而产生的一种新兴俗乐。它具有比前代清乐更为丰富的舞蹈性和表演性。由于大量西域器乐曲和节奏乐器的输入，燕乐曲调还明显具有曲体稳定、节奏鲜明的特点。十部伎、二部伎、法曲的代兴，则不仅表现了汉乐吸收胡乐，逐渐确定自己的本体地位的趋势，而且表现了汉地民间音乐在这一发展中的决定作用。因此，过去那种只从十部伎等宫廷音乐节目的角度认识燕乐，把它解释为西域音乐的观点，是站不住脚的。

从以上叙述中还可知道："燕乐"一词是对大量事实的一种概括。作为一个概念，它的涵义是明确而单纯的；但作为历史事实的总和，它的内容却是复杂的。事实上，燕乐之中不仅有清乐的成分，而且有雅乐的成分。例如盛唐教坊所奏的燕乐杂曲《上元子》，就是从立部伎第六曲《上元乐》中摘遍而成的，而《上元乐》二十九遍，曾全部修入雅乐。这一事例表现了概念作为分析工具的实用性，也表现了定义作为分析标准的相对性。为了对隋唐五代燕乐歌辞进行研究，我们按照以下三项原则——从科学研究的实用目的出发；注意概念的逻辑内容与历史内容的统一；尊重历史上的约定俗成——使用了一整套概念术语。兹将其中一些基本概念简介如下：

（一）关于音乐种类的基本概念：

雅乐：广义的雅乐包括太常署所掌的各种音乐。在我们的用法中，雅乐专指祭祀天地、鬼神、祖宗的仪式音乐。又称"郊庙音乐"。其特点，是用于祀神而非用于娱人，用作仪式而非用作艺术。在汉魏六朝，它是与清乐相对立的一个概念；在隋唐五代，它是与燕乐相对立的一个概念。

清乐：又称"清商乐"。汉魏六朝娱乐性音乐或艺术性音乐的总名。作为隋唐燕乐的一个来源和一个组成部分，指燕乐中的六朝旧曲系统和隋唐时候的南方音乐系统。原为音乐调性名，汉代指具有此种调性风格的俗乐。曹魏时立清商署，与太乐、鼓吹二署分立，清乐遂成为汉地全部艺术性音乐的总称。清乐作为一个音乐史范畴，是与燕乐相对立的概念；作为一个音乐种类，是与燕乐中的胡乐和新俗乐相对立的概念。

胡乐：汉族以外的各民族音乐。汉代胡乐主要包括北狄乐和西域乐二系；东晋以后主要包括印度乐、朝鲜乐和西域的少数民族音乐。唐人所说的"胡乐"，兼包伊州、凉州、渭州、氐州、甘州等边境地区的音乐。在我们的用法中，胡乐专指由汉族统治区以外传入的音乐。边地音乐已具华夷融合的性质，属新俗乐。

俗乐：民间音乐。太常署所掌雅乐和燕飨仪式乐以外的全部音乐。在汉魏六朝，是清乐的主要内容；在隋唐五代，是燕乐的主要内容。包括教坊乐，不包括太乐、鼓吹乐。是与广义的雅乐相对立的一个概念。

（二）关于音乐体裁的基本概念：

曲子：燕乐歌曲。与谣歌相区别，它是具有一定章曲形式、有调名、能入乐的音乐作品；与大曲相区别，它是最小的、有完整音乐结构的、独立的音乐单位；与相和曲、清商曲相区别，它具有曲体稳定、节奏鲜明的特点，是燕乐范畴内的歌曲。曲子产生于谣歌。谣歌经艺人加工，配为器乐，获得流行，便是曲子。在现在的音乐史著述中，曲子又称"艺术歌曲"。在隋唐五代，曲子有"小曲""杂曲"等别名。

谣歌：徒歌和无章曲之歌。其特征是不配入器乐，无一定谱式，结构不稳定，是流传过程中的集体创作。民间谣歌通过集体歌唱，以较稳定的曲调流行，称"歌谣"；歌谣的涵义较谣歌宽泛。谣歌的对立概念是曲子。接受曲子的影响，上升为曲子，是谣歌发展的一种趋势。

琴歌：配合琴乐的歌唱。琴歌的传统形式是相和歌唱，即歌、乐间奏，不完全配合。又称"弦歌"或"引和"。因此，琴歌同合于其他乐器的曲子歌唱有别，是介于曲子与谣歌之间的一种歌唱形式。一部分琴歌受曲子歌唱的影响，倚曲而歌，产生了依调填辞；但其主流，仍为较富谣歌特征的相和歌。

大曲：数支不同音乐结构的乐曲的编组。一般包括器乐曲、歌曲、舞曲三部分。现在可考的大曲，最早产生于曹魏时代的清商署，集合清商曲与相和歌的乐曲而成，我们称之为"魏晋大曲"。它的结构，包括"艳"、"曲"（正歌）、"趋"、"乱"几部分。唐宋大曲是对魏晋大曲和西域大曲的继承，其中最活跃的部分是边地大曲。唐大曲的结构，可以概括为"序歌、序舞→缓歌、缓舞→急歌、急舞"的结合。它区别于魏晋大曲的一个显著特点，是加强了舞蹈成份。《霓裳羽衣》是在民间获得流行的一支大曲。它以器乐曲缓奏为"散序"，以节拍稳定、伴有歌唱的部分为"中序"，以急舞之曲为"破"，并以器乐"长引"结束，代表了一种大曲典型。大曲中的曲子联唱部分称"排遍"。"歌头""摘遍""破曲子",是从大曲中取出部分乐曲单独演唱或演奏而有的名称。许多流行曲子产生于"歌头""摘遍"和"破曲"。

（三）几种特殊的音乐体裁概念：

讲唱：叙述、歌唱、表演相结合的通俗艺术。在隋唐五代，主要包括"转变"（配合图画宣示而进行的故事说唱）、"俗讲"（演绎佛教经义或佛经故事的通俗说唱）、"说话"（杂有歌唱的故事说讲）和其他表演说唱（例如"论议"和"唱词文"）。讲唱是民间音乐的主要形式，大量敦煌曲子辞都保留了来自表演性说唱的痕迹。讲唱综合运用了曲子歌唱、谣歌、器乐相和、吟诵等多种声乐方式，是与单纯的曲子歌唱（俗称"清唱"）、谣歌等等相对立的一个概念。

著辞：隋唐五代用于酒筵、配合行令游戏的歌唱和歌唱之辞。主要采用依调著辞的方式进行创作，其音乐体裁的性质属曲子。它区别于一般曲子的特点是：配合舞蹈；曲调节奏迅急，以西域舞曲为重要渊源；篇制短小，富谐谑风格，适于酒令游戏中的即兴表演。著辞风俗起于北朝民间，中唐以后，盛行于有文人和妓女参加的歌舞筵席。唐代文人曲子辞，半数以上是著辞。著辞是与一般曲子辞相对立的一个概念，代表了曲子发展的一个特殊阶段，是对后世词作影响最大的一部分曲子辞。

从逻辑上看，隋唐五代燕乐中的概念，可以表列为如下体系：

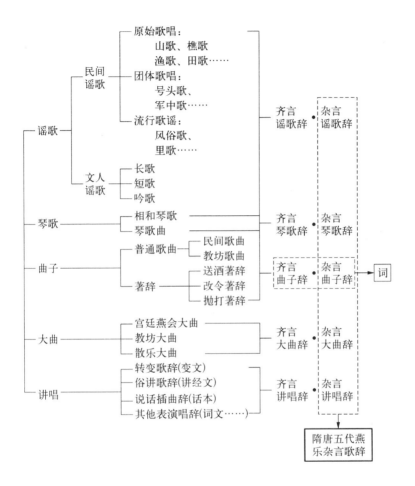

　　这幅图表，或者可以向读者提供一个理解本书分类体系的线索。它表明：过去那种"词天下"（即认为一切歌唱皆词）的看法，以及由此而生的"曲子天下"的看法，都是错误的。本书在著录曲子和谣歌时，对它们的标题作了分别处理；在校订谣歌辞时，未强行要求同组各首格式一律：正是出于对上述错误看法的纠正。它还表明：齐言歌辞和杂言歌辞是同一层次的概念，它们以一定的音乐体裁为共同存在的条件，因此，过去那种词生于诗的观点是错误的，那种把词归结为长短句的观点也是错误的。本书名为《杂言歌辞集》，而以《声诗集》作为附录收入，正是为了表明杂言歌辞同齐言歌辞的分镳并骋。此外，这幅图表显示了谣歌同曲子、曲子同大曲、一般曲子同著辞等并列事物之间的相互转化关系；这种关系导致了音乐文学的发展。这幅图表表明了曲子同教坊曲、谣歌同民间谣歌等主支事物之间的区别；分清这种区别，将能避免以偏概全。这里的逻辑关系，还有助于考察推动隋唐五代燕乐歌辞发展的种种文化原因。

二、燕乐产生的过程和曲子繁荣的条件

在目前的词史研究中，词是燕乐的产物——这一看法已得到普遍承认。这个看法的确是不错的。但我们也不妨进一步思考一下：燕乐对于词，或者说对于词的前身曲子，只是一个文化背景的条件，那么，曲子的体裁条件又成立于何时呢？另外，作为一种历史事物，燕乐也有它的形成过程，这个过程又是如何发生的呢？

这就使我们不得不对历史作一番追溯，注意到出现在汉魏之际的若干音乐文化变动。

有一件事情被历来的音乐史家忽视了，即：在汉末以前，中国并没有产生那种歌、乐完全配合的乐歌。汉以前的音乐记载，都是关于器乐间歇伴奏的记载，如《仪礼》所记的"间歌

《鱼丽》，笙《由庚》；歌《南有嘉鱼》，笙《崇丘》；歌《南山有台》，笙《由仪》"。如《周礼》所记的"奏黄钟，歌大吕；奏太簇，歌应钟"。这时候通行的歌唱方式是相和歌，即歌乐相间而作，或人声伴唱与主唱相间而作。如《史记》所记的"高渐离击筑，荆轲和而歌于市"，《庄子》所记的"或编曲，或鼓琴，相和而歌"。这时候的伴奏乐器，主要是琴瑟。琴瑟之歌，称"弦歌"。弦歌也是以"一弹再三叹"（《古诗十九首》语）的方式歌唱的，歌与乐仍不作完全配合。

中国最早的乐歌型歌曲，是在把相和歌纳入清商三调曲的时候产生的。这种歌曲，被称作"歌弦"。关于歌弦的最早记载，目前保留在《乐府诗集》"相和歌辞"卷所引的《大明三年宴乐技录》和《元嘉正声技录》的佚文中。但在此二书之前，东汉人已有"弹南风之雅操，发清商之妙曲"（仲长统《乐志论》）、"嚼清商而却转"（张衡《西京赋》）一类说法。这类说法证明，东汉的人声歌唱已开始模仿琴瑟之声。至于人声歌唱果然配入弦管金石，其事则发生在曹魏：

《宋书·乐志》引王僧虔语："今之清商，实由铜雀，魏氏三祖，风流可怀。"

《三国志·魏书·武帝纪》注引王沈《魏书》：曹操"登高必赋，及造新歌，被之管弦，皆成乐章"。

《宋书·乐志》："又有因弦管金石造歌以被之，魏世三调歌辞之类是也。"

所谓"今之清商，实由铜雀"，实际上说到中国歌唱由相和阶段进入乐歌阶段的一个重要历史条件，此即曹魏清商署的设立。根据《资治通鉴》卷一三四胡注、《三国志·魏书·武帝纪》和同书《齐王芳纪》注引《魏书》，清商署的前身是建安十五年（公元210年）冬建于邺城的铜雀台。它原是曹操的私人音乐团体，后属光禄勋管辖，署有令、丞等职官，与太乐署、黄门鼓吹署并立，多纳女乐。另据考证，这个专门俗乐团体的历史贡献，不仅在于按清商三调宰割辞调，依乐造歌，而且，它把流行于中原的相和歌，同采自吴地的"趋"曲、采自楚地的"艳"曲结合起来，统一奏入瑟调，造就了中国历史上的第一批大曲。

这样，曹魏时候就出现了两种崭新的音乐体裁：一是乐歌型的歌曲，二是乐曲、舞曲并联的大曲。这样就为隋唐燕乐曲子和大曲的成立准备了音乐体裁的条件。

与此同时，在中国南方也发生了一件对整个中国音乐史影响极大的事件，即佛教音乐系统的建立。

唐以前，中国佛教可以三国为界划为两期。第一期佛教，主要分布在彭城、丹阳、许昌、南阳等地。在这一期中，呗赞音乐尚未系统地传入，故梁慧皎《高僧传》说"金言有译，梵响无授"。正式意义上的佛教音乐，是到佛教传入的第二期中才出现的。

据《出三藏记集》记载，率先把西域梵声介绍到中国来的人是吴僧支谦。他翻译了《瑞应本起经》，其中的《帝释乐人般遮琴歌呗》，为后世的"般遮瑞响"（即梵呗曲调）开了先河。嗣后，建康一地成为第二期佛教的中心。来自月支、康居、天竺及其他西域国的僧侣们，在这里"裁制新声"，使晋宋之际出现了呗赞、转读的昌盛。在至今可见的唐五代讲经文和变文写本中，还大量保留了由此时僧侣们所创制的呗赞曲的声符。

呗赞是对佛经偈颂部分的唱诵，转读是对佛经散文部分的唱诵。按印度习惯，"设赞于管弦，则称之为呗"。故中国的弦乐，尤其琴乐，很明显地接受了呗赞的影响。但也就在呗赞、转读发展的盛期，在东晋中叶，中国僧侣不满足于这两种外来方式，而创造了一种中国式的佛教宣唱——唱导。唱导面向僧俗两方面听众，以"广明三世因果，却辩一斋大意"（以上引文见《高僧传》"经师""唱导"等篇）为内容，讲究采撷民间伎艺，随时设辩。由庐山僧慧远创制的这一种讲唱方式，促成了佛教音乐的汉化或南方化。隋唐五代佛教讲唱以南方为基地的局面，即由此而得以奠定。

以上事件表明：在胡乐大举入华之前或同时，对隋唐燕乐影响极大的一些变动，就在中国本土，尤其在中国南方，频频发生，并积累起引发更大变动的力量了。

至于人们经常说到的胡乐入华，则主要是通过以下几条途径进行的：

第一条途径是战争和外交。公元350年前后，前凉王张重华据守凉州，获得重四译贡入的天竺伎。公元384年，前秦吕光大破龟兹、狯胡、温宿、尉头等国兵，进军龟兹，获其乐伎。公元436年左右，北魏平北燕、通西域，获得疏勒、安国、高丽等国伎；此时高昌款附，又贡入高昌伎。公元568年，北周武帝聘突厥皇后阿史那，得其所携康国伎。这些作为战利品、进贡物或陪嫁物的西域乐伎和东夷乐伎，后来成为隋代七部乐、唐代九部乐和十部乐的主体。

第二条途径是商业贸易。北魏时，丝绸之路上曾出现"商胡贩客，日奔塞下"的局面，音乐歌舞亦随之输入。北齐时以乐伎得致显达的人物，如曹僧奴、曹妙达、何朱弱、史丑多、和士开、安未弱、安马驹等人，均是北魏贾胡的后裔。《隋书·音乐志》说："炀帝矜奢，颇玩淫曲……其哀管新声，淫弦巧奏，皆出邺城之下，高齐之旧曲云。"由此可知：北魏、北齐时由西域商人输入的音乐伎艺，是隋代俗乐的重要组成部分。

第三条途径是佛教流传。在前述的呗赞、转读、唱导之外，中国另有一种称作"佛曲"的佛教音乐。它是用于佛教庆节大会赞佛、礼佛场合的西域俗乐。《洛阳伽蓝记》所记景乐寺、长秋寺、宗圣寺、景明寺等处的庆节乐舞，多本自西域风俗。《羯鼓录》所载"诸佛曲词"十名，应属赞佛礼佛之曲；而"食曲"33名，其中有《大燃灯》《散花》《龟兹大武》诸曲，应属西域佛教庆节大会之乐。盛唐燃灯风俗、狮舞、胡旋舞、苏幕遮舞（即泼水乞寒之戏），均可考为源于西域的佛教风俗歌舞。

此外，少数民族入主中原，亦是胡乐得以大举入华的重要条件。它改变了华夏民族的文化心理和审美风尚，造成了礼崩乐坏的局面。北魏道武帝时，北狄的《簸逻回歌》《真人代歌》便已用于郊庙宴飨。孝文帝号称"垂心雅古，务正音声"，但他的乐制改革，不过是把"方乐之制及四夷歌舞，稍增列于太乐"（《魏书》卷一〇）。至西魏大统初年，"太庙初成，四时祭祀犹设俳优角抵之戏"(《周书》卷三五)。《隋书·音乐志》和《通典·乐志》，还详细记载了北魏宣武以来诸君主"躬安夷狄"，对之"皆所爱好""情动于中"的事迹。正是由于民族成分的改变，胡乐才对后来的隋唐音乐文化发生了巨大影响。

倘若全面地观察一下上述事实。那么我们不难发现：把胡乐归结为十部伎的看法是错误的。十部伎中的胡部诸伎，不过是它们原来所在国家的宫廷乐舞，内容有限；它们作为进贡物或战利品的身份，决定了它们不可能广泛流传。毫无疑问，西域民间音乐才是"胡乐"的主体。此外，把胡乐归结为龟兹乐，进而归结为苏祗婆琵琶乐的看法，也是不符合历史事实的。北朝时候有大批"鲜卑之音""虏歌"存在，而康、安、史、何、疏勒、高昌、于阗、高丽等国均有它们各自的音乐文化。"龟兹乐部""西凉乐部"一类提法，证明胡乐各部之间的乐器并不统一：从新疆发现的多种文字和文书，则证明各少数民族都在长期的历史进程中发展了本民族的文化。这种情况可称之为"音乐多元化"，它是各民族音乐相互融合的前提。

胡乐和汉乐相互融合的最早迹象，是在龟兹乐传入河西之后不久出现的。据史志记载，前秦末年，凉州乐工便综合汉乐和龟兹乐，创造了一种称为"秦汉伎"的音乐。公元439年，北魏讨平北凉，缴获"秦汉伎"，改称"西凉乐"。"西凉乐"以汉乐为主体，而杂以胡乐声调——此种品质，得到北魏、北周及隋代君主的重视，遂用于各种宾嘉大礼，称为"国伎"。隋文帝曾在划分九部伎时，将西凉乐与清乐并组（《玉海》卷一〇五引徐景安《乐书》）；唐人记载坐部伎风格时，曾说用龟兹乐的各部伎声音喧闹，唯独用西凉乐的《庆善舞》"最为闲雅"(同上引刘贶《太乐令壁记》)。由此可知：从华夷音乐融合之始，这一融合就具备了以汉乐为主体的特色。

西凉乐之产生于凉州，是有其必然性的。其中一个重要原因是：这一地区是多种文化汇聚的地区，又是相对安定的地区。《文献通考》卷三二二"凉州"条说："盖其地势险僻，可以自保于一隅。货贿殷富，可以无求于中土。故五凉相继，虽夷夏不同，而其所以为国者，经制文物，俱能仿效中华，与五胡角立。中州人士之避难流徙者，多往依之，盖其风土可乐如此。"正是由于这个道理，后来的几次华夷音乐融合的高峰，均发生在国家相对统一和安定的时期。例如在北魏统一北中国的近一百年间，曾发生孝文帝"正音声"的事件，中书监高允奏《乐府歌词》的事件，文明太后诏"集新旧乐章，参探音律"的事件，以及由公孙崇、刘芳、祖莹主持的多次典乐的事件。到隋代灭陈以后，由于南方音乐的加入，音乐融合成为全国性的文化潮流，一个崭新的音乐史阶段，便辉煌地展开了。

以下事件，可以看作燕乐由产生而向纵深推进的一些表现：

公元581年，隋文帝杨坚建国，帝号开皇。"开皇初，定令置七部乐：一曰《国伎》，二曰《清商伎》，三曰《高丽伎》，四曰《天竺伎》，五曰《安国伎》，六曰《龟兹伎》，七曰《文康伎》。又杂有疏勒、扶南、康国、百济、突厥、新罗、倭国等伎。"(《隋书》卷一五)

次年，郑译据龟兹乐工苏祇婆的琵琶原理，奏上八十四调(《隋书》卷一四)。郑译律与唐代流行的燕乐乐律相符，代表了汉乐对胡乐乐理的整理。

开皇九年，平陈，获江左之乐。《隋书》卷一五，《旧唐书》卷二八记载：隋文帝闻而叹曰："此华夏正声也！"遂诏于太常置清商署以掌之。

公元 605 年，炀帝即位，改帝号大业。《隋书》卷一五记载：炀帝元年，即下诏博访知钟律歌管者。

次年，征裴蕴为太常少卿，括天下周、齐、梁、陈乐家子弟皆为乐户；其六品以下至庶人有善音声者，皆直太常。"异技淫声咸萃乐府"，"增益乐人至三万余"。炀帝遂于东都大设戏场，夸于突厥染干。事见《隋书》卷一三、卷四一、卷六七，《北史》卷七四，《通典》卷一四六，《资治通鉴》卷一八〇。

三年，炀帝巡河右，使西蕃胡三十七国谒于道左使者，"焚香奏乐，歌舞喧噪"；又征四方奇技异艺，盛陈于东都端门街，终月乃罢。见《隋书》卷六七。

五年，于观风行殿宴高昌王及伊吾吐屯设，盛陈文物，奏九部乐，蛮夷陪列者三十余国。见《隋书》卷三。

六年，准御史大夫裴蕴奏，以所征人间善音声者"悉配太常，并于关中为坊置之。"见《隋书》卷一五。

炀帝执政之初的这六年时间，不啻进行了一场规模巨大的文艺运动。它对民间人才做过三次挖掘，从而建立了以教坊为中心的宫廷燕乐系统。它以宏伟的音乐文化的陈列，证明隋代音乐无论是在数量上还是在质量上，都远远高于当时的四方诸国。而文帝时候对南方音乐的几次整理，则无疑是炀帝时代音乐繁荣的基础。

就这样，中国音乐史开始了燕乐阶段，中国音乐文学史则开始了被郭茂倩称作"近代曲辞"的阶段。在《乐府诗集》"近代曲辞"卷中，记载了《纪辽东》《昔昔盐》《十索》《水调》《穆护沙》《火凤》《回纥》《太平乐》《圣明乐》《堂堂》《江都宫乐歌》等11个产生于隋代的曲调；而《乐府诗集》失载，今天却可考为隋代新曲者，又有近五十曲。这些曲调基本上产自民间，往往曾作为民歌流传。到唐代，它们或采为教坊曲，或演变为大曲，而《五更转》《水调》《柳枝》《十二时》等曲，又一直广泛地流传于民间。它们证明：汉乐和胡乐相结合而产生的新俗乐，是燕乐的主流；民间歌唱，是燕乐曲子的摇篮。

如果我们对这些新兴曲调作一番具体考察，那么，我们还能发现：隋唐曲子的种种特征，都植根在燕乐所提供的一系列新的条件之中。

（一）曲子的音乐形式特征及其存在条件

前面我们说过：产生于曹魏清商署的乐歌，为曲子的产生预备了条件。但燕乐曲子同前代清乐曲相比，乃是具有更为鲜明的节奏和更为规范的曲体的音乐品种，属于一个新的阶段。因此，胡乐入华，是曲子体裁得以形成的另一个条件。

曲子的节奏特色，同西域节奏乐器的大批输入有关。新兴于隋唐的胡乐器、俗乐器，大多是节奏乐器。十部伎中胡乐器和新俗乐器共约四十种，鼓和铁版占其半数，达18种。而在唐代社会中，最常见的乐器是羯鼓和拍板这两种打击乐器。

羯鼓最盛于开元、天宝，唐玄宗曾称之为"八音之领袖"。

《羯鼓录》载其曲名，达130种之多，其中92种为玄宗时新造曲。羯鼓的特点是"尤宜促曲急破，作战杖连碎之声"。玄宗嫌琴曲"声淡"，每令人奏羯鼓"解秽"。这实际上反映鼓乐节奏大大地改变了当时的音乐风尚。

拍板则是唐人曲子歌唱的必备伴奏乐器。据敦煌壁画，隋唐五代的每一乐队，均配有拍板。关于唐五代人歌唱的各种记载，亦每每言及拍板。由于拍板的广泛使用，隋唐五代人形成了一种崭新的"拍"的观念。如教坊曲名有《十拍子》《八拍子》《八拍蛮》，王建、元稹、白居易诗中屡屡提及"残拍""常拍""破拍""趁拍""舞拍""入拍""坐拍""嵬峨狂歌教婢拍"。唐人还十分讲究节拍用度，如"急曲子"之外有"慢曲子"，常调之外有"促拍"或"簇拍"之调：又如歌拍较疏，舞拍较密，大曲散序无拍，歌与排遍缓拍，入破后急拍。刘禹锡《和乐天春词》说："依《忆江南》曲拍为句。"这说明：隋唐曲子"因声以度词，审调以节唱"的特点，在很大程度上是由曲拍的规则化决定的。

除曲拍以外，乐谱的大量使用，是隋唐曲子实现曲体规则化的另一表现。

乐谱不始于隋唐，但却成熟于隋唐。隋以前的乐谱，除古老的"声曲折"外，现在可知的只有4种：梁丘明所传的《碣石调幽兰》琴谱、北魏崔九龙的笙箫谱、《隋书·经籍志》著录的戴氏《琴谱》和无名氏《乐谱》。后一种，《隋书经籍志考证》认为是隋万宝常所作的。而现存的隋唐五代乐谱，至少有9种之多；见诸历代书目的隋唐五代琴谱专书，则达30种。唐代文献中所记的"制谱""缀谱"之事，已无法数计；仅唐诗中所见，便有"旋翻曲谱声初起""一纸展看非旧谱""尽是书中寄曲来""无奈李谟偷曲谱"等十数处。乐谱的广泛应用，是器乐曲高度发展的表现，同时是乐曲获得稳定结构的决定性因素。李乂诗有"梵乐奏胡书"句，《酉阳杂俎》卷一二亦有宁王"读龟兹乐谱"之说，据此，这一因素的产生，也和胡乐入华息息相关。

乐谱的广泛使用，又是唐人"曲子"观念形成的条件。敦煌写本中，至少有38种曲子作品、曲子乐谱、曲子辞集特别标明为"曲子"或"曲"。隋唐五代的曲子调名，不仅有多种专门著录，如《教坊记》《唐会要》《羯鼓录》《乐府杂录》，而且在一些嵌曲名的作品中也有记载。《通典》卷一四六说："自周隋以来，管弦杂曲将数百曲，多用西凉乐，鼓舞曲多用龟兹乐，其曲度皆时俗所知也。"从这段话里，我们可以看到器乐曲在燕乐形成过程中的作用，可以看到胡乐器和新俗乐器怎样推动了燕乐曲子的流传，同时可以看到：在隋代之初，燕乐曲调便深入群众了。

(二) 曲子的调名内容特征及其风俗背景

尽管少数民族器乐曲是燕乐曲调的一部分来源，但大部分曲子，作为歌唱之曲，是由汉族民间谣歌加工而成的。这一点，可以从曲子调名的内容中考见。我们并可具体考知曲子在其发生时期的一些特点。这些特点是：(一) 曾作为民歌广泛流传。例如《黄獐》《武媚娘》《破阵乐》《得蓬子》。(二) 曾用于民间戏弄，或曾合于民间舞蹈。例如《踏谣娘》《兰陵王》《扫市舞》《缭踏歌》《队踏子》。(三) 曾是民间风俗歌。例如

《河渎神》《二郎神》《大郎神》《迷神子》《拜新月》《七夕子》。

上述三类曲子的第一类，均曾在史籍中记为"里歌""军中歌"或"天下皆歌"。此应指这类歌辞经过集体歌唱。例如《得体歌》，原是劝力之号子歌，辞为"得体纥那邪！"经过传唱，号头声外增出正歌四句。开元二十九年，陕县尉崔成甫附会为《得宝歌》，广之为歌辞十阕，使舟人齐歌之。又自立于第一船为号头以唱，使妇女百余人鸣鼓吹笛以和之。《得体歌》于是成为曲子。《教坊记》有曲名《得蓬子》，《乐府杂录》有曲名《得宝歌》《得宝子》《得鞳子》。"体""蓬""鞳"三字音近，这些曲名，实出自《得体歌》一调。

《得体歌》之由谣歌而成为曲子，说明曲子的繁荣，乃以广泛的民间集体歌唱为背景。此种集体歌唱的特定场所称作"歌场"。《乐府杂录》说："后周士人苏葩，嗜酒，落魄，自号中郎。每有歌场，辄入独舞。"由此可知，《踏谣娘》《苏中郎》《兰陵王》《缭踏歌》等戏弄曲和歌舞曲，均以歌场为其产生条件。歌场在民间十分常见，又称"变场""戏场"。根据隋炀帝大设戏场于东都的史实，我们可以推知：隋代民间已经盛行了歌场风俗。

《踏谣娘》之"踏谣"，《教坊记》释之为"且步且歌"，唐人又称"踏歌"，乃舞蹈的一种。《岳阳风土记》说："荆湖民俗，岁时会集或祷祠，多击鼓，令男女踏歌，谓之歌场。"此种踏歌风俗，实已遍及全国。《朝野佥载》曾记载了长安少妇的灯下踏歌，刘禹锡诗曾描写了夔州男女的月下踏歌，温庭筠诗又说到"京口贵公子，襄阳诸女儿，折花兼踏月"，樊绰《蛮书》则云云南有正月初夜的"踏蹄之戏"，为"鸣鼓连腰以歌"。因知所谓"歌场",主要指踏歌之场。踏歌之乐,节奏鲜明,使谣歌规整化,因而产生了大量的依调歌唱。许多隋唐曲子,如《缭踏歌》《队踏子》《踏春阳》《踏金莲》《踏鹧鸪》《竹枝》《纥那曲》《踏歌辞》等,所以蜂拥般从踏歌中产生出来,并非偶然。唐代曲子辞,凡产自民间者,多作长篇联章,这也正是由踏歌反复一调的特色决定的。

如果说踏歌是歌场活动的主要音乐内容,那么,祀神和祈禳就是歌场活动的主要风俗内容。祀神包括迎送神仪式和赛神歌舞。本书所载王维、沈亚之、皇甫冉、李建勋的四组迎神词,可见迎送神仪式的一斑。它们表明:迎神活动在民间有悠久的历史,有大体固定的节目,并有一批名为"女巫"的专门艺术家主持这些节目。赛神活动,则是祭祀名义下的民间燕乐,唐人曾用"联歌""歌者扬袂睢舞""击鼓以赴节""女巫纷屡舞""连踏竹歌""曲多为贤""击鼓吹长笛""男抱琵琶女作舞""纷纷醉舞踏衣裳"等语句描写了从塞北至江南的赛神歌舞。至于祈禳风俗,则又称岁时风俗。裴铏《传奇》所记的西山中秋踏歌,徐弦《新月赋》所记的五月拜祝,敦煌写本辞所记的七月七日礼拜和七夕乞巧,《乐府诗集》卷八〇所记的三月上巳祓禊,均属之。在《教坊记》所载的曲名中和在本书所载的作品中,我们可以看到很多祀神歌和祈禳歌实例。例如教坊曲中的《迷神子》《河渎神》《大郎神》《二郎神》《羊头神》,应当以民间祀神歌舞为其渊源;刘禹锡的《竹枝词》九首,则有赛神风俗的创作背景;《乐府诗集》"近代曲辞"卷载李端和吉中孚妻张氏的《拜新月》辞五首,敦煌写本载《拜新月》二首、《喜秋天》五首、失调名"七日佳人喜夜晴"一首,均产自拜月风俗；而流行于唐代的《被襖曲》，则是被襖风俗的产物。

值得注意的是：唐代的风俗歌舞，同西域的风俗歌舞有密切关联。《文献通考》卷九〇曾说：唐代的淫祠之风，起自北齐后主的"躬自鼓舞以事胡天"。盛行于中原的《苏莫遮》《浑脱》二舞，则源于高昌、龟兹、康国等地的十一月乞寒风俗。《穆护沙》是随祆教而传入的，它作为祆教祭祀祈福的风俗歌，在汉地演变成为赛神之曲。下面我们还要谈到：唐代的酒令风俗以及《倾杯》《三台》《轮台》《醉胡子》等著辞曲，也是西域文化同汉文化结合的果实。

（三）曲子的歌辞风格特征和妓女文化

如果把隋唐曲子的调名和它的辞章作一对比，那么可以看到：它们具有很不相同的风格特征。曲子调名带有浓厚的乡土色彩，曲子辞章却更多地表现了市民生活；曲子调名富于表演性、生动、俚俗，曲子辞章却更具抒情性、婉转而富于女性情调。以敦煌曲而言：在《破阵子》的调名下，写的却是"蓬脸柳眉羞晕"和"香檀枉注歌唇"；在《鱼歌子》的调名下，写的却是"绣帘前，美人睡"和"恨狂夫，不归早"。这些曲子辞显然是为妓女歌唱而写作的，故它们采用了妇女生活的题材，出自女子口吻。这就揭示了隋唐五代曲子辞产生和繁荣的另一个条件：乐妓的歌唱。

隋唐五代的乐妓可分两类，一为宫妓，即掖庭之妓和教坊之妓；一为民间妓女，包括"郡妓""州妓""府妓""营妓""饮妓"及各种私妓。天宝以前，乐妓多集中于皇室，故教坊成为大批曲子的滋生之所。隋代新造曲，可考者 58 曲，这同隋炀帝设置教坊一事有关。《教坊记》载盛唐曲调 343 曲，花蕊夫人《宫词》则说开天之间"太常奏备三千曲"，这也因为开天时期是教坊盛期。又验诸现存的早期曲子辞：它们或者由宫人创作，或者咏"愁闺夜不眠"（见隋炀帝《锦石捣流黄》）、"风月守空闺"（见薛道衡《昔昔盐》）一类女子恋情，亦表明曲子辞的繁荣，是在掖庭妓和教坊妓的参与下实现的。

歌妓对于曲子辞的发展，至少在以下四个方面，施加了决定性的影响：

第一是沟通了民歌和教坊曲之间的交流。教坊妓，往往有一段作为民间歌妓的身世。隋炀帝曾大括民间善音声之人；唐玄宗时，"青楼小妇砑裙长，总被抄名入教坊"（见王建《宫词》）：这都造成大批民间歌妓入宫。如玄宗的宫女念奴，本是长安名倡（见元稹《连昌宫词》注）；开元末选入宫中的歌手许和子，原为吉州永新县的乐家女（见《乐府杂录》）；天宝中善舞《凌波曲》的宫妓谢阿蛮，进自京兆新丰（见《太真外传》）；大历中号称"记曲娘子"的宜春院才人张红红，出身歌丐（见《乐府杂录》）；大和中善歌舞《何满子》的宫人沈阿翘，曾是吴元济私妓（见《杜阳杂编》）。她们给宫廷燕乐带来了丰富的民间营养，后又因战乱、宫人解放等原因，流落在民间，这种交流无疑推动了谣歌向曲子的转化和曲子的繁荣。

第二是造就了大批文人曲子辞。在中唐以前，文人曲子辞多是按采诗入乐的方式产生的。《唐声诗》"纪事"章中的"合乐二十六事"，全是这类采诗入乐的事迹。当时文人中有上京进乐府的风尚，人们亦以辞入乐府为荣，这表明歌妓是文人作品同曲子音乐联系起来的必要媒介。中唐以后，教坊解散，妓女分布各地，成为文人的筵乐伙伴，这才形成文人按乐作辞的曲子辞创作的高潮，并导致了词的产生。

第三是奠定了曲子辞的基本风格和体制。唐五代曲子辞，其风格应以敦煌曲子辞为代表。在敦煌曲子辞中，约有一百二十多首妇女题材的作品，可以判为女艺人的应歌之作。这些作品占据非佛教曲子辞的半数。它们大量使用了故事叙述、对话、问答、多首联章等表现手段，明显带有曲艺表演的痕迹。这些作品集中描写了怨女弃妇的希望与哀怨，风格朴素，感情真挚，语言生动婉转。唐代诗人所说的"轻新便妓唱""艳曲不须长""曲里歌声不厌新""非关艳曲转声难"，均可导源于此。敦煌曲子辞同隋唐五代曲子辞整体风格之间的联系，是歌妓演唱决定了曲子辞的基本风格和体制的证明。

第四是传播了大批优秀曲调，最终造成了依调填辞的文学风尚。据初步统计，隋唐五代新制乐曲，可考者达一千之数，其中有传辞的近二百五十曲，演变为后世词调的为一百三十余曲。凡流传较广、传辞较多的曲调，往往是唐代歌妓的保留节目。例如许和子、灼灼善歌《水调》，胡二姐、沈阿翘、孟才人、唐有态、鱼家、叶氏善歌《何满子》，等等。歌妓的专门演唱并造成了一调多辞的情况。例如《杨柳枝》，即使排除《柳枝》《折杨柳》《添声杨柳枝》等调名下的传辞不计，它的存辞也达到了百首以上。以"杨柳枝"为名的樊素，是白居易的家妓。白氏《杨柳枝词》九首，显然是因为她的演唱而创作并流传开来的。这就是说，在同样的背景下，晚唐五代出现了依调填辞的风尚。

综上所述，我们有理由认为：隋唐五代曲子是隋唐燕乐的特殊产物。燕乐向曲子提供了新的节奏观念和新的曲体规则化手段，这使因声度词的创作获得一个崭新的基础；燕乐向曲子提供了丰富的民间歌舞风俗，这使大批曲调获得繁殖的温床；燕乐并向曲子提供了作为演唱队伍的妓女，从而使曲子的存在，不仅是作为"胡夷里巷之曲"的存在，而且是作为宫廷燕乐节目的存在，和作为"尊前""花间"的清词丽句的存在。以上三方面，构成了曲子繁荣的条件，确立了曲子的特征，也表现出隋唐燕乐区别于前代清乐的特殊面貌。实际上，曲子由产生而繁荣而演变的历史，也是同这三种条件顺序发生决定作用的过程息息相关的。

三、词体形成的原理

"词体"是从文学创作的角度提出来的一个概念，指词区别于近体诗的一些形式特征。按通常的看法，词体包括三个要素：一是调谱，即调名和调名所代表的体段格式；二是声韵，即各调对于字声字韵的具体规定；三是章句，即一些特殊的修辞句法。这三个要素的内容常常互相交叉，统称为格律。

本质上说，词体的问题并不是音乐的问题。词体作为近体诗体的对立物，实质上意味着一种特殊的格律诗体。但词体的形成同音乐有关。大批词调名来源于曲子调名，许多词调格式反映了曲体的特征。因此，燕乐是词体形成的先决条件。从这个角度说，我们在前面已经论述了词体形成的若干要素。

我们尚未论述的是两个非音乐的要素："声韵"的要素和

"章句"的要素。分析一下敦煌曲子辞便能明白这两个要素的性质。尽管敦煌曲子辞讲究句尾协韵，尽管有些曲调（如《南歌子》《破阵乐》）起结句的末二字注意了平仄，但在敦煌曲子辞中，无法归纳出任何一调的格律模式。它们经常根据歌唱的需要增减字句，经常使用装饰辞、字句改组等一次性修辞手段。它们的辞式，不仅取决于曲体，而且取决于演唱时声情表达的需要；不仅反映曲体的稳定性和统一性，而且反映曲调随歌唱手法的变化而有的细腻的多样性。王国维曾说"唐词律宽"，这话尚欠准确。实际上，由按调谱填词的观念产生的"律"，根本上是同活的曲子辞相冲突的。因此，不可把词之格律视为音乐的产物。

那么，词体在声韵、修辞方面的格律特征，是怎样形成的呢？

这要从著辞的产生和发展说起。

著辞是一个特殊的曲子品种，在唐代人的用法中，其涵义是指酒筵上的依调唱辞或依调作辞。如韩偓《袅娜》："著词暂见樱桃破，飞盏遥闻豆蔻香"；如花蕊夫人《宫词》："新翻酒令著辞章"。花蕊夫人所说的"著辞"，已有依酒令规则设辞的涵义。这种情况又有一个专称："著辞令"。《唐摭言》卷一三记有白敏中的"改著词令"，乃七言四句一首；《太平广记》卷二七五引《北梦琐言》记有沈询的"歌著辞令"，乃五言四句一首。

唐代的著辞大体有三种形式：送酒著辞，抛打著辞，改令著辞。送酒著辞即劝酒歌唱，是最为常见的一种著辞形式。据

《太平广记》所记，它有三个特点：第一，它是相互酬唱，此恰如白居易《醉歌示妓人商玲珑》所云："使君歌了汝更歌"。第二，劝酒人所致的令歌，与饮酒人所还的答歌，须同依一调。第三，歌时常兼舞，其次序亦是先令舞后答舞。抛打著辞即指与抛打令相结合的歌舞。据唐人诗文，知其进行方式是：筵中主客皆回环而坐，先用香球、杯盏或花枝巡传，以鼓乐定其始终。曲急促近煞拍时，则有嬉戏性的抛掷，中球、盏、花者须持之起舞。白居易诗："香球趁拍回环匝，花盏抛巡取次飞"，"《柘枝》随画鼓，《调笑》从香球"；徐铉《抛球乐》辞："歌舞送飞球，金觥碧玉筹"，"灼灼传花枝，纷纷度酒旗"——都是对抛打令的描写。改令著辞则是一种以曲调为令格的撰辞游戏。前述白敏中、沈询二例，均为改令著辞。改令著辞是最终导致词律形成的一种特殊的文学创作。

从时代先后看，上述三种著辞的形成条件不尽相同：送酒著辞产生最早，抛打著辞次之，改令著辞最晚。因此，词体的形成条件，可以说就隐藏在这三种著辞的形成条件之中。

"著辞"二字，最早见于武则天时候的话本《游仙窟》。张鷟在他的这部作品中说：某张生来到两女郎幽居之所，受到宴乐款待。酒筵诗令方毕，两女郎便命奏乐，起舞共劝张生。张生于是起舞，"著词曰：'从来巡绕四边，忽逢两个神仙……'"辞乃六言八句一首。

就在《游仙窟》问世之后不久，中宗景龙年间，又记载了几次宫中宴饮著辞。这就是本书《声诗集》所著录的几首《回波乐》辞的来历。同《游仙窟》的著辞一样，《回波乐》也是歌舞辞，六言体，属送酒著辞。

以上二例在曲调特征方面的相似，并非偶然。唐著辞曲调可考者在五十曲以上，一般都具备以下三个特点，即：（一）合舞，（二）有比较喧腾急促的风格，（三）富游戏性。例如唐代流行的著辞曲《三台》《倾杯》《回波乐》，便都是配舞、节拍急促、用六言体、被称作"艳曲"的乐曲。这三支曲调并且都编入了教坊，改制成为大曲。尤其值得注意的是：它们有相近的音乐渊源。《倾杯乐》最早见于《隋书·音乐志》，《隋志》说隋文帝时北齐乐人曹妙达教习乐歌，献奠登歌，象《倾杯》曲。此曹妙达，乃是来自曹国的琵琶名手。《回波乐》最早见于《北史》卷四八，《北史》说尔朱荣"与左右连手踏地，唱《回波乐》"。此尔朱荣祖孙数代为契胡族酋长。至于《三台》，一说是北齐高洋所用的送酒曲。此高洋则是鲜卑族人。这些例子，使我们可以把唐著辞风尚追溯到少数民族音乐文化中去。这一点还可从其他著辞曲中找到旁证。例如六言四句体的《轮台》，出自边地"共酹葡萄美酒，相抱聚蹈轮台"的风俗（见《大日本史·礼乐志》）；《醉公子》一名《酒胡子》，"胡人子息年长始别家之时，奏此曲饮酒"（见日本《音乐根源钞》）。又如《柘枝》来自南诏（参杨宪益《译余偶拾》），《刮骨盐》来自西域（参《唐声诗》下册213页），《抛球乐》来自打马球或蹴球游戏，源于波斯（参向达《唐代长安与西域文明》）。由此可知：胡地音乐文化的输入，奠定了唐代著辞曲的基本音乐特征，是唐著辞风尚得以形成的一个基本条件。

但抛打著辞的产生，却是酒令发展的一个结果。

现在我们能够知道的唐代酒令名目，约有二十多种。若作分类，则可提出律令、骰盘、抛打三种基本酒令形式。律令是以依次下筹巡酒为特征的酒令方式。《玄怪录》"刘讽"条所记，即为律令。1982年江苏丁卯桥出土酒令筹五十枚、酒令旗一枚，即唐人的律令工具。行令时每席设律录事一人，掌旗、筹、纛三器，凡饮（自斟）、劝（敬酒）、处（罚酒）、放（重新下筹）等饮酒方式，或即兴节目内容，均由筹箸决定。骰盘令又作"投盘令"或"头盘令"，是以掷骰子取"采"以决定饮次为特征的酒令方式。它来自樗蒲、双陆等博戏，游戏性很强，常用于酒筵之首，活跃气氛。此即《醉乡日月》所云："大凡初筵，皆先用骰子，盖欲微酣，然后迤逦入酒令。"在中唐时候，律令、骰盘令中都加入了歌舞，但中唐以前的律令、骰盘，却不必包括歌舞。酒令同歌舞相结合，是从抛打令开始的。

古之饮酒，有杯盘狼籍、扬觯绝缨之说，甚则甚矣，然未有言其法者。国朝麟德中，壁州刺史邓宏庆始创"平""索""看""精"四字。令至李稍云而大备，自上及下，以为宜然。大抵有律令，有头盘，有抛打，盖工于举场，而盛于使幕。（《国史补》卷下）

壁州刺史邓宏庆，饮酒（至）〔置〕"平""索""看""精"四字。酒令之设，本骰子"卷白波"律令。自后（闻）〔间〕以《鞍马》《香球》或《调笑》抛打时上酒，〔有〕"招""摇"之号。其后"平""索""看""精"四字与律令全废，多以"瞻相""下次据"上酒，绝人罕通者。"下次（掾）〔据〕"一曲子打三曲子，此出于军中邠善师

酒令，闻于世。(《唐语林》卷八)

这是两段关于唐代酒令史的经典论述。后一段原文不易通读，今作了拟校。文中"四字令"涵义不详，隋丁六娘有《十索》，据此推测，"平""索""看""精"似指四种手势。李稍云乃盛唐人，见《太平广记》卷二七九。"卷白波"属律令，意同"飞觞"（见宋黄朝英《靖康缃素杂记》）。"招""摇"为抛打舞势语汇，"招"为邀请之意，"摇"为摇手呼唤之意（见《朱子语类》卷九二）。"下次据"为酒令名目，意为"下一次得令者所据"（见敦煌变文《难陀出家缘起》："饮酒勾巡一两杯，徐徐慢拍管弦催，各盏待君下次句，见了抽身便却回。"又《醉乡日月》）。"一曲子打三曲子"云云，指用三种节奏方式来演奏同一支舞曲（见敦煌写本 3501 号舞谱）。依据上述，我们可将唐代酒令史概括为四个阶段：（一）继承前代骰子令、"卷白波"律令的阶段；（二）高宗间，增加"四字令"的阶段；（三）盛唐李稍云开始，抛打令成熟的阶段；（四）晚唐律令废止，"下次据"一类歌舞令盛行，出现"一曲子打三曲子"的新形式的阶段。很明显，唐代酒令伎艺的发展是以歌舞化为趋势的，抛打令正是这一趋势得以实现的标志。

上引《国史补》的一段话，还向我们提示了抛打令形成的背景。它说："盖工于举场而盛于使幕。"又说："衣冠有男女杂履舄者，长幼同灯烛者，外府则立将校而坐妇人。"这就表明：唐著辞的兴盛所依靠的酒令伎艺歌舞化，是赖公私妓女的活跃而实现的；而"举场"和"使幕"，则是她们首先介入酒令伎艺的场合。

　　"举场"是进士都会的俗称，"使幕"指边塞节度使幕府。唐代的商业性妓女，首先是在这两处孵生的。《唐摭言》卷三曾记载了唐代进士的宴会。在曲江游宴上，不仅有进士为录事，主酒、主茶、主宴，且有进士主乐、主饮妓。《太平广记》卷二七九曾记录了李稍云的一次活动：他与十余名进士泛舟曲江，"盛选长安名娼，大纵歌妓"，于酒酣时溺死。唐代边镇则是大曲的重要产地，此外还产生了称为"营妓"的军用妓女。司空图对于盛唐营妓，有"军营人学内人妆"的描写。岑参诗篇亦有"红牙镂马对樗蒲，玉盘纤手撒作卢……醉争酒盏相喧呼，忽忆咸阳旧酒徒"的军营纪实。从另一面看，唐代的抛打令普遍使用了妓乐。所有写到抛打令的诗篇，均有"钿车迎妓乐"一类辞句。而用"打"这个词来指奏乐和舞蹈，最初是宫中或教坊的习惯。凡此种种均说明：商业性妓女的产生，是著辞风尚得以形成的第二个条件。《唐摭言》说："曲江游宴，虽云自神龙以来，然盛于开元之末。"这句话则是对上述条件的历史背景的概括。

　　正是在开元以后，酒筵歌舞如火如荼，风靡一时，直至整个中晚唐。《旧唐书·穆宗纪》说："国家自天宝已后，风俗奢靡，宴席以喧哗沉湎为乐。"《国史补》卷下说："长安风俗，自贞元侈于游宴。"《北里志序》说："自大中皇帝好儒术，特重科第……进士自此尤盛，旷古无俦……由是仆马豪华，宴游崇侈。"这种情况同妓女身份的变化密切关联。随着经济中心由中原转移到南方，随着中央集权的削弱和地方权力的增大，随着商业和手工业的发展，安史之乱以后，艺妓不再为掖庭、教坊和贵族所专有，私家蓄妓成为普遍风气。循"营妓"之例，各级行政机关都建立了一支以"郡妓""州妓""府妓"为名的"官妓"队伍；同时，出现了一批以"饮妓""酒妓"为名的商业妓女。妓女于是成为文人的重要娱乐伙伴。德宗建中年间，戎昱属情浙江郡"酒妓善歌"者，有著辞赠唱（见《本事诗》卷一）；宪宗元和初，元稹、白居易结交"江陵酒妓"杨琼（见元稹《和乐天〈示杨琼〉》诗）。另外据《唐诗人行年考》，元和十一年左右，张祜观宣城官妓抛打，有"斜眼送香球""千回下客筹"之咏。在初盛唐诗中，几乎看不到有名有姓的妓女，中唐以后，这种情况完全改观。元、白诗中，咏及同家妓一起宴乐行令的篇章不计其数，仅白诗中提及的官妓名，如玲珑、谢好、陈宠、沈平等，便达二十名。杜牧《张好好诗》中的张好好，罗虬《比红儿诗》中的杜红儿，亦分别是江西官妓和雕阳官妓。这些妓女不再是单纯的歌舞表演者，而主要是酒令游戏的组织者。皇甫松《醉乡日月》论酒筵不欢之候，有"乐生而妓娇"语；论律录事饮材，有"善令、知音、大户"语。孙棨《北里志》则介绍了众多"善谈谑""能歌令""善令章""善章程"的妓女。这两部产生于大中至中和年间的著作，一方面是对中晚唐酒令伎艺的总结，另一方面也是饮妓作为一个专门阶层出现在唐代社会中的证明。

就在这种情况下，出现了蓬蓬勃勃的改令著辞风尚。

改令是一种自由拟令。"改"的意思是与筵者依次为令主，改换旧令，另拟新令。它包含的范围很广。举凡在一定组织之外，即兴设置的酒令，如所谓"千字文令""历日令""拆字令""言小名令""手势令""不语令""三钟引满一遍《三台》

酒须尽令",都属改令。

改令起自民间,它同民间嘲诮有一段交叉关系。隋唐嘲的数据基本上收载在《太平广记》卷二五三至卷二五七中,这些嘲有三个特点:(一)多以首句骂名,(二)多用隐语和双关语,(三)即兴创作。例如一首《酒嘲》:"酒,头似阿滥钵头",就体现了上述特点("阿滥钵头"意为"非鹑头",暗射酒非醇酒)。嘲用于酒筵就是改令,而许多早期著辞,从内容上看,与嘲并无二致。例如《回波乐》,若略去表示歌唱定格的"回波尔时"四字,便成为:

> 酒厄。兵儿志在箴规。侍宴既过三爵,喧哗窃恐非宜。

首句二字点题,定韵,继起的六言三句则用俗语实行嘲讽。其他几首《回波乐》也同此。除掉依调与否外,这些作品同嘲就没有什么区别了。

改令著辞的特点,是行令时必须遵循双重规定,即在形式(辞式)上和内容(题目)上都依照预定的令格作辞。例如《唐摭言》卷一三记卢发宴白敏中,白"改著辞令"云:"十姓胡中第六胡,也曾金阙掌洪炉,少年从事夸门第,莫向尊前喜气粗。"卢答令云:"十姓胡中第六胡,文章官职胜崔卢,暂来关外分忧寄,不称宾筵语气粗。"这里的七言四句曲调,及调中的"胡""卢""粗"韵,是形式上的令格;咏"十姓胡中第六胡",则是内容的令格,在内容令格方面,还可以看到嘲以首句骂题的特点的遗迹。

唐代最早的改令著辞是哪一首?这一点现在无法确定。但以下几首辞，却是必须特别注意的：

> 胡马，胡马，远放燕支山下。跑沙跑雪独嘶，东望西望路迷。迷路，迷路，边草无穷日暮。（《调笑》，一题《调笑令》《三台令》或《宫中调笑》）

> 边草，边草，边草尽来兵老。山南山北雪晴，千里万里月明。明月，明月，胡笳一声愁绝。（《转应词》，一题《调笑令》）

> 杨柳，杨柳，日暮白沙渡口。船头江水茫茫，商人少妇断肠。肠断，肠断，鹧鸪夜啼失伴。（《宫中调笑》，一题《古调笑》）

这三首分别是韦应物、戴叔伦、王建的作品，本事已不可考。但以下一些特征，却表明了它们作为改令著辞的身份。

（一）这是最早以"令"命名的作品。据《隋唐五代燕乐杂言歌辞研究》考证，《三台》是著名的催酒曲，调名涵义是"急三拍"，以六言为表现形式。《突厥三台》《庶人三台》《皇帝三台》《伊州三台》《宫中三台》《江南三台》等等，应理解为采用急三拍节奏的《突厥曲》《伊州曲》《宫中曲》《江南曲》……。《调笑》则是著名的抛打曲。白居易诗云："旧曲翻《调笑》，新声打《义扬》"；"打嫌《调笑》易，饮讶'卷波'迟"；又注："抛打曲有《调笑》"。因知这三首调名中的"令"，涵义为酒令。

（二）这三首，加上韦应物"河汉"一首，王建"团扇""蝴蝶""罗袖"三首，共七首，皆以首句呼题，咏物，近乎嘲体，显然是若干组命题之作。

（三）每首三转韵，后一处并颠倒前韵韵脚二字另立新韵，七首一律。这种修辞手法同音乐无关，显然来自改令的令格要求。

（四）调名歧异很多，但可以在改令角度上统一起来。例如"三台"指曲调类型——它的主要句式仍为六言；"调笑"指来自抛打令的游戏特点；"转应"指修辞格式："月明"——"明月"是一种转应，第一首辞以"边草"结，第二首辞以"边草"起，也是一种转应；"宫中"一类则指命题范围。或者说："宫中"是内容令格，"转应""调笑""三台"是形式令格。

（五）韦应物和戴叔伦年齿相近，贞元初，同在江西任刺史。"胡马"和"边草"二首也契合奇妙："山南山北雪晴"之于"跑沙跑雪独嘶"，"千里万里月明"之于"东望西望路迷"，不仅修辞形式相同，句中平仄相同（"跑"读平声），甚至入声字的位置也相同。加上前述二首以"边草"相转应的特点，我们可以推断：这是作于同时同地的同一组改令辞。

《调笑》作为抛打曲，是在贞元年间广泛流行的。以上七首改令著辞，大抵也作于贞元。它们并不是一些偶然产生的事物，而是一代风尚的代表。

唐代改令风尚的一个特征是求难求险。据《玉泉子》记载，郑光任河中节度使时，曾有"宴饮征令"之举，乃求人体器官名与水果名双关的名词。《全唐诗》卷八七九所载的"遥望渔舟，不阔尺八"，"雪下纷纷，便是白起"云云，令格则是眼前事与乐器名的双关，或雪中情景与古人姓名的双关。这几种改令格很险，限制很严，可见当时改令令格之一斑。敦煌歌辞《苏莫遮》说："善能歌，打难令。"《维摩诘经讲经文》说："风前月下缀新诗，水畔花间翻恶令。"概括了当时的改令风气。

改令的难度追求，在很大程度上表现为对修辞格的讲究。《唐摭言》卷一三记有沈亚之与"小辈"的一次行令。起令是书语、俗语各两句："伐木丁丁，鸟鸣嘤嘤；东行西行，遇饭遇羹。"前二句为书语，后二句为俗语，这是内容方面的令格；每句四言，协一韵，这是形式方面的令格。此外，前二句中又均有叠字，后二句中又均有重字，这就在一般的令格要求上，加上了修辞的要求。沈亚之的还令，严格说并不完全符合标准："如切如磋，如琢如磨；欺客打妇，不当喽罗。"但前二句毕竟合了重字格，也就算通过了。

修辞格的一个重要方面，是对音韵的要求。在若干绕口令中，经常出现字字韵、又多同声字的情况。后来的改令，一般也有对用韵的要求。例如高崇文、薛涛的改一字令，令格为"须得一字象形，又须逐韵"；又如王锴与冯涓改令，改令为："乐、乐、乐，冷陶似饽饦"，还令为："己、已、巳，驴粪似马屎"。除两物相似的内容格、一字三呼的形式格外，每令八字中有四韵字，也是成功地完成了改令与还令的一个重要表现。改令著辞讲究错韵、转韵等音韵修辞手段的特点，来源于此。

"一字令"的特点是句式不变，只变化韵字。例如高崇文、薛涛所作的令辞分别是："口，有似没量斗"；"川，有似三条椽"。这种手法在改令中很常见。韦庄著辞《上行杯》二首的末三句互成对应："须劝，珍重意，莫辞满"；"须愧，珍重意，莫辞醉"。这正是一字令手法在曲子辞中的应用。

唐代最精巧的一些曲子辞，便是通过曲调与上述改令手法的结合而创作出来的。或者说，它们是曲调令格与修辞令格相结合的产物。关于这种结合，有很直接的记载作为证明。花蕊夫人《宫词》说："新翻酒令著词章，侍宴初开意却忙。宣使近臣传赐本，书家院里遍抄将。"这说明著辞令常是一次宴会的主要节目。曲调令格预先颁布，故有"遍抄将""意却忙"的景况。从所谓"传赐本"看，令格是以歌辞范例的形式公布的——这是改令的惯例。因此，"赐本"中必然包括曲调以外的形式令格。杜牧《后池泛舟送王十秀才》说："问拍拟新令。"贾餗《春池泛舟联句》说："杯停新令举，诗动彩笺忙。"这可以看作花蕊诗句的注脚。它表明格律精巧的著辞的创作程序是：依据曲拍拟订令格，依据令格写作令辞，然后才付之演唱。令格在这里是一个联系曲调与歌辞的中间形式，有它的独立性。它已经兼有改令规范和依调著辞规范两方面的属性，已经把关于曲调以及关于曲调辞式的规定，把关于修辞以及关于字声、字韵的规定，统统集于一身。这就是所谓"调谱"的前身，亦即词律的来源。

从韦应物等人的《调笑令》，到裴諴、温庭筠的打令辞，改令著辞在曲子辞的历史上划出了一个特殊的阶段。就在这一阶段中，发生了曲子辞修辞手法的急速演进。温庭筠的《南歌子》，七首平仄如一；温庭筠的《诉衷情》，全辞33字，协韵字达11字；温庭筠的《荷叶杯》《诉衷情》《定西番》《酒泉子》等，又开创了平仄韵错协的风气。此后，《荷叶杯》中产生了顾夐等人的末句叠句格，《酒泉子》则在敦煌辞八句两换韵的基本格式上演变出了二十多体。这种情况，不仅在敦煌曲子辞中没有先例，而且在宋代新造词调中一无继响。它们无疑是改令著辞的特殊产物。

上述《酒泉子》《荷叶杯》《南歌子》等曲调，都是有充分旁证的专门著辞曲。《杨柳枝》也是这样一种曲调。《云溪友议》卷下说：裴諴、温庭筠为友，"好作歌曲，迄今饮席多是其词焉……二人又为《新添声杨柳枝》词，饮筵竞唱其词而打令也。"这句话可以理解为：当时饮筵，竞以温、裴词为改令令格而行著辞令。但看温、裴的《杨柳枝》，都用双关，都咏艳情，而分别以琵琶、莲子、桃核、骰子等等为题面，便知它们原本就是产于妓筵的改令辞。它们所以风行一时，乃因为它们是既讲求曲调规定，又讲求主题、题材、创作手法规定的令格代表。这些令格一旦脱离了妓筵，脱离了歌唱，便变成了所谓词律和词谱。因此，词体形成的最后一个条件就是：以改令著辞为代表的唐五代文人曲子辞同实际歌唱的分离。

隋唐五代燕乐拥有丰富的文化内容。它的每一品种，都有自己的存在条件和运动历史。以上，我只是根据词史研究提出的问题，从一条线索——作为燕乐的典型品种的曲子的线索，对燕乐的演进过程作了概括的叙述。从这一叙述中，我们可以归纳出如下要点：

（一）隋唐燕乐，是魏晋以来中原音乐、南方音乐同外来音乐相融合的产物。胡乐入华，途径多种，其中以随佛教传播和商业贸易输入的西域民间音乐能量为最大。隋唐燕乐的成立有两个主要条件：一是大动乱后的国家统一，它造成各地和各民族音乐的充分交流和相互吸收；二是多民族国家形成以后民族心理的改变，它使新音乐的繁盛有了审美风尚的基础。因此，燕乐所代表的新的音乐史阶段始于隋；它的主流是新兴俗乐。

（二）曲子是燕乐的特有品种。由于胡乐传入后乐器、乐谱和其他节奏手段的广泛使用，曲子在曲度固定、节奏鲜明等方面，具有一些明显区别于清乐曲的特点。曲子有两个主要来源：少数民族器乐曲和汉地民间谣歌（徒歌）。由于民间风俗歌舞的兴盛和各类乐工歌妓的活跃，在民间"歌场"中和教坊中，大量谣歌转变为曲子，大量少数民族器乐曲转变为歌曲。它们构成了唐代大曲和唐代著辞曲的基础。

（三）盛唐以前，新音乐主要以"胡夷里巷之曲"的名义在民间流传。《教坊记》所载的 343 个曲名和《云谣集》所载的 33 首曲辞说明：早期曲子大都具有表演性、舞蹈性的特色，曾是风俗活动中的踏歌曲和戏弄曲；曲子辞婉转真率的风格，则由民间歌妓的演唱风格奠定。隋代杂言歌辞 20 首，几乎全有民间渊源可考；现存的杂言曲子辞，五分之四使用了盛唐以前的曲调；敦煌歌辞 1 200 首，其中 900 多首是杂言曲子辞，而其中 760 首又是杂言联章曲子辞。这说明：杂言，一调多辞和因声度辞，这是民间曲子辞自其产生之初就有的特征。

（四）早期文人曲子辞，多是模仿民间歌唱的作品，例如沈佺期等人的《回波乐》，和张鷟、王绩等人的"三五五五"体问答辞。只是在文人同乐妓歌舞发生直接接触的情况下，曲子辞创作才会成为他们的日常活动。因此，除掉李白、张说等人的"翰林应制"外，盛唐以前的文人辞多属声诗，亦即按采诗入唱之法配乐之辞。安史之乱后，随着一系列经济的和政治的变动，各类艺妓纷纷涌现。诗人们获得同歌舞伎乐自由接触的机会，遂凭借酒筵，写下大量曲子辞。这些作品对酒令令格的讲究，造成了包括平仄韵转换、错协、首句命题、双关、回环、叠句、讲究字声等项目在内的丰富格律。后人因其音调谐美，尊之为范本，仿效不绝，遂引起关于词体形成的讨论。而究其实质，这些中晚唐以至五代的作品，不过代表了曲子辞的酒令化，或曲子辞的文人化。这些曲子辞仍具有文人辞和乐人辞的双重身份。只是当"尊前""花间"之风由盛而衰，当文人辞同乐工辞、市井辞正式分流以后，曲子辞才结束了自己的历史，蜕变为一种特殊的格律诗。这时，它才被称为"词"。

书稿付印在即。此外一件需要说明的事情是：倘没有巴蜀书社编辑们的帮助，这部书是决不会得到像今天这样一个整齐的面貌的。黄坦坦先生两次来到上海，同我一起，对书稿作了逐页订正。刘仁清先生曾提出许多建设性的意见。他们的认真态度，使我觉得"感谢"二字也是多余的。我只希望：努力交出一些更好的学术成果，来繁荣我们共同献身的那一事业。

写于 1987 年 8 月 10 日。原载《隋唐五代燕乐杂言歌辞集》，巴蜀书社，1990 年。

《汉文佛经音乐史料类编》后记

佛教传入在中国文化史上引起的震动，是怎样估计也不嫌过分的。中国文学艺术的每一门类都在汉唐之间走上新的轨道，其原因，很大程度上在于佛教东传造成了新的风尚、新的思维和新的环境。对于广义的中古史研究来说，这一事实有三个重要意义：其一，它意味着任何一个具体课题，均须采用新的视野，注意中西文化交流这一历史背景；其二，它意味着在人文学科的每一门类当中，都势必产生以佛教为研究对象的分支；其三，它意味着跨学科的比较研究将会成为普遍的方法——因为当佛教影响于社会文化各方面的时候，它也在这方方面面之间建立了密切的关联。

从以上认识角度去观察当前的学术，或可以比较深刻地理解佛教哲学、佛教文学、佛教美术、佛教音乐等新专业异军突起的意义。我们可以借此知道，这些新专业不仅是学术领域逐渐扩大的标志，而且，它们还代表了一种科学的视野、一种综合和比较的学术方法，以及一种切近事物本性的研究。事实上，这正是新旧学术的差别所在。人们为什么说敦煌学是二十世纪学术潮流的标志呢？就是因为，敦煌学在提供一批新鲜资料的同时，也为文学、历史、艺术、哲学等学科提供了一种新的眼光。按照这种眼光，宗教在古代社会生活中的地位得到了合理的强调，历史事物的各方面本质也得到了合理的关注，对象和问题从此不再孤立。敦煌学往往同佛教研究结缘，这未尝不是一个重要原因。

我们纂辑本书，即出发于上述理解。也就是说，本书是为了向新学术的若干方面提供资料基础而编写的。几十年前，汤用彤先生曾编纂过一部《汉文佛经中的印度哲学史料》，据出版说明，其"目的在为印度哲学研究提供线索"。本书编写时，参考了这部书的体例，也怀抱有相近的为某一具体专业——佛教音乐研究——提供线索的意图。但除此之外，我们还有进一步的考虑。在我们看来，由于佛教建立在一个重视音乐、重视韵律的口述文化传统之上，传入中国之后，仍以口诵为主要传播手段；由于佛教音乐产生于对言语的强调或模仿，一直服务于叙述和宣传；因此，本书所收集的音乐史料，实际上是可以当作文学史料、语言学史料来看待的。另外一个值得注意的情况是：作为空间艺术，古代佛教的绘画、雕塑留下了大量作品实例，却很少留下相关的理论文字；相反，作为时间艺术，古代佛教的音乐很少留下具体作品，但却留下了大量论述和描写。这两种功能相近的艺术品种，其史料和遗存显然可以相互补充、彼此发明。因此，本书在编纂之时，同时考虑了包括艺术史在内的诸多学科的需要，采取了尽力求全而非选编的方针。换言之，按我们的设想，本书应当具有相当广泛的学术价值。它不限于为某一具体专业服务，它应当积极地影响于中国音乐史、中国古代文学、汉语史、中国艺术史、中国古代哲学等众多学科。

不过，以上设想，却是经历了一个过程才得以形成和实施的。1984 年前后，当我在任半塘先生指导下攻读博士学位，把早期词史研究和唐代社会文化研究结合起来的时候，我曾注意到曲子这一新型音乐品种的西方文化背景，注意到它同佛教偈赞的联系；当我进一步探讨敦煌讲唱文学的体裁来源的时候，我发现，许多音乐文学新事物都滥觞于佛教文化。我遂用大量时间阅读和搜集了几部大藏经中的音乐史料，把收获写进《隋唐五代燕乐杂言歌辞研究》《汉唐佛教音乐述略》《五台山与唐代佛教音乐》《佛教呗赞音乐与敦煌讲唱辞中"平""侧""断"诸音曲符号》等著作和论文。这时我积累的资料，实际上就是本书内容的胚胎；而我的研究思路——把佛教资料同时用于解答音乐史问题和文学史问题的思路，则可以看作本书编辑宗旨的雏形。

至于本书正式提上工作日程，则是 1996 年的事情。这时，在台湾慈济慈善事业基金会的援助下，中央音乐学院袁静芳教授成立"佛教音乐文化研究室"，以项目列项的形式向我征稿，我遂提出了编纂本书的具体计划。此年我招收的博士研究生周广荣、何剑平，也正好把专业方向确定为同佛教、敦煌学相关联的文学研究。为进行文献学练习和资料搜集工作，周、何两位用整整一年时间，分头通读了《大正新修大藏经》和《中华大藏经》，从中抄录了数十万字资料，同时也形成了"梵语悉昙章在中国的传播与影响""敦煌维摩诘文学研究"这两个博士论文选题。后来，何剑平又协助我对全部资料进行了标点、校正和编辑。1999 年，本书完成初稿，在李方元、王福利、孙晓晖、喻意志、许继起、孙尚勇、崔炼农、曹柯平、尚丽新、朱旭强等研究生的参预下，我们再次校核了全书，使之具备较整饬的面目。2002 年初，它加入项楚先生主编的"中国古典文献学研究丛书"，以《汉文佛经中的音乐史料》一名，由巴蜀书社出版。

现在，十多年过去了，《汉文佛经中的音乐史料》一书早已售罄。为适应学界需要，我们对旧稿作了较大规模的修订。本次修订不仅重新核查了《大正新修大藏经》《中华大藏经》二书，增补了一批为旧稿所遗录的资料；而且增收了《卍新纂续藏经》中的音乐史料。两项工作，分别由学弟王皓、何剑平负责，其成果超过十万字。另外，本书第十四章全部图形符号，亦请朱绿梅女士重新描绘。今故将此书更名为《汉文佛经音乐史料类编》，交付凤凰出版社出版。衷心希望这部有幸修订再版的小书，能在日益广阔的学术空间里，留下更响亮的回声。

写于 2013 年 7 月。原载王小盾等《汉文佛经音乐史料类编》，凤凰出版社，2014 年 12 月。

《唐前传奇笺释》序

在古代中国，"小说"是一种范围很广的文学体裁。它通常兼指两类事物：其一是稗说，即古代人对"丛残小语"的记录。按照《四库全书总目》的说法，它包括"叙述杂事""记录异闻""缀辑琐语"等内容。其二是散文体的叙事文学。按现代的文学观念，它是"通过一定的故事情节对人物的关系、命运、性格、行为、思想、情感、心理状态以及人物活动的环境进行具体的艺术描写"的作品。这种情况不同于西方，颇有点特殊；但却流行于韩国、越南等历史上的汉字文化地区。究其缘由，是因为这些地区拥有相近的文化传统。——从文学观念的角度看，中国、韩国、越南都经历了这样两个时代：接受古代目录学的影响，把"小说"当作官方历史著作之补充的时代；接受西方文学观的影响，把"小说"当作诗歌或抒情文学之别体的时代。对于西方文学来说，前一时代是不存在的。而从文学史的角度看，这种时代划分本身就是特异的；因为它意味着，中国、韩国、越南的古代小说具备两个不同于西方的形态，即分别作为史学著述之附庸、诗歌创作之附庸的形态。这正是两种不同的"小说"概念得以流行不废的原因。中西"小说"概念的这种差异很耐人寻味。它向我们提出了这样一个问题：既然中国小说经历了以官方历史著作为中心的时代，又经历了以诗歌或抒情文学为中心的时代，那么，它如何反映了这两者之间的关系？如何表达了两者之间的过渡？这是一个很有意思的问题。

各国文学史家，虽然不曾明确地讨论上述问题，但却从不同角度对它作了触及。比如，我曾经在为越南汉喃文古籍编目的基础上，提出一个对越南古代小说作四分的建议，即分为"笔记小说"（具有实录特点的短篇故事）、"传奇小说"（富于虚构成分的中短篇故事）、"事迹传"（以人物为中心的白话故事）和"章回小说"（以章回划分段落的白话小说）。我认为，这四种小说是次第发生的，它们在小说发展史上的位置，大致对应于中国汉以来的笔记小说、六朝以来的传奇小说、宋以来的市人小说、明清时代的章回小说。这一意见，得到越南学者的赞同，因而以《小说和诗体传》《〈越南汉文小说丛刊〉和与之相关的文献学问题》为题，译为越南文，刊载在河内出版的《汉喃杂志》2000年第1期、2002年第1期之上。类似的意见又见于韩国学者所撰写的诸种文学史。在这些著作中，韩国古代小说的发展通常被划为三个阶段：其一是神话传说，记录存在于神灵世界的那些事情，比如关于檀君、东明王、朴赫居世、首露王、龟兔的"稗说"；其二是志怪传奇，描写存在于想象世界的浪漫故事，比如《三国遗事》中的调信梦生故事、

447

《三国史记》中的花王故事，以及已经散佚的传奇集《殊异传》；其三是"典型的"小说，塑造现实世界的英雄，其作品出现在十七世纪，较早有许筠《洪吉童传》、金万重《九云梦》等。这些文学史线索都表明：在中、韩、越等汉文化地区，传奇是小说发展史上最重要的一环；它是从史家的记录到文学家的创作之间的承转的关键。

关于传奇小说的特点，前人多有论述。一般来说，"传奇"指的是唐宋两代流行的记述奇闻异事的文言小说。它出自文人之手，又联系于当时流行的"说话"（讲故事）风尚，因而既具有诗化的倾向，又具有重视叙事的倾向。《云麓漫钞》那段著名的评论：

> 唐之举人，多先藉当世显人以姓名达之主司，然后以所业投献。逾数日又投，谓之"温卷"，如《幽怪录》《传奇》等皆是也。盖此等文备众体，可以见史才、诗笔、议论。

便可以理解为这两种倾向——史的倾向与诗的倾向——的结合。从这一角度看，所谓"有意为小说"，也是指当时人在传奇这一文体中，有意识地实现了诗歌与散文的结合、抒情与叙事的结合。这一点是不难理解的。如果注意到唐代传奇作家王度、沈既济、陈鸿等人的史官身份；注意到小说与诗歌往往相辅而行，例如白居易《长恨歌》与陈鸿《长恨歌传》的并行、元稹《莺莺传》与李绅《莺莺歌》的并行：那么可以说，由诗的艺术、史的艺术汇合而成的传奇，是时代的必然产物。

不过，上述诗、史汇合的情况并非始于唐代。在各种佛教文献中，通过散韵相间的文体形式而表现出来的类似现象，早已司空见惯。至于小说与诗歌的并行，在魏晋以来则可见以下两种情况：一是同一主题内容既用赋、又用诗来表述。例如西晋张华既撰有《感婚赋》，又撰有《感婚诗》；曹丕在建安末年既写了《寡妇赋》，又写了《寡妇诗》；敦煌写本《燕子赋》既采用四、六言的体制，又采用五言歌行的体制。二是同一主题既写为韵文文体，又写为非韵文文体。例如陶渊明同时写作了《桃花源记》和《桃花源诗》，东晋曹毗同时撰有《神女杜兰香传》和多篇《杜兰香歌诗》，西晋张敏则以《神女传》《神女赋》重复叙述了弦超与成公智琼的仙凡恋爱故事。这些现象自然是值得关注的。它们是怎样产生的？其背景如何？很值得探讨。从关于唐传奇的资料看，这应该是古代讲唱艺术兼说兼唱之习惯的反映。关于这一点，不仅著名的《一枝花》资料可以证明，明代《宋人百家小说》桃源居士序所谓"长安逆旅、落魄失意之人，往往寓讽而为之"可以证明，而且，我们还看到以下一类本事记载。这些记载表明，唐传奇是同文人聚会中的讲故事风尚相联系的：

> 沈既济《任氏传》："建中二年，既济自左拾遗与金吴将军裴冀、京兆少尹孙成、户部郎中崔需、右拾遗陆淳，皆适居东南，自秦徂吴，水陆同道。时前拾遗朱放因旅游而随焉。浮颖涉淮，方舟沿流，昼燕夜话，各征其异说。众君子闻任氏之事，共深叹骇，因请既济传之，以志异云。"（《太平广记》卷四五二引）

> 李公佐《庐江冯媪传》："元和六年夏五月，江淮从事

李公佐使至京，回次汉南，与渤海高钺、天水赵儹、河南
宇文鼎会于传舍。宵话征异，各尽见闻，钺具道其事。公
佐为之传。"（《太平广记》卷三四三引）

李复言《续玄怪录》记张逢故事："元和六年，旅次
淮阳，舍于公馆。馆吏宴客，坐有为令者曰：'巡若到，
各言己之奇事。事不奇者罚。'巡到逢，逢言横山之事。"
（《太平广记》卷四二九引）

沈亚之《异梦录》："元和十年，亚之以记室从陇西公
军泾州，而长安中贤士皆来客之。五月十八日，陇西公与
客期，宴于东池便馆。既坐，陇西公曰：'余少从邢凤游，
得记其异，请语之。'客曰：'愿备听。'"（载《沈下贤
集》卷四）

这些记载启发我们：既然在唐以前已经出现了散韵并行的文体
形式，既然可以把它们视为唐传奇的艺术手法的先导、视为唐
传奇的某种雏形，那么，我们就应该联系唐以前的讲唱艺术，
来追寻诗、史汇合的早期线索、早期进程及其原因。

由此看来，读者面前这部《唐前传奇笺释》，不仅具有学
术合理性，而且具有很高的学术价值。因为它正是以揭示唐传
奇的早期形态为目的的。它不满足于对古代小说作"寓言"
"志怪""传奇"等类型的划分，而有意把它们看作彼此关联的
事物。它从传奇形成史的角度来阐述这种关联，实际上也就涉
及了中国文言小说研究中的核心问题——中国文人的史学传
统、诗学传统，如何接受民间说唱的影响而彼此汇合的问题。
它从唐前四十多部典籍中选出一百来篇传奇作品加以"笺释"，

其意义，不仅有助于文学鉴赏、语言研究，而且为探讨唐传奇的来源、解答上述问题提供了一批简明而切实的资料。

本书作者钱宗武是我在扬州大学的同事，是一位勤奋、正直、博学、睿智的学者。他早年从事中国古代文学研究，后受导师周秉钧先生的影响进入了古汉语研究领域，近十年则以《尚书》研究为中心。他已经出版了《汉语丛稿》等6部专著。本书是在为博士生讲授"先秦诸子研究""唐前小说研究"等课程的同时编纂的，有对之加以自我总结的意思。他尚未出版的书稿也有很多，例如已纳入出版计划的书有《今文尚书语法研究》《尚书新笺与上古文明》《尚书语法论稿》《先秦诸子新论》等数种。也就是说，和本书差不多同时，他将有五部著作问世。刚刚进入"知天命"之年，就有这样多的收获，这真是一件令人惊叹的事情。而从读者一面看，语言学家的文学著述，也必然是别开生面的。为此，谨以此序，表达我欢欣鼓舞的祝贺之情。

写于2004年7月28日。原载钱宗武《唐前传奇笺释》，香港名家出版社，2005年。

《马戏丛谈》序

古今中外许多优秀的作家，用饱含感情的笔调描写过动物。在他们笔下，动物是有灵性的、有个性的。他们观照动物，就像在同时观照两个意义世界——人的世界和自然的世界。我喜欢读这样的作品，觉得在那里可以找到平时忽略了的自我。

不过，有时我会想到，那些文字并没有揭示动物对于人的最重要的意义。动物首先是同人类整体相关联的，而不只是关联于人类个体；"动物是人类伙伴"这句话，应当从人类史或文明史的角度去理解，而不仅仅是从生态学的角度或感情的角度去理解。显而易见，关于人与动物关系的最基本的事实是：人类本是动物中的一员；动物既代表了人类的起点，又以丰富多彩的被驯化过程，刻写了文明前进的脚步。也就是说，人类从动物群中独立出来才开始了自己的历史；一旦有了自己的历史，人类也开始了对动物的驯化。人类是以动物驯化为条件而展开自己的文明史——同时也展开人类的自我驯化史的。因此，我们应当从驯化或文明化的角度，来认识人和周围世界相互作用的关系。

一旦用上述眼光去看待世界，人类在征服自然过程中所取得的最伟大的胜利，便可以理解为通过动物驯化而建立的若干新的关系了。这些关系不但证实人类有超越自然界的能力，而且证实人类有改造自然界的能力。因为所谓"驯化"，原是按人类的理想，而不只是按人类的面貌来塑造世界的；人类驯化的对象不仅是自然界，而且包括人类自身。我进而懂得：只有理解了驯化的本质，我们才能理解人与动物关系的本质，并理解艺术的本质——其实，艺术可以看作人对自己的驯化能力及成就的自我愉悦。比如，诗歌代表了对语言的驯化，是对被驯化的语言能力的愉悦；音乐代表了对听觉的驯化，是对被驯化的听觉能力的愉悦。同样，当人们用艺术化的态度和艺术化的形式把驯化动物的能力表达出来之时，人类文化史上便出现了人与动物的共同游戏，也就是中国人所说的"马戏"。毫无疑问，马戏正是对人类驯化史或文明史的一种艺术的再现。

作为上述理论的旁证，我还可以指出这样一个事实：从发生学角度看，认识动物、驯化动物、与动物游戏、建立自我认识，这是四位一体的事情。首先一类例证是：关于自己的来源，人类讲述过许许多多故事。其中最早的故事（被称作"图腾神话"的那些故事），往往联系于某些被看作人类亲属的动物——这是人类通过与动物亲密相处而认识自己的例证。其次的例证是：中国最早的动物分类符号有"禽""兽"二字。一般来说，"禽"指的是"二足而羽"的动物，"兽"指的是"四足而毛"的动物。但《说文解字》却认为："禽"是走兽的总名，其字仍然保留了动物足迹的形象。"禽""兽"二字的区别在于："禽"

通"擒"，代表擒获而得的动物；"兽"通"守"，代表守备而得的动物——这是人类通过捕获动物、驯化动物而认识动物的例证。科学家在关于驯化起源的研究中，正好得出了与上述两类例证相对应的结论。他们说：动物驯化肇始于人类心理上的和物质上的两种需要。由于心理上的需要，一部分动物在同人类自然相处的过程中，因受照料而被驯化；由于物质上的需要，另一部分动物在被捕获之后，因受圈养而被驯化。马戏的分类正好也是同这两种情况相对应的：一部分马戏可归入技巧系列或亲和系列，反映人对动物的培养；另一部分可归入力量系列或格斗系列，反映人对动物的征服。这一点表明，一部马戏史，既是认识动物、驯化动物的历史，也是人类建立自我意识的历史。

按照过去的学术分类，马戏研究是戏剧史的附庸，并无独立的位置。这当然是不合理的。因为它掩盖了这一具有丰富内涵的文化事项的若干本质。现在，韦明铧先生把它作为专门对象，从艺术史、科技史、风俗史以及文化交流史的角度——从各个方面对它加以介绍和论述，结晶而为这部精致的作品。这是一件值得庆贺的事情。我与明铧先生本不相识，只是在拜读《扬州文化谈片》《扬州曲艺论文集》两书以后，才了解到他的文化视野，了解到他在驾驭历史资料、驾驭语言文字两方面的非凡才能，为之心仪。因也知道扬州自古出奇才，此言不虚。为此，值《马戏丛谈》付梓之际，以这篇小序表达我对明铧先生新著的喜爱和钦敬。

写于 1996 年 10 月。原载韦明铧《马戏丛谈》，福建人民出版社，1998 年。